BESTSELLER

Biblioteca
JAVIER CASTILLO

El juego del alma

DEBOLS!LLO

Papel certificado por el Forest Stewardship Council®

MIXTO
Papel | Apoyando la
silvicultura responsable
FSC® C117695

Penguin
Random House
Grupo Editorial

Primera edición con esta presentación: enero de 2025

© 2021, Javier Castillo Pajares
© 2021, 2025, Penguin Random House Grupo Editorial, S. A. U.
Travessera de Gràcia, 47-49. 08021 Barcelona
Ilustración del mapa: © Pepe Medina
Diseño de la cubierta: Penguin Random House Grupo Editorial basado en el diseño original de Netflix
Imagen de la cubierta: © Netflix, 2025. Uso autorizado.

Printed in Spain – Impreso en España

ISBN: 978-84-663-8160-4
Depósito legal: B-686-2025

Compuesto en MT Color & Diseño, S.L.
Impreso en Black Print CPI Ibérica
Sant Andreu de la Barca (Barcelona)

P 3 8 1 6 0 4

*Esta novela va dedicada
a todos los abrazos
que dejamos por el camino.
A los besos que se fueron.
A las historias que perdimos.*

*Este es mi pequeño granito de arena para luchar
contra los miedos que nos dio el año
en que añoramos
la libertad.*

Y quién soy yo para juzgar
al diablo en el que crees,
si yo también
creo en él.

Prólogo

Había llegado cinco minutos antes del inicio y al colarme por la puerta trasera de la caseta de la Feria del Libro, noté ese cosquilleo que se siente cuando se acerca un gran momento. Saludé con la mano en alto, abracé a amigos libreros y reconocí a algunas caras entre la gente que esperaba.

Tragué saliva para deshacer el nudo que se me había formado en la garganta y me limpié una lágrima por la que más tarde me preguntó una lectora, como si hubiese sido evidente que había tratado de ocultarla. Se aproximó entonces la primera persona. Un hombre de mediana edad, serio, ataviado con una mochila, vaqueros y camiseta de los Beatles. Demasiado serio. Demasiado frágil. Tanto que pensé que algo no encajaba. Quizá llevaba horas esperando y estaba cansado. Quizá era tímido, pero le gustaban mis libros.

—Hola, gracias por venir. Eres el primero. Has debido de madrugar mucho. Gracias, de verdad.

Sin decir palabra, dejó sobre la mesa un ejemplar de *El día que se perdió la cordura*. Era la primera edición. Me encontraba pocos ejemplares como aquel en las firmas.

—¿Te ha gustado? ¿Cómo te llamas? —traté de arrancarle alguna frase.

Me devolvió una mirada seria.

—¿A nombre de quién lo firmo? —pregunté.

Y entonces habló:

—A mi hija Marta —dijo—. Le encantan tus libros —dudó un segundo y luego continuó—: He venido a darte las gracias. Has conseguido que se olvide de las paredes del hospital y de las malas noticias del médico. Le prometí que algún día vendríamos a una firma.

Levanté la vista, buscándola a su alrededor. Vi muchos rostros de ilusión en la fila, pero todos demasiado lejos como para estar acompañándolo.

—¿Y dónde está Marta? —inquirí.

Hizo una mueca. Negó en silencio. Le brillaron los ojos y le tembló el labio. Até cabos.

—Tus libros la acompañaron durante las últimas semanas.

—No… —exhalé.

Cuando comencé a crear historias por afición, hace ya unos veinte años, nunca imaginé que lo que escribiese iba a interesar tanto. Ni que llegaría el día que se publicarían ediciones especiales que requerirían de un prólogo en el que comentara el viaje que me ha traído hasta aquí; ni mucho menos esperaba que, en el camino, los libros me proporcionarían momentos únicos como el que viví con el padre de Marta. Pocas veces uno tiene la oportunidad de aproximarse tanto a la vida de alguien y formar parte de sus recuerdos de un modo tan emocional.

Vuestra unión con mis libros ha cambiado mi destino, me ha llenado de vínculos con miles de personas de todas partes: gente que me lee para olvidar problemas, para conocer las intrigas de personajes únicos, para desconectar del día a día, para divertirse con un enigma e, incluso, para viajar cuando el mundo entero se redujo al perímetro de nuestras casas.

El trayecto ha sido intenso. Parece que fue ayer cuando escribía en el tren (aún siento el vaivén del cercanías cuando tecleo) y ahora varias adaptaciones de mis libros están en camino, hay gente que se tatúa la palabra «cordura» en su cuerpo, que pinta en su dormitorio asteriscos de nueve puntas, que escribe post-its con nombres y una fecha aleatoria, que agota sudaderas de Inditex en las que aparece Salt Lake, que busca por mercadillos cajas con rollos de películas por si encuentra *La gran vida de ayer*, que acude a una firma y lleva todo lo que he publicado en todos los idiomas y formatos posibles, incluido ensayos de autores que se llaman como yo, por si acaso somos el mismo Javier Castillo.

Pero a pesar de todo eso, quiero detenerme y que descubras de verdad tu importancia en mi mundo. Me apetece que sepas que esta novela te necesita para completarse. Un libro no es nada si alguien no lo lee, al igual que un incendio no se propaga sin la primera chispa. Si estás leyendo estas páginas ya formas parte de mi familia, de todas aquellas personas que me ayudaron, leyendo y recomendando mis historias desde *El día que se perdió la cordura,* cuando solo éramos un puñado de locos. Ahora estamos repartidos por todo el planeta, y el impacto de mis libros, en un sinfín de idomas, en las vidas de quienes me leen se ha escapado de mi control.

Esta es la primera vez que una de mis novelas se publica en tapa dura, y el hecho de pasar a este nuevo formato con una edición especial es gracias a una serie de acontecimientos incontrolables que nacieron en el mismo instante en que decidiste comprar uno de mis libros. Cada año se publican varias decenas de miles de títulos de distintos autores. Todos estos libros ocupan un preciado lugar en las librerías. Muchas de estas novelas están además al alcance de todo el planeta y han sido escritas por gente brillante en todos los sentidos, genios a los que admiro, escritores con un talento similar o mayor al mío.

Por eso quiero darte las gracias, con la mano en el corazón, porque me has elegido entre todos los demás. Tu lectura es el mayor regalo que puedo recibir.

No logro abarcar todas esas casualidades que te han llevado a tener este libro entre las manos ahora mismo, ni soy capaz de imaginar cómo ha sido tu vida, a quién has amado o los momentos que te han hecho llorar de tristeza o de alegría.

Siento la necesidad de agradecerte que formes parte de mi vida a través de este ejemplar, porque desde el mismo instante en que lees estas hojas nuestros mundos se han conectado, tu historia se ha acercado a la mía y, aunque seguramente seamos muy distintos y nuestros universos estén a kilómetros de distancia, ya siempre estarás en mi vida. Deseo que este libro forme parte de la tuya y ojalá alguna vez crucemos una mirada y en ella descubramos todo lo que nos une.

Espero de corazón que en estas hojas encuentres el juego que buscas. Quiero con toda mi alma que esta historia toque la tuya.

Con locura,
Javier Castillo

Nota del autor

Cualquier lector familiarizado con las zonas de Queens, Rockaway, Brooklyn, Staten Island y el bajo Manhattan se dará cuenta de que he tratado de mantener las descripciones de estos lugares lo más fidedignas a la realidad como me ha sido posible, con los límites que impone el excesivo uso de descripciones en el ritmo y el desarrollo de los acontecimientos. También debo admitir que me he tomado ciertas licencias para modificar algunos parajes, zonas de acceso y caminos de tierra por motivos puramente dramáticos o de belleza. Los medios de comunicación que se mencionan son inventados, salvo los accesorios y sin importancia en la trama, y cualquier parecido de la historia con personas reales, vivas o muertas, casos abiertos o cerrados y situaciones particulares dentro de la historia o relacionadas con ella, es fruto de la simple y omnipresente casualidad.

Nota del autor

CAPÍTULO 1

Madrugada del 26 de abril de 2011
Miren Triggs

No temas, que todo acaba.

—¡Ayuda! —chillo tocándome el vientre, con un hilo de sangre que emana de entre las costillas—. ¡Aguanta, Miren! —me susurro entre dientes, desesperada—. Aguanta, joder.

«Piensa rápido. Piensa. Llama a alguien. Pide ayuda, Miren, antes de que sea tarde».

Noto mis pulsaciones regurgitando mi propia sangre, como si fuese el vómito de mi alma marcada por las curvas de este último viaje. Fue un error. Es el fin.

No
debí
seguir.

No hay nadie en la calle salvo unos pasos que siguen los míos. Su sombra alargada por la luz de las farolas crece y desaparece, una y otra vez: grande, diminuta, enorme, inexistente, gigantesca, etérea. La pierdo de vista. ¡¿Dónde está?!

—¡Socorro! —grito de nuevo a una calle desierta y oscura, que me mira entre las sombras, cómplice de mi muerte.

«Tienes que contar la verdad, Miren. Venga, venga. ¡Venga! Tienes que llegar».

No tengo mi móvil, y aunque lo tuviese, cualquier auxilio ya llega demasiado tarde. Nadie podrá llegar hasta mí para salvarme antes de que él me mate. A quienquiera que llamase ahora pidiéndole ayuda solo encontraría el cadáver de una periodista de treinta y cinco años, que llevaba catorce años con el alma congelada por una noche fría y nefasta.

La luz de las farolas siempre revivían en mí aquel dolor de 1997, aquellos llantos que vociferé en el parque, mientras aullaba temblorosa por los hombres que sonreían durante aquel trauma imborrable. Quizá tendría que terminar todo así, bajo la intermitente luz de otras farolas negras, en la otra punta de Nueva York.

Troto con dificultad. Cada paso es una aguja afilada atravesándome el costado. El camino largo y oscuro por el que me arrastro solo conduce a Rockaway Beach, una larga y ancha playa golpeada por el viento y azotada por el hambre voraz del océano, frente al parque Jacob Riis. No hay nadie a estas horas. No ha amanecido todavía y la luna menguante ilumina con tristeza las huellas de pisadas en la arena. Miro atrás y también alumbra en negro intenso los finos hilos de la sangre que dejo tras de mí con cada paso. Al menos el inspector Miller podrá reconstruir mi último recorrido. Ese es el pensamiento de alguien que va a morir asesinada: qué quedará para identificar al asesino. Restos de ADN en las uñas, sangre de la víctima en el coche. Una vez me mate, me llevará a algún otro lugar y habré desaparecido del mundo para siempre. Tan solo permanecerán mis artículos, mi historia, mis miedos.

Llego al final del camino, giro a la izquierda y, con una agilidad que me destroza las fibras musculares rotas por la herida, me zambullo en un hueco de una de las estructuras de hormigón del antiguo Fort Tilden, abandonado a su suerte.

Lo que un día fueron unas instalaciones militares ahora no son más que unas ruinas inhóspitas frente al mar junto a una playa con forma de lengua que parece proteger Queens de la voracidad del Atlántico. Y al igual que Fort Tilden, yo, que hace unos días era una periodista incansable del *Manhattan Press*, ahora estoy siendo reducida a una chiquilla que grita temerosa, al mismo ritmo que él corre detrás de mí. En eso me he convertido. En una nueva versión de mis miedos. En un trapo sucio en el que el mundo se limpia sus vergüenzas y secretos. En una mujer pereciendo en manos de un degenerado.

Nadie me pidió ayuda. Y tuve que venir sola. Nadie me rogó que ahondase en aquello, pero una parte de mí chillaba para que buscase a Gina. No sé cómo no me di cuenta. Supongo que necesitaba volver… a sentirme muerta.

La polaroid. Todo empezó con ella. Aquella polaroid de Gina… ¿Cómo he sido tan… ingenua?

Miro a ambos lados en busca de una salida e intento guardar silencio entre los jadeos que explotan desde mi pecho. Oigo sus pasos entremezclados con el vendaval. Siento los granos de arena estampándose contra mi piel, como balas perdidas en una batalla entre el viento y la playa.

—¡Miren! —grita él, colérico—. ¡Miren! ¡Sal de donde estés!

Si me encuentra, es el fin. Si me quedo aquí, moriré desangrada. Noto el sueño. La caricia de la noche. El juego del alma en mi corazón. Ese del que hablan cuando comienzas a perder demasiada sangre. Tapo la herida y me duele como si me estuviesen marcando con hierro al rojo vivo las palabras: «propiedad de nadie».

Cierro los ojos y aprieto los dientes, tratando de contener las punzadas en mi costado, y una idea que creía sin esperanza surge de nuevo.

«Huye».

Levanto la vista desde mi escondite para analizar posibilidades y observo la valla hacia el parque Riis. Si pudiese saltarla, podría correr en dirección a las casas de Rockaway y pedir ayuda, pero la concertina superior que bordea muchas zonas de Fort Tilden tienen aspecto de poder abrirme en canal y desgarrarme las tripas si intento treparla.

Lo noto cerca.

No es su calor lo que siento, sino su frialdad. Su cuerpo gélido, inmóvil, a unos pasos de mí, seguramente con sus ojos observando con desdén el triste escondite en el que me resguardo. Un hijo de Dios relamiéndose por el cordero que va a sacrificar.

—¡Miren! —vuelve a gritar más cerca, incluso, de lo que podría esperar.

Y cometo otro error.

Justo en el preciso momento en el que aúlla mi nombre con su voz rota, me levanto y corro una última vez tratando de agarrarme a la vida, aunque todo va a acabar: me desangro, estoy sola y me voy sintiendo más y más débil.

Con cada paso vuelve a mi mente la imagen de Gina, su rostro ilusionado, su historia de dolor. La siento tan cerca que casi puedo tender la mano y acariciar su rostro de quince años, mirando feliz a la cámara en la foto que usaron para su desaparición. ¿Por qué no lo vi venir?

De pronto, todo cambia. Durante unos segundos percibo que ha dejado de seguirme. «Vuelvo a la vida, saldré de esta. Contaré la historia de Gina. Tengo que hacerlo. Lo vas a lograr, Miren».

«Estás a salvo».

En la lejanía percibo el horizonte nocturno de los rascacielos de la ciudad. Cuando estoy cerca de ellos, siempre me siento enana, pero de lejos, parecen pilares de cuarzo brillando con luz ancestral.

Su sombra aparece otra vez. Me fallan las fuerzas. Ya apenas puedo andar. La calle desierta, la luna llena atenta: «Estás muerta, Miren», parece decir. «Nunca dejaste de estarlo».

Cada paso que doy me desgarra por dentro; cada grito en el que me sumerjo se pierde en la más absoluta indiferencia. Solo el rugido lejano del océano se cuela de vez en cuando entre mis pasos débiles arrollando mis jadeos en la oscuridad.

—¡Miren, no corras! —vocifera.

Avanzo por la playa con dificultad, peleándome contra la arena que parece tener hambre de mis pies. Salto una pequeña valla de madera destartalada que sirve para contener la arena y, para mi suerte, alcanzo una calle asfaltada repleta de casas apagadas que conectan el centro de Neponsit, uno de los vecindarios de Rockaway, con la playa.

Aporreo la puerta de la primera de ellas, al tiempo que pido auxilio, pero estoy tan cansada que apenas se me escapa un suspiro. La vuelvo a aporrear, casi sin fuerza, pero no parece que haya nadie en el interior. Miro atrás, desesperada, temiendo que él aparezca de nuevo, pero no está en ninguna parte. Me engulle el rugido del mar. Una ola reconstruye los pedazos de mi alma. ¿Estoy a salvo?

Avanzo hasta la siguiente casa, de pilares redondeados en el porche, con barandillas de forjado y, en cuanto golpeo la puerta con la aldaba y los nudillos, una luz se enciende en su interior.

Mi salvación.

—¡Ayuda! —grito con fuerzas recobradas—. ¡Llame a la policía! Me persigue un...

Una mano aparta la cortina tras el cristal de la puerta y deja ver el rostro envejecido de una mujer de pelo blanco con cara de preocupación. ¿Dónde la he visto antes?

—¡Ayúdeme, señora! ¡Por favor!

Me mira arqueando las cejas y me dedica una leve sonrisa que no me reconforta.

—Dios santo, ¿qué te ha pasado, hija? —dice, al tiempo que abre la puerta y deja ver el camisón blanco que lleva—. Esa herida no tiene buena pinta, querida —añade con voz cálida—. Debería llamar a una ambulancia.

Me miro el abdomen. Un pozo rojo inunda mi camiseta desde el costado hasta la cadera. Tengo ambas manos cubiertas de mi propia sangre e incluso la aldaba de la puerta está llena de ella. «Quizá Jim descubra que llegué hasta aquí, aunque será mejor que no lo haga. Así estará a salvo. Así, al menos, uno de los dos seguirá con vida».

—No me..., no me encuentro bien —digo entre jadeos cada vez más débiles.

Trago saliva que me sabe a sangre antes de intentar hablar de nuevo, pero escucho unos pasos a mi espalda y todo se precipita. No tengo tiempo de girarme.

En el mismo instante en que la anciana eleva su mirada por encima de mi cabeza, percibo una sombra junto al marco de la puerta, noto el frío de su mano que me tapa la boca y, de golpe, la fuerza de su brazo rodea mi cuerpo.

Es el fin.

Siento la muerte en los ojos negros de la anciana, en el vacío de mi pecho, en mi último aliento con su mano tapándome la boca y, sin yo quererlo...

... lo recuerdo todo.

CAPÍTULO 2

FORT TILDEN
23 de abril de 2011
Tres días antes
Ben Miller

Corre, hermana,
antes de que lleguen los monstruos
que nos prometieron.

El inspector Benjamin Miller había aparcado su coche, un Pontiac gris con matrícula de Nueva York, en mitad de un camino de tierra del interior de la explanada de setos, zarzas y vegetación salvaje de Fort Tilden, justo frente a tres vehículos de policía con las luces encendidas.

Ya había anochecido cuando lo llamaron a su móvil. Estaba justo a punto de llevarse a la boca un trozo de pollo al horno que Lisa, su mujer, había cocinado para la cena. Ella había puesto cara de preocupación en cuanto vio a Ben con el teléfono en la oreja y escuchó el golpe del tenedor sobre el plato. Al verle el rostro serio se lamentó internamente, porque sabía lo que sucedía después de llamadas como aquella.

—¿Creéis que es Allison? —preguntó entonces el inspector Miller al auricular, para añadir tras una pausa—: Entiendo. ¿Dónde? ¿Fort Tilden? Voy de camino.

—¿Tienes que ir ahora? —le había preguntado Lisa al verlo ponerse en pie, aunque ella ya sabía la respuesta.

Le molestaba que el trabajo de Ben siempre estuviese presente, que fuese una constante en su vida y en su ánimo, pero llevaban tantos años bañándose en la desesperanza de las desapariciones, que ella se sentó a la mesa y dio un simple trago a su vaso de agua mientras esperaba, no una respuesta, sino algo de información sobre el motivo.

—Parece serio, Lisa —respondió él—. ¿Recuerdas a Allison Hernández?

—¿La niña de once años de Nueva Jersey?

—No…, la de Queens. Quince. Morena, pelo largo.

—Ah…, sí. Fue la semana pasada, ¿no? ¿La han encontrado?

—Creen que sí.

—¿Muerta? —preguntó Lisa, con un tono lleno de rutina y tristeza.

Ben no había respondido. Tan solo se había limitado a guardar silencio y a coger sus cosas antes de despedirse mientras agarraba la chaqueta gris del perchero.

En un porcentaje reducido de ocasiones su trabajo terminaba así: con una llamada de unos adolescentes o de una pareja de senderistas, que divisaban un cadáver en el lecho del río Hudson, flotando tras días a la deriva o, como había sucedido no hace mucho, descuartizado en el interior de una maleta. En este último caso, los miembros de la unidad científica debían reconstruir no solo lo ocurrido, sino también un cuerpo.

—Mañana es… —dijo Lisa, con tono de aviso.

—Lo sé. Estaré aquí temprano —respondió él, triste.

Había conducido durante un largo camino desde Grymes Hill, en Staten Island, donde vivía en una casa de madera pintada en blanco, con cubreventanas azules y jardín resplandeciente, pero valla descuidada. Para llegar a Fort Tilden había cruzado el puente Verrazano-Narrows hacia Brooklyn, acompañado de un incesante flujo de luces rojas, mientras él pensaba en los padres de Allison y en cómo contarles la noticia. Luego bordeó Brooklyn por la costa, hasta llegar al puente de la avenida Marine, el acceso más rápido a la península de Rockaway. Justo cuando estaba cruzando el puente se dio cuenta de que la comitiva de vehículos que viajaba con él había desaparecido y que se estaba adentrando en una zona, sin duda, alejada del bullicio y el estrés de la ciudad. El vacío, el espacio y la enorme amplitud entre los edificios de la zona nada tenían que ver con el sentimiento de opresión en las inmediaciones de Manhattan.

Rockaway parecía, ya desde el mismo puente de entrada, tener un ritmo distinto a todo cuanto estaba acostumbrado. Nada más llegar a la explanada desierta que se abría en la conexión del puente, observó varias señales que dirigían hacia Fort Tilden. Pronto giró a la derecha y, a medio camino de Rockaway Bulevard, vio dos agentes de policía fuera de su vehículo, en la entrada de un camino de tierra que se adentraba en el parque Riis.

—Soy el inspector Miller, Unidad de Desaparecidos —dijo, abriendo la ventanilla. Olía a mar. Se notaba el viento húmedo salino en el aire—. Me han llamado por lo de la chica que han encontrado aquí, en Fort Tilden. Puede ser de uno de los casos que llevo.

Los agentes se miraron con cara de preocupación.

—¿Dónde han encontrado el cuerpo? —insistió—. Verán…, no suelo venir por esta zona. ¿Alguno me indica el camino?

El más bajo de los dos se atrevió a hablar:

—Es al fondo, tras la valla. Estamos esperando a los de la científica. Es horrible. Nunca he visto algo así.

El inspector Miller se adentró por el camino sin bajarse del vehículo, mientras divisaba a lo lejos las luces intermitentes de los coches de policía que custodiaban una estructura de hormigón abandonada entre la vegetación salvaje que había invadido el parque. Mientras avanzaba con cuidado para no dañar los bajos del Pontiac, había repetido en su mente las palabras del agente: «Nunca he visto algo así».

Un agente estaba terminando de montar la cinta policial, anudándola al espejo retrovisor de una de las patrullas que iluminaban con sus faros encendidos el edificio en ruinas y lleno de grafitis frente al que estaban aparcados. Una agente con el pelo recogido en la coronilla hablaba con dos chicos de unos catorce años, cuyas bicicletas BMX estaban tiradas en el suelo junto a uno de los coches policiales.

Antes de bajarse del vehículo, el inspector agarró una carpeta que tenía en el asiento del copiloto en cuya portada estaba escrito en rojo «Allison Hernández». La abrió y permaneció unos instantes mirando la fotografía de la primera página: una chica de pelo castaño oscuro, casi negro, y nariz puntiaguda miraba a la cámara con alegría. No quiso leer nada más de aquella primera página. Se sabía su historia de memoria, incluso la ropa que llevaba cuando desapareció: unos vaqueros negros y una camiseta blanca con el logo de Pepsi. Volvió a dejar en el Pontiac la carpeta y mostró su identificación al policía que fijaba el perímetro casi sin hablar.

—¿Dónde...? —preguntó Miller.

—Ahí dentro. Tenga cuidado con el hierro oxidado de la puerta.

—¿La encontraron ellos? —añadió, señalando en dirección a los dos chicos.

El policía asintió, casi sin hablar.

—¿Habéis avisado a sus padres?

—Vienen de camino. Tendrán que acompañarnos a comisaría.

—¿Me indica el camino hasta…?

—Preferiría no verla de nuevo, señor, si no le importa. Tengo una hija de su edad y…

El inspector Miller se dio cuenta de que las manos del policía temblaban. Era un tipo de unos cuarenta años que tenía aspecto de llevar bastantes de servicio en la calle viendo de todo y aun así parecía estar demasiado afectado para su experiencia. Una ciudad con nueve millones de habitantes es muy creativa a la hora de presentar sus cadáveres, por eso, cuando se comenzaba a trabajar en el cuerpo de policía, los agentes se inmunizaban pronto de ver escenas grotescas.

—Está bien. ¿Dónde?

—Ahí dentro. Están Scott y Carlos. La segunda sala a la izquierda.

—¿Me deja la linterna? —le pidió Miller, tendiendo la mano.

El agente la sacó de su cinturón y antes de que tuviese tiempo de dársela, un policía latino de peinado perfecto, moreno y metro setenta, surgió desde la oscuridad de la puerta.

—¿¡Agente Miller!? —preguntó de un grito, cuyo sonido se mezcló con el de una ola rompiendo en la lejanía. La orilla del océano estaba a unos doscientos metros, pero el ruido navegaba por el viento, como si fuese una canción sobre los sueños—. Creemos que es Allison. Estamos esperando a los de la científica para tomarle las huellas y ADN para confirmarlo.

—¿Puedo verla? —fue lo primero que dijo Miller.

—¿Es usted religioso? —preguntó el agente Carlos, con cara de preocupación.

—¿Desde cuándo eso importa?

—Hoy sí, inspector. Dios no estará contento con lo que le han hecho a esta chica.

—¿Lo es usted?

—Por supuesto, inspector. Dios le dio fuerzas a mi madre para cruzar el desierto y la frontera cuando estaba embarazada de mí, y también para convertirme en lo que soy ahora. Dios ha sido generoso conmigo. Cuando llegue a casa, besaré a mi mujer y rezaré a Dios para pedirle perdón.

El inspector Miller se dio cuenta de que Carlos parecía afectado y que había comenzado a andar hacia la puerta de acceso a la estructura de hormigón abandonada y lo invitaba a seguirlo. Era una especie de nave, casi en ruinas, con algunos huecos donde antes quizá habían existido ventanas y de las que solo quedaban los marcos, cuyo óxido resplandecía rojizo por el efecto de los faros de los coches patrulla.

Carlos avanzó varios pasos por delante de Miller y se adentró en la oscuridad al mismo tiempo que encendía su linterna y dejaba ver el interior lleno de pintadas, escombros y colchones deshechos de los que ya solo quedaban los muelles.

—Tenga cuidado con dónde pisa —dijo Carlos, mientras avanzaba por el pasillo.

—¿Por qué ha dicho antes que iba a pedirle perdón a Dios? —inquirió Miller mientras lo seguía.

Carlos se detuvo un segundo, se volvió hacia él y respondió, serio:

—Por no santiguarme frente a la cruz.

Aquella frase permaneció resonando unos segundos en su cabeza, el tiempo justo mientras Carlos giraba a la izquierda y se perdía tras el hueco donde antes debía de haber una puerta, junto a un carro de la compra oxidado y tirado en el suelo. Miller no le perdió de vista para no extraviarse y, para su sorpresa, cuando entró a la siguiente estancia, se encontró en un espacio mucho mayor del que parecía desde fuera, con el techo a doble altura. La luz de una luna creciente se colaba por los huecos de los cristales rotos de la parte superior de las paredes. A Miller le pareció una sala enorme, al menos lo que llegaba a ver en la oscuridad que rompía el haz proyectado de la linterna de Carlos. De pronto, se percató de que había otra luz bailando en el fondo que iluminaba uno de los rincones de la nave.

La linterna más lejana se volvió hacia Miller para cegarlo.

—Él es Miller, de la Unidad de Desaparecidos —dijo Carlos a Scott, que ya se encontraba en el centro de la sala, esperando al inspector mientras iluminaba el suelo que este tenía delante, en una especie de aviso para que no se tropezase con decenas de sillas mugrientas, perfectamente alineadas en filas de doce, que miraban todas hacia la pared del fondo.

—¿Qué... es... todo esto? —inquirió Miller, confundido.

—Una especie de... iglesia —respondió Carlos visiblemente afectado—. Y ella... —añadió con voz rota al tiempo que alzaba la linterna hacia una imponente cruz roja que se erguía en la pared y que el inspector no había logrado ver en la oscuridad— ... ella hace las veces de Dios.

El inspector sintió que sus piernas se precipitaban en el vacío y su estómago acompañó aquella sensación, como si la tierra se hubiera abierto y lo hubiese engullido en un abismo tan oscuro como los miedos de su niñez. En su garganta se agolpó un nudo que había trepado desde su corazón al ver el cuerpo inerte de Allison clavado sobre la madera pintada de rojo. Con los pies apoyados uno sobre otro y los brazos extendidos sobre los extremos de la traviesa superior, se encontraba el cuerpo de una chica joven de melena morena, con el torso desnudo y la cintura cubierta por un trapo blanco ensangrentado. Nunca había visto nada igual.

Miller tragó saliva al tiempo que proyectaba sobre la cara de ojos cerrados el rostro sonriente que Allison tenía en la fotografía que acababa de mirar en el coche, antes de entrar allí. Tenía medio rostro pintado de negro con una especie de brochazo que le cubría los ojos, como si fuese un antifaz de pintura que le otorgaba a Allison el aspecto de alguien que no quería mirar. Bajo la cruz, el suelo estaba encharcado por la sangre que había brotado de una herida en el costado. La cabeza de la adolescente descansaba hacia un lado, como si estuviese durmiendo para toda la eternidad.

—¡¿Quién ha hecho esto?! —exclamó, incrédulo.

CAPÍTULO 3

NUEVA YORK
23 de abril de 2011
**Tres días antes
Miren Triggs**

*Cuando apuestas tu alma,
ganes o pierdas,
nunca vuelves a ser el mismo.*

Mi editora no podía creerse que yo fuese a reaccionar
así, corriendo con prisa hacia la puerta de la librería,
para buscar a la persona que me había dejado el sobre
con aquella extraña fotografía. Supongo que no estaba
acostumbrada a ver a una de sus autoras salir así tras
una firma. Pero ni siquiera yo esperaba aquella reacción
por mi parte. Cuando quise darme cuenta, me sorpren-
dí jadeando, casi sin aliento por el miedo instantáneo,
oteando entre los paraguas de la calle y buscando en
todas direcciones unos ojos que reconociese amena-

zantes. Me había vuelto impredecible incluso para mí misma.

Era la última de las firmas que tenía fijadas por contrato con la editorial, tras acceder a publicar un libro sobre mi búsqueda durante doce años de Kiera Templeton, una niña de tres años que había desaparecido en 1998, en la cabalgata de Acción de Gracias, y cuyo desenlace inesperado había detallado inicialmente en un artículo publicado para el *Manhattan Press*, el periódico en el que trabajaba y el más importante de Estados Unidos.

No tenía previsto publicar un libro sobre Kiera ni era mi intención hacerlo cuando la buscaba. Pero no pude renunciar a la oferta de la editorial. Un manuscrito, doce presentaciones en librerías, un millón de dólares. Había pedido un tiempo en la redacción para centrarme en la novela y, en lo que tardé en escribirla, navegué en una deriva en la que lentamente me alejé cada vez más del periódico y de lo que siempre había sido. El éxito inesperado del libro me absorbió por completo y, sin darme cuenta, me vi atrapada por la vorágine de las entrevistas y presentaciones y había perdido el control de todo cuanto hacía. Tenía pensado volver pronto, ese fue siempre el plan, pero poco a poco la realidad y el éxito me habían apartado de lo que en realidad hacía que me sintiera yo misma.

En las once firmas anteriores me había comportado como necesitaban que lo hiciese: audaz, explicando los pormenores de la historia de la pequeña Templeton; cariñosa con los lectores, que querían ver mi firma garabateada en sus ejemplares; cordial con los libreros, que se habían dejado una fortuna en adquirir por adelantado decenas de miles de libros que lideraban los escaparates y expositores de todo el país. La novela se había convertido en la más vendida de Estados Unidos y yo era incapaz de disfrutar de aquel éxito. Creo que, en realidad, no estaba preparada para aquello y tampoco lo buscaba. *La chica de nieve* se había convertido en la búsqueda de medio planeta, en el enigma de una generación que ansiaba saber qué había sido de Kiera, qué le había sucedido y, sobre todo, si había sufrido. Pero el único dolor que plasmé entre aquellas palabras, el que inundaba sus páginas, siempre fue el mío, y quizá eso hizo que cada una de las doce firmas estuviese abarrotada.

No hay nada que atraiga más que ver a alguien sufrir. Es imposible apartar la vista. El llanto nos absorbe, el drama nos domina y la prensa lo sabe. Vino tanta gente a aquella última firma que no pude ver quién me había dejado encima de la mesa el sobre marrón junto al resto de regalos y detalles de los lectores.

Cuando lo agarré, pensé que era una carta platónica. Un fan enamorado que se habría dejado llevar en su fantasía y habría llegado a la conclusión de que quizá lo que había escrito en mi libro demostraba que yo era una buena pareja con la que pasar el resto de su vida.

Nada más lejos de la realidad. Yo no era una buena compañía ni para mí misma, y lo decía porque me conocía mejor que nadie. Se trataba de un sobre marrón acolchado y en él alguien había escrito, con letra irregular: «¿Quieres jugar?». La mente de la librera que me estaba ayudando a meter los sobres y regalos en una bolsa había lanzado aquella idea romántica con rapidez:

—Seguro que es una de esas propuestas eróticas. Ábrelo y nos reímos.

No recordaba a nadie que me hubiese dejado aquella carta durante la firma, aunque en realidad no había estado atenta, ya que alrededor de la mesa había habido mucha gente arremolinada, haciéndose fotos y charlando mientras yo firmaba, concentrada y agradecida por el apoyo.

Pero una sensación extraña sobrevolaba aquel sobre, como si fuese acompañado de la melodía de un final trágico. La letra irregular del «¿Quieres jugar?» transmitía un desorden que ya se me había clavado en el alma.

—Tal vez es un fan loco. Dicen que todos los escritores tienen uno —añadió la librera en tono jocoso.

—Tiene letra de estarlo —respondí, seria.

En realidad, aquellas dos simples palabras parecían dispuestas a dinamitarlo todo. Una parte de mí no quería creer aquella sensación y deseaba con todas mis fuerzas encontrar en su interior algo con buenas intenciones.

Durante toda la firma me había sentido acompañada de miradas de ilusión y buenas palabras, y mi alma destrozada se había anclado a aquella luz que parecía equilibrar un mundo ya demasiado oscuro.

Rompí el sobre e introduje la mano en él. Por el tacto no sentí ningún peligro, tan solo un papel frío y suave. Pero cuando lo saqué, comprobé lo que era: una fotografía polaroid oscura y mal encuadrada con una imagen que me dejó tan aturdida como helada. En el centro, una chica rubia y amordazada, mirando a la cámara, en el interior de lo que parecía una furgoneta. En el margen blanco inferior, con la misma letra desordenada, el autor había escrito: «Gina Pebbles, 2002».

Aún sentía la adrenalina recorrerme la punta de los dedos con los que sostenía la polaroid con verdadero pavor, mientras oteaba a lo lejos, en la calle, a alguien a quien pudiese reconocer de la firma. Llovía, como siempre lo hacía en los peores momentos, y aquello convirtió mis intentos en vanos. Caían pequeñas gotas que siempre parecían lágrimas. Una veintena de paraguas bloqueaba la vista a ambos lados de la acera y aquella visión me trasladó de golpe a esa soledad que volvía a mí de cuando en cuando, a pesar de estar rodeada de gente por todas partes.

Es difícil sentirte acompañado cuando el mundo entero camina con la cabeza alta, incapaz de bajar la vista hacia los que nos arrastramos en nuestras pesadillas.

—¿Qué pasa, Miren? —dijo la voz lejana de mi editora, Martha Wiley, detrás de mí.

No le respondí.

A lo lejos divisé la figura de un hombre, caminando junto a una niña con un abrigo rojo. Recordaba a aquella niña. Unos minutos antes había estado frente a mí en la librería y me había dicho aquellas palabras que aún resonaban en mi cabeza:

—Cuando sea mayor, quiero ser como tú y encontrar a todos los niños perdidos.

Corrí hacia ellos para alcanzarlos, esquivando gente, cuerpos y abrigos mojados. Sentí la lluvia calar mi jersey, expandiéndose desde mis hombros como si las gotas fuesen pequeños cubos de hielo que se derretían sobre mí.

—¡Esperad! —grité.

Algunas personas que caminaban por la acera se giraron hacia mí, pero solo el tiempo justo para darse cuenta de que no importaba. ¿Conoces esa sensación? ¿Esa indiferencia en la que nadamos por la calle? Si hubiese pedido ayuda, la reacción hubiese sido la misma. Cada uno camina en su propio infierno y pocos se arriesgan para apagar el de los demás.

De pronto los vi detenerse en la esquina y, tanto el hombre como la niña, esperaron bajo un paraguas negro el tiempo justo para que se parase un taxi junto a ellos.

—¿¡Habéis dejado…!? —chillé entre jadeos cuando al fin los alcancé.

La niña se giró hacia mí, asustada. El hombre que iba con ella, seguramente su padre, me observó preocupado.

—¡¿Qué ocurre?! —preguntó, confuso, mientras abrazaba a su hija, protegiéndola.

La puerta del taxi estaba abierta, ya habían cerrado el paraguas y esperaban mi respuesta, bajo la lluvia.

Aquella mirada de la pequeña me dejó sin palabras. Percibí el miedo en sus ojos, la confusión en su alma. Su mirada de ilusión mientras presentaba el libro se había evaporado y se había convertido en algo de lo que no me sentía orgullosa.

—¿Habéis dejado…? —La pregunta parecía haberse respondido sola y decidí no completarla—. Quiero decir… —me retracté, con la lluvia anegando mi cuerpo y mi esperanza—. Esta pequeña se ha dejado allí un pequeño regalo por ser la persona más especial de la firma —dije, tratando de tranquilizar a la niña. Debía de tener ocho o nueve años—. Se ha dejado esto —añadí, sacando de mi chaqueta el bolígrafo con el que había estado firmando los ejemplares.

El padre me miró confundido. Parecía haberse dado cuenta de que algo me atormentaba. No me gustaba ser tan transparente, pero a veces era inevitable que saliese a la luz quien yo era de verdad. Tanto el padre como la niña se montaron en el taxi, en silencio. Lo noté en sus ojos. Sentí lo que quería decirme: «Eres un bicho raro».

El padre cerró la puerta del taxi y le dijo alguna dirección al conductor.

—Coge el bolígrafo, pequeña —insistí a través de la ventanilla, sabiendo que mi desesperación era el motivo de sus ojos de terror—. Es para ti. Algún día serás una gran periodista.

La niña alargó la mano, en silencio, y sus finos dedos agarraron el bolígrafo con tristeza.

—¿Le importa? Tenemos que irnos. Esto no ha sido buena idea —dijo el padre.

Retiré la mano de la ventanilla y el taxi se alejó en dirección norte, sus luces rojas se difuminaron entre los demás coches, al igual que lo había hecho la esperanza de que yo tenía solución. Sentí mi cuerpo hecho pedazos, a pesar de tener tan solo algunas cicatrices pequeñas repartidas por la espalda.

La voz de Martha Wiley se alzó tras de mí con un tono que más bien parecía una puñalada, al tiempo que me tapaba con su paraguas verde.

—¿Te has vuelto loca, Miren? No puedes dar esa imagen a los libreros. ¿Entiendes? Y mucho menos perseguir a los lectores. ¿Acaso se te ha ido la cabeza? Esto es inadmisible. Tendrías que…

—Lo…, lo siento —dije, intentando apaciguar a Martha—. Es que la fotografía…

—No me importa el motivo, pero me alegro de que lo sientas. No voy a tolerar más comportamientos como este, Miren. Puedo pasar que seas tímida, y valoro de verdad lo que te esfuerzas por salir de tu... zona de confort en las firmas, pero necesito que vendas libros. Y ello depende de tu imagen. No puedes ser histriónica. No puedes parecer una lunática. Mañana tenemos dos entrevistas, una en *Good Morning America*, y tienes que ser más... alegre. Te quiero ver reír y hacer bromas.

—¿Entrevistas? —pregunté, confundida—. Yo... tengo que volver a la redacción.

—¿Redacción? Estamos vendiendo más que nunca, Miren. No podemos dejar que la rueda se pare.

—Solo tenía doce presentaciones firmadas por contrato. Esta era la última.

—¿La última? ¿Estás loca? Tienes que estarlo, no tiene otra explicación. Eso se pone en los contratos para comprometer al autor en la promoción, pero... cuantas más presentaciones y más exposición en los medios, más libros se venden. En el contrato también pone que el autor participará en todas las acciones de *marketing* que decida la editorial para impulsar la venta del libro durante el año siguiente a su publicación. El libro se acaba de publicar. Es un éxito. Todo el mundo habla de él. Todo el mundo quiere verte.

Agaché la cabeza y observé la fotografía. Había dejado de oírla en cuanto recitó aquella cláusula del contrato.

—¡Miren! Te estoy hablando.

—Tengo que volver a la redacción. Hace tiempo que..., que no me siento viva —dije en voz alta, pero sin hablar con ella.

—Ya habrá tiempo de que vuelvas al periódico, Miren —alzó la voz a mi lado—. Ahora lo importante es que te centres en la entrevista de mañana. ¿Tienes pensado lo que te vas a poner?

No podía apartar la vista de los ojos asustados de Gina en la polaroid, que acumulaba diminutas gotas de lluvia que competían por recorrer la imagen hasta el borde. La expresión de terror, el trapo que le cubría la boca, la posición de sus brazos, como si tuviera las manos atadas tras la espalda, su pelo rubio.

—¿Es por esa fotografía? Eso es una broma de mal gusto. Alguno de tus fans te ha querido poner a prueba y lo ha conseguido. Olvídalo. Esta noche te vas a casa. Te duchas, descansas y mañana te recojo. No me decepciones, Miren. Hemos apostado mucho por esta novela.

Noté cómo levantaba la mano para parar un taxi y cómo, unos segundos después, las ruedas de uno frenaban a nuestro lado.

—Súbete, Miren. Ya me disculpo yo con la librera. Qué vergüenza. Mañana a las ocho estoy en tu casa.

Abrió la puerta y levanté la mirada de la foto para ver a Martha Wiley, vestida de traje negro, con su paraguas verde, señalándome con rostro serio el interior del taxi.

—¿A qué esperas? —inquirió con tono molesto.

Estaba empapada. El frío de la lluvia era tan doloroso como la idea de subirme a aquel taxi y estar al día siguiente maquillada, delante de todo el país, hablando de la novela y de Kiera Templeton. Suspiré con resignación y di un paso hacia la puerta. No me imaginé esta vorágine cuando acepté escribir sobre ella. No pensé en que me alejaría de todo cuanto soy.

—Me alegro de que entres en razón —dijo finalmente—. Vamos a vender millones de libros, Miren. ¡Millones! Además, tengo una buena noticia que no te he contado aún. He conseguido que te entreviste la mismísima Oprah. ¡Oprah! Todavía no tengo la fecha, pero es un notición. ¡Vamos a arrasar, Miren!

Agaché la cabeza de nuevo hacia la imagen de Gina. Tan débil. Tan vulnerable. Tan… indefensa. Su mirada era la mía. Sus ojos clamaban ayuda. Mi alma necesitaba encontrarla.

Me detuve en seco justo en el momento en que estaba junto a Martha y dije:

—Esta ha sido la última presentación, Martha. Cancela todo lo que hayas organizado.

Casi dejó caer el paraguas por la sorpresa, pero no tardó en sentirse insultada:

—¿Acaso no has escuchado nada de lo que te he dicho? —alzó la voz, indignada—. Mañana a las ocho en tu casa. Deja de decir tonterías.

—Ya he acabado, Martha —aseveré.

—¿Perdona?

—Si quieres hablar conmigo, envíame un *e-mail*.

—El contrato dice bien claro…

—Me importa una mierda el contrato —la interrumpí, con tono serio, y creo que eso la hizo explotar aún más.

—¿Cómo te atreves a…?

—Adiós, Martha —la corté de nuevo, porque me acababa de dar cuenta de que ella odiaba que lo hiciese.

Me di la vuelta y, sin decirle nada más, caminé bajo la lluvia alejándome de ella.

—¡Miren! ¡Vuelve aquí y súbete al taxi!

Estaba temblando, pero no por mí. Era por Gina. Quienquiera que me hubiese dejado el sobre con su fotografía me había dado dos motivos para aquel desplante: mi rescate y, quién sabe, el de Gina. Oí la voz de Martha a lo lejos y su timbre me recordó al llanto de un bebé encaprichado.

—¡Estás acabada, Miren! ¿Me oyes?

Alzó la voz un poco más, algo que parecía imposible.

—¡Completamente acabada! —chilló una última vez, justo antes de que yo girase una esquina y la perdiese de vista.

Estaba jadeando. Estaba nerviosa. Sentía aquella obsesión brotando entre mis dedos. Me detuve en seco y me dejé llevar. Las lágrimas fueron primero. Después la inseguridad.

—¿Quién te ha traído, Gina? —le dije a la foto—. ¿Dónde estás?

No sabía entonces que intentar responder a aquellas dos simples preguntas precipitaría la serie de acontecimientos dramáticos que vinieron después.

CAPÍTULO 4

MANHATTAN
23 de abril de 2011
Tres días antes
Jim Schmoer

*La verdad siempre encuentra el camino
para destrozarlo todo.*

El profesor Jim Schmoer se subió a la mesa de la clase y leyó los titulares de aquel día ante la sorpresa de sesenta y dos jóvenes alumnos que lo miraban incrédulos.

—Ayer murieron ochenta y una personas en las protestas en Siria a manos de las fuerzas de seguridad del propio estado —vociferó, consiguiendo acallar a parte de la clase.

Minutos antes había entrado sin decir nada y había esperado en silencio apoyado en la mesa, mientras sostenía en su mano dos periódicos que solía leer nada más llegar. Aquel día parecía que nada importaba. Fuera el sol brillaba con intensidad, aunque la predicción del tiempo que había oído en la radio insinuaba una fuerte lluvia para la tarde. La primavera, tan radiante como cambiante, ya era una realidad y su llegada parecía haber invadido el follaje de los árboles y el espíritu de los alumnos ilusionados que acudían desde todo el país aquel sábado a lo que Columbia llamaba *Sábados inmersivos*, en los que estudiantes del último curso del instituto experimentaban la vida en la universidad por un día. Algunos estudiantes incluso lo habían visto entrar de reojo y habían decidido ignorarlo y seguir charlando unos segundos más. En ellos aún flotaba la idea de que los estudios en Columbia iban a ser un paseo como en sus institutos, y quizá por eso habían decidido continuar saludándose entre ellos para conocerse, aunque muchos no volverían a pisar aquellas clases después de aquel día.

Jim Schmoer sabía que en la cabeza de los estudiantes de primero de Periodismo aún flotaba la idea de que permanecían ajenos al mundo, quizá con la absurda ocurrencia de que el mundo real no se colaba de lleno en el académico. En cierto modo, aquella creencia no podía ser más errónea, especialmente en una carrera como Periodismo, donde la realidad no solo se filtraba en cada clase, sino que trastocaba los apuntes, los trabajos y muchas veces, incluso, adquiría la forma de un profesor al que no se le pagaba el sueldo. La realidad llegaba cada día a los quioscos de todo el país, entraba en las casas de la gente a través de las pantallas, flotaba en el aire sobre una frecuencia de radio y, por supuesto, impartía lecciones en aquella aula que a veces era mejor no sentir como ajena.

—Además, entre los fallecidos —añadió Jim Schmoer sin titubear— se encuentran dos niños de siete y tres años que fueron víctimas del fuego cruzado entre policías y manifestantes.

Todos se quedaron helados tras escuchar aquel segundo párrafo.

—Se llamaban Amira y Jamal. Una bala disparada por la policía atravesó el cuerpo de Jamal, de tres años, y lo derribó en mitad de la carretera que cruzaba corriendo tras su madre. Su hermana Amira regresó a por él y un adoquín arrancado del suelo, que se usaba como proyectil contra el ejército, impactó en su cabeza. La muerte de ambos fue instantánea.

Se hizo un silencio sepulcral. El tono de Jim había sido tan severo que la clase entera pareció afectada. Aquella exposición luego le costaría dos correos electrónicos de padres y madres preocupados por el estilo de Columbia, que parecía haber traumatizado a sus hijos, y que anunciaban además que reconsiderarían si matricularlos en la facultad.

—Bien. Y ahora que tengo su atención. Déjenme preguntarles: ¿quién ha leído los principales periódicos de hoy?

Solo cuatro jóvenes levantaron la mano. Estaba acostumbrado a aquella respuesta en esa jornada de puertas abiertas, en la que demostraba cómo era un día típico en «Introducción a periodismo de investigación». Con los alumnos ya matriculados, la situación cambiaba curso a curso, hasta cuarto, cuando prácticamente encontraba en clase a alumnos críticos, periodistas incipientes y hambrientos de verdad. Su labor ese día más que enseñarlos era motivarlos a amar la pasión, a vomitar sobre las mentiras, a clavarles la espina que la verdad y los datos eran las armas contra los tiranos. Convertirlos en pequeños perros de presa de la información. En hacer que les indignase que ciertas historias, si no se contaban, no saliesen a la luz. Con los de segundo, donde impartía «Periodismo político», su objetivo personal era aleccionarlos a cuestionar cada afirmación que salía de los gabinetes de prensa de los partidos, convirtiendo a cada alumno en una bomba capaz de derrumbar cualquier discurso asentado sobre los pilares de la mentira. Pero su grupo favorito se encontraba en cuarto, a los que mostraba las entrañas y pormenores del periodismo de investigación. A elegir un tema y sacarle las tripas. A encontrar las sombras en la luz resplandeciente que pretendían simular corporaciones, empresarios y políticos.

—Pues bien —continuó—, en ningún lugar de la noticia que hoy publica el *Manhattan Press*, sobre el alzamiento en Siria y el triste número de víctimas a manos de su propio gobierno, se ha hablado de los dos niños. ¿Por qué creéis que ha pasado eso?

Un alumno a la izquierda se lanzó a preguntar, herido en su orgullo por no haber leído las noticias esa mañana, a pesar de haber prometido a sus padres que se aplicaría para rentabilizar la experiencia de aquel fin de semana, tras un largo viaje en coche desde Michigan.

—¿Para evitar el morbo y el sensacionalismo?

Jim negó con la cabeza y apuntó desde lo alto de la mesa a una chica de pelo liso a su derecha, desprevenida.

—Porque..., ¿porque no lo sabían? —improvisó.

El profesor dejó escapar una sonrisa y señaló a otro alumno que segundos antes se había estado riendo a carcajadas en la última fila.

—No..., no sé, profesor. No...

—Bien —respondió Jim, para luego continuar—, tiene una explicación muy simple y quiero que se os grabe desde ya en la cabeza. No se habla de ninguno de los dos niños fallecidos por una simple razón: me lo acabo de inventar —admitió finalmente, con la intención de enseñar una lección vital—. La verdad es lo único que importa y lo único que debe publicarse en el periodismo serio. La simple y pura verdad. Y por eso necesito que seáis críticos. El mundo necesita que seáis críticos con toda la información. Que cuando yo diga que dos niños han muerto, abráis vuestros ejemplares y comprobéis que es verdad. Que cuando un político diga que parte del presupuesto de la ciudad se está usando en construir parques infantiles, os tiréis vosotros mismos por los malditos toboganes. Tenéis que comprobarlo todo. Necesitáis confirmar lo que se cuenta. Porque si no lo hacéis no seréis periodistas, sino cómplices del engaño.

La clase contuvo la respiración, casi emocionada. A Jim no le sorprendió la reacción. Con cada curso que empezaba usaba aquel discurso aunque siempre deseaba que, por una vez, alguien le destapase el embuste desde el principio.

Cuando terminó la clase al mediodía, los sesenta y dos alumnos aplaudieron. Algunos salieron de allí con la firme convicción de estudiar Periodismo. Otros, con la certeza de que no estaban preparados para meterse de lleno en una profesión cuya máxima parecía tener siempre un espíritu combativo.

Al salir del edificio, Jim se dio cuenta de que Steve Carlson, decano de la Facultad de Periodismo, lo esperaba a los pies de la estatua de Jefferson que decoraba la entrada.

—¿Qué tal ha ido eso, Jim? —dijo, a modo de saludo.

—Bien. Como todos los años. Me gustaría saber que volveré a ver a algunos cuando comience el curso.

—Bien, bien… —respondió, ausente.

—¿Qué ocurre, Steve? ¿Ha pasado algo? —preguntó Jim, confuso.

—Bien, bien. Ya sabes que yo te admiro mucho. Me parece que haces una labor indispensable con los chicos y te quiero aquí.

—¿Quién ha sido?

—Hay más quejas.

—¿De mis alumnos?

—Oh, no. Ellos están encantados. No. No me malinterpretes.

—¿La dirección?

Dudó un segundo, confirmando la respuesta.

—Venga ya, Steve. Tienes que estar de broma.

—Es por el programa de radio que grabas por las noches.

—¿Mi *podcast*? Es un proyecto personal. Está completamente fuera del ámbito de la facultad. No puedes…

—Tienes que… parar con los ataques. Tus opiniones están… levantando ampollas.

—Sí. Definitivamente tienes que estar de broma. Enseñamos Periodismo, por el amor de Dios. ¿Mi programa abre heridas en la dirección?

—En nuestros donantes, Jim. No puedes atacar a todo el mundo. Algunas de las cosas de las que hablas en tu programa afectan directamente a los fondos de la facultad.

—Voy a hacer como que no he oído nada de lo que me has dicho —dijo Jim, intentando dar por terminada la conversación.

—Jim…, no te estoy pidiendo que dejes tu programa. Te estoy diciendo que modules el mensaje.

El profesor negó con la cabeza.

—Es un programa *amateur* que grabas en tu propia casa, Jim. ¿Te merece la pena? ¿Ganas algo con ello? ¿De verdad prefieres tener a la junta recibiendo protestas por las cosas que dices, pero que nadie oye?

—Es uno de los programas más escuchados por nuestros alumnos de Periodismo, por el amor de Dios. Sirve de ejemplo y en él muestro de verdad el espíritu que debe tener un periodista.

—Escúchame, Jim. Acepta el consejo. Abandona ese programa que emites por internet. Sé que necesitas seguir sintiéndote periodista y que ese *podcast* o como lo llames es lo que te mantiene ligado al mundillo, pero… créeme que me duele decirte esto: eres mejor profesor que periodista. Por eso ya no estás en ningún medio. Déjalo. Solo conseguirás que también te echen de aquí.

Jim no respondió, aunque en su cabeza se habían agolpado doce insultos diferentes que prefirió guardarse. Aquello fue un golpe bajo.

Años atrás había sido el editor jefe del *Herald*, donde era considerado uno de los mejores analistas de economía. Tras el suave e inexorable giro hacia el sensacionalismo del diario, y en plena guerra voraz por el cada vez más reducido número de lectores en papel, fue despedido sin derecho a réplica. Llegó tarde a lo que el país quería leer y, en un momento en el que la inmediatez de internet marcaba el ritmo de las noticias, su estilo serio, contrastando cada cosa que publicaba hasta la extenuación, estaba fuera del mercado.

—Adiós, Steve. Nos vemos el lunes —sentenció él.

—Hazme caso, Jim. Es por tu bien —dijo, a modo de despedida.

CAPÍTULO 5

QUEENS
23 de abril de 2011
Tres días antes
Ben Miller

Al dolor no le importa si lo esperas o no,
si lo viste hace poco o hace años
que no sabes de él.
Se presenta en tu puerta aunque no quieras visitas.

Eran las once de la noche cuando Ben Miller llamó a la puerta de la casa de los Hernández, una pequeña construcción de madera de dos plantas con mosquiteras en las puertas y rejas oxidadas en las ventanas. Había luz en el interior y el cubo de basura de la entrada estaba lleno con dos bolsas negras y una tercera semiabierta. Esta última parecía haber sido asaltada por el mismo gato wirehair que le cortejó las pantorrillas mientras esperaba que alguien le abriera. El diminuto jardín frontal tenía el aspecto de un campo de patatas y la pintura de la fachada amarillenta se había descamado a parches, dejando ver partes de la madera aglomerada húmeda con la que estaba fabricada.

Queens, en realidad, era una representación casi fidedigna de lo que significaba América, con zonas ricas y ajetreadas que servían de hogar a ejecutivos adinerados del centro, barrios humildes con gran número de población inmigrante proveniente de todas las partes del mundo y áreas repletas de delincuencia y abandono. El distrito de Elmhurst se colocaba en la segunda categoría, aunque lo hacía de una manera difusa, bailando por calles entre las tres categorías sin poder dibujarse una línea clara que circundara las zonas. La mezcla de estándares de vida era una bomba de relojería que estallaba de cuando en cuando con algún robo en la calle. Algunos asumían estos conflictos como una consecuencia lógica de la evidente diferencia de niveles de ingresos entre vecinos que casi vivían puerta con puerta.

El inspector Miller llamó al timbre y unos segundos después lo recibió con mala cara un hombre con perilla y camiseta de tirantes blanca a quien no había visto antes.

—¿Están Óscar y Juana Hernández, por favor?

—¡Óscar! —gritó—. Aquí hay un tipo que pregunta por ti.

A lo lejos se oyó una protesta seguida de algunas palabras en español que Miller no entendió. El tipo que le había abierto desapareció en la oscuridad y él permaneció en la puerta derrotado por el motivo de aquella visita. Estaba nervioso, pero también enfadado como la primera vez que fue a visitarlos tras la denuncia de la desaparición de Allison.

En aquella primera ocasión, de hecho, los padres lo atendieron con desgana. Habían denunciado la desaparición de su hija a petición de uno de los profesores del instituto religioso en el que estudiaba, porque Allison llevaba tres días sin aparecer por clase y el centro había activado un protocolo de contacto al no tener noticias de ella ni de su familia. Juana y Óscar habían justificado la actitud de su hija alegando que era algo que había hecho otras veces después de alguna discusión, y que siempre volvía al cabo de varios días durmiendo con el novio que tuviese en ese momento. El inspector Miller había seguido el protocolo establecido para desapariciones forzosas, aunque todo parecía indicar que se trataba de una fuga voluntaria. Revisó las cámaras de seguridad de la zona, preguntó a amigos y conocidos, visitó los lugares en los que solía estar, e incluso una capilla a las afueras donde, según una amiga del instituto, ella solía rezar. No encontró ninguna pista, salvo un largo historial de flirteo con la marihuana y una lista igual de amplia de chicos con los que había salido.

Miller había interrogado a tres de los novios que había tenido y todos confirmaban aquel halo de promiscuidad y dejadez familiar. Uno de ellos, un tal Ramiro Ortega, había corroborado la versión de los padres, al relatar que pasaron varios días juntos en su casa sin parar de follar después de una pelea familiar. Cuando el inspector Miller interrogó a Hannah, una compañera del instituto, esta confirmó aquella historia, pero también que en el fondo Allison era buena chica y que estaba cambiando. Admitió que desde hacía un tiempo no tenía novio y que parecía una persona completamente distinta. Calmada, sosegada y casi angelical. El inspector recordó las palabras que Hannah había pronunciado entonces: «Ahora es una buena hermana».

Óscar apareció como una sombra tras la puerta y al ver al inspector Miller de nuevo allí, la cuarta vez en una semana, chasqueó el paladar, molesto.

—¿Usted de nuevo?

—Señor Hernández —dijo Miller, en tono serio.

Se desprendía un hedor a marihuana que llegaba hasta la puerta. A Óscar Hernández no se le conocían trabajos estables. Había saltado de ser mecánico en un taller a llenar depósitos en una gasolinera, para luego conducir un camión de reparto o realizar reformas en hogares. Era un currante, eso no se le podía negar, un buscavidas que pasaba poco tiempo en casa, pero era imposible que no estuviese metido en algo más por el tipo de gente que formaba su círculo de amigos.

—Mire, jefe. Aún no ha vuelto, pero ya le llamaremos cuando lo haga. Allison es así. Lleva un par de años muy independiente. No se moleste. Conocemos a nuestra hija. Es un torbellino, pero volverá. Todos hemos tenido épocas en las que odiábamos a nuestros padres.

La imagen de Allison crucificada golpeó a Miller y tuvo que tragar saliva antes de pronunciar otra palabra.

—¿Puedo pasar para hablar con usted y su mujer, por favor?

—¿Es necesario? —inquirió, sorprendido—. Estamos viendo la tele. Son las once de la noche y mañana tenemos que trabajar.

Miller respondió con un silencio que el padre entendió bien.

—Está bien. Pase —dijo, abriendo finalmente la mosquitera que cubría la puerta.

Miller siguió a Óscar que, mientras caminaba por el pasillo hasta el salón, se justificó como pudo:

—Verá, amigo. La maría que tengo aquí es para consumo propio. Es legal. A mi cuñado le gusta fumar y…, bueno, este es un país libre. Dios bendiga a América.

—Puede estar tranquilo con eso… —respondió Miller—. Yo no busco drogas. Busco personas.

—Juana, ha venido otra vez el policía. Por lo de Allison —avisó el padre con desdén en el momento en que llegaba al salón.

Miller lo hizo justo después y comprobó que aquel lugar tenía peor aspecto que el día que denunciaron la desaparición. Durante aquella jornada, incluso lo dejaron pasar hasta el dormitorio de Allison unos momentos para comprobar que no había signos de agresión. En aquella ocasión no pudo localizar nada que indicase dónde se podía encontrar, pero sí confirmó que no parecían prestar mucha atención a la limpieza. Tanto la colcha de la cama de su hija como las paredes de su dormitorio estaban mugrientas. Una densa capa de polvo se había posado sobre el escritorio y las guirnaldas que colgaban desde la barra de las cortinas hasta el crucifijo sobre el cabecero de la cama. Apenas había libros o apuntes en el escritorio, aunque sí halló unos textos escritos sobre el amor que demostraron que Allison tenía una caligrafía perfecta. En aquella visita se marchó sin nada más que una lista con los nombres de sus compañeras del instituto y con la confirmación de sus padres de que no escribía ningún diario que pudiese arrojar algo de luz a su historia. El teléfono móvil de Allison había desaparecido con ella y su ropa estaba al completo en su armario empotrado. Lo único que echaban en falta los padres era la vergüenza de su hija por marcharse de nuevo sin avisar.

En el salón, una neblina azulada flotaba en el aire fruto de la proyección en el humo del halo de la pantalla en la que se estaba emitiendo *Keeping Up with the Kardashians*. En un sillón a un lado, el tipo con perilla que le había abierto la puerta fumaba un cigarro liado e ignoró al inspector aunque lo tenía justo delante.

—Él es Alberto, mi cuñado. Vive con nosotros desde hace un par de meses. Ya conoce a Juana, mi mujer.

La madre de Allison miraba la televisión y solo apartó la vista de la pantalla una vez que el inspector se lanzó a hablar.

—Señor y señora Hernández —dijo Miller—, tengo que informarles de que hemos encontrado a Allison.

—¿Ve? Le dije que aparecería. ¿Cuándo viene a casa? ¿Les ha dicho algo? —inquirió Óscar, visiblemente enfadado—. Cuando venga, se va a enterar. Hacer perder el tiempo a la policía. Va a estar castigada hasta que cumpla veintiuno.

—No..., no va a venir. Allison... —le costó seguir hablando—, Allison no va a volver.

—¿Eso ha dicho? —protestó el padre—. Ya vendrá pidiendo dinero cuando su nuevo novio la deje. Siempre le pasa igual. En cuanto se le acaban los dólares regresa a casa a por más. Para eso uno tiene hijos. Para que te destripen la cartera y te arranquen los ojos. Cuervos con piernas nos llamaba mi padre a mi hermano y a mí. Cuánta razón tenía el viejo.

—Ha aparecido muerta en una zona apartada, en los Rockaways —dijo Miller, aséptico, tratando de no entrar en detalles.

Se fijó en que la fotografía sonriente de Allison, que había usado para su expediente y que también había subido por iniciativa propia a la www.missingkids.org, ante la certeza de que sus padres no moverían un dedo, estaba enmarcada en un pequeño marco de metal dorado, apoyado sobre una mesilla junto a un cenicero lleno de colillas.

—¿Y cuándo viene? —preguntó su madre que parecía no haber escuchado nada—. Lleva desde que se fue escaqueándose de sacar la basura. ¡Para una cosa que tiene que hacer! Y su abuela, que vive en Monterrey, llama siempre preguntando por ella y le tengo que dar el disgusto de decirle que su nietita es una fulana.

Juana volvió la vista de nuevo a la pantalla y negó con la cabeza, indignada.

—Creo que no me ha escuchado, señora —aclaró Miller, tan confuso por la reacción que le costó comprender lo que había dicho—. Su hija ha aparecido muerta. Estamos intentando esclarecer qué ha sucedido.

—¿Puede repetir eso último? —dijo Óscar tras fruncir el entrecejo. Su cuñado dio una calada más al cigarro y sopló su humo hacia el techo, y lo hizo tan tranquilo que al inspector lo dejó desarmado. El padre continuó—: Dígame dónde está que voy a decirle cuatro cosas a esa niñata malcriada. Me tiene harto con sus mierdas.

—La han matado. Se ha ido —sentenció Miller, que parecía no saber qué otra palabra usar para que le comprendiesen—. Lo lamento mucho. Descubriremos qué ha pasado y quién es el culpable.

—¿Culpable? ¿Matado? —repitió la madre, incrédula.

Parecía comprender al fin lo que sucedía y, tras un instante que pareció un largo y denso minuto, gritó tan fuerte que sorprendió al inspector. Alberto se puso en pie de un salto para buscar una amenaza y acudió con rapidez a tranquilizar a su hermana. Miller mantuvo el tipo como pudo y el padre, que se había quedado inmóvil mientras procesaba aquellas palabras del inspector, cambió poco a poco su expresión hasta que quedó suspendida entre la incredulidad y la omnipresente tristeza.

—Señor Hernández, ni se imagina cuánto siento la muerte de su hija —continuó Miller mientras batallaba con el nudo que se le había formado en la garganta al ver los ojos de Óscar clavados en los suyos, inmóviles.

Notó que en realidad no lo estaban mirando, sino que nadaban, fijos en él, en algún recuerdo que los inundó de lágrimas poco después. Quizá un abrazo en la niñez, si acaso un beso en la cuna. Todas las familias rotas guardan recuerdos de este tipo para resucitarlos en los momentos en que ya no se pueden reconstruir.

—Mi... niña..., mi niñita... —murmuró el padre, casi sin saber qué estaba diciendo.

—Si hay algo que pueda hacer por ustedes, no duden en decírmelo. El trabajo de mi unidad, lamentablemente, termina con esta triste noticia y quería ser yo quien les contase lo ocurrido. He sido la persona de la Unidad de Desaparecidos encargada de su caso. Su muerte, en cambio, pasará a manos de la policía de Nueva York. Lo que no quiere decir que yo no siga a su disposición para lo que necesiten y..., bueno, para poner en conocimiento de la Unidad de Homicidios todos los detalles que se tienen hasta ahora del caso. Intentaré trabajar con ellos para avanzar cuanto antes en todo lo que ha sucedido. No sé aún el nombre de la persona asignada, pero déjenme recomendarles que eviten a la prensa y lloren a su hija en la intimidad de su hogar.

Aquel discurso Miller lo había repetido tantas veces que casi lo tenía interiorizado. En Estados Unidos se denuncian cada año cuatrocientas sesenta mil desapariciones de menores o, en otras palabras, un menor de edad desaparece cada minuto y siete segundos, cincuenta y dos en una hora, mil doscientos al día. En España, veinte mil al año; en Alemania, cien mil. Es una desesperación universal. Un río constante de llamadas de teléfono con gritos desgarradores de personas que lloran a la línea de emergencias «un por favor encuentre a mi hijo» y otras al otro lado que pronuncian un «no pierda la calma». La inmensa mayoría suelen acabar bien. Solo hay un pequeño porcentaje, recurrente y doloroso, como el de Allison.

Su madre gritaba cada vez más fuerte, y su cuñado se agachó para abrazarla, al verla derrumbarse sin consuelo. Le susurró al oído mientras lloraba, y su marido, casi sin comprender nada, bajó la vista y dejó escapar el primer sollozo. De pronto, se dio la vuelta hacia donde estaba su mujer arrodillada y se agachó con ella, en cuclillas, para abrazarla.

No hay nada que prepare a unos padres para un golpe como aquel. Menos aún para uno inesperado. La confianza en que no habrá sucedido ninguna desgracia es un arma de doble filo. Todo el sufrimiento previo que se ahorran sin preocuparse durante la búsqueda golpea con más fuerza, alimentado por la sorpresa. Es entonces cuando resulta difícil salir del agujero en el que entran. La culpa invade el dolor, los recuerdos y la esperanza. Una búsqueda activa es distinta: durante todo el viaje acompaña la esperanza de encontrar y aunque poco a poco se desvanece, cuando llega la noticia final, el salto al vacío nunca es desde tan alto. Han bajado hasta las profundidades, han ido descendiendo en la tristeza, hasta que al llegar al fondo, miran arriba y descubren la escalera de mano que al menos dejó la esperanza.

Los padres lloraron con tal fuerza que parecían niños que habían perdido un globo de helio blanco que volaba hacia el cielo. En realidad, por el historial distante y problemático en el que parecía estar sumida aquella familia, daba la impresión de que hacía mucho que Allison había perdido a sus padres.

Mientras vociferaba palabras en español, la madre de Allison alzó las manos y chilló:

—¡Mi niña! ¡¿Qué te han hecho?! Dios mío, ¿por qué no la has cuidado?

Aquella pregunta resonó en la cabeza de Miller y prefirió salir del salón para dejar que llorasen en paz antes de despedirse. Óscar estaba arrodillado junto a su mujer, ambos hechos trizas, y a su lado, Alberto apoyaba su mano en la espalda de Juana como si estuviese ayudándola a vomitar lágrimas. Con los llantos de fondo, desde el pasillo, se dio cuenta de que la habitación de Allison estaba entreabierta y presentaba el mismo aspecto que la primera vez que la visitó, salvo por una sutil y dramática diferencia que a sus ojos, quizá por la reciente imagen de la chica, quizá porque buscaba encontrar consuelo, resultó ser demasiado extraña:

—¿Dónde está el crucifijo que había sobre la cama? —preguntó en voz alta.

CAPÍTULO 6

NUEVA YORK
23 de abril de 2011
Tres días antes
Miren Triggs

Si guardas algo que te haga sentir vivo
es probable que ya estés muerto.

Caminé bajo la lluvia mientras el teléfono no paraba de sonar. En la pantalla de mi iPhone 4 destacaba el nombre de Martha Wiley, mi editora, la última persona del mundo con quien quería hablar. Le colgué seis veces y me escribió varios mensajes que leí en diagonal mientras andaba sin saber adónde ir. El último de ellos simplemente decía: «Miren, no sé qué te está pasando. Me sorprende esta actitud. Mañana tenemos que estar por la mañana en los estudios de Times Square para el *Good Morning America*. No me falles. MW».

Aquel recordatorio parecía más en serio que sus gritos anteriores y, verla así, desesperada, suplicando por mí, me hizo sentirme, por primera vez en mucho tiempo, poderosa. ¿Cuándo había dejado de controlar mi vida? ¿En qué momento se había empezado a torcer el árbol que una vez conseguí enderezar?

Y entonces lo comprendí.

Había sido como si con el éxito del libro, una parte de mí se hubiese escondido entre aquellas páginas. En ellas, Miren Triggs podía ser quien quisiese. Esconder sus miedos, tapar los agujeros de sus inseguridades, minimizar los daños colaterales. Y quizá lo mejor era que, además, en ellas podía protegerme de los peligros y dejar de ser vulnerable. No se puede destruir a un personaje de novela, aunque la persona en la que se inspira exista en carne y hueso y llore por las noches al llegar a casa por sentirse dentro y fuera de su vida al mismo tiempo. La Miren de ese libro era inmortal. Aunque se destruyesen todos los ejemplares, el personaje seguiría existiendo para siempre, vagando en el limbo de las creaciones, esperando a volver, a que alguien evocase su historia sin tener por qué saber siquiera que existió la Miren frágil, endeble y llena de dolor. Y quizá con ese falso escudo me convencí de que mientras la Miren de la novela fuese valiente, yo no tenía por qué serlo; mientras ella controlase su vida, yo no tenía por qué arriesgar la mía; mientras ella buscase la verdad, yo podía esquivarla.

Pero si algo había aprendido es que la verdad siempre aparece como un destello en el momento oportuno y aquel, sin duda, lo era.

Había caminado sin rumbo deambulando por Queens sin saber dónde me metía, ni parar de pensar en lo que recordaba del caso de Gina Pebbles. En mi almacén guardaba un archivador con su nombre y lo había repasado varias veces, aunque no recordaba todos los detalles.

Gina tenía quince años cuando desapareció en 2002 a la salida del instituto en el que estudiaba. Era una chica rubia, con una sonrisa marcada por una sutil diastema entre las paletas, con mirada alegre en las fotos del expediente a pesar de su compleja vida.

Vivía junto a su hermano de ocho años en casa de sus tíos, en los Rockaways, cuando desapareció. Según recordé, los padres de ambos habían muerto un tiempo antes y sus tíos, Christopher y Meghan Pebbles, los acogieron, pues eran los familiares más cercanos que quedaban con vida.

La desaparición de Gina Pebbles, como tantas otras, no recibió seguimiento de la prensa porque sucedió en un momento inapropiado: otra niña de catorce años había sido secuestrada a punta de cuchillo en su domicilio familiar en Salt Lake el día anterior, el 2 de junio. Provenía de una familia rica y tal vez era más guapa. La diferencia suele estar en esos detalles. Aquel otro caso resultó ser el centro de atención durante esos días, el destino de todos los recursos y ojos del país, de los rezos y vigilias que se celebraban. Y quizá fue el motivo por el que el caso de Gina cayó en el olvido.

Una semana después de desaparecer encontraron su mochila rosa con un parche de unicornios en una zona apartada de Breezy Point, frente a la playa, a escasos dos kilómetros de su casa. Aquella fue la última y definitiva pista sobre Gina, la última huella de su presencia en el mundo. Todo lo demás se había evaporado como si nunca hubiese existido.

Pero ¿qué significaba la polaroid? ¿Quién había tomado esa fotografía de ella amordazada? ¿Por qué me la hacía llegar? ¿Acaso era un psicópata que guardó un último recuerdo de ella antes de acabar con su vida? ¿Una pista de alguna parte del expediente policial que nunca llegué a ver? Cuanto más lo pensaba, más me inquietaba y más necesitaba resolver lo que estaba ocurriendo. Todas esas preguntas precisaban respuesta, su mirada de terror en la foto exigía que alguien volviese a luchar por ella.

Me detuve y llamé a un taxi, pero todos los que pasaban por la avenida Jamaica, bajo la estructura de acero de las vías de tren, tenían colgado el cartel de fuera de servicio. Miré el reloj en la pantalla del móvil y me di cuenta de que había sobrepasado la medianoche. Llevaba más de una hora caminando, abstraída tratando de recordar lo que sabía de Gina, y no me había percatado de que cada rincón a mi alrededor se había vuelto amenazante. Había pasado de un barrio a otro sin conocer sus límites y formas y, de pronto, cuando alcé la vista de la acera empapada, noté las sombras oscuras de la ciudad, los ojos ardientes de las bestias al anochecer.

Un tipo con capucha apoyado en una esquina, un vagabundo tumbado junto a un cajero, una pareja de negros discutiendo por no sé qué. Siempre sentía que los desconocidos me miraban, aunque estuviesen de espaldas. Casi podía recrear cómo se relamían al imaginar mi piel. Sabía que nada de eso estaba ocurriendo, pero me era imposible no pensar en esa posibilidad. Qué difícil me resultaba salir del pozo en el que una noche tres tipos habían decidido encerrarme de por vida.

Cuando pensaba en ello, lo primero que me invadía la memoria era el olor. Luego aquella sonrisa brillante en la oscuridad, para saltar, de manera súbita, a la caricia del hilo de sangre que bajaba por mi entrepierna. Finalmente, me escuchaba. Como si fuera otra persona. Como si nunca hubiese sido yo. Ajena a mi cuerpo, pero dentro de él. Dolida por dentro y con heridas en la piel. Escuchaba mis gritos por la noche mientras corría malherida. Dicen que hay gente que crea barreras para olvidar recuerdos traumáticos. Yo no solo parecía incapaz de crear esa barrera que me hubiese salvado, sino que mi mente viajaba sin yo quererlo hasta allí, hasta aquella noche en 1997, para encontrar detalles y reabrir heridas.

Al fin, un taxi se detuvo a mi lado.

—Madre mía, señorita. Está usted empapada —exclamó, nada más subirme en el vehículo—. Me va a poner el asiento perdido.

—¿Conoce los trasteros de Life Storage en Brooklyn, junto al río?

—¿Ahora? Es más de medianoche. No es una buena zona para…

—Tengo que recoger algunas cosas allí. ¿Me esperaría con el taxi hasta que las tuviese?

El taxista titubeó.

—Verá, señorita, sé que es meterme donde no me llaman, pero no es lugar ni hora para que ande usted sola.

—Si algunos hombres de este país supiesen tener la bragueta cerrada, quizá sí lo sería —respondí, molesta—. ¿Me esperaría o no?

Me devolvió un suspiro, pero luego añadió:

—Sí, pero dejaré el taxímetro en marcha.

—Olvide el taxímetro. No va a encontrar otro cliente a estas horas por aquí. Le daré veinte pavos si me espera en la puerta. Treinta más por llevarme desde ahí a casa, en West Village. ¿Trato?

El tipo refunfuñó, pero finalmente vi en el retrovisor que sus ojos claudicaban. Él sabía que tenía razón. Pocas veces no era así.

—Está bien. La llevo y la espero diez minutos. Ni uno más. Por allí suele haber muchos robos. —El vehículo comenzó a avanzar y el taxista pareció querer seguir con la conversación. Yo solo necesitaba pensar en Gina—. Se te acercan, te apuntan con un arma y… Dios bendiga América, ¿verdad? La segunda enmienda y toda esa mierda. ¿Sabe a lo que no hay derecho? A que le disparen a uno mientras trabaja. O a que disparen a los niños en el colegio. Eso sí que es una desgracia. Pero ¿qué país estamos construyendo? Cualquiera puede ir por la calle con un arma, discutes y… ¡Bang! Eres hombre muerto. Cualquiera se planta en una tienda, compra un arma y se lía a tiros con el primero que pasa. El otro día mataron a un hermano del taxi por la caja del día. Toda una jornada en la calle, oliendo mierda y escuchando idioteces, para que le matasen por cien malditos dólares. La luna delantera estaba llena de restos de sangre y trozos de sesos. Usted no llevará un arma, ¿verdad? —bromeó, clavando sus ojos en el espejo.

—No sabría ni cómo cargarla —mentí, pero solo en parte.

Sí sabía cargarla, aunque no la llevaba encima en ese momento. Hacía semanas que la había abandonado en casa, bajo la almohada, para protegerme de mis pesadillas.

Al ver las instalaciones de Life Storage sentí ese cosquilleo en el estómago. Una suave y delicada corriente de nerviosismo que trepaba desde el vientre hasta la punta de mis dedos. ¿Por qué dejé de buscar?

—Espéreme diez minutos. Vuelvo enseguida.

Llegué hasta mi trastero, que destacaba entre el resto por su persiana metálica turquesa, e introduje la combinación en el candado. Era el año que había nacido mi abuela. Hacía frío, pero al menos había dejado de llover. Al levantar la persiana el chirrido del metal oxidado imitó el grito de un murciélago, y al vislumbrar el interior, sentí que estaba recuperando un trozo de mí que había perdido en algún momento sin darme cuenta.

Una decena de muebles de archivo metálicos bien ordenados me esperaban apoyados contra las paredes. En el frontal de los cajones leía los números que yo había escrito en pequeñas tarjetas que representaban décadas, que abarcaban desde 1960 hasta un escueto 2000 a la derecha. Siempre he sido muy organizada. Mis apuntes eran una delicia en la universidad. Varios de los muebles tenían nombres escritos en los cajones, y me emocioné al leer el primero de ellos: Kiera Templeton. Cuánto me emocionaban esas dos simples palabras. A su lado descansaban Amanda Maslow, Kate Sparks, Susan Doe, Gina Pebbles, y un largo etcétera. Gina Pebbles. Ahí estaba su expediente y cuanto había conseguido investigar sobre ella. Me tiré sobre él, como si estuviese saltando al vacío, y recopilé todo el contenido del archivador en una caja de cartón, que vacié sin mirar qué tenía dentro, desparramando su contenido sin saber que aquel sencillo gesto iba a cambiarlo todo.

Cuando tuve toda la información sobre Gina dentro de la caja y me disponía a salir para volver al taxi, tropecé con uno de los montones de papel que había sacado de ella. Un puñado de hojas se desparramó por el suelo del trastero y, para mi sorpresa, vi aquel rostro, que creía olvidado, en una foto que yo misma había conseguido después de pelear con uñas y dientes por el sumario oculto de mi violación.

La imagen era la ficha policial de un hombre de rostro serio y ojos negros, mirando al frente, y a un lado estaba escrito su nombre: Aron Wallace. Me agaché para recoger aquella fotografía y la contemplé con la condescendencia que estoy segura que él tuvo mientras todo sucedía. Solté la caja y rebusqué entre el resto de papeles con una determinación con la que casi me costaba identificarme.

Trataba de localizar algo concreto. Una sola línea que yo sabía que tenía, pero que no encontraba. Su dirección. Quizá era hora de buscarlo. Me había debatido demasiadas veces sobre si continuar con el plan, pero las sombras de aquella noche y los ecos de aquel disparo siempre volvían a mí como gárgolas hambrientas de mi alma. Quizá tener su foto en casa me sirviese para aplacar la rabia por aquella noche.

El claxon del taxi berreó en la lejanía y me predispuse a marcharme con la caja de Gina y la fotografía de Aron, pero al agacharme para bajar la persiana y cerrar el candado, el pico de un folio sobresalió bajo la puerta del garaje. Todo hubiese sido tan distinto si lo hubiese empujado hacia dentro en lugar de tirar de él...

Veinte minutos después observaba la majestuosidad de los rascacielos mientras cruzaba en taxi el puente de Manhattan, abrazada a la caja de Gina. Pero aquella luz, aquella belleza en forma de miles de ventanas iluminadas que contrastaban con la tristeza de la ciudad, no era nada comparado con la adrenalina que sentía al bajar la vista al papel que tenía a mi lado y leer en la penumbra la segunda línea de aquel folio estropeado: «123th Street. 60. 3E».

CAPÍTULO 7

NUEVA YORK

23 de abril de 2011

Tres días antes

Jim Schmoer

Para qué quiere la gente tener ojos,
si muchos serán siempre incapaces de ver.

El profesor abandonó el campus de Columbia por la salida de la 116 con Broadway con mal sabor de boca. Cuando un rato después llegó a casa, tras un largo paseo a pie en dirección norte, se desplomó derrotado en el chester de piel marrón, el mueble más destacado de su salón. Estuvo un rato mirando al techo, apretándose el puente de la nariz, tras aflojarse la corbata de lana a cuadros. Antes de subir por las escaleras de su condominio en el cruce de Hamilton Place con la 141, se había detenido en el Deli de la esquina para comprar un *bretzel* sin azúcar para la merienda, un bote de *noodles* con curry deshidratados para la cena y un *latte* de medio litro para soportar el disgusto. Lo había pedido con triple sirope de vainilla, era más de lo que sus cuarenta y ocho años podían asumir, pero aquella bomba de glucosa era exactamente lo que necesitaba.

Luego, después de dejar que el café se le enfriase sobre la encimera de la cocina durante un tiempo indeterminado entre los quince minutos y las dos horas, se levantó del sofá serio y se dirigió a la ventana del salón para observar a lo lejos a los niños jugando en el parque que estaba justo en la esquina opuesta del cruce. Se fijó en cómo dos chiquillas, de unos seis y ocho años, se balanceaban como péndulos coordinados en los columpios rojos. Un niño de unos cinco años estaba subido a un balancín, inmóvil, agarrando con firmeza el manillar, a la espera de que algún otro crío de los que correteaba por allí se montase en el lado opuesto. Durante varios minutos siguió mirando al crío sin que sucediera nada y le recordó en qué se estaba convirtiendo poco a poco. En alguien que espera sin importarle ni saber exactamente qué.

Jim apartó la vista indignado al comprobar que nadie jugaba con aquel crío, y fue a sentarse frente al ordenador, justo después de coger el café y darle un sorbo que le supo a caramelo.

—Joder —dejó escapar.

Le gustaba el sabor de un café con vainilla frío, pero odiaba con todas sus fuerzas el sirope de caramelo.

El dependiente se había vuelto a equivocar y estuvo a punto de bajar para exigir que se lo cambiase, pero necesitaba preparar el *podcast* de esa noche.

Despertó su iMac de 27 pulgadas y navegó hasta un documento de Pages en el que tenía preparada la escaleta de lo que trataría en el programa, que básicamente se resumía en una hora detallando un brote grave de botulismo que afectaba a cuatrocientos bebés en todo el país, y cuyo origen parecía estar, según sus investigaciones, en un lote de polvos de leche Growkids de la farmacéutica Global-Health. El lote había sido retirado del mercado las semanas previas sin explicación ni difusión en ningún medio. Durante los días anteriores había conseguido acceso a un grupo de Facebook llamado BotulismoInfantil, en el que el número de consultas de nuevos afectados había crecido de manera exponencial en comparación con los comentarios del año anterior. En ese grupo el patrón de los comentarios parecía repetirse: «No sé cómo ha podido ocurrir. Mi hijo solo toma leche en polvo de Growkids».

Era un programa que casi se haría solo. Tenía tanto material que resultaba imposible encontrarle alguna fisura al asunto. Mosqueado por las palabras del decano pensó, incluso, en escribir un artículo. Si se tragaba su orgullo, podría enviarlo a su antigua redacción en el *Herald*, que no pisaba desde su despido en 1998. Pero se imaginó el cuchicheo que aquello provocaría entre sus antiguos compañeros que aún quedaban trabajando allí.

Encendió el micrófono, abrió el programa Podcast Studio y, tras suspirar, inició una nueva grabación:

—Buenas noches, buscadores. Hoy os traigo la confirmación de una de las noticias que llevaba días investigando. La farmacéutica GlobalHealth parece estar encubriendo un caso de botulismo que podría estar afectando a más de cuatrocientos niños y que, si no se alerta a la población, podría suponer en…

Detuvo la grabación. Una mala intuición se le había ido formando en la cabeza al tiempo que grababa el principio del programa.

Abrió Safari y se sumergió en la web de la universidad, tratando de encontrar la sección en la que listaban a los benefactores. Tras dos clics, bajo la pestaña de colaboradores, como si hiciesen algo más que poner dinero, y allí estaba, el primero de todos, el logo de Global-Health Pharmaceuticals.

—Mierda.

Aquello le supo peor que el *latte* con caramelo. Se debatió sobre qué hacer. Podía emitir el programa en directo, a través de un enlace que compartiría por Twitter y no colgarlo para su descarga. Así, si alguien de la farmacéutica o de la dirección de Columbia lo buscaba entre su lista de emisiones para justificar aquel ataque, no podría encontrarlo. Pero comprendió que aquello no sería suficiente. Si peleaba por destapar la noticia, era precisamente para que saliese a la luz y tuviera algún impacto: una sanción, una indemnización para las familias, un cambio de protocolos para que no volviese a suceder. Eliminando el *podcast* una vez emitido solo contribuiría a ensombrecer su trabajo y menoscabar su imagen. Los varios miles de personas que lo escuchaban cada viernes y sábado verían que borraba de su historial aquella noticia, posiblemente cediendo a las presiones de los poderosos, algo contra lo que él siempre luchaba. Si lo emitía como siempre y el consejo se enteraba, podía dar por terminada su carrera como profesor. Era repugnante.

Se levantó de la silla y volvió a la ventana. El balancín en el que antes estaba el niño lo habían ocupado las dos niñas de los columpios, y el chico que antes esperaba sobre él ahora se había sentado en uno de estos, con los pies colgando inmóviles como dos estalactitas. Buscó a sus padres entre los adultos sentados en un banco verde unos metros más allá, pero parecían tener una conversación tan acalorada que estaba seguro de que nadie se percataba de su soledad.

Estuvo a punto de bajar él mismo al columpio para empujar a aquel crío, pero, para su sorpresa, en ese mismo instante comenzó a llover y todos los padres se pusieron en pie de un salto y los niños corrieron en espantada. Antes de que pudiese darse cuenta, el parque se había quedado desierto y aquella imagen, aquel columpio temblando en la lejanía, le recordó otra época en la que era más feliz.

Cogió su teléfono y marcó. Después de unos segundos, una voz femenina sonó al otro lado:

—¿Jim?

—Hola, Carol —dijo, esperanzado.

—¿Qué quieres? —Parecía no esperar su llamada.

—¿Se puede poner Olivia?

—Está en Long Island. En casa de Amanda.

Suspiró sin que Carol le oyese, dolido.

—¿Y eso? Si hubiese sabido que no iba a estar contigo se podría haber venido aquí a pasar el fin de semana.

—Te…, te hubiese dicho que no. Quería quedarse a dormir unos días en casa de su amiga. Lleva toda la semana negociándolo conmigo y con los padres de Amanda.

—Pero… podríamos haber ido al teatro o…

—¿A qué viene esto, Jim? —interrumpió su exmujer—. Nunca llamas si no es en el fin de semana al mes que te toca estar con ella.

—Me he acordado de vosotras. Solo eso. Además, tenemos que hablar. Un único fin de semana me parece muy poco.

—Trabajas todo el tiempo, Jim. No puedes hacerte cargo de ella.

—Tú y yo sabemos que este reparto viene de la época en la que aún trabajaba en el periódico. Ahora tengo más tiempo libre.

—No te atrevas a ir por ahí. Además, ¿a qué viene esto ahora? Olivia tiene diecisiete años. Nos divorciamos cuando tenía tres. Y... ¿cuántos años llevas sin trabajar en el periódico? ¿Ocho? ¿Nueve?

—Trece —admitió en un suspiro.

Pronunciar tantos años de golpe como si hubiesen sido un pequeño lapso de tiempo destrozó su propio razonamiento.

—Mira, Jim, estoy ocupada. Si quieres llama a Olivia y habla con ella. No sé qué te pasa, pero quizá te venga bien oír por ella misma que está bien. —Su exmujer se había dado cuenta de que le ocurría algo y no quería tocar ninguna herida. Al fin y al cabo, era el padre de su hija—. ¿Te encuentras bien? —preguntó ella, finalmente.

—Sí, estoy bien. Es solo que..., bueno, quería saber de ella. Me he acordado de cuando bajábamos al parque los tres a columpiar a Olivia.

—Ahora es un poco mayor para eso, pero sí. Yo a veces también me acuerdo de lo avispada que era para conseguir que los demás niños del parque hiciesen lo que ella quería.

—Era muy lista.

—Lo sigue siendo, aunque, bueno, lleva un tiempo en esa etapa en la que prefiere..., ya sabes, estar con sus amigos y hacer como si yo no existiese.

—Entiendo —respondió Jim.

—Te tengo que dejar, ¿vale? Andrew y yo vamos a salir. Te la llevo el fin de semana que viene. ¿Está bien?

Jim tardó en responder.

—¿Jim?

—Perfecto, Carol —dijo finalmente con dificultad, por el nudo en la garganta que se le acababa de formar.

Volvió a su escritorio y cerró el programa Podcast Studio sin guardar. Pensó que no podía permitirse perder nada más, así que abrió Twitter y escribió: «Buscadores, ¿de qué queréis que hable en el programa de esta noche? He pensado que es mejor que seáis vosotros los que propongáis un tema».

Unos segundos y dos likes después, apareció la primera respuesta que adjuntaba una imagen de una chica de pelo castaño sonriente y provenía de un usuario llamado @Godblessthetruth que solo decía: «De la muerte de Allison Hernández».

CAPÍTULO 8

QUEENS
23 de abril de 2011
Tres días antes
Ben Miller

El problema de buscar la verdad siempre
es la dificultad para ser capaz
de admitirla.

El inspector Miller salió atropellado de casa de los Hernández, dejando la puerta abierta, y se acercó a su coche para coger del asiento del copiloto el expediente de Allison, cuyo contenido extendió sobre el capó, nervioso. De entre los folios con información y entrevistas que había recopilado durante los días previos, sacó varias de las fotografías que formaban parte del archivo.

La primera imagen era de Allison, con su pelo moreno, sonriente y mirando a la cámara, ajena y casi colegial. Había varias fotografías de cámaras de seguridad de cajeros automáticos de la zona en la que se vio a Allison con vida por última vez: unos bancos frente a una farmacia, en plena avenida Jamaica, cerca del instituto en el que estudiaba… Por lo visto, alguien llamó al teléfono de la alerta AMBER para decir que le parecía haberla reconocido entre un grupo de chicos y chicas de su edad la mañana en la que desapareció, a unos doscientos metros del instituto Mallow. Se intentó seguir la pista de aquellas declaraciones, pero nada parecía encajar. Ese día, Allison había estado en clase hasta la hora del almuerzo y, según el director del centro, no se permitía salir a los alumnos de las instalaciones durante la jornada ni durante el recreo, que duraba treinta minutos.

Al fin, llegó a la fotografía que buscaba y la escudriñó bajo la luz de la luna: se trataba de un plano general de la habitación de Allison. En ella se podía observar la posición de la colcha en la cama, el crucifijo sobre ella, los libros en los estantes, los folios sobre el escritorio, la silla… Una pequeña estatuilla de la Virgen María en uno de los estantes servía de sujetalibros en uno de los lados. Se dio cuenta de que todo en esa estancia orbitaba en torno a la religión y volvió con prisa a la casa, esta vez sin llamar, con la imagen en la mano.

Desde el salón se escuchaban los llantos de la madre de Allison, como si fuesen campanadas de una ermita frente al mar que reverberaban por las paredes de toda la casa. El inspector encendió la luz del dormitorio de Allison y entró en él, con la fotografía en la mano, nervioso por aquella siniestra diferencia que saltaba a la vista entre lo que veía y la imagen.

Se acercó donde debía de estar el crucifijo y se percató de que su ausencia había dejado a la vista la pintura reluciente con el contorno exacto de donde había estado. Se trataba de una cruz católica de unos sesenta por treinta, según calculó a ojo.

En silencio, fue comparando lo que veía en la fotografía con lo que le rodeaba en la habitación. Y hubo algo más que le llamó la atención. En la imagen, los libros de la estantería parecían estar todos apilados unos contra otros, sujetos por la estatuilla de la Virgen; en cambio, en ese momento, allí de pie, pudo apreciar que los libros se caían a los lados, con una sutil holgura que dejaba al descubierto que faltaba uno.

De pronto, Óscar, el padre de Allison, apareció tras él, sollozando y con los ojos llenos de lágrimas, y le preguntó:

—¿Qué hace usted todavía aquí? ¿Acaso no nos ha hecho suficiente daño ya? ¡Márchese ahora mismo!

—¿Por qué no está el crucifijo que había sobre la cama? —le interrogó Miller, con gesto de sorpresa.

—¿El crucifijo?

El padre desvió la mirada hacia la pared, confundido, sin entender lo que sucedía.

—Por favor. ¿Ha estado Allison aquí después de desaparecer?

—¿Allison? ¿Cómo puede…?

—Faltan cosas en la habitación. El crucifijo. También un libro que había aquí. Hice una fotografía cuando denunciaron su desaparición. ¿Ve? —Miller le enseñó la fotografía.

Los llantos de su mujer en la lejanía desaparecieron en ese mismo instante.

—¿Cosas? —dijo, aturdido—. No… —añadió con la mirada perdida.

—¿Quién se las ha llevado? Quizá sea importante.

—No…, no lo sé —respondió finalmente—. Hace dos días…

—¿Qué pasó hace dos días?

—Alguien rompió la ventana junto a la cocina, tras el salón.

—¿Cómo dice?

—Rompieron la ventana. Cuando vimos los pedazos de cristal en el suelo, pensamos que nos habían robado. Pero… al comprobar nuestras cosas no… creímos que faltase nada —dijo, casi sin poder seguir hablando.

—¿Y por qué no lo denunciaron? Estábamos buscando a su hija. Quizá hubiese sido impor… —Se detuvo antes de continuar.

Se dio cuenta de que ya parecían cargar con demasiada culpa.

—Porque pensamos que habían sido algunos chiquillos del barrio. Esto es… un barrio humilde, los chicos juegan en la calle, batean pelotas y rompen ventanas. No pensamos que… —Entonces fue él quien dejó de hablar, no porque no quisiese, sino porque no podía.

Cada palabra le recordaba que habían estado mucho tiempo sin preocuparse por su hija. El padre asintió, sin poder pronunciar palabra. Bajo el marco de la puerta del dormitorio apareció la silueta de Juana con el rostro enrojecido por las lágrimas y los ojos hinchados de llorar.

—Dígame, señor —dijo ella, con dificultad—. ¿Mi niñita sufrió?

—¿Son ustedes creyentes, verdad?

Ambos asintieron sin pronunciar palabra, con la respiración entrecortada.

—¿Sufrió Jesucristo en la cruz? —preguntó Miller.

—No…, no lo sé —respondió Juana, aturdida.

—Yo…, yo tampoco sé responder a su pregunta.

CAPÍTULO 9

MANHATTAN
24 de abril de 2011
Dos días antes
Miren Triggs

*No todas las puertas se cierran
para siempre.*

Había pasado toda la noche en duermevela, porque no podía dejar de pensar en Gina y en todo lo que necesitaba hacer para ponerme al día. Cuando dieron las cinco de la mañana, me duché y me puse unos vaqueros negros y una blusa a juego del mismo color, como todas las sombras que me perseguían en cada sueño. Era mi *look* básico de escritora, ese que había llevado a casi todas las firmas, y ahora también pretendía que fuese el de periodista del *Manhattan Press*.

Cuando me planté frente al edificio de la redacción, en pleno centro de Manhattan, sentí que volvía a casa o, al menos, a un lugar en el que me sentía así. Cargaba la caja con todo lo que tenía de Gina y a mi alrededor caminaban con prisa ejecutivos trajeados, caminantes aleatorios y turistas embobados que parecían haber madrugado para aprovechar el circuito turístico de Nueva York. Este circuito amanecía en el Top of the Rock, incluía unos *cupcakes* en Magnolia, paraba en Times Square, hacía un receso de unos minutos frente al *Press* y callejeaba hasta llegar a Grand Central justo antes del mediodía. Luego, al atardecer, todos parecían correr en desbandada para coger algún puesto en el mirador del Empire State. Los más afortunados presenciarían tal vez algún intento de suicidio frustrado desde la cima del rascacielos. Hice el mismo itinerario la primera vez que pisé la ciudad, junto a mis padres, después de un largo camino en coche desde Charlotte en Carolina del Norte, ilusionada por empezar periodismo en Columbia e ingenua por todo lo que vendría después. Dolor y verdad, aunque siempre fueron palabras sinónimas.

Kiera Templeton había sido el único rayo de luz que había experimentado en todos mis años en la ciudad. No digo que todo fuese oscuridad, sino que el resto de chispas y momentos de felicidad esporádicos, nunca tuvieron la intensidad de su historia. Ni siquiera la luz de aquellas llamas que me abrieron las puertas del *Press*.

Saqué mi tarjeta y, cuando crucé el torno de acceso al recibidor de la redacción, el sonido de los teléfonos y el de los golpes de las teclas de los redactores al otro lado de la puerta parecía que no se habían detenido ni un instante desde la última vez que estuve allí. Una recepcionista joven de sonrisa robótica y auriculares con micrófono, y a quien no había visto antes, dirigió su mirada hacia mí.

—¿Y usted es?

—¿Puedo ver a Phil?

—Phil…, ¿qué más?

Me sonrió un poco más, como si mi pregunta fuese absurda. Hizo que me sintiera incómoda.

—Phil Marks…

—A ver…, déjeme ver…

Se llevó un bolígrafo a la boca. Deseé que estuviese lleno de gérmenes.

—¿Quién quiere verlo? —preguntó, aunque en realidad parecía no importarle.

—¿Puedo pasar y dejamos esto para otro momento?

—La redacción es zona de acceso solo para trabajadores del *Manhattan Press*. No se puede. Dígame a quién quiere ver, pregunto y vemos si puede salir. ¿Con quién quiere hablar?

—Ya se lo he dicho. Con Phil Marks —respondí, molesta, mientras soltaba la caja de Gina en el suelo.

—No aparece en mi lista —dijo, en tono frío, casi al instante—. ¿Otra persona con la que pueda pasarla? Dígame su nombre y pregunto en la redacción.

—Phil Marks es el redactor jefe del periódico. Su jefe, en realidad. El mío es Miren Triggs, trabajo aquí. Del equipo de investigación.

Hizo una pausa para comprobar una lista en su escritorio. Poco después levantó la vista con los ojos tan abiertos que parecían huevos de avestruz.

—No sale en la lista. Lo siento —sentenció, indiferente—. Voy a tener que pedirle que se marche.

—¿De qué está hablando? Trabajo aquí —protesté, enfadada.

—No, según la lista.

—Que le jodan a esa lista.

—Por favor…, no me haga llamar a seguridad. Esto es un periódico serio…

Miré a mi alrededor justo cuando entraban a la redacción dos periodistas con camisas de cuadros que trabajaban en la sección de política exterior. No sabía sus nombres, pero recordaba haberlos visto por la redacción.

—Perdonad, ¿podéis decirle que trabajo aquí? Tengo que ver a Phil.

Ambos se miraron, incrédulos. Luego, uno de ellos la miró con ojos tristes y el otro se animó a hablar.

—¿Miren?, ¿no te habían despedido?

—¿Despedido? Estaba en una excedencia. Ya sabéis, por lo del libro. ¿Podéis decirle que me deje pasar?

Se miraron de nuevo un segundo que me pareció eterno y luego uno de ellos respondió:

—¿Excedencia? No te has enterado, ¿verdad?

—¿De qué? —inquirí, confusa.

De pronto escuché una voz desde mi espalda, que reconocí al instante:

—¿Miren?

Era Bob Wexter, el jefe del equipo de investigación. Aquello fue raro. Llevaba más de doce años trabajando en el *Press* y en un segundo había conseguido sentirme una extraña.

—¿¡Bob!? ¡Menos mal que estás aquí!

—¿La conoce, señor Wexter? —Se entrometió la recepcionista.

—Por supuesto, es la señorita Triggs —respondió Bob. Luego, dirigiéndose a mí continuó, sorprendido por verme—: ¿Qué haces aquí? —Noté cierta alegría en él, pero también incredulidad.

—Estoy lista para volver. He necesitado un tiempo y…, bueno. Aquí estoy.

—¿Quieres pasar a mi despacho y hablamos?

—¿Despacho? ¿Te han dado un despacho? ¿Cómo han conseguido encerrarte entre cuatro paredes?

—¿No te has enterado? Soy el nuevo editor jefe del periódico.

—¿En serio? ¡Eso es increíble! Enhorabuena. Te lo… Un segundo. ¿Y qué pasa con Phil?

—Phil está mal. Pasa y te cuento. ¿Has tomado café? Estás…, Dios santo. Muy cambiada. Te oí en la radio. He visto que tu libro está en todas partes.

Caminé junto a él, y dejé atrás a la recepcionista que me lanzó una última mirada de incredulidad. No pude evitar sentir un ligero cosquilleo cuando pasé junto a mi mesa. Vacía. Demasiado vacía en comparación con mis recuerdos. Los montones de papel se habían esfumado. Las bandejas de archivo habían desaparecido. La pantalla de mi ordenador se había desvanecido. Me di cuenta de que la oficina, a pesar del ruido constante de los teléfonos y de alguna conversación más alta de la cuenta, se notaba más vacía que antes. Cuando llegamos al despacho en el que muchas veces protesté contra Phil, Bob Wexter se sentó y dejó caer la bomba:

—Verás, Miren…, no puedes volver.

—¿Qué dices? —inquirí, sorprendida.

No esperaba aquel puñal inesperado.

—Pero créeme que no es por ti. Es el negocio.

—¿El negocio? ¿De qué estás hablando?

—La junta está plegando velas. Se avecina tormenta. Bueno, llevamos un tiempo ya en ella. ¿No has notado que falta media oficina?

—Pensé que era porque aún es muy temprano.

—El mes pasado despidieron a la mitad de la plantilla. Llevamos varios meses que ha caído en picado el número de lectores. A este ritmo en un año tendremos que cerrar el periódico.

—¿Por eso no está Phil?

—Phil dimitió en cuanto le contaron la noticia. No se veía capaz de despedir a media plantilla y seguir al frente de esto. Se sentía responsable de todo. Como ves, el ánimo de la oficina es otro. ¿No te parece que está… muerta?

—¿Y por qué creéis que ha sido esta bajada?

—Internet, redes sociales, falta de interés. Yo qué sé. La gente ya solo lee los titulares en Twitter y con eso les vale. Llevábamos un tiempo mal. Phil me contaba sus preocupaciones. La junta no paraba de presionar. Esos hijos de puta solo quieren dinero. Es lo único que les importa. Las tiradas cada vez son menores, y monetizar los artículos *online* no es tan fácil. La gente no está acostumbrada a pagar por la información en internet.

—¿Tan mal está la cosa? ¿Qué hay del equipo? ¿Dónde está Samantha? ¿Quién más hay aparte de ti?

—Samantha fue la primera en salir. Yo…, bueno, asumí el puesto de Phil, y el equipo de investigación se ha desmantelado. No podemos dedicar dos o tres personas a una única noticia cada cierto tiempo. Es inviable. Ahora estamos todos centrados en sucesos y política, que es donde está el dinero fácil. Los sucesos los cubren periodistas jóvenes y baratos, rescatando artículos de las agencias, y la política tampoco tiene mucha historia.

Tenemos varios buenos analistas que hacen un poco el resumen a los redactores.

—¿Estás de broma, no?

—Ojalá —sentenció, derrotado—. Verás, Miren. Sé que Phil te había prometido un puesto disponible a tu vuelta, pero las cosas han cambiado demasiado. Me duele decirte esto. Has traído incluso…, ¿qué has traído?

Estaba en *shock*. Escuchar a Bob me había dejado helada. Él había sido el jefe del equipo de investigación del *Press* desde que tenía memoria. Es más, cuando entré en 1998, ya lo era. Su estilo desenfadado y sin una jerarquía férrea hicieron que me sintiera vinculada al equipo desde el primer día. En parte, porque eso me permitió ir a veces por mi cuenta y crecer. El equipo siempre elegía dos o tres temas centrales sobre los que trabajar, investigaciones que podían durar meses, y luego cada uno elegía su tema paralelo, que llevaba de manera independiente al resto. Esa independencia fue lo que me permitió seguir el caso de Kiera. Me sentía desolada al ver cómo todo estaba desmoronándose y aquello parecían los restos de una época que ahora añoraba con más fuerza que nunca. Si desaparecía el periódico, se esfumaría mi única esperanza de recuperar lo que había conseguido mantenerme llena de vida.

—Es… la historia sobre la que pensaba trabajar.

—¿Qué es?

—Gina Pebbles.

Se quedó pensativo unos segundos, y luego preguntó serio:

—¿Otra niña? Verás, Miren...

—No es otra niña cualquiera. Es una adolescente que desapareció en 2002. Salió del instituto y su mochila apareció en un parque a dos kilómetros de su casa. Nunca más se supo de ella.

—¿Y qué tiene de especial? ¿Por qué ella y no... Allison Hernández, por ejemplo?

—¿Allison Hernández?

—Anoche encontraron el cuerpo de Allison Hernández, una chica mexicana de quince años, en los Rockaways, en una de las instalaciones de Fort Tilden, el complejo militar abandonado.

—El caso de Gina...

—Encontraron el cuerpo de Allison Hernández crucificado —me interrumpió—. Desapareció la semana pasada. Tengo a sucesos trabajando en ello. Hemos publicado un pequeño avance en la versión *online* y en papel saldrá mañana, cuando tengamos algo más de información. Algo escueto. No quiero dedicarle demasiado espacio. Todos los ojos están ahora en Siria, que está cada vez más encendida, y mantener corresponsales allí nos cuesta demasiado dinero como para desviar nuestra atención. La situación allí es dramática y tenemos que centrar nuestros esfuerzos en ello. Aunque los demás medios locales publiquen lo de Allison, todo quedará sepultado por la vorágine de historias que vienen desde Oriente. Miren, lo que te quiero decir con esto es que este mundo es una mierda. Todo el tiempo están pasando desgracias y tenemos que elegir muy bien dónde centrar el foco. Lamentándolo mucho no puedo ofrecerte tu antiguo puesto, y mucho menos para una historia así. Tengo que elegir bien los temas y sacarlos en el momento en que puedan tener el máximo alcance posible.

—Joder… —dije suspirando. Una chica de quince años crucificada. El mundo entero se venía abajo mientras lo veíamos por televisión, como si el derrumbe fuese un espectáculo que no nos afectaría.

—Estoy buscando el momento oportuno para darle algo más de voz a la historia de Allison. Algo más elaborado que… lo que hemos sacado. Puede ser una buena historia para nacional si conseguimos algunos detalles por parte de los agentes que nos filtran estos crímenes.

Entonces me lancé:

—Bob, anoche alguien me dejó esto —dije, tirando la polaroid sobre la mesa de su despacho.

—¿Qué es? —preguntó.

Un redactor joven que no había visto antes llamó a la puerta y él lo despachó con aspavientos.

—Es Gina Pebbles, en una furgoneta, amordazada. Parece una foto antigua, tomada cuando desapareció, pero quizá signifique algo. Con el revuelo del libro y Kiera… parece que el lunático que lo hizo quiere ponerme a prueba y ver si soy capaz de encontrarla. Algo me dice que lo intente.

Bob permaneció mirando la fotografía unos instantes, concentrado.

—¿Se la has enseñado a la policía?

Negué con la cabeza. Luego añadí, porque sabía que desaprobaba aquello:

—Aún no. Lo haré en cuanto haga una copia. Conozco al inspector Miller, de la Unidad de Desaparecidos, y quiero dársela a él. Seguro que conoce el caso.

—¿El inspector Miller?

—Era el inspector asignado al caso de Kiera. Hace años que somos… amigos.

Hizo una larga pausa. Conocía lo que significaba. Iba a ceder.

—Es una buena historia, Miren. No te lo voy a negar. Pero no te puedo contratar. No hay dinero. Además, probablemente esto no sea más que un callejón sin salida. Han pasado… ocho, no, nueve años de esto. Es demasiado tiempo. Lo sabes tan bien como yo. No puedo ofrecerte un puesto.

—No quiero dinero. No lo necesito. Solo quiero volver. Esta es… mi casa.

—No puedo tener a una de las mejores periodistas del país sin cobrar. No. Aunque sea algo a lo que estamos abocados si no conseguimos detener la fuga de suscriptores, me niego a participar de esta vergüenza. Un país dispuesto a dejar morir a la prensa libre es un país dispuesto a dejar morir su democracia.

En parte tenía razón, aunque quizá no nos estuviesen dejando morir, sino dando un toque de atención por lo mal que lo estábamos haciendo.

—¿Lo comprendes, verdad? Créeme que soy el primero que quiere que estés aquí y que esto vuelva a ser como siempre. Ya sabes que no me gusta mandar. Estoy incómodo aquí. Yo siempre he preferido… sentir las explosiones cerca. Y tú eres como yo, Miren. Pero créeme que no querrás estar dentro del edificio cuando esto se desmorone.

Esperé en silencio. Aquella puerta cerrada no entraba en mis planes. Durante los últimos años el *Press* había sido mi hogar, el lugar en el que pelear para salvar el mundo. Quizá, también, el sitio desde el que el mundo peleaba por salvarse. Éramos un bote salvavidas en medio de un naufragio. No había espacio para todos.

—Tiene que haber una manera de volver, Bob.

—Miren…, no nos necesitas para investigar a esa chica. Puedes hacerlo, escribir otro libro y salir de este agujero.

—Lo sé.

—¿Entonces? ¿Por qué has venido?

—Porque este es mi agujero.

Suspiró.

—Aquí soy…, aquí soy yo. Tú mismo lo has dicho, Bob. Siempre has preferido estar cerca de las explosiones. Trabajando aquí soy algo más que… Miren Triggs. Aquí soy periodista. Aquí puedo cambiar las cosas.

Quizá estaba cometiendo un error al contarle mis inseguridades. Pero si aquella puerta se cerraba, ¿qué podría hacer? Me observó, serio. Luego sus ojos volvieron a la fotografía de Gina.

—Haremos una cosa —dijo, finalmente—. Entras en sucesos, pero con una página completa. Un artículo a la semana. Será una mezcla de investigación y sucesos. Creo que algo así puede funcionar.

—Genial.

—Cobrarás por artículo, bien pagado. Es menos de lo que cobrabas antes, pero la cosa ha cambiado.

—Me vale. De acuerdo.

—Pero yo decido los temas. Y tienes que aportar algo nuevo. Un punto de vista único. En primera persona. No me vale con un relato de los hechos, quiero algo en lo que estés dentro. La gente ya te conoce. Te quiere. Aprovechemos eso. Quizá así sí pueda vender a la junta el hecho de que contrate a alguien.

—Eh…, claro.

—Me gusta lo de Gina, pero tú y yo sabemos que es un artículo sin plazo. Empezarás con el artículo para el domingo que viene, 1 de mayo.

—Bob...

—¿Crees en Dios?

Levanté una ceja, sorprendida.

—¡¿Qué?!

—Bueno, eso da igual. Allison Hernández. Ve a los Rockaways, pregunta en las iglesias, habla con la gente del barrio y con sus amigos. Hazte amiga de algún reverendo. A la gente le importa la fe. En cuanto la gente sepa cómo murió se llevará las manos a la cabeza. No es tu Gina Pebbles, pero estoy seguro de que entiendes que no te puedo encargar algo sin saber si hay algo serio detrás. Trabaja en ella en tus ratos libres.

—¿Has dicho los Rockaways? Ese es el mismo lugar donde... —pero se interrumpió: si mencionaba de nuevo el nombre de Gina, peligraba su regreso—. No pienso acercarme a la familia de Allison, Bob. Sabes que estoy en contra del sensacionalismo.

—Lo sé. No me importa. No quiero que saques nada de dolor. Quiero tu visión de la historia. Métete dentro en la comunidad religiosa de allí. Sé creativa. Seguro que algo se te ocurre. Tienes una semana. Bueno, seis días. Quiero el artículo el sábado por la noche, como muy tarde.

—¿En la comunidad religiosa? ¿Qué significa eso?

—Iglesias, capillas, colegios, academias. Me da igual el tipo. Presbiteriana, protestante, católica o que adore al mismísimo diablo. Cuenta las tripas. Descubre en qué creía Allison y tira por ahí. Intenta averiguar por qué acabó en una cruz. Habla con la policía de allí, con Homicidios o con quien creas conveniente. Pero te quiero dentro del artículo. Eres la mejor en eso. ¿Qué me dices, Miren? ¿Estás dentro? —dijo, tendiéndome la mano por encima de su escritorio.

Me quedé sin saber qué decir. No esperaba que fuese a proponerme algo así. Pero ¿qué le podía responder? No sabía que si contestaba que sí mi vida colgaría de un hilo. Pero decir que no hubiese supuesto sentirme una muerta en vida.

—Lo estoy —afirmé.

Lo que no me esperaba es que esa misma tarde las historias de Gina Pebbles y de Allison Hernández, con nueve años de diferencia, se conectaran, casi juntas de la mano, a través de una llamada de teléfono que hizo que todo se precipitase sin control.

CAPÍTULO 10

NUEVA YORK
23 de abril de 2011
Tres días antes
Jim Schmoer

Pocas veces se da uno cuenta de que en el futuro
el presente solo será un mal recuerdo.

El profesor Schmoer releyó un par de veces la respuesta del usuario @Godblessthetruth. Le sorprendió porque, según había leído, Allison Hernández había desaparecido una semana antes y no tenía constancia de que se hubiese encontrado el cuerpo sin vida de la joven.

Él seguía muy de cerca las desapariciones, era uno de los temas recurrentes en su programa, aunque nunca investigaba durante mucho tiempo a aquellos que pronto llamaban la atención mediática. Prefería sacar a la luz los casos olvidados, esos en los que algún menor desaparecía en el momento inoportuno, pues el foco de los medios, las cadenas y los diarios estaban centrados en una subida de impuestos, en una protesta por los derechos laborales o en algún senador con la bragueta demasiado suelta.

Tecleó el nombre de Allison Hernández en el navegador de Google para leer las últimas noticias sobre ella, y comprobó que durante los últimos días se habían publicado algunos artículos con la foto destacada de su rostro bajo el rótulo de la alerta AMBER. Filtró los resultados por aquellos artículos colgados en las últimas horas, y no se informaba de nada nuevo al respecto. Saltó de un periódico a otro, de una agencia de noticias a otra, tratando de encontrar el enunciado o titular que detallase dónde y cuándo había sido hallado el cadáver, pero no había nada.

Finalmente, pasados unos minutos, respondió al tuit con una cierta sensación extraña, aunque no le dio más importancia: «Allison Hernández sigue desaparecida. Dejemos que las autoridades trabajen para encontrarla con vida».

Pasó a leer el resto de comentarios que había recibido. Algunos de sus seguidores le propusieron que hablase sobre política, algo que él detestaba. Otro usuario le pidió que lo hiciese sobre el trabajo precario en las fábricas de las grandes tecnológicas en Asia. Un adolescente le preguntó si seguía a los Knicks.

Se sintió desanimado. Pensó que quizá ese día era mejor no grabar. No era fácil publicar una historia cuando ninguna se sentía como propia. Ojeó las tendencias durante unos segundos, pero no había nada interesante: el pésame a un famoso que no había muerto, el estreno de una película que no pensaba ver, el nombre de dos grupos de música que no le importaban. Un *hashtag* se había colado en el primer puesto, #KUWTK, y lo clicó para comprobar en un instante que se trataba de la expectación previa a la emisión del *reality* de la familia Kardashian que aún no había comenzado.

De pronto, comprobó que había recibido un mensaje directo a través de la plataforma. A Jim le gustaba permitir que cualquier persona le escribiese por privado, porque eso era, según pensaba, parte indispensable del periodismo. La gran mayoría de las veces las grandes historias comenzaban así: alguien despechado daba un pequeño soplo a la prensa con una llamada anónima, enviaba un *e-mail* con archivos privados desde una cuenta de correo desechable, entregaba un sobre bajo la puerta. Aquel buzón abierto era eso: una puerta para cualquiera que quisiese denunciar algo que creyese que merecía salir a la luz.

El mensaje era del usuario @Godblessthetruth, enviado a las 19:05 según marcaba la aplicación web, y tan solo se trataba de una imagen. Al abrirla tuvieron que pasar unos instantes hasta que la mente de Jim Schmoer consiguió reconstruir lo que sus ojos estaban viendo en aquella fotografía semioscura y borrosa.

En el centro de la imagen creía distinguir una cruz de madera en pie, apoyada en el suelo, sobre la que parecía que estaba crucificada una figura blanquecina con forma de mujer. A los lados de la cruz, dos siluetas negras agarraban el crucifijo y, por su postura, daba la sensación de que estaban haciendo un esfuerzo para arrastrarlo hacia atrás, en dirección a la pared llena de grafitis del fondo. Tardó un poco más en asimilar lo que veía en los laterales de la imagen, pero en el lado izquierdo se intuía lo que parecía un hombre, cubierto con una prenda blanca, de alguien que estaba mirando la escena. En el derecho se podían identificar varias sillas vacías, alineadas en dirección a la cruz.

—¿Qué diablos es esto? —exclamó Jim, confuso.

Descargó la imagen y la guardó en su escritorio. Luego hizo una captura a la conversación en la que se veía el usuario y la hora a la que le había enviado la imagen. Antes de responderle, meditó qué hacer. No entendía lo que estaba viendo, pero sabía que no le gustaba.

Clicó sobre el perfil de @Godblessthetruth y se incomodó aún más cuando comprobó que su respuesta era el único tuit de la cuenta. Su imagen de perfil era un huevo blanco con el fondo naranja y, según constaba junto al nombre de usuario, la fecha de creación de la cuenta había sido ese mismo día.

Decidió responderle al mensaje directo, midiendo bien las palabras. Posiblemente fuese un trol con la intención de gastarle una broma, pero la sola posibilidad de que la imagen fuese real y que aquella chica fuese Allison Hernández, hizo que avanzase con todas las cautelas: «¿Es Allison? ¿De dónde ha sacado esta imagen?».

Pasaron varios minutos en los que el profesor se preguntó qué broma macabra era aquella. Internet era un pozo de fango en el que en cada rincón siempre estaba acechando alguna barbaridad, y aquello parecía exactamente eso. En alguna ocasión, incluso, el profesor había coqueteado con la oscuridad de la *deep web*, tras instalarse el navegador Tor y conseguir una lista de acceso privada a alguno de los links más perturbadores que poblaban internet. La imagen que le había enviado @Godblessthetruth le recordó a las que había encontrado salpicadas por foros clandestinos sobre sectarismo, aunque la enorme diferencia entre la foto recibida y las que se colgaban en esos foros era que las segundas parecían inofensivas y solo se limitaban a quemar algunas hojas en el bosque o a ofrecer palomas o ratas muertas en sacrificio ante una cruz pagana. Aquella, aunque tenía un cierto parecido, presentaba a una chica sobre la cruz cristiana, con el sol colándose desde uno de los lados de la imagen, en lo que parecía una nave abandonada, pero llena de gente.

De pronto @Godblessthetruth respondió.

Se trataba de un enlace al archivo de noticias del *Manhattan Press*, una sección que él visitaba a menudo para comprobar artículos de los años anteriores y que estaban a disposición de cualquiera que desease informarse del pasado. Al entrar en el enlace Jim sintió cómo aquella inquietud, aquel nerviosismo que le transmitía esa conversación inesperada, explotó por los aires sin control tras leer el titular: «¿Has visto a Gina Pebbles?».

Se fijó en la fecha en la que estaba datado el artículo y comprobó que se trataba de una noticia de junio del año 2002. Recordaba aquel caso, aunque lo tenía en un rincón de su memoria. Sucedió el día después de que en Salt Lake City hubiesen secuestrado a una adolescente a punta de cuchillo, y nadie, salvo un pequeño artículo en la página doce del *Manhattan Press*, había cubierto la noticia, que cayó pronto en el olvido. Él revisó todo lo que se sabía en su momento, e incluso intentó conseguir acceso al expediente de su desaparición para charlar sobre ella en el programa y también para darle una clase a sus alumnos sobre oportunismo informativo, pero todo era tan lejano que apenas recordaba los detalles.

Se fijó en quién firmaba la noticia y no pudo evitar esbozar una sonrisa: Miren Triggs. Bajo el titular, el artículo relataba la última vez que habían visto a Gina con vida, la ropa que llevaba puesta y el lugar apartado de los Rockaways en el que había aparecido su mochila, en Breezy Point Tip, una playa llena de arbustos y basura poco transitada, situada en la punta de la península, tan solo frecuentada por pescadores en invierno y surfistas en verano. La noticia iba acompañada de la imagen de Gina mirando al frente, con su melena rubia larga y sonrisa brillante. Más abajo, y tras algunas descripciones de la zona y del entorno en el que se había encontrado su mochila, la fotografía de un grupo de adultos y jóvenes de la zona, entre los que destacaban un hombre y una mujer de mirada triste, abrazados a un niño de ocho años que lloraba desconsolado. Parecía que los tres estaban junto a un grupo de voluntarios y que todos se organizaban para llevar a cabo batidas de búsqueda. En el pie de la imagen leyó: «Christopher y Meghan Pebbles, tíos de Gina, participan en las batidas de búsqueda de su sobrina. El hermano de la joven, Ethan Pebbles de ocho años, llora desconsolado por la desaparición».

Jim volvió a la conversación con @Godblessthetruth sin comprender aún la magnitud de lo que estaba sucediendo ni las implicaciones de aquellos mensajes. Entonces le preguntó, temeroso de la respuesta: «¿Es Gina la chica de la cruz?». Unos segundos después, respondió: «No». Jim insistió: «¿Es Allison Hernández?». La contestación fue inmediata: «Sí». No esperó: «¿Dónde está?».

Tuvo que volver a esperar su respuesta. Jim miraba la pantalla sin levantar la vista mientras deseaba que en algún momento aquella broma siniestra terminase. Pensó en que quizá sería alguno de sus alumnos. Tenía una relación lo suficientemente intensa con los de tercer curso, con pruebas continuas e investigaciones complejas, como para esperar algo así. Le vinieron a la cabeza un par de rostros, Alice y Samuel, sus mejores alumnos, y sin duda capaces de idear una historia de este tipo con tal de probar la perspicacia del profesor. Además, acababan de estudiar la teoría de la desinformación y cómo, a raíz de usar la emoción fácil e impulsiva —el dolor, el enfado, la tristeza o la desesperación—, se conseguía hacer creíble una historia que de otro modo hubiese sido completamente descartada desde un inicio. Revisó una y otra vez el artículo que le había enviado con la historia de Gina. Hizo varias búsquedas en Google del nombre de usuario que empleaba, pero todo fue en vano. No había ningún otro usuario en la red, en ninguna otra plataforma, que usara ese *nick*.

Cansado por la espera, decidió insistir una vez más: «¿Sabe algo de Allison Hernández? ¿Es eso lo que me quiere decir?». Finalmente escribió: «Pronto lo sabrá usted». Se quedó desconcertado: «¿A qué se refiere?».

Pero no volvió a responder. Jim Schmoer esperó durante una larga hora algún tipo de contestación, mientras se levantaba de su asiento una y otra vez, realmente inquieto. Ya había descartado la idea de grabar el programa ese día y tuiteó a su grupo de seguidores que le iba a resultar imposible hacerlo. Aquello le costó doce mensajes de indignación. Volvió al perfil con la intención de leer el primer mensaje que le había dejado y se fijó en algo que le había pasado inadvertido desde un principio: @Godblessthetruth no tenía seguidores, solo había publicado un tuit, pero sí seguía a dos personas. Al comprobar este dato se quedó aturdido, los nombres de los usuarios eran Miren Triggs y el suyo.

CAPÍTULO 11

OFICINA DEL FBI
24 de abril de 2011
Dos días antes
Ben Miller

No existe puzle viejo
que siga conservando
todas las piezas.

Era la una de la madrugada cuando Ben Miller llegó a la oficina del FBI en Nueva York y entró sin saludar a la decena de agentes que aún quedaban en sus mesas repletas de folios, hojas, tazas de café y desesperanza. A pesar de la hora, la agencia no se detenía, aunque sí se notaba que bajaba el ritmo por la noche: los movimientos eran más lentos; las voces, más bajas; los teléfonos timbraban más espaciados. El ambiente a esa hora solía ser desolador: las caras de los agentes siempre tenían un punto de tensión y tristeza, muchas veces coincidiendo ambos estados en el mismo rostro al mismo tiempo. Los que estaban allí a esas horas acababan de encontrar o de perder, y cualquiera de esas dos noticias, cuando llegaba hasta la planta, no era buena. Los casos que se resolvían por sí solos sin incidentes (algún menor que aparecía en casa de un amigo tras marcharse sin avisar o aquellos que volvían a casa después de una discusión de adolescente) solían despacharse en la centralita telefónica tras el aviso de los denunciantes. Ese tipo de expedientes causaban baja sin más fuegos artificiales que la felicidad de sus hogares y un muchas gracias por avisar.

Pero los que necesitaban de un cierre de archivo detallado, aquellos que precisaban de la firma del investigador, eran encuentros con final trágico. Allison pertenecía a ese grupo. Seguramente el teléfono que sonó cuatro mesas más allá, junto al ordenador de un tal Wharton que miró al aparato con rostro de desesperanza, estaba a la espera de un expediente que corría la misma suerte. Si una persona viviese en aquella oficina sin tener contacto con el exterior durante un año, pensaría que la vida consistía simplemente en nacer, crecer, amar y desaparecer, si uno tenía la suerte de poder completar las tres primeras etapas antes de que llegase la última.

Miller estuvo un rato tecleando el informe de la aparición de Allison Hernández, y recopiló la documentación en un archivo comprimido para el traspaso del expediente a Homicidios de la policía local de Nueva York. El descubrimiento del cuerpo cambiaba la etiqueta legal del caso al desactivar el alcance y actuaciones que podían realizar desde la unidad en el FBI en la que se investigaban desapariciones infantiles. Llegado ese momento, debía prepararlo todo, fuese la hora que fuese, para acelerar el protocolo de investigación criminal. Una nueva unidad ya estaría en la nave de Fort Tilden recopilando muestras, huellas, pistas y declaraciones de la pareja de adolescentes que había encontrado el cadáver. En cuanto él enviase el expediente, otra unidad se presentaría en casa de la familia Hernández, se pondría en marcha la maquinaria del fiscal y también, si algún periodista incómodo destapaba el estado en que había sido encontrada, seguramente tendría que lidiar con los reporteros que quisiesen ampliar el asunto.

Antes de dar por terminado el expediente de Allison, debía registrar los últimos datos en el ViCaP, el programa de aprehensión criminal violenta, para introducir los detalles generales, como la fecha y el lugar en el que fue vista por última vez y dónde apareció su cuerpo, su fotografía, y una descripción fría con los principales detalles para que sirviese como base estadística de la criminalidad de cada distrito y para la incidencia de determinados tipos de casos.

Navegó por el ViCaP para puntear en un mapa las coordenadas frente a una farmacia en la avenida Jamaica, a doscientos metros del instituto Mallow, y peleó hasta cuatro veces para colocar el marcador justo en el lugar de la acera en que la imagen por satélite permitía identificar un borrón rectangular con forma de banco. Allí, según la declaración de la mujer que atendía la farmacia, fue la última vez que Allison fue vista con vida. Luego sobrevoló el mapa digital para colocar ese mismo puntero encima de un rectángulo gris que emergía entre la zona verde de Fort Tilden, en la península de los Rockaways, en el extremo suroriental de Queens, donde había aparecido su cuerpo, en aquella cruz católica que aún tenía grabada en su memoria.

Estuvo a punto de pasar al software centralizado de la alerta AMBER para desactivar la búsqueda, pero antes alejó la vista del mapa para ver la distancia entre un punto y el otro. En el visualizador se podían observar cientos de marcadores con un semáforo de colores que determinaba el estado del caso: en verde, los casos abiertos y con búsqueda activa; rojo, para los ya cerrados al encontrar a la persona buscada fallecida; naranja, para los casos abiertos, pero que habían llegado a vía muerta y cuyos equipos de búsqueda estaban esperando alguna nueva pista para continuar.

Alejó tanto la imagen que se dio cuenta de que apenas quedaban zonas sin algún marcador en rojo, como si fueran gotas de sangre salpicadas sobre un tapiz de calles y parques. Los puntos verdes eran mucho más numerosos, pero apenas duraban más de unas horas sobre aquel mapa. Los casos que terminaban bien, que eran la inmensa mayoría, se eliminaban del registro visual y solo permanecían en los archivos personales para rescatar información por si el asunto se repetía.

Los marcadores naranja, en cambio, eran menos frecuentes pero igual de dolorosos. Cada punto en naranja era una nota de olvido, una familia desolada y sin esperanza. A ojo contó una docena solo en Queens y, para su sorpresa, uno de ellos estaba sobre el instituto Mallow, el mismo al que asistía Allison.

—¿Quién más ha desaparecido en el instituto?

Clicó sobre él y se desplegó un pequeño bocadillo con un texto en negrita que lo dejó completamente desconcertado: «Gina Pebbles, 3 de junio de 2002».

Recordaba a Gina. Había sido uno de esos casos imposibles que había llegado incluso a olvidar y que solo rescataba en su memoria como estadística para martirizarse. Había borrado de su mente los detalles, pero al ver su nombre sobre el instituto Mallow se recordó a sí mismo preguntando a algunos de sus compañeros si había visto algo. Aquello podía ser casualidad, que hubiese desaparecido una segunda alumna del centro nueve años después, pero en su mente empezaba a gestarse una nueva sospecha, aunque no sabía si se encontraba en lo cierto. Pensó en clicar en su nombre para acceder a su expediente, pero se dio cuenta de que otro de los marcadores se había resaltado entre los demás. Se hallaba situado en Breezy Point, el extremo suroeste de los Rockaways y a escasos trescientos metros de Fort Tilden, donde había aparecido Allison. Al pulsar en él se desplegó un bocadillo naranja en el que se podía leer: «Mochila de Gina Pebbles, 5 de junio de 2002».

Empezó a sentirse eufórico por haber descubierto lo que pensaba que era una conexión, y volvió al punto inicial para clicar sobre el nombre de Gina Pebbles y acceder a su expediente. Un mensaje le explotó en la pantalla: «Contenido archivado. Expediente 172/2002».

Se puso en pie de un salto y marcó un número de teléfono. Poco después, una voz femenina y casi mecánica respondió al otro lado.

—¿Sí?

—¿Jen?

—¿Miller? No me jodas, Ben. Estaba echándome una cabezadita.

—Necesito acceder a un expediente.

—Nadie consulta el archivo a estas horas. ¿Por qué te crees que me pedí el turno de noche?

—Para ver más a menudo a Markus, el vigilante de seguridad.

—¿Tanto se me nota?

—¿Puedes prepararme el expediente 172/2002?

—¿2002? A ver…, eso está… Creo que… sí, tiene que estar abajo. ¿Para cuándo lo necesitas?

—¿Ahora sería mucho pedir?

Jen resopló al otro lado del auricular.

—¿Sabes? Estaba soñando que me había tocado la lotería y que atendía el archivo con una bata de terciopelo.

—¿Te toca la lotería y sigues trabajando aquí?

—¿Qué ibais a hacer sin mí?

Miller sonrió.

—Está todo lo de esa época un poco patas arriba. Vinieron el otro día a seguir digitalizando.

Miller resopló antes de continuar.

—Esperaré en mi mesa.

—¿De quién se trata? ¿Puedes contarme algo? —preguntó Jen, curiosa.

—Es una… corazonada.

—¿Tienes café? Tardaré un poco.

—Sacaré dos de la máquina. Te cambio uno por el expediente.

—No sé por qué me caes bien, Miller.

—Porque nos parecemos demasiado. Una parte de nosotros odia estar aquí. Otra, en cambio, hace imposible que nos alejemos de este edificio.

—Esa parte en mí se llama Markus —respondió Jen.

Ben no pudo aguantar una risa antes de colgar.

Un rato después, tras haber completado Miller los últimos trámites del traspaso del expediente a Homicidios, una mujer con el pelo recogido de mediana edad y cara lavada apareció en el fondo de la sala cargando una caja de cartón marrón con dificultad. Cuando llegó junto a su escritorio, la dejó caer sobre la mesa como si fuese un muerto.

—¿Dónde está mi café? —dijo, a modo de saludo.

—¿Esto es todo? —bromeó Ben, acercándole un humeante vaso desechable—. ¿Dos de azúcar?

—Si no estuvieras casado y fueses tan feliz con Lisa, serías mi Markus.

—¿Y quién querría a Markus? —contestó Ben, agradeciendo el cumplido.

—No he dicho que te fuese a ser fiel.

—*Touché.* —Sonrió Ben.

Luego abrió la caja y colocó el contenido de folios y carpetas apilados frente a su teclado.

—¿Tienes mucho lío? —preguntó una última vez Jen.

Ben se quedó en silencio, inquieto al ver la primera página del informe de desaparición: una foto de Gina Pebbles que miraba al frente, rubia, ilusionada, con la piel tan blanca que quizá podría brillar en la oscuridad.

—Si necesitas algo más, dime, ¿vale?

Una parte de Miller asintió a Jen y le dijo adiós, pero más tarde no recordaría haberse despedido de ella.

Navegó con la vista con rapidez entre las entrevistas, releyendo el caso con una atención cada vez más efímera. Estaba cansado, pero aquella caja y aquella conexión entre el instituto de ambas hizo que saltasen las alarmas. Le dio varios sorbos al café mientras leía en la oscuridad. Pasaron las horas mientras navegaba entre declaraciones en las que nadie decía nada, hasta que por fin llegó a la entrevista que había tenido un agente llamado Warwick Penrose con un niño llamado Ethan Pebbles, de ocho años entonces, y hermano de Gina.

CAPÍTULO 12

MANHATTAN
24 de abril de 2011
Dos días antes
Miren Triggs

*Todos los errores
tienen un principio,
pero no un final.*

Salí del despacho de Bob con un hormigueo en el corazón. Volvía al *Press.* Pero la condición era adentrarme en lo que había sucedido con Allison Hernández, mezclarme en un entorno que me era ajeno, y rezar por no tocar demasiado mis propias heridas al narrarla desde un punto de vista personal. Como si fuese fácil sacar mis entrañas al mundo cuando ni siquiera yo misma me reconocía. Mis pesadillas habían invadido tanto de mí que muchas veces las confundía con mis aspiraciones. Un día sueñas con ganar el Pulitzer, al siguiente con saltar desde un puente.

Esperé a que Recursos Humanos me preparase de nuevo mi antigua mesa. Bandejas para papeles, lapiceros, rotuladores, un teléfono fijo. También mandaron a un chico de unos treinta años con un portátil negro IBM que yo no pensaba utilizar demasiado. El que tenía antes en la redacción solo lo usaba cuando tenía que escribir, cosa que ocurría con escasa frecuencia, o para leer correos que no me dejaban abrir en mi *e-mail* personal. Cuando se recibía alguna filtración para una historia que estuviésemos preparando en el equipo de investigación, esta tenía que almacenarse en un servidor seguro y no abandonar las instalaciones del *Press* hasta que el artículo no estuviese en los quioscos de Estados Unidos. Para mi día a día prefería mi propio macbook pro de trece pulgadas con un flamante procesador i5. Lo había comprado unos días después de recibir el segundo pago del anticipo por la novela, y desde mi primer día con él se había convertido en todo cuanto necesitaba.

Comprobé mi móvil y vi que Martha Wiley me había llamado cinco veces esa mañana. También me había enviado un mensaje de texto que tan solo decía: «Miren, creo que estás cometiendo un error. Creo que podemos encontrar un equilibrio en el que te sientas cómoda. Por favor, llámame». La verdad es que no sabía cómo gestionar aquel asunto y, en el fondo, sabía que tarde o temprano debía encontrar una solución.

—Un poco más… —dijo el informático sentado en mi sitio mientras preparaba el equipo para que lo pudiese usar— y ya tendremos sincronizado tu correo. Cuando te fuiste, no eliminé tu cuenta. Sabía que volverías —añadió, con una mirada que me dejó algo confusa.

—Gracias… —respondí, esperando a que me dijese su nombre.

—Oh, soy Matthew, pero todo el mundo me llama Matt.

—Matt. —Sonreí—. ¿También trabajas los domingos?

—Soy el encargado de informática. ¿Te imaginas que se cae la web del *Press*? ¿O que hackean nuestros servidores y acceden a información de los suscriptores? Lo sé. Es una mierda estar siempre disponible, pero… esto es el *Press*. Aquí o estás al cien por cien o no estás. El mundo nos necesita, ¿no?

—Díselo a todos los que se han ido. —Oteé la sala con la sensación de estar en medio de un desierto.

Hizo un barrido con la mirada y luego volvió al ordenador. Tecleó algunas contraseñas, instaló algunos programas que yo nunca usaba y luego hizo un redoble de tambores con las manos sobre el escritorio.

—Espera un segundo y… tachán. Listo.

De pronto, la bandeja de entrada del Outlook se llenó con trescientos cincuenta correos que no pensaba contestar.

—¿Quieres que te deje la bandeja limpia?

—No, déjalo así. Está bien. Así no me aburriré.

—Perfecto. Si necesitas algo, estoy en la segunda planta.

—Gracias, Matt.

—Y… si quieres quedar para tomar algo, te puedo dar mi teléfono.

Me tendió un papel que agarré con sorpresa.

—Oh…, yo no…

Una parte minúscula de mí sintió lástima. Otra, en cambio, la más dominante, miedo. A pesar de todo, a pesar de los años, aquella muesca seguía allí, recordándome que no podía dejarme llevar.

—Perdona si he sido muy… —hizo una pausa, como si tuviese que pensar bien lo que quería decir—, siempre me ha gustado mucho cómo escribes.

—Gracias, Matt. No importa. Si necesito algo, te llamaré.

—Cuando quieras —dijo, en un tono que parecía ya haber olvidado su propuesta.

Fue algo curioso. Hasta que no me ofreció su teléfono, yo no había mirado a Matt como alguien del sexo opuesto. Pero, la verdad, en el momento en que no dio ninguna importancia a mi negativa, ganó muchos enteros. Me fijé en que era delgado, vestía una camiseta de manga corta de lino y el pelo le caía sobre la frente como si no le importase.

—¿Sabes? Quizá te llame —dije, tratando de re-conducir mi sorpresa inicial.

¿Por qué dije eso? No lo sé. Quizá trataba de lu-char contra mis demonios.

—Bien —respondió, sorprendido.

Luego volvió la vista a la pantalla de mi portátil y configuró la impresora y algo de la intranet.

—Tengo un nuevo ordenador al que debería… sa-carle partido —añadí.

Se me daba fatal.

—Bien —repitió, inmóvil.

Todo lo que había ganado con su seguridad lo es-taba perdiendo por segundos. Volvió al correo para con-figurar mi firma corporativa.

—Voy a probar que está funcionando el *smtp* y… sí, funciona. Vaya. Esto es raro —dijo Matt, sorprendi-do al ver la pantalla—. Te han entrado dos nuevos *e-mails* del mismo remitente.

—¿Cómo dices?

—Dos de la misma persona. Tiene que ser un error del servidor…, espera. Voy a eliminar duplicados y…

Me acerqué por encima de su hombro, para com-probar el nombre de quien los enviaba y me quedé casi sin respiración.

—¿Conoces a un tal… Jim Schmoer? —dijo, al mis-mo tiempo que yo lo leía.

—¿¡Jim?! —repliqué, sorprendida.

—Vale, eso es un sí.

—¿Has terminado? ¿Te importa dejarme sola? —espeté.

—Eh…

Se levantó de la silla y dijo algo, pero no le presté atención. Me senté y volvió a hablar, aunque en ese momento yo solo escuchaba a mi mente.

—¿Perdona, qué? —pregunté, abstraída.

—¿Es… tu novio?

Bufé. Luego sonreí condescendiente. Había aprendido a hacerlo durante la infancia viendo a mi madre sonreír así a mi padre cuando él inventaba alguna excusa sobre por qué llegaba tarde del trabajo. Cuando eres mujer, es inevitable aprender a sonreír de ese modo. Ajena. Expectante. Agresiva. Ese tipo de sonrisa es la señal de que no eres estúpida. Mi madre no lo era y mi padre lo sabía.

—Verás, Matt, eres un encanto, pero yo…

—Perdona, tienes pareja —dijo, cortándome—. Lo entiendo. No…, no importa. Me he metido donde no…

—Tranquilo, Matt. No es mi novio. Pero… no es asunto tuyo. No deberías de leer los *e-mails* de los demás. Además, tengo cosas que hacer. Solo eso. Gracias por… dejarlo todo listo.

—Está bien. Siento si…

—Olvídalo —le corté yo.

Sonreí de nuevo como mi madre. Le estaba cogiendo el gusto.

Se dio la vuelta, dispuesto a marcharse y yo me sentí como una mierda. Sin quererlo, porque esto es algo que nadie quiere, había aprendido a alejar a cualquiera que representara una amenaza a mi soledad con la misma facilidad que aquellos tres tipos me habían usado como a un trapo. Aquella noche siempre acechaba en cualquier instante. Luego el disparo sonó en mi cabeza y volví a aquel momento en el callejón. Me ardía el pecho. En mi boca notaba el sabor de la justicia y luego me sentía como una mierda. Siempre en el mismo orden, siempre la misma... tristeza.

Durante los años anteriores nunca había permitido que nadie se acercase a mí. Los alejaba, me distanciaba, desaparecía. Mis heridas me impedían amar, porque en el fondo sentía que todo el mundo podría hacerme daño. La única persona que había conseguido romper mi coraza era Jim, pero también con él había levantado un escudo invisible en cuanto percibí que se acercaba demasiado. Era imposible para mí actuar de otra manera, puesto que aquella rabia se había instalado en algún lugar de mi interior, como si fuese una bestia de tres cabezas que guardaba las puertas de mi propio infierno.

—¡Matt! —grité mientras se alejaba—. Gracias.

Alzó una mano lanzando un de nada, pero lo acompañó con mi misma sonrisa. Había aprendido rápido.

Luego suspiré y me adentré en los correos que Jim me había enviado. Quería quitármelos de encima antes de conectarme a la web del *Press* para leer rápido el avance sobre Allison. El primero era un texto corto de un par de líneas, enviado a medianoche, que me hizo sentir inquieta: «Miren, soy Jim. Enhorabuena por el éxito de tu novela. He intentado llamarte, pero parece ser que has cambiado de número. Necesito hablar contigo. Es urgente. Con cariño, Jim».

Después de aquel accidente inesperado con el coche, Jim vino a visitarme al hospital varias veces. Él y yo siempre habíamos mantenido una cierta cercanía, pero también una efímera distancia, y aquellas visitas me agobiaron. Recuerdo que incluso mi madre me preguntó por qué un antiguo profesor de mis clases en Columbia me visitaba tan a menudo. Admito que era incapaz de definir mi relación con Jim y odiaba tener que hacerlo. Me gustaba, pero también detestaba su continua preocupación y atenciones. Un día, estando en el hospital, desperté de una larga siesta por una conversación que retumbaba en mi cabeza: eran Jim y mi madre que hablaban mientras yo dormía, ambos con un café en la mano. Me hice la dormida durante un rato y los oí hablar de mí. Soy periodista, es imposible detener mi curiosidad. Escuché que le decía a mi madre que yo le importaba. Que me veía como alguien especial. Aquello me hizo sentir tanto vértigo que simulé un grito de dolor para que viniesen las enfermeras y los sacasen de allí sin yo tener que decirles nada.

Me dolía su cariño. Me angustiaba que me comprendiese tan bien. ¿Acaso de verdad era la única persona que lo había logrado en todos estos años?

Cuando al fin recibí el alta del hospital, decidí no avisarle y poner tierra de por medio. Tampoco le comenté que me mudaba de mi antigua casa en el Bronx a un pequeño estudio en el West Village. Cambié de número de teléfono y durante un tiempo traté de olvidarme de él. Es más. Si no llega a ser por esos correos, nuestra distancia no habría hecho más que aumentar y con el tiempo, aquel vínculo que nos unía, quizá hubiese terminado por desaparecer. Una parte de mí lo deseaba. No por iniciativa propia sino por temor. Estuve a punto de eliminar ambos *e-mails*, pero ¿por qué tuve que abrir el segundo correo? Quizá todo hubiese sido distinto de no haberlo hecho.

Había sido enviado a las siete de la mañana, una hora antes de que yo pisara el edificio del *Press*.

«Miren. No insistiría si no fuese de verdad importante. Sé que quizá fui un poco pesado en el hospital, pero creo que tengo algo. Es sobre Allison Hernández. He visto el avance de la noticia sobre el hallazgo de su cadáver en la web del *Press* hace unos minutos. No tengo otro modo de contactar contigo. Es en serio. También es sobre Gina Pebbles. Quizá te acuerdes de ella. Llámame al 555-0134. Jim».

El nombre de Gina Pebbles destacaba en el *e-mail* como dos palabras que eran capaces de arrasar con todo. El de Allison parecía coger impulso sin yo saber cómo aquella historia empezaba a crecer para desplegarse delante de mí como una baraja de naipes. Descolgué el teléfono en ese mismo instante y marqué su número.

Y oí su voz. Tan cálida e indiferente. Tan cercana y a la vez distante.

—¿Sí?

—¿Profesor Schmoer?

—¿Miren?

—¿Qué tienes sobre Allison y Gina Pebbles?

—Cuánto tiempo. Me…, me alegro de que me hayas llamado.

—Sí, bueno…, he estado un poco ocupada.

—Lo sé. He visto tu novela en los escaparates. Enhorabuena…, no creo que haya nadie que lo merezca más que tú.

Hizo una pausa. Yo tampoco sabía qué responder a aquello.

—He visto tu correo —añadí, finalmente.

—¿Podemos vernos? Relación profesional. Sé que quizá te hice sentir un poco incómoda. Solo… me preocupaba por ti.

—No necesito que nadie me proteja, ¿sabes?

—Lo sé. Por eso no he insistido. Cuando te fuiste del hospital, pensé que tardaríamos un tiempo en vernos.

—¿Por qué me has escrito?

—Creo que te puede interesar.

—¿No me lo puedes enviar por *e-mail*?

—Preferiría enseñártelo en persona.

Respondí con un silencio. No me gustaba rogar.

—Estoy liada. He vuelto al periódico y...

—Ayer, al anochecer, un perfil anónimo me envió una fotografía de Allison Hernández..., crucificada. Supongo que te has enterado de que ha aparecido su cuerpo, al igual que toda la ciudad.

—Sí. Justo he vuelto y comienzo con un artículo sobre ella. Algo que extienda la noticia más allá de..., bueno, de los hechos.

—Miren, aún no se ha publicado en ninguna parte que fue crucificada.

—¿Ah, no?

—El *Press* solo ha recogido la noticia de la aparición de su cuerpo, al igual que otros periódicos y canales de televisión. Supongo que hasta que no tengan confirmación oficial no quieren jugársela con algo tan escabroso. He conseguido hablar con la comisaría de policía de Rockaway. No me lo confirman, pero los silencios a mis preguntas son demasiado delatores.

—¿Y dices que alguien te mandó una fotografía de Allison?

—Eso es. Alguien me envió la fotografía de Allison a las siete de la tarde. He leído el artículo que habéis publicado e informáis de que dos chicos encontraron su cuerpo a las ocho. Me la enviaron una hora antes de que encontrasen el cuerpo.

—Yo aún no he tenido tiempo… ¿Puedes enviarme esa fotografía?

—No, si vais a publicarla.

—Jim…

—En la imagen parece estar con vida. Es la fotografía de una chica a punto de morir.

—¿Se la has enseñado a alguien más? ¿A la policía?

—Aún no.

—Jim… eso no…

—Lo haré más tarde. Primero necesitaba hablar contigo.

—¿Por qué conmigo?

—La persona que me envió la imagen de Allison también me envió tu artículo de 2002 cuando desapareció Gina Pebbles.

El nombre de Gina volvía a sonar con identidad propia. Estaba en todas partes, pero en ninguna al mismo tiempo. Era un fantasma omnipresente desde la noche anterior: en la polaroid, en mis sueños, en los recuerdos, en los Rockways.

—¿Por qué crees que te envió mi artículo?

—¿Recuerdas su caso?

—Llevo toda la noche leyendo su expediente policial. Conseguí una copia en su momento.

—¿Y eso? ¿Por qué ahora? ¿Tú también las has relacionado?

—¿Relacionado? No, yo… —dudé si contarle que alguien me había dejado la polaroid de Gina en la firma y que los dos casos compartían la misma zona de la ciudad.

—¿Vienes a casa? En el cruce de Hamilton Place con la 141.

Suspiré.

—Pensaba pasarme por los Rockaways esta tarde y preguntar en un par de iglesias. Tal vez pueda darle un punto distinto al artículo que tengo que escribir. Puedes venir conmigo y me cuentas todo. Trae la foto.

—Hecho —respondió.

—Te recojo yo. Tengo un coche nuevo que apenas uso.

—¿Cuándo?

—Ahora mismo —sentencié, justo antes de colgar.

CAPÍTULO 13

NUEVA YORK
24 de abril de 2011
Dos días antes
Jim Schmoer

No es fácil disimular la emoción
que nace cuando admites
que nada terminó.

Nada más terminar de hablar por teléfono con Miren, Jim imprimió la fotografía y la conversación con el usuario @Godblessthetruth. Se dio una ducha rápida para despejarse de la noche en vela que había pasado leyendo todo lo que se había publicado sobre Gina Pebbles. Había poco, pero cuanto más leía menos dudas tenía de que la desaparición de Gina estaba vinculada a la muerte de Allison. Se puso unos vaqueros, una camisa blanca, sus gafas de pasta y un jersey. En cuanto estuvo listo, bajó a la calle, entró en el Deli y pidió un *latte* con vainilla para llevar y una Coca-Cola para Miren. Durante todos estos pasos, no perdió de vista el cruce de calles en el que Miren debía recogerlo, en Hamilton Place con la 141.

Era mediodía y todo parecía indicar que aquel café sería su almuerzo. Esperó un rato a que se enfriase para darle el primer sorbo y, justo cuando iba a hacerlo, un New Beetle beis hizo sonar su claxon dos veces.

Se subió con prisa y vio a Miren al volante.

—Te he cogido una Coca-Cola —dijo, como si solo hubiesen pasado cinco minutos y no hiciese varios meses que no se veían.

—Eh… Gracias —espetó, confusa.

—¿Te la abro?

—Déjala en el posavasos —indicó.

Arrancó en dirección este por la 141 y pronto se encontró circulando por Harlem River Road, para cruzar hacia Queens por la isla de Randalls. Ambos estuvieron en silencio unos minutos, quizá buscando las palabras adecuadas, quizá sintiendo los errores, cuando de pronto Miren se lanzó:

—No estuvo bien que vinieses tanto al hospital. Mi madre pensó que teníamos algo.

—Entiendo.

—Estando en el hospital me preguntó que desde cuándo estaba saliendo con mi antiguo profesor.

—¿En serio? Todas las veces que hablé con ella me aseguré de no decir nada que indicase aquello.

—¿Las flores?

—Estabas ingresada en un hospital. Se regalan flores a los pacientes.

—¿Y bombones?

—¿No te gusta el chocolate?

—No te hagas el tonto.

—Verás, Miren. Te voy a ser muy franco. Quizá sentí que estabas sola. Incluso tu madre me contó que no había ido a verte ningún compañero del periódico. Tan solo tu editora, que la verdad me cayó bien.

—¿Venías a verme por pena?

—No quiero decir eso…

—Pues parece que sí.

—Sentí que necesitabas que no solo estuviesen tus padres. Pero… por lo visto me equivoqué.

—No necesito a nadie. ¿Está claro? Mi vida está bien así. Sin gente que se preocupe por mí porque estoy sola. ¿Me preguntaste cómo quería estar? Hay gente que disfruta de la soledad. No todo el mundo tiene por qué estar todo el tiempo con alguien metiéndose en sus cosas. Yo no soy así. Me gusta leer. Disfruto del silencio. No quiero a nadie cerca que… —interrumpió lo que iba a decir.

Jim suspiró y la animó:

—Continúa con lo que tengas que decir. Me parece bien.

—No. He acabado.

—Verás, Miren. Mi vida es un desastre y no conoces ni una décima parte. Lo último que quiero son más complicaciones. Me importas porque creo que tu periodismo es… distinto. Lo que debería ser. Aunque, personalmente, no eres más que una buena antigua alumna, que quiero que siga peleando por la verdad. No tengo ninguna intención contigo más allá de lo estrictamente profesional. Y este asunto de Allison Hernández es serio.

Miren no respondió, pero apretó el volante en un gesto que Jim entendió como que aquellas últimas palabras le habían afectado.

—No sé ni por qué te he llamado. No te necesito para escribir sobre Allison —aseveró.

—Lo sé —dijo Jim—, pero creo que la historia que se esconde aquí es más grande que Allison.

—Yo también lo creo, aunque aún no sé por qué —respondió Miren esa segunda vez, tragándose su orgullo.

Una parte de ella quería continuar sola. Otra, en cambio, necesitaba tener alguien en quien apoyarse.

—Vale, hay algo que no me has contado, ¿verdad? —descubrió el profesor.

Miren se contuvo unos instantes, protegiendo aquel secreto, pero luego lo admitió.

—Abre la guantera —dijo.

El profesor lo hizo y encontró la polaroid de la chica amordazada. En el pie de la imagen, el nombre de

Gina destacaba junto al año en que desapareció. La observó unos segundos antes de hablar.

—¿Es ella? ¿Se trata de Gina?

Miren asintió en silencio.

—¿Quién te la ha dado?

—No lo sé. Anoche alguien me la entregó durante mi última firma de libros. Estaba dentro de un sobre que decía «¿Quieres jugar?». No sé nada más.

—¿Viste quién te dio el sobre?

—Había mucha gente durante la firma y no pude ver quién lo trajo. Lo pusieron sobre la mesa sin decir nada.

—¿Estás segura de que es Gina Pebbles?

—A ver, está algo borrosa y la mordaza le cubre parte de la cara, pero parece ella. Tiene la misma ropa que llevaba cuando desapareció en 2002. El pelo rubio. Delgada. Por la posición de las piernas diría que mide uno sesenta. Igual que Gina.

—Entonces esta foto es de 2002.

—Exacto. Sin duda, la persona que me dejó el sobre fue quien la secuestró y le hizo esa fotografía entonces. Antes de…, Dios sabe qué haría después con ella. Seguramente Gina esté enterrada en algún lugar que nunca se encuentre.

—¿No crees que esté viva?

—¿Nueve años después? Imposible. Si fue capaz de sacarle esa fotografía, es un sádico. Un fetichista que se la hizo como un recuerdo. He leído mucho sobre ellos. Se llevan a sus víctimas, juegan un rato hasta que se aburren y... fin.

Jim sacó su móvil y le hizo una fotografía a la polaroid, por si se perdía o deterioraba. Luego preguntó:

—¿Y por qué crees que te la da ahora?

—No lo sé. Supongo que ha leído mi historia con Kiera y le ha molestado que la hubiese cambiado por Gina. Quizá quiere retarme, que vuelva al caso.

Jim guardó silencio. En ese mismo instante se aproximaban al puente de Marine, que conectaba la parte continental de Queens con la península de los Rockaways.

—Encontraron la mochila de Gina en la zona más apartada de los Rockaways, en Breezy Point, entre los arbustos y la basura que se acumulaba.

—Lo sé. Lo he leído en el artículo que me envió. He estado toda la noche saltando de una noticia a otra.

—¿Tú crees que ambos casos están conectados? —preguntó Miren sin querer contarle aún sus sospechas.

—Tengo un mal presentimiento.

—¿Por qué?

—Ambas estudiaban en el instituto Mallow, en Queens.

—¿En serio?

—Lo he comprobado. He pasado toda la noche investigando por qué @Godblessthetruth me envió la fotografía de Allison y el artículo.

—Puede que @Godblessthetruth sea la misma persona que vino a mi firma y me dejó el sobre.

—Pero ¿para qué nos avisa a los dos? Si quiere que busques a Gina, no tendría por qué avisarme a mí.

—Apareces en mi libro. Eres... el mentor. Quizá fantasee con jugar contra los dos. O quizá quería asegurarse de que alguien la buscase. De que al menos alguno entrase en su juego.

El profesor asintió, conforme, mientras aún sostenía en su mano el café intacto que había comprado antes de salir. Cruzaron el puente y cuando llegaron al otro lado, parecía que estuviesen en otra ciudad. Los espacios amplios, la poca altura de las construcciones. Era como si todo allí, en los Rockaways, se hubiese desparramado por las calles tras caer desde el cielo. Aparcaron el coche en una explanada junto al parque Riis y caminaron unos minutos en dirección al centro de Roxbury, uno de los vecindarios que ocupaban la península de Rockaway. Jim llevaba su maletín en una mano y el café frío en la otra. Miren, la Coca-Cola y una mochila en la que había guardado algunos papeles del caso de Gina junto a una grabadora Zoom H4n que había comprado un par de años antes.

—Llevas todo el camino en coche con ese café y aún no le has dado ni un sorbo. ¿Piensas bebértelo o es un complemento? —le preguntó Miren, en tono jocoso.

—Me gusta tomármelo frío.

—¿Y por qué no te lo pides con hielo?

—No tendría el mismo sabor. El truco está en la proporción de agua, leche y vainilla. Si le echas hielo, destrozas la mezcla.

Miren rio y se sorprendió al escuchar su propia risa. Luego Jim se llevó el vaso a la boca y por fin le dio un sorbo que escupió como si estuviese bebiendo lejía.

—¡¿Qué pasa?! —gritó Miren.

—Caramelo. Le ha echado sirope de caramelo otra vez. Ese tipo me odia.

El profesor se acercó a una papelera y tiró el vaso sin dudar.

—Bien. ¿Cuál es el plan? —preguntó Jim, sin darle importancia a que acababa de tirar el café—. ¿A quién has venido a ver a Roxbury?

Miren lo miró extrañada.

—¿Una hora esperando a que se enfríe para tirarlo? ¿Qué más da caramelo o vainilla? Es dulce. Se usa para endulzar. No tiene más importancia.

El profesor se detuvo en seco, mientras Miren negaba con la cabeza con las cejas arqueadas.

—De pequeño mis padres hacían *pancakes* todos los domingos para desayunar. Era un acontecimiento. A mí me gustaba echarles sirope de caramelo y trozos de plátano. Una mañana me desperté antes que el resto de mi familia y fui a la cocina. Agarré el bote de sirope de caramelo y me lo bebí como si fuese una botella de leche.

—¿Y no te pusiste enfermo?

—Oh, sí. Claro. Estuve una semana viviendo junto al váter y sin dormir. ¿Por qué te crees que soy incapaz de probar el sirope de caramelo?

—Te acabas de inventar esta historia, ¿verdad?

—Ya quisiera. Echo de menos la felicidad de tomarme unos *pancakes* con caramelo sin vomitar de asco.

A Miren se le escapó una sonrisa que no tardó en esconder. Luego señaló una cafetería que hacía esquina en pleno centro de Roxbury llamada Good Awakening y añadió:

—¿Te invito a un café y me enseñas la foto y lo que tengas?

—¿Ahí?

—Quiero… hablar con los del barrio. La familia de Gina vivía a unos cien metros de aquí. En el Good Awakening se organizaban las batidas de búsqueda cada mañana. Los tíos de Gina pagaban cafés a los voluntarios, decidían qué zonas se rastrearían y al caer el sol volvían ahí a ahogar las penas.

—¿Cómo sabes todo eso? —preguntó Jim, confuso.

—Seguí el caso y participé en las búsquedas. No se llegó a nada, aunque en una de ellas apareció la mochila en Breezy Point, aquella zona abandonada en al punta de Rockaway. Publiqué un artículo, ese que te enviaron, pero luego…, al margen de la mochila, nunca apareció nada más. No se encontró nada que indicase qué podría haberle sucedido. La polaroid es… algo, supongo.

—¿Llegaste a hablar con su familia?

—¿Directamente? Creo que una vez hablé con su hermano, cuando tenía ocho años. Yo era una más en el grupo de búsqueda, aunque no muy bien recibida. Cuando publiqué el artículo, algunos vieron con recelo mi presencia allí, así que traté de no mezclarme con nadie. Luego, cuando la cuadrilla de rastreadores fue cada vez menor, dejé de venir. La buscaron durante un mes todos los vecinos de Roxbury. También algunos de sus compañeros de clase se unían por las tardes. Era… como si se la hubiese tragado el mundo.

—No sabía que habías estado tan encima.

—Estuve cerca, no encima. Luego, cuando la fiebre por encontrarla pasó, me centré en el caso de Kiera y… cambié de foco. No había llegado a nada entonces. Nadie parecía querer hablar. Todos deseaban que se encontrase a Gina, pero nadie parecía haber visto nada. ¿Entramos?

—No le has dado ni un sorbo a tu Coca-Cola.

—Necesito algo más… fuerte. Tú no eres el único que ha pasado la noche sin dormir.

CAPÍTULO 14

ROXBURY
Atestado de entrevista entre Ethan
Pebbles y el agente Warwick Penrose
4 de junio de 2002

Se hace constar en el presente escrito que Ethan Pebbles, menor de edad, nacido el 25 de marzo de 1994, está acompañado de sus tíos Christopher y Meghan Pebbles, residentes de Roxbury en Queens y tutores legales de Gina y del propio Ethan, que han prestado consentimiento para la realización de la siguiente entrevista. La doctora Sarah Atkins, especialista psicóloga infantil, se encuentra presente para asistir a Ethan si fuese necesario.

Transcripción de la entrevista

AGENTE WARWICK: Hola, Ethan. Tan solo quiero hacerte unas preguntas para saber si podemos encontrar pronto a Gina. ¿Te parece bien?

ETHAN PEBBLES: *(Asiente)*.

WARWICK: ¿Cuándo fue la última vez que viste a tu hermana?

ETHAN: Ayer por la tarde a la salida del instituto, tras cruzar el puente a la vuelta. Me dijo que continuase yo y que luego me vería en casa. Se fue en dirección a Neponsit y yo continué hacia aquí, hasta Roxbury.

WARWICK: ¿Te dejó volver solo?

ETHAN: *(Asiente de nuevo)*.

WARWICK: ¿Volvisteis andando del instituto? ¿No hay una parada del autobús aquí al lado?

ETHAN: Parte del camino lo hicimos andando; otra parte, en autobús. Casi siempre lo hacemos así. Nos bajamos o subimos en la parada que hay al otro lado del puente. Por la mañana salimos de casa a las ocho y vamos juntos hasta la parada de autobús y, si hace buen tiempo, cruzamos el puente andando hasta la otra orilla de la bahía y adelantamos varias paradas. El autobús da una vuelta completa por aquí antes de volver hasta… Queens y dirigirse al instituto.

WARWICK: Cuando dices «por aquí», ¿a qué te refieres?

ETHAN: A los Rockaways. Ya sabe. El autobús se va hasta la punta de Breezy Point a recoger gente y luego vuelve hasta Seaside. Allí da la vuelta, se dirige de nuevo hacia Roxbury y cruza el puente hacia Queens. Ayer hicimos eso. Hacía buen tiempo, así que caminamos directamente hasta el otro lado del puente y nos montamos en la parada que está justo al cruzarlo, a solo diez minutos del instituto. Luego, al salir, hicimos lo mismo en sentido contrario. Cogimos el autobús junto al insti y nos bajamos antes de cruzar el puente, para evitar toda la vuelta.

WARWICK: ¿Y por qué tanta molestia caminando todo ese tramo? ¿No sería mejor coger la parada aquí en Roxbury y hacer el tramo en autobús desde ahí?

ETHAN: Yo me mareo. Así estamos menos tiempo en el autobús. Gina lo hace por mí. Bueno, también le gusta pasear por el puente. Es una vista bonita.

WARWICK: También es una buena caminata. El puente es largo. ¿Cuánto tardáis andando? ¿Cuarenta y cinco minutos desde aquí hasta esa parada al otro lado?

ETHAN: Sí, más o menos. El autobús tarda lo mismo en dar toda la vuelta por Rockaway, porque las paradas duran demasiado mientras esperamos a los demás. Así que ni ganamos ni perdemos tiempo haciéndolo y aprovechamos esa media hora para caminar y llegar antes de que vuelva de Roxbury. A Gina le gusta ver el agua y los barcos que navegan por debajo del puente. A veces jugamos a contar los coches de un color. Ayer llegamos a clase a la hora de siempre. Me despedí de ella en la entrada y se fue hacia un grupo de chicos de su clase.

WARWICK: Entiendo. Entonces a la vuelta del instituto hicisteis eso.

ETHAN: A la salida del instituto nos subimos en el autobús frente al edificio. Cuando me pongo malo porque me estoy mareando, nos bajamos justo antes de cruzar el puente. Por lo mismo. El autobús hace el mismo recorrido, pero en sentido contrario, y tiene que pasar por todo Rockaway antes de parar en Roxbury. Cruzando el puente a pie se tarda igual, pero me ahorro el mareo. Y eso fue lo que pasó ayer.

WARWICK: Vale. Lo que dices encaja con lo que nos ha contado una tal… Hannah Paulson, compañera de clase de tu hermana, que ayer vio cómo Gina se bajó contigo del autobús en la parada que mencionas, al otro lado del puente. ¿Sucedió algún incidente ayer mientras cruzabais el puente en un sentido o en otro? Es bastante camino andando. Pasan muchos coches. ¿De qué hablasteis durante la vuelta?

ETHAN: De nada en concreto. Llevaba un tiempo que apenas hablaba conmigo. Parecía que yo le había hecho algo y estaba molesta conmigo. Yo le dije que no me importaba aguantarme un poco y seguir en el autobús, pero ella… quiso que nos bajásemos y caminar. Estuvo en silencio todo el rato y si le preguntaba algo me…, me daba largas. Ignoró el juego, más o menos. Yo conté cuarenta coches rojos. Ella treinta y uno. Lo recuerdo porque ella siempre cuenta más que yo. Salvo ayer. Le dije que se había saltado algunos queriendo.

WARWICK: ¿Ha sucedido algo últimamente que haya hecho que ella esté más distante contigo?

ETHAN: Dice que yo no la comprendo. Que soy un niño.

WARWICK: ¿Lleva mucho tiempo así, distinta?

ETHAN: Sí, habla conmigo, pero… está… más triste. Quizá desde hace unos seis meses. Desde… Navidad.

WARWICK: ¿No te contó el motivo?

ETHAN: *(Niega con la cabeza, en silencio).*

WARWICK: Señor y señora Pebbles, ¿les importaría dejarnos solos?

MEGHAN PEBBLES *(tía de Gina)*: Claro que nos importa. No pensamos dejarlos con Ethan para que ustedes lo destrocen con sus preguntas. Es un niño, por el amor de Dios. Tiene ocho años. Demasiado se está esforzando, ¿no creen?

WARWICK: Estará bien atendido por la doctora Atkins.

MEGHAN PEBBLES *(tía de Gina)*: No dejaremos a Ethan solo. Ethan, cariño, no respondas si no quieres.

ETHAN: *(Empieza a llorar).*

WARWICK: Ethan…, sé que es duro, pero tienes que hacer el esfuerzo. Tu hermana te necesita. Puedes contarme cualquier cosa que te inquiete.

MEGHAN PEBBLES *(tía de Gina)*: ¿Es necesario todo esto? Mientras estamos aquí nuestra sobrina puede estar en cualquier parte. Sabía que esto era un error y una pérdida de tiempo.

Warwick: Por favor…, puede ser importante.

Ethan: *(Hace ademán de hablar pero se arrepiente).*

Warwick: ¿Recuerdas que te dijese algo ayer? Cualquier cosa. Aunque creas que no es importante.

Ethan: Sí. Por la mañana me…, me dijo que tenía que hablar con Tom, su novio.

Warwick: ¿Novio? ¿Tiene novio? Sus compañeros de clase no nos lo han mencionado.

Ethan: Sí. Es… Tom Rogers. Un chico de su instituto. Creo que de su clase. Vino un par de veces a casa. Luego dejó de venir.

Warwick: ¿Sabes por qué dejó de ir? ¿Habían roto o algo?

Meghan Pebbles *(tía de Gina)*: ¿Es esto necesario?

Warwick: Puede serlo, señora.

Meghan Pebbles *(tía de Gina)*: Ese chico no es bienvenido en casa. No queremos saber nada de él.

Warwick: ¿Por qué? ¿Se ha portado mal con Gina? ¿Ha hecho…?

Meghan Pebbles *(tía de Gina)*: ¿Acaso hace falta? Solo con saber sus intenciones lascivas es más que suficiente para que no vuelva a pisar este hogar. Es un degenerado. Un perturbado sexual. A su edad debería estar ayudando a la comunidad y no pensando en desvirgar niñas que aún tienen edad para jugar con muñecas.

Warwick: ¿Perdone?

MEGHAN PEBBLES *(tía de Gina)*: Él solo quería… romperle su flor. No va a la iglesia. No reza. Lo vi besando a Gina en su cuarto cuando habían quedado para hacer un trabajo de clase. Lo eché de casa y lo invité a no venir más. Mi sobrina no saldrá con alguien que no cree en la bondad de nuestro Señor y en el respeto a la familia.

WARWICK: Está bien. Entiendo. ¿Cuándo fue eso?

MEGHAN PEBBLES *(tía de Gina)*: Hace dos meses.

WARWICK: Dos meses. De acuerdo. Ethan, ¿sabes si seguían viéndose?

ETHAN: *(Guarda silencio, cabizbajo)*.

Se hace constar que el señor CHRISTOPHER PEBBLES, tío de Gina, ha abandonado la estancia.

WARWICK: ¿Te contó tu hermana si tenía algún problema en clase?

ETHAN: No. Nada. Solo que…, bueno, que no le gustaba rezar.

WARWICK: Supongo que sois religiosos en casa.

ETHAN: Supongo.

WARWICK: ¿Eso qué quiere decir?

MEGHAN PEBBLES *(tía de Gina)*: Somos una familia cristiana, si es a eso a lo que se refiere, agente. Por supuesto que creemos en Dios e intentamos inculcarles a los niños la educación religiosa que no recibieron en casa. Mi cuñada no era buena madre. Cuando los niños vinieron a casa, intentamos compensar todos los años de anarquía espiritual. Lo que les pasó a sus padres yo creo que fue un castigo divino por todos esos pecados.

WARWICK: ¿Qué les pasó? ¿Me lo puede contar un poco por encima?

MEGHAN PEBBLES (*tía de Gina*): La casa se incendió por la noche mientras dormían. Murieron quemados. Gracias a Dios los niños salieron por la ventana. No se lo deseo a nadie, pero viendo la vida que llevaban mi cuñada y su marido creo que fue lo mejor que les pudo pasar a los niños.

ETHAN: *(Comienza a llorar).*

DOCTORA ATKINS: Creo que deberíamos hablar de todo esto en otro momento. Es suficiente. ¿No les parece?

MEGHAN PEBBLES (*tía de Gina*): Bebían, no rezaban, no acudían a la iglesia. Mi cuñada no merecía tener hijos. Siempre fue una afortunada desagradecida.

ETHAN: Mi madre era buena. No como tú. Gina te odia. Y por eso no está. ¡Y yo también te odio!

MEGHAN PEBBLES (*tía de Gina*): Por favor, Ethan, dices eso porque estás enfadado. Aquí te queremos. Os cuidamos. Os damos la mejor educación posible.

ETHAN: Pero ¡nunca serás ella!

Por recomendación de la doctora Atkins se aplaza la entrevista para otro momento.

CAPÍTULO 15

ROXBURY
24 de abril de 2011
Dos días antes
Miren Triggs

*¿Desde dónde puedes saltar
sin romperte en mil pedazos?*

Entramos a la cafetería Good Awakening y, nada más hacerlo, me di cuenta de que todo estaba más o menos igual a como lo recordaba. El ambiente triste, la madera de las mesas sin pintar con los bancos a cada lado en lugar de sillas. Al fondo, apoyado en la barra, un tipo de unos sesenta años me era tan familiar que me dio la impresión de que llevaba una década allí tomándose el mismo café. Una diana para dardos decoraba una de las paredes laterales junto a un banderín de los Knicks que parecía haber acumulado todo el polvo de la ciudad. Sobre una balda en la pared había un televisor en el que emitían las noticias de la NBC que inundaban el ambiente con la tristeza de la realidad. Al margen del hombre mayor, otros dos con gorra y barba poblada bebían una cerveza sentados en una de las mesas de la entrada y una señora de mediana edad miraba absorta la pantalla mientras se tomaba un sándwich y una Fanta de naranja demasiado rojiza para que fuese de ese sabor.

El profesor buscó la mesa más alejada de la puerta y esperó a que yo me sentase primero para después hacerlo él.

—Entonces ¿aquí organizaban las batidas de búsqueda? —dijo, nada más acomodarse.

Luego miró al anciano de la barra como si quisiese iniciar una conversación con él.

—¡Chico! —gritó el hombre, en dirección a una ventanita que conectaba con un *office* tras la barra—. Han venido clientes. ¡Espabila!

A Jim le hizo gracia aquel gesto. Yo estaba inquieta. La noche sin dormir, el sonido de un disparo.

—¿Te encuentras bien? —me preguntó Jim.

—Sí —dije con un suspiro, intuyendo lo que estaba a punto de pasar.

De pronto, un chico salió por la puerta del *office* y deambuló en el interior de la barra, nervioso. Se agachó varias veces, como si buscase algo, y luego apareció de nuevo con un comandero en la mano al que le sacudió el polvo con la otra. Salió de la barra y se nos acercó con un mandil blanco con manchas de kétchup.

—Hola —nos dijo con la voz entrecortada—, ¿qué…, qué les…, les pongo de beber? ¿O de comer? Si quieren comer algo…, preferiría que…, que no. No está la cocinera y lo hago yo. Aún no me entiendo bien con…, con la plancha.

El anciano negó con la cabeza en silencio, como si acabase de ver un accidente en uno de esos programas de caídas embarazosas.

—¿Un par de cafés podría ser? ¿Qué tienes que no requiera plancha? —dijo Jim.

—Patatas fritas de bolsa. Eso…, eso sí se me da bien.

Jim lanzó una carcajada. No sabía por qué habíamos acabado en esa cafetería, pero preferí esperar. Yo me contuve. Estaba a punto de explotar.

—Me parece bien. Dos cafés y un par de bolsas de Lays. ¿Tienes Lays?

—Solo Herr's de queso.

Jim chasqueó la lengua.

—Patatas con queso y café.

—Lo…, lo siento —añadió el chico—. Son las favoritas del señor Marvin y siempre viene.

—¿Qué tal el sándwich que se está tomando esa mujer? ¿Podrías hacernos un par?

—Es frío. De bacon.

—¿Crudo?

El chico asintió, como si admitiera el desastre.

—Mejor las patatas. ¿No, Miren? —me consultó, apartándome de mi silencio.

—Eh…, sí. Las patatas están bien. Mi café solo, por favor.

El chico se marchó y yo lo observé hasta que Jim se lanzó.

—¿Quieres ver la foto de Allison? —preguntó, bajando el tono.

—Sí. Claro.

Sacó de su maletín la fotografía y la conversación de Twitter impresas en papel normal y me incliné sobre ellas como si estuviese a punto de olerlas.

—No se ve demasiado bien. Perdona. Mi impresora no imprime con demasiada calidad.

—Debería de verla Ben Miller. ¿No crees? También la foto de Gina.

Él aceptó con la cabeza y yo observé la imagen en silencio. Lo que vi fue peor de lo que me había imaginado.

—¿De verdad es Allison?

Sentí que asentía, aunque no lo estaba mirando.

Sin duda, era la fotografía más enigmática que había visto nunca: la manera en la que un borrón blanquecino con forma de mujer estaba subido en la cruz, con una actitud casi relajada, y cómo dos siluetas oscuras a las que no se les veía el rostro la empujaban hacia el fondo. Se veía que la luz dorada del sol entraba por una de las ventanas rotas de la estancia y cómo, a la izquierda, asomaban un hombro y una oreja de alguien vestido de blanco y, a la derecha, varias sillas alineadas al frente.

—¿Cuándo dices que te la enviaron?

—A las siete, más o menos. Como ya te dije, el cuerpo lo encontraron dos chicos a eso de las ocho. ¿Por qué lo preguntas?

—Quería calcular si daba tiempo a llegar desde donde fue tomada la imagen hasta la librería en la que yo firmé anoche.

—¿Y?

—De sobra. Terminé la firma a eso de las diez de la noche. Pudo estar en Fort Tilden en el momento en el que crucificaron a Allison, enviarte la fotografía desde el móvil y luego venir tranquilamente a mi firma a dejarme la fotografía de Gina.

—¿De verdad crees que es la misma persona?

—Demasiadas coincidencias entre ambos casos, ¿no crees? Ambas estudiaban en el mismo instituto, Gina vivía aquí, en Roxbury, y Allison, en Queens. Por otra parte, la última noticia que hay de ambas es la mochila en Breezy Point de Gina y el cuerpo de Allison en Fort Tilden, ambos lugares separados por... ¿cuánto? ¿Quinientos metros?

—Podría ser casuali...

—¿Casualidad? Una casualidad que parece que @Godblessthetruth se ha empeñado en coordinar —cuestioné.

Me miró arqueando las cejas y luego incidió, como siempre hacía:

—¿Crees que solo hay una persona detrás de esto?

—En la fotografía de Allison parece que son varios los que participan. No sé. No me gusta. Además la cruz cristiana…

—Es un buen método para matar. La caída del cuerpo te deja sin aire en pocos minutos. No tienes ni por qué estar presente cuando fallece la víctima. Es… horrible, sí. No me quiero ni imaginar lo que sintió esa pobre chica ni lo que sus padres habrán sufrido al enterarse de cómo ha muerto su hija.

—Vi a los tíos de Gina en su momento. Estaban verdaderamente afectados. Creo que puedo intuir cómo lo vivieron.

—Pero no lo que sintieron. Solo llegas a saberlo si alguien te arrebata lo que más quieres. Creo que es como si… te robaran la vida.

Me callé. Conocía muy bien aquella emoción: vacío, soledad y una tristeza que lo invade todo. Yo era así, en cada poro de mi piel, en cada gota de sudor. Un cuerpo vacío, una inocencia robada; aunque Jim parecía haber olvidado el dolor que siempre invadía mi vida. No le culpé. Yo nunca hablaba de ello.

—¿Sabes cuándo se le perdió la pista a Gina? —pregunté, intentando sentar las bases de todo lo que conocíamos.

—No. Sé que fue al salir del instituto. Iba con su hermano, que tenía ocho años entonces. Se separó de él para ir a..., ¿a casa de una amiga?

—Más o menos. Gina y su hermano Ethan salieron del instituto Mallow en Queens y se montaron en el autobús en dirección a los Rockaways. Ambos se bajaron en la parada justo antes de cruzar el puente, porque por lo visto a ella le gustaba caminar por ahí. Lo cruzaron juntos y, una vez al otro lado, ya cerca de casa, Gina le dijo a su hermano que continuase solo hacia Roxbury, que ella pensaba ir a visitar a Tom Rogers, su novio, que vivía en el vecindario de al lado, en Neponsit, en dirección opuesta a Roxbury.

—¿Neponsit?

—Está a unos dos kilómetros de aquí, una vez que dejas atrás Fort Tilden y el parque Jacob Riis, cuyas casas nada tienen que ver con las de Roxbury. Es una zona de villas lujosas que siempre parecen recién pintadas. Jardines cuidados, buenos coches. Un lugar de gente más pudiente. Aquí en Roxbury..., bueno, hay de todo. Es un área cercada de calles sin pavimentar, en las que la arena de la playa sirve de asfalto. Las casas se apilan unas sobre otras como si hubiesen sido amontonadas intentando aprovechar una gigantesca parcela de arena vacía. Hay pocas cosas en Roxbury, salvo esta cafetería, una iglesia y..., bueno, un enigma.

—Vale.

—Una vez que se despidieron, nunca más se supo de Gina. Las cámaras del puente los grabaron a los dos recorriéndolo juntos. Aparecían en las imágenes de las que había en la entrada al puente, en la salida y en las dos torres intermedias. Una vez en Rockaway no había nada más. Se perdía su rastro. Según su hermano, se despidieron en el cruce del puente con Rockaway Point Boulevard. Él caminó solo unos trescientos metros hasta llegar a Roxbury, por la acera. Ella se dirigió en sentido contrario, hacia Neponsit. Ethan dijo que la vio cruzando hacia el carril bici que hay en la acera contraria, por lo que el recorrido que se supone que hizo fue desde ahí, bordeando la esquina del parque Jacob Riis, el parking de Beach Boulevard hasta llegar a Neponsit. Si iba a casa de su novio, ese tal Tom Rogers, habría tardado unos veinte o treinta minutos andando. Pero nunca llegó. Su novio estuvo esperándola toda la tarde. Nadie la vio andando por ese camino ni denunció nada extraño. En el parking por el que tuvo que pasar Gina había aparcados varios vehículos, pero eran todos de gente que estaba en la playa tomando el sol, aprovechando el brillante día que hacía. Parece ser que nadie la vio en ese trayecto.

—¿Cómo sabes todo eso?

—Anoche repasé todo el informe de Gina. No podía dormir. Llevaba unos vaqueros azules, unas zapatillas rojas tipo converse, una camiseta gris con el nombre de Salt Lake estampado y una mochila blanca con un pequeño unicornio bordado. Exactamente la misma ropa que tiene en la polaroid.

—Seguramente alguien la cogió en ese trayecto, la subió a una furgoneta, la amordazó y… fin.

Se tiró hacia atrás en la silla, derrotado, como si acabase de descubrir el cadáver de Gina en algún lugar de la península de Rockaway.

—¿Y qué tienes pensado hacer, Miren? ¿Cómo piensas…?

—Espera —le interrumpí.

El chico volvió con los cafés y Jim y yo nos callamos al momento, aunque no nos dio tiempo a quitar la fotografía de Allison de la mesa.

—Aquí tienen… dos cafés…, y ahora traigo las…

De pronto, se detuvo en seco y nos miró con cara de sorpresa. Parecía que había visto algo de lo que no debería haber sido testigo. Se marchó con prisa hacia la barra y, una vez tras ella, se puso a recoger cosas, nervioso.

—¿Has visto lo que yo? —me dijo el profesor, confuso—. Ese chico parece que…, que sabe algo.

—¿Tú crees? —inquirí, tratando de guiarlo hacia mi plan.

—Nadie reacciona así por una foto oscura que casi no se distingue. Tiene que saber de qué se trata.

—Puede ser. ¿Crees que sabe algo?

—O eso o se ha enamorado de ti.

—¿Sabes por qué hemos acabado aquí, Jim?

—Tú sabes algo que yo no sé, ¿verdad?

Sonreí, dispuesta a soltar la bomba:

—El chico que nos atiende es Ethan Pebbles, el hermano de Gina.

CAPÍTULO 16

OFICINA DEL FBI
24 de abril de 2011
Dos días antes
Ben Miller

Cualquier tiempo pasado
te recuerda lo que ya no tienes.

El sonido de un teléfono y de las risas de dos agentes lo despertaron por la mañana. El inspector Miller había caído rendido durante la noche mientras revisaba el expediente de Gina Pebbles.

—Míralo. ¡Cómo duerme! —susurró uno de los agentes—. Está como si fuese un niño después de haber jugado en el parque… y haber envejecido de golpe sesenta años.

—Está en la mierda. No encuentra a nadie. Pobre. A ver si se jubila ya. ¿Cuántos años tiene? ¿Con esa edad no se supone que te cuesta dormir? —preguntó el otro policía.

—¡Calla, que se despierta! —graznó la otra voz, entre carcajadas.

En cuanto abrió los ojos la luz brillante de los fluorescentes de la oficina lo cegaron durante el tiempo en que tardó en reconocer las voces de Malcolm y Ashton, dos agentes treintañeros de la Unidad de Desaparecidos que se habían sentado a ambos lados de la mesa, esperando el momento en que Ben Miller despertase.

—¡Buenos días…, Ben! ¿Qué tal ha dormido este angelito? —le saludó con guasa el agente Malcolm.

—No tiene gracia —carraspeó Ben con la voz rota.

—Mira, te he traído el café y el periódico del día, pero no he conseguido encontrar unas zapatillas por aquí —dijo Ashton, un tipo de Boston peinado con la raya al lado y sonrisa de anuncio de pasta de dientes.

—¿Qué hora es?

El teléfono sonó de nuevo mientras Malcolm, con un prominente bigote que parecía sacado de los ochenta, seguía con la broma:

—Ben, no sería mejor que te dedicaras un poco…, no sé, ¿a dejarnos las cosas a los que tenemos energía? Tu mesa está en un sitio perfecto. Cerca de la ventana, al fondo, con la pantalla de espaldas a todos. La de horas que habrás visto porno en ese ordenador sin que nadie te pillase.

—¿No tenéis a nadie a quien buscar?

—Oh, sí. Yo estoy con un abuelo que se ha largado de una residencia. La familia está como loca buscándolo.

Voy a esperar un poco para que le dé tiempo a divertirse antes de que lo lleven de vuelta —contó irónico Ashton.

—¿Sabes que muchas veces se trata de gente con alzhéimer que se ha perdido? Quizá necesite medicación —contestó Miller, molesto.

—Tranquilo, tranquilo… —Hizo ademán como si pudiese controlar lo que sucedía fuera de la oficina—. Según han alegado, se ha ido en su escúter eléctrico. ¿A cuánto corre eso? No se ha podido ir muy lejos. Aparecerá en cuanto se fume un par de porros y se corra alguna juerga.

El teléfono continuaba sonando y Ben se apretó el puente nasal como si aquel gesto fuese cafeína y hacerlo lograse espabilarlo.

—He visto lo de Allison Hernández —dijo Malcolm, en un tono ambiguo entre la tristeza y la ironía que confirmó nada más continuar la frase—: Horrible, la verdad. No sé por qué tienes tan mala suerte con los casos. De verdad, no querría estar en tu lugar.

Aún se sentía algo desubicado al despertarse fuera de su cama. La noche lo había engullido entre folios de declaraciones, fotografías, imágenes de cámaras de seguridad y mensajes de texto enviados entre el grupo de amigos de Gina Pebbles.

—¿Con qué estás ahora? Gina… Pebbles —leyó en uno de los papeles que había sobre la mesa—. Suerte con… ¿una chica de 2002? Madre mía.

—Dejadme tranquilo. ¿Os parece?

El teléfono volvió a sonar y finalmente lo descolgó, molesto.

—¡¿Quién es?! —gritó al auricular, como si estuviese atendiendo a un vendedor de enciclopedias.

—¿Dónde diablos estás, Ben?

—¿Lisa?

—Entiendo que tu trabajo es muy importante, pero ¿y yo? ¿Acaso no es importante nuestro matrimonio?

—¿De qué…?

Lisa estalló al otro lado de la línea.

—No te pienso esperar más. Te lo recordé anoche antes de marcharte. Me voy al cementerio. Que nuestro hijo sepa, allá donde esté, que al menos uno de nosotros sigue pensando en él. El reverendo Carlson va a oficiar una pequeña misa para recordar a Daniel. No hace falta que vengas.

Su mujer colgó.

El inspector se llevó las manos a la cabeza. Lo había olvidado. Se puso de pie de un salto y corrió hacia la puerta con rapidez, ante las risas de Malcolm y Ashton, que se miraron desconcertados.

Condujo lo más rápido que el tráfico de la mañana le permitió. Cruzó el puente de Brooklyn y se incorporó a la carretera 278 que atravesaba el distrito hasta el puente Verrazano-Narrows, que también cruzó cambiando de carril cada pocos metros para adelantar a todos los vehículos que tenía por delante. Poco después, el inspector aparcó a la entrada del cementerio de St. Peters en Staten Island, situado a escasos cinco minutos de donde vivían. Llamó al móvil de Lisa en cuanto se bajó del coche, pero ella le colgó.

Caminó con prisa por el cementerio, zigzagueando entre lápidas grises que emergían como pequeñas torres rectangulares de mármol desde el césped. A lo lejos vio a Lisa frente a una de ellas, inmóvil y con los ojos cerrados. En cuanto llegó a su lado, le tocó la mano para que supiese que estaba allí.

—El reverendo se ha ido hace quince minutos —dijo Lisa, visiblemente dolida, pero sin abrir los ojos.

—Lo…, lo siento, Lisa.

—Yo sí que lo siento, Ben. Pensaba que él siempre nos uniría, ¿sabes?

—Me quedé hasta tarde en la oficina. Ha sido todo un poco… traumático.

—¿Sabes lo que es traumático? Que tu marido no esté a tu lado cuando lo necesitas, porque está buscando a no sé quién en lugar de estar abrazando a su esposa que se ha pasado la noche llorando.

—Por favor, no hagas esto delante de él —protestó él, casi en un susurro, intentando detener lo que sabía que estaba a punto de suceder.

—¿De él? Por el amor de Dios, Ben. Daniel no está ahí. Nunca lo ha estado. Hoy hace treinta años. ¡Treinta años! Dios mío. Qué rápido se dice y qué largos han sido. Treinta años desde que desapareció. Y nunca lo superaré. ¿Lo entiendes? Nunca estará ahí enterrado porque nunca sabremos lo que le pasó.

Ben guardó silencio, tratando de recomponerse.

—¿Acaso crees que yo sí? ¿No entré en la Unidad de Desaparecidos para encontrarlo? Renuncié a todo. A todo, Lisa. Estaba en contabilidad forense y se me daba bien. Me hubiesen ascendido rápido. Era bueno en eso. Y lo cambié todo para buscarlo. Para nunca perder de vista lo importante.

—Es lo que siempre has sido, Ben. Un simple contable que ha jugado a buscar a los desaparecidos, sin encontrar al que nos importaba: nuestro hijo. ¿Cuándo dejaste de buscarlo? ¿Hace cuánto no intentas encontrar nuevas pistas?

—Es injusto lo que estás haciendo, Lisa. Sabes que la realidad es abrumadora. No paran de llegar casos, y... apenas queda tiempo para nada.

—¡¿Cuánto hace?! —gritó Lisa.

Ben miró a la lápida de Daniel. No había reparado en que Lisa había colocado un pequeño marco de fotos dorado con una imagen de su pequeño cuando tenía siete años, la edad con la que desapareció.

—Desde que pusimos esta lápida. Quince años —admitió, finalmente.

Le dolió asumir que incluso llevaba tantos años sin pensar en que él podría necesitarlo. Se imaginó que si viviese tendría treinta y siete años. A esas alturas podría tener una familia y haberle dado nietos. Las vidas imaginadas suelen destrozar a uno por dentro, porque siempre están llenas de los mejores momentos que no sucedieron. Y eso era lo que le estaba pasando a Ben, que pensaba en una cena de Acción de Gracias en la que le contaban la noticia de que su nuera estaba embarazada; o recreaba el discurso que él pronunciaba en la boda, mientras veía cómo su hijo se emocionaba y lo abrazaba. Fantaseó orgulloso con la graduación en la universidad y se preguntó en un instante a qué podría dedicarse Daniel en esos momentos; quizá hubiese llegado a ingeniero o astronauta, como parecía querer ser con siete años. Se lo imaginó sonriente, bebiendo cerveza a su lado, charlando en el jardín trasero sobre la elección de Obama como presidente de Estados Unidos. Aquella vida que se había esfumado pasó por delante de él en el mismo instante en que Lisa se dio la vuelta y lo dejó solo frente a la lápida.

Su mujer negó con la cabeza con los ojos inundados de unas lágrimas que ya habían regado demasiadas veces el césped del cementerio. Se detuvo antes de marcharse definitivamente y añadió:

—Daniel desapareció hace treinta años, Ben. ¿Sabes cuántas veces me imaginé que volvías a casa con la noticia de que habías encontrado su cuerpo?

Ben no respondió.

—Cada día. Cada maldito día cuando volvías a casa después del trabajo. Y cada noche, cuando te dormías, yo lloraba su muerte. Porque prefería creer que había muerto y que no nos necesitaba, a pensar que sí lo hacía y no lo encontrábamos.

Ben se agachó sobre la lápida y su mujer se fue, dejándolo solo frente a ella. No pudo evitar derrumbarse entre lágrimas en cuanto recordó el instante en que encontró la bicicleta de Daniel tirada en la calle, sin rastro de él por ninguna parte.

CAPÍTULO 17

ROXBURY
24 de abril de 2011
Dos días antes
Jim Schmoer y Miren Triggs

El problema de perseguir la verdad
es que nunca sabes hacia dónde te dirige.

Ethan se dio cuenta de que Jim y Miren lo estaban mirando e intentó escabullirse de la sala, escondiéndose en el *office*. Una vez dentro, se apoyó contra la puerta y escuchó cómo lo llamaban:

—¡Perdona! —gritó Miren tras levantarse de la mesa y apoyarse en la barra—, ¿nos podrías ayudar con algo?

El anciano la observó extrañado y luego vociferó en su favor:

—Pero ¡chico!, ¿qué manera de atender es esa? Sal de ahí dentro y atiende a esta guapa jovencita.

Miren le devolvió una sonrisa al anciano y esperó alguna señal desde la puerta del *office*, en vano. El profesor se había quedado sentado a la mesa, tratando de asimilar que ese muchacho era el hermano de Gina y preguntándose cómo demonios se había enterado Miren de que trabajaba ahí.

—Ethan, es importante —dijo finalmente—. Quizá nos puedas ayudar a entender algunas cosas.

Miren esperó, tensa, creyendo que en cualquier momento el chico podría salir corriendo y perderlo de vista.

—No es nada malo, Ethan. Por favor. Seguro que puedes echarnos una mano —añadió—. Es sobre Gina.

La puerta se abrió despacio y Ethan enseñó primero sus dedos agarrando la puerta, luego su oreja y, por último, su rostro con gesto de preocupación.

—¿Son policías? ¿Cómo saben mi nombre? —preguntó, inseguro—. No quiero hablar con nadie más. Yo no sé nada. Ya he contado todo lo que sé.

—¿Policías? Oh, no. No te preocupes por eso. Solo intentamos comprender qué ha pasado con Allison, y queremos preguntar por la zona. Su cuerpo ha aparecido a escasos trescientos metros de aquí. Sabemos que Gina desapareció aquí también. En alguna parte del camino a casa de su novio desde la última vez que…, que la viste, aquí cerca, junto al puente, en Neponsit. Solo… tratamos de ver si hay alguna conexión entre las dos historias. Solo eso.

—¿Conexión?

—Sabemos que tanto Gina como Allison estudiaban en el instituto Mallow. En tu instituto —añadió Miren.

Ethan asintió y se apoyó en la barra. El anciano pegó la oreja para escuchar.

—¿Te importa que hablemos en privado? —susurró Miren al tiempo que inclinaba la cabeza para hacer ver que el anciano los escuchaba.

—¿Puedo terminar un poco antes, señor Davis? Solo faltan quince minutos para mi hora.

El anciano estuvo a punto de protestar, pero sabía que no iba a entrar ningún otro cliente y que los que quedaban ya habían pagado sus cuentas.

—Dejaremos cincuenta pavos de propina —dijo Miren, lanzando una oferta imposible de rechazar.

—Está bien. Pero no le digas a Louise que te he dejado salir antes. Me mataría.

—Puede contar con ello, señor Davis —respondió con franqueza—. Gracias, de verdad —aseveró, mirándolo a los ojos.

Ethan se quitó el mandil y lo dobló con cuidado antes de salir de la barra. Se dirigió a la mesa en la que estaba sentado el profesor y esperó a que Miren eligiese un sitio para a continuación hacerlo él en una silla que acercó a la mesa. Estaban lo suficientemente lejos del señor Davis como para compartir confidencias. El profesor observó a Ethan, un adolescente alto y de piernas flacuchas, pero con una espalda desarrollada que le recordó a cuando él era joven y estaba en el equipo de remo de la facultad. El rostro lleno de pecas, moreno, con el pelo revuelto y unos ojos azules que brillaban con intensidad debido a la luz que entraba por la ventana que tenía justo enfrente.

—¿Qué quieren saber? —preguntó en voz baja.

—Soy Miren Triggs —se presentó Miren, intentando sembrar alguna semilla de confianza—, periodista del *Manhattan Press*, y él es... Jim Schmoer... —navegó en su mente para encontrar un adjetivo que sirviese casi para cualquier cosa—, un periodista de investigación independiente. Estamos elaborando un artículo sobre lo que le ocurrió a Allison y estamos charlando con la gente que vive por la zona para intentar tener una visión algo más... cercana.

—¿Y qué tiene que ver esto con Gina? ¿Por qué tienen que sacar ahora todo aquello? No quiero..., no quiero volver a levantar aquella mierda.

—Como te he contado, creemos que están relacionadas. De verdad. Aún no entendemos cómo y por eso necesitamos que nos ayudes.

—¿Cómo me han encontrado?

—Facebook —respondió Miren—. No ha sido difícil dar contigo. Deberías poner tu perfil en privado. También tienes visible tu relación con una tal... Deborah, si no recuerdo mal.

Ethan negó con la cabeza y dejó la vista perdida.

—Allison estaba en mi clase, pero, por favor, no…, no tengo nada que ver con lo que le ha sucedido.

—¿En tu clase?

—Sí. Dejó de venir hace una semana. Me recordó un poco a lo que le había pasado a Gina, pero no…, no sé. Mi hermana nunca…, nunca apareció. Al menos con Allison… tendrán un sitio en el que llorar.

—Debió de ser duro para ti criarte sin ella.

—¿Duro? No conocen a mis tíos. ¿Saben lo que es tener que rezar agradeciéndole a Dios cada plato de comida que hay en la mesa, cuando te ha quitado a tus padres y a tu hermana? Dios es un hijo de puta. No le importamos una mierda. Y vivo con dos psicópatas que no dejan de chuparle el culo. Dios no mira a quién castiga. Él solo levanta su dedo y… ordena…, tú, a sufrir. Y todo lo que te puede pasar te acaba pasando. Mis padres murieron unos meses antes de desaparecer mi hermana. Mis tíos dicen que fue cosa del diablo. Si eso lo hizo el diablo, yo odio a Dios por sentarse a observar con indiferencia.

—¿Tus tíos son muy creyentes?

Se inclinó sobre la mesa y susurró:

—Son fanáticos. Parecen una puta secta. Son como en el instituto. Estoy deseando que acabe este curso para no volver más. En cuanto termine, con lo que ahorre de trabajar aquí, me iré con Deborah.

—¿Tan religioso es el instituto Mallow? En su momento pensé que era cristiano, sí, pero nunca lo vi como algo… tan oscuro.

Miró a ambos lados, nervioso. Luego bajó la vista y dio la impresión de que tenía miedo de hablar.

—¿Religioso? ¿Se han pasado por allí? Se reza antes de cada clase, se reza en el patio. Si cometes un pecado, el reverendo, que hace las veces de director, te impone una penitencia. Si no le caes muy bien, puede ser horrible. He perdido la cuenta de las veces que he recorrido el patio de rodillas. A mí me odia.

—¿Penitencias? —preguntó incrédula Miren.

—Castigos por pecar —aclaró el profesor—. Buscan una especie de… redención.

—Son lo peor de Mallow. Puede preguntar a cualquiera, aunque dudo que alguien le cuente nada. Tenemos prohibido hablar de lo que ocurre dentro. Aunque los mayores están un poco hartos, y… rompen alguna regla que otra. Algunos fuman porros —se detuvo y se inclinó sobre la mesa, para decir, en un susurro—: e incluso follan. Ellos lo saben. No pueden controlarlos a todos. El problema es que lo descubran. Entonces están jodidos.

—¿Es un centro cristiano?

—Desde la dirección dicen que sí, pero… lo que ocurre allí dentro siempre ha sido demasiado oscuro. No se rige por ninguna norma clara ni están adscritos a ninguna... ¿doctrina? —dudó, tratando de encontrar una palabra adecuada—. No son protestantes ni presbiterianos. Cogen las reglas y creencias que más les convienen de cada congregación y..., y nos destrozan la vida.

—¿Por qué dices eso?

—El reverendo Graham. Odio a ese tipo. Deberían de hablar con él. Se darán cuenta de lo que digo. Si hay alguien a quien deben investigar sobre lo de Allison... es a él.

El profesor anotó el apellido del reverendo en una libreta negra que había sacado.

—¿Por qué lo dices?

—Es el que manda. Dirige el centro. Cuando quiere, te llama a su despacho para que confieses. Cuando pecas..., es él quien elige los castigos. Es... —Se guardó lo que fuese a decir.

—¿Crees que será fácil hablar con él? Estamos intentando... echarle un ojo a ambas historias.

—Ese tipo es... el cáncer de Mallow.

—¿Le has contado esto a la policía?

—A los dos que han venido esta mañana a preguntar y a un tipo viejo del FBI que vino al instituto el jueves preguntando qué sabíamos de Allison. Me dio una tarjeta. Tengo que tenerla en mi cartera. Me dijo que me la guardase si sabía algo. También vi que preguntó a varios chicos más que estaban por el patio. Incluso a los de… —dudó unos segundos y continuó—: Preguntó a todo el que estaba por allí.

—¿Era de la Unidad de Desaparecidos?

—Sí, supongo. Nos abordó por separado en el recreo. Se presentó como si fuese un…, un vendedor de enciclopedias y nos acribilló a preguntas delante de la profesora Harris. Que si dónde la vimos por última vez, que si estaba rara, que si tenía novio. Esas mierdas que suelen preguntar en las películas.

—¿Y qué respondiste?

—La verdad. Que Allison llevaba varios días sin venir a clase.

—¿El inspector que fue a veros se llamaba Ben Miller? —se interesó Miren, parecía haberlo reconocido con aquella descripción.

Ethan sacó su cartera y les tendió una tarjeta con el nombre del inspector Miller, sobre las iniciales de la Unidad de Desaparecidos del FBI y un número de teléfono.

El profesor Schmoer tomó la palabra interesado en algo en lo que Miren no había reparado.

—¿Qué ibas a decir antes? ¿Por qué te has cortado?

Ethan bajó ambas manos de la mesa y se movió a los lados, nervioso. Se levantó y volvió con un vaso de agua que se había servido de un pequeño grifo que había junto al de la cerveza. Se lo bebió de un trago antes de hablar. Le temblaba el pulso.

—La pandilla de clase. Yo no… —vaciló—. Son los Cu… —parecía que iba a decir algo prohibido, pero se contuvo en el último momento, afectado.

—Puedes hablar tranquilo, Ethan —dijo Miren, en tono cálido y despreocupado—. No estás contando nada prohibido…, ni nada nuevo.

—Usted no…, no lo sabe. Si se enteran…

—¿Quiénes?

—No se lo puedo decir. No.

Miren y el profesor Schmoer se echaron hacia atrás en la silla. Si Ethan se cerraba en banda, las vías que habría que seguir se desvanecerían en un segundo. De pronto, Miren se incorporó, seria, y dijo:

—¿Sabes? Yo también tenía una pandilla en clase. Bob, Sam, Vicky, Carla, Jimmy y yo. Nos hacíamos llamar los *Fallen Stars*. Era un club… secreto, entre comillas, pues todo el mundo sabía quiénes éramos. Nos juntábamos en el garaje de Jimmy para fumar hierba y escuchar música. Creíamos que seríamos grandes estrellas de la música o del cine y que en algún momento de nuestras vidas fracasaríamos sin consuelo y acabaríamos de nuevo en aquel garaje.

—¿En serio? ¿Y sus padres lo sabían? —inquirió, curioso de aquella especie de vida sin reglas.

—Oh, por supuesto que no. Ellos creían que teníamos que hacer deberes y trabajos en grupo. Yo estaba colada por Jimmy. Y no paraba de inventarme trabajos de clase para escaquearme a su garaje.

—¿Y mentía a sus padres porque le gustaba Jimmy?

Miren agarró su café y le dio un sorbo antes de responder. El profesor Schmoer soltó el bolígrafo sobre la mesa, para acompañar aquella emoción que Miren estaba intentando transmitir en él. Si lo veía tomar notas, podría sentir que lo que contaba traería consecuencias y dejaría de hablar.

—En aquella época habría hecho lo que fuera por Jimmy —susurró Miren, con decisión—. Supongo que la edad te hace darte cuenta de que no todas las personas merecen tanta inversión personal. Luego te das cuenta de que muy pocas merecen alguna en absoluto. Más tarde descubrí que Jimmy solo pensaba en con cuántas de nosotras podía enrollarse.

—¿Y por un chico era capaz de pecar?

Miren se dio cuenta de que la mente de Ethan siempre viajaba a los pecados, a la religión, al temor a errar. Se notaba por sus palabras que una parte de él quería escapar de allí, romper con todo, y quizá de ahí nacían sus inseguridades. Hablaba con confianza sobre las reglas que algunos incumplían en el instituto, pero él parecía no sentirse muy tranquilo con aquellos que lo hacían. Daba la impresión de que los comprendía en tanto que él también quería escapar de las manos de aquellos métodos enfermizos, pero parecía invadido por el miedo para dar el paso.

—También, supongo —continuó Miren—, porque era divertido sentir que ya habíamos asumido el fracaso como algo inevitable, lo que hacía que viviésemos, al menos en aquel garaje, sin preocupaciones. Si piensas que la vida te sonreirá para luego atizarte sin piedad, el golpe duele menos.

Ethan negó con la cabeza.

—No, señorita Triggs. No funciona así. Los golpes solo duelen menos si estás acostumbrado a ellos. Se hace callo sobre la cicatriz. Se sufre menos con la piel dura.

—Lo pasaste mal cuando desapareció Gina, ¿verdad?

Evitó mirarlos a los ojos y apretó la mandíbula. Un fino hilo rojizo circundó sus párpados hasta que, finalmente, una lágrima se le escapó justo en el instante en que dijo aquellas palabras:

—Me dejó solo. Me… abandonó con mis tíos. A veces pienso que yo debería de haber hecho lo mismo y marcharme de aquí. Pero… nunca he sido capaz. Sin embargo, tengo un plan, ¿saben? A final de curso me marcharé y no me verán más. Les enviaré una postal a mis tíos desde México y a ver si son capaces de encontrarme.

—¿Crees que Gina se fue?

—No…, no lo sé. Solo sé que no ha tenido que vivir todos estos años con mis tíos y con…, bueno, el reverendo. Aún la recuerdo diciéndome que se marchaba a casa de Tom Rogers y cómo cruzó la calle hasta el camino hacia Neponsit. Luego, simplemente…, desapareció. No llegó a su casa. Se desvaneció mi…, mi ángel de la guarda, ¿saben?

—¿Era buena contigo?

—La mejor. Era todo lo que..., lo que se le puede pedir a una hermana. Me protegía, me cuidaba. Fue..., fue ella la que me salvó del incendio de casa, ¿saben? Me descolgó por la ventana de la habitación cuando el fuego ya había bloqueado las salidas. Me miró a los ojos cuando me tenía cogido de las manos, con los pies volando sobre los arbustos del jardín, y me dijo: «No tengas miedo, estaré contigo». Luego me dejó caer y, después, saltó ella. Me abrazó mientras observábamos el fuego destrozarlo todo. En un principio ni siquiera pensé en mis padres, pero luego cuando vi a Gina llorar desconsoladamente hasta que vinieron los bomberos, me di cuenta de lo que había pasado. Ella, a pesar de todo lo que sufrió, siempre trató de cuidarme y hacerme feliz. Pero en casa de mis tíos empezó a cambiar. Y luego, a los pocos meses..., desapareció.

—¿Te puedo preguntar una cosa? —incidió Miren, que necesitaba respuesta a una intuición.

Ethan asintió mientras se secaba las lágrimas con la mano.

—¿Conocías bien a Allison? Antes cuando... has visto la foto te has puesto un poco nervioso.

—Dos agentes me han contado lo que le ha pasado a Allison esta mañana. Es horrible. Al ver la cruz... he pensado al instante en ella.

—No me has respondido. ¿La conocías bien?

—Estaba en mi clase. Era buena chica, aunque tenía fama de…, de divertirse más que los demás. No sé si me entienden.

—¿Crees que formaba parte de esa pandilla que mencionas?

—No…, no lo sé. Aunque la vi varias veces en los últimos meses con… —dudó antes de continuar—. No puedo. Por favor, no me hagan esto. Se enterarán de que he sido yo quien se lo ha contado y me harán la vida imposible en el instituto.

—Ethan…, Allison ha muerto. ¿De verdad crees que es momento de jugar a los grupitos secretos?

—Ustedes…, ustedes no los conocen.

—¿A quién no conocemos?

—No puedo…, de verdad que no.

—¡¿A quién?!

—No se lo puedo…

—¿¡A quién, Ethan?! —alzó la voz Miren, enfadada.

—¡A los Cuervos de Dios! —vociferó Ethan con ira.

En cuanto se dio cuenta de lo que había hecho abrió los ojos para comprobar si alguien le había oído: los dos tipos que tomaban cerveza se levantaron en ese momento y parecían marcharse; la mujer del sándwich miraba absorta la televisión; el señor Davis se había metido tras la barra y tenía encendido el vapor de la cafetera para limpiarle los conductos. Por un instante, Ethan pensó en que lo habrían escuchado y todos estaban disimulando, pero, en realidad, su aullido había coincidido con el silbido ensordecedor de la máquina echando humo.

—¿Los Cuervos de Dios? —dijo Miren, preocupada—. ¿Qué es eso?

—Por favor, no… —suplicó, agarrándose las manos para evitar que temblasen más allá de lo que ya lo hacían.

—Ethan, por favor. Ayúdanos. Quizá consigamos desenmascarar a quien le hizo esto a Allison.

El profesor recolocó sobre la mesa la imagen de Allison justo delante de Ethan, que jadeaba por la encerrona.

—¿Qué son los Cuervos de Dios?

—Un grupo de gente del instituto —admitió finalmente, como si se estuviese deshaciendo de una carga insoportable—. Igual que la pandilla que antes mencionaba. No sé mucho más que lo que sabe todo el mundo en el instituto. James Cooper, uno de los… populares de Mallow, parece que está dentro y si quieres entrar tienes que hablar con él. Vi al inspector acercarse a él y preguntarle por Allison.

—¿James Cooper? —El profesor anotó aquel nombre.

—¿Vive por aquí? —preguntó Miren, tratando de llegar más allá.

—No, que yo sepa. Vive cerca del instituto, al otro lado del puente. No debería estar contándoles esto… —se lamentó.

—Nos ayudas mucho, Ethan.

—¿Has visto a Allison con James Cooper últimamente?

Ethan respondió asintiendo con la mandíbula apretada.

—Cuéntanos lo que sepas. Cualquier pequeño dato puede que nos sirva.

—Son un puñado de gente del instituto de varias clases distintas. Los hay que incluso no estudian en Mallow y vienen desde Manhattan cuando se reúnen.

—¿Y qué hacen cuando se reúnen?

—Rezan. Se reúnen y…, y hablan de Dios. Es como una fraternidad, de esas de las universidades, pero… con un aire secreto. Algunos de Mallow quieren entrar, pero pocos lo consiguen. Dicen que nació el mismo año que se fundó Mallow y que pasa de generación en generación.

—¿Por qué?

—Porque piensan que lo que les enseñan en Mallow de la religión no está bien contado. No sé mucho más.

—¿Crees que Allison estaba con los Cuervos? —incidió el profesor, tratando de comprender por qué el chico relacionaba los temas.

—Se le notaba un poco… infeliz en clase. Siempre estaba… tonteando con los chicos. Tenía fama de libertina. Ya saben. Se había acostado con varios. Todos lo sabíamos. No me extrañaría que estuviese dentro, buscando lo que era incapaz de encontrar por sí misma. Dicen que una vez que entras en los Cuervos… nunca pasas hambre. Se te abren las puertas a… la felicidad y la abundancia.

El profesor desvió la mirada a Miren, confundido, e intentó entender a qué se refería. No pudo evitar una pregunta:

—¿Pasar hambre?

—Solo sé lo que se rumorea por los pasillos de Mallow.

—¿Sabes por qué se llaman así? —siguió con el interrogatorio Miren.

—Estudiamos religión en Mallow. Repasamos la Biblia todo el tiempo. Dicen que el nombre es por el pasaje de la Biblia sobre los cuervos y el profeta Elías.

Miren no comprendió nada y dejó que Ethan lo intuyese con su silencio.

—Reyes, dieciséis, dos. Unos cuervos enviados por Dios salvaron a Elías, un profeta del Antiguo Testamento, de morir de inanición.

—¿Es un nombre bíblico?

—En Mallow todo gira alrededor de la religión. Todo.

—¿Podrías ayudarnos a hablar con alguno de…, de ese grupo?

—No sé. Pregúntenle a James Cooper. Quizá él sepa algo. No sé si está dentro, pero es él quien se encarga de… hablar sobre los Cuervos al resto. Parece conocer todas las leyendas y rumores.

—¿Qué horario tenéis en clase mañana lunes? ¿Crees que podríamos hablar con él?

—Tendrán que pedirle permiso al reverendo Graham. Todo tiene que pasar por sus manos. Pero, por favor, no mencionen que yo...

—Puedes estar tranquilo, Ethan —dijo Miren, tocándole la mano—. Nadie se va a enterar de lo que nos has contado.

Ethan buscó con la vista unos ojos lejanos que le dijesen que había cruzado demasiadas líneas, pero no los encontró y suspiró con fuerza.

—¿Te puedo preguntar una última cosa? —Miren trató, una última vez, de encontrar la relación entre el instituto Mallow y la macabra muerte de Allison.

Ethan se contuvo durante un instante, pero luego asintió con la cabeza.

—Esto es un error. No debería...

—¿Crees que el reverendo pudo descubrir que Allison era... un poco... suelta con los chicos?

—¿Cómo dice?

—Que si todo el mundo sabía que Allison era un poco... libertina, como tú lo llamas, quizá el rumor llegó hasta su despacho.

—No..., no lo sé.

—Antes has mencionado que el reverendo Graham es muy estricto. ¿Pudo habérsele ido la mano con... la penitencia?

—¿Crucificándola? —preguntó, sorprendido—. Es un hijo de puta, pero… creo que es demasiado incluso para él. La gente lo respeta y lo quiere. Los profesores lo adoran.

—Pero tú lo odias —aseveró Miren.

—¿Quién no odia a quien le hace la vida imposible?

—Ethan…, estamos intentando ayudar —interrumpió el profesor, molesto—. Allison ha…, ha muerto. ¿No ves esta fotografía? Todo eso que nos cuentas del reverendo, de esa opresión en el centro. Luego el grupo ese de…, yo qué sé lo que nos intentas contar. Creo que está claro que lo que sea que le haya pasado a Allison tiene que ver con el instituto Mallow. Y tengo la sensación de que tu hermana corrió la misma suerte.

—Mi hermana no tiene nada que ver con Allison. A mi hermana la adoraban en Mallow. Todo el mundo. El reverendo siempre la ponía de ejemplo de todo lo que debe ser una buena… cristiana. Sacaba buenas notas, cuidaba de mí. No la compares con Allison, porque no se parecen en nada.

—Salvo en que la vida de ambas, seguramente, terminó en algún lugar de los Rockaways —sentenció el profesor.

CAPÍTULO 18

ROXBURY
24 de abril de 2011
Dos días antes
Miren Triggs

A veces es mejor no revivir los recuerdos
y dejarlos permanecer
perfectos en la memoria
para no estropearlos con la realidad.

Nos despedimos de Ethan con la sensación de que habíamos encontrado un hilo del que tirar, pero no podíamos saber qué traería el cordel en el otro extremo. Era evidente que el hermano de Gina se había marchado de la cafetería arrepentido de haber hablado con nosotros. Por más que le prometí y perjuré que nadie se enteraría de que nos había nombrado a los Cuervos de Dios, él parecía sentir que había cruzado una línea de difícil retorno.

Le pagué al señor Davis los cincuenta dólares de propina que le había prometido y diez más por los cafés y las patatas de bolsa que no habíamos abierto y, cuando salimos fuera, Jim me preguntó sin pudor:

—¿Te has creído toda esa película de los Cuervos?

—No sé —le respondí—, pero de momento tenemos poco más. Eso y que el director del instituto Mallow parece un déspota religioso. Me da mala espina.

—Ya. Yo tuve un profesor que era un auténtico hijo de puta, pero no sé si llegaba a estos niveles.

—Lo que sí parece es que en el instituto Mallow se toman muy en serio los… pecados y los castigos.

—Ya, pero… ¿hasta el punto de crucificar a una chica?

Suspiré. Aquella pregunta también se me había incrustado en la mente mientras Ethan nos contaba todo aquello y señalaba la personalidad un poco más… liberal de Allison.

—Puede que llegasen a la dirección esos rumores de que Allison se acostaba con algunos chicos, la castigasen y se les fuese de las manos.

—Miren…, estamos hablando de una crucifixión. No de rezar cuatro avemarías o caminar descalzo un rato.

—Ya. Todo esto es demasiado turbio.

—¿Y qué piensas hacer?

—Quiero hablar con los tíos de Ethan. No me gusta nada ese… odio que Ethan les tiene. Si llevaban a Gina y a Ethan a Mallow es porque consentían ese tipo de trato. Ya lo has oído. El chico ha dicho que son muy creyentes.

—¿Sabes dónde viven?

—Aquí, en Roxbury. Justo tras… la iglesia.

—¿En serio?

Asentí con una turbia sensación. En 2002, cuando desapareció Gina, aquel aspecto religioso que parecía ahora invadirlo todo nunca fue parte de la investigación. Sabía que el instituto Mallow era un centro religioso y que sus tíos acudían a misa con frecuencia, pero en mi mente nunca tuvo la mayor importancia. Pero ahora, tras lo de Allison, aquel tipo de información era más relevante que nunca.

—Quizá sea un buen momento para hablar con ellos sin que esté Ethan. Se ha marchado en dirección contraria a la casa de sus tíos.

—¿Crees que podrán contarnos algo que no sepamos?

—¿Sabes? Es curioso. Cuando salió a la luz el caso de Gina, todo se redujo a intentar seguir sus pasos. Buscarla por el recorrido que había hecho desde el puente hasta la casa de su novio. A preguntar a sus amigos qué habían visto o a rastrear la zona en busca de alguna pista que nos llevase a encontrarla viva o… muerta. Ahora…, con lo de Allison, todo parece tener ese tinte… oscuro. La crucifixión de Allison y que estudien en el mismo centro… lo ha cambiado todo. Es ese tipo de piezas del puzle lo que da sentido al dibujo. En un principio vas encajando sin comprender qué construyes hasta que de repente colocas una y todo se ve claro. ¿Sabes cuál es el problema? —pregunté, inquieta.

No me respondió, pero me miró con gesto de que esperaba que yo continuase.

—Que aún nos faltan demasiadas piezas.

Nos adentramos en Roxbury, callejeando por estrechos pasillos y recovecos existentes entre las casas. Aquello era un barrio sin orden ni planificación, cuyas casas se habían construido tratando de aprovechar al máximo cada centímetro de una parcela al oeste del puente Marine que lindaba con la bahía. La mayoría de las calles no estaban pavimentadas y la arena de la playa, traída por la fuerza del viento que soplaba del Atlántico, se amontonaba junto a las casas de madera cuya pintura estaba carcomida por la humedad del océano.

Los tíos de Gina vivían en una casa de madera gris de dos plantas con los marcos de las puertas y ventanas pintados de blanco, en uno de los callejones interiores de Roxbury. No era fácil llegar a su hogar si no se tenía un velado conocimiento del laberinto. La referencia que tenía, según mis propios recuerdos, era que estaba al final de una especie de *cul-de-sac* peatonal, a espaldas de la iglesia comunitaria.

El profesor me siguió en silencio y aquella compañía calmada me resultó extrañamente placentera. No entendía muy bien por qué lo hacía, por qué me acompañaba en esto, si él podía esconderse en su clase y vivir una vida tranquila sin sobresaltos y sin estrés. De camino, pensé en detenerme y decirle que se fuese, que no lo necesitaba —nunca había necesitado a nadie—, pero quizá sí que me gustaba no sentirme... sola. Sonreí a escondidas cuando lo oí farfullar que se le había metido arena en los zapatos.

—Es aquí —dije, finalmente, cuando pasamos entre dos casas y aparecimos justo a espaldas de donde vivían los Pebbles.

Bordeamos la casa hasta la puerta y subimos los dos al pequeño porche haciendo crujir la madera bajo nuestros pies. Jim me miró y me deseó suerte con la mirada. Sentía que, aunque viniese conmigo, él solo quería ser un apoyo en mi búsqueda y quizá por eso vi aquel gesto en sus ojos enmarcados en pasta marrón oscuro.

Golpeé la aldaba tres veces y esperé cogiendo aire. No me gustaba el ambiente. En realidad aquel laberinto de casas desvencijadas y apretadas no resultaba acogedor, sino que más bien agobiaba. Poco después, una mujer de unos cuarenta y largos años de pelo rubio rizado abrió la puerta con gesto de confusión.

—Hola —dijo con voz cascada, como si fuese un altavoz pasado de agudos—. ¿En qué puedo ayudarles?

—¿Meghan Pebbles?

—¿Sí? —susurró, como si temiese hablarnos.

—Verá…, somos Miren Triggs y Jim Schmoer, periodistas de investigación. Estamos revisando el caso de Gina, su sobrina, y nos preguntábamos si podría responder unas preguntas.

—¿No la conozco a usted de antes? —dijo dirigiéndose a mí, mientras agarraba el canto de la puerta, insegura—. ¿No hemos hablado en otra ocasión?

—Sí…, bueno, yo participé en su búsqueda cuando… desapareció. Estuve en algunas batidas.

—Usted es la periodista que publicó aquel artículo en el *Manhattan Press* y que se coló en las búsquedas.

—Sí. Exacto.

—¿No le dio vergüenza?

—¿Perdone?

—Lo recuerdo bien. Publicaron el artículo con la foto de Ethan llorando.

—Bueno, yo… no elijo las fotos que ilustran los artículos. Eso fue… el periódico.

—Pues estuvo muy mal. Ahí, nuestro Ethan, llorando por haber perdido a su hermana y ustedes…, bueno, lo que hacen. Buscan carnaza.

—Verá…, creo que no me… —titubeé.

—No tengo nada que hablar con ustedes. Son el cáncer de este país. Se alimentan del dolor de los demás. Espero que le pagasen bien por aquella historia y que al menos ayudase a los más desfavorecidos con el dinero.

Jim intervino al ver que yo era incapaz de manejar la situación. No esperaba aquel golpe nada más abrir y mucho menos que se acordase del artículo.

—Verá, señora Pebbles, hemos venido, precisamente, para pedirle disculpas por aquello. Sentimos de corazón la publicación de la fotografía de Ethan, y por eso mismo estamos aquí. ¿Acaso no es de buen cristiano perdonar los errores de los demás? Equivocarse es humano, pero…

—Perdonar es divino… —dijo ella, convencida de aquella frase que parecía grabada a fuego en su mente.

—Gina era una buena cristiana. Mi… compañera se unió a la búsqueda porque es cristiana y… ¿cómo no vamos a ayudarnos entre nosotros? Con todas esas… manipulaciones y congregaciones de la palabra de Dios que inundan nuestro país, ella creía que hacía lo mejor. Presbiterianos, apostólicos, protestantes… Ninguno de ellos sabe lo que de verdad quería decir Dios y lo que… significó la palabra de…

—Jesucristo… —susurró Meghan, que parecía fervientemente convencida de lo que estaba escuchando.

Jim esbozó una sonrisa y la señora Pebbles, cuya edad quizá rondaba la suya, pareció caer bajo el embrujo de sus palabras y su encanto de buen samaritano.

—Es... importante que nos ayudemos. La señorita Triggs está aquí para pedirle perdón. ¿Verdad?

—Sí, señora. Creo que fue un error publicar aquella foto. Y lo siento. —En realidad lo pensaba, pero el periódico tenía libertad para elegir la distribución del contenido del artículo (en columnas y con fotografías, sin ellas o no publicarlo en absoluto) e incluir las imágenes que pudiesen ayudar a poner en contexto lo ocurrido.

Mi error fue, en esa época, no estar muy pendiente de cómo se publicaban mis artículos. Estaba cansada. Escribía de día, buscaba por la tarde e investigaba a quienes me violaron por la noche. Tenía demasiadas cosas al mismo tiempo empapando de mierda y dolor mi mente.

Meghan me sonrió y, de pronto, me rodeó con sus brazos. No supe cómo reaccionar y me quedé inmóvil como un peluche, esperando a que terminase.

—Está perdonada, hija —susurró en mi oreja.

Se me erizó el vello de la nuca al oír su voz rota tan cerca.

—¿Podríamos hablar unos minutos con usted? —preguntó Jim, tratando de liberarme de esa improvisada prisión.

—Oh..., sí. Pasen. —Me soltó como si su abrazo no hubiese sucedido e hizo aspavientos con la mano para invitarnos a entrar—. Avisaré a Christopher, mi marido. Está abajo, con sus.... soldaditos. Es un apasionado de esos muñequitos.

Nos dejó esperando en el zaguán, desde el que se podía observar un salón no muy prometedor. Muebles de color caoba, fotografías en blanco y negro de una pareja joven en marcos dorados, estampado de flores en el sofá. La señora Pebbles apareció de nuevo junto a su marido, con gafas redondas a la altura de las mejillas sonrojadas. Parecía algo confuso, pero ambos sonrieron con intensidad, casi desencajando sus mandíbulas en cuanto nos vieron esperando de pie.

—Pasen, siéntense. Ay, qué modales los míos. Debería de haberles ofrecido agua. Discúlpenme, de verdad. Tuve hambre, y me disteis de comer; tuve sed, y me disteis de beber. ¿No dice eso la Biblia?

—No…, no se preocupe, señora Pebbles. Estaremos poco tiempo —dijo Jim, que parecía saber cómo manejarla.

En el fondo, él parecía más… cálido que yo. Tenía la capacidad de mirar a los ojos a quien tenía delante y comprender quién era y, sobre todo, qué necesitaba oír.

—Soy Christopher —dijo el tipo.

—¿Figuritas de plomo? —se interesó Jim a modo de saludo a Christopher Pebbles—. ¿Usted también?

—No me diga que colecciona… —dijo Christopher con entusiasmo al tiempo que le estrechaba la mano—. ¿Qué batallón si se puede saber?

—Lo mío es solo… un pequeño *hobby*. He empezado hace poco con algunos soldados del ejército de la Unión.

—¿En serio? Yo tengo una veintena. Si tiene tiempo, se lo puedo…

—No, no. De verdad. Se lo agradecemos mucho. Solo hemos venido….

—Ya…, ya. A preguntar sobre Gina —se lamentó interrumpiéndolo, cambiando el tono—. Ya me ha contado Meghan. Si se quieren sentar…, sean bienvenidos. Ya hemos contado todo decenas de veces, pero si puede ayudar a encontrarla no veo por qué no.

—Gracias, Christopher —respondió Jim, que parecía haber ganado enteros en pocos segundos.

Nos sentamos en el sofá de los Pebbles y me fijé en las fotografías que había colgadas en las paredes. En ninguna estaban ni Ethan ni Gina, pero sí que estaba todo lleno de imágenes de unos jóvenes Meghan y Christopher, recién casados, aún vestidos de novios.

—¿No está Ethan, verdad? —preguntó Jim, que sabía la respuesta.

—Oh. No. Los domingos cuando termina de trabajar se va un rato con sus amigos al comedor social a ayudar a los más necesitados. Es tan buen chico… Va a ser una gran persona. Christopher y yo nos hemos esforzado en que… no le falte de nada.

—No sé si saben lo que les ocurrió a mi hermano y a su mujer —interrumpió Christopher—. Fue una desgracia. Una verdadera desgracia.

—Sí…, estamos al tanto —respondí yo, tratando de no quedarme fuera de la conversación.

—Menos mal que los niños…, solo de pensarlo se me hace un nudo en el estómago. Horrible. Horrible, ¿saben? Fui yo quien tuvo que ir a reconocer los cadáveres carbonizados de mi hermano y mi cuñada. Gina fue quien salvó a Ethan, ¿saben? Esa chica era… un ángel. Era muy buena. No se merece lo que le pasó. Era una buena cristiana. Rezaba, cuidaba de su hermano, no se metía en líos.

—¿No era problemática?

—¿Problemática? Oh, Dios santo, no —exclamó Meghan—. Era muy buena. Siempre estaba dispuesta a ayudar. Leía la Biblia todas las tardes, era aplicada en los estudios. Tanto que… todos querían aprovecharse de ella. Incluido ese cerdo…, el niño de los Rogers.

—¿Habla de Tom Rogers?

—Ese —protestó la señora Pebbles—. No me gustaba un pelo. Vino a casa a preguntar aquel día que dónde estaba Gina. Era él el que la había engañado para que fuese a su casa a hacer Dios sabe qué. Y no llegó. Se presentó aquí y nos culpó a gritos preguntando que qué le habíamos hecho a Gina. Que le pegábamos y que había visto sus moratones. ¿Moratones nuestra niña? ¿Por qué iba a tener moratones? Los criamos como si fuesen nuestros hijos, hicimos lo mejor por ellos. Por el amor de Dios. Eso fue la gota que colmó el vaso. Maldije como nunca lo había hecho y aún hoy no he pedido perdón a Dios.

—¿Moratones? —pregunté, sorprendida.

Había leído el informe de la desaparición de Gina durante toda la noche. Todas las declaraciones, los caminos que hizo. No se mencionaba en ningún lado aquel episodio con Tom Rogers.

—Sí. Ese chico vino y dijo que nosotros le pegábamos y que por eso se marchó de casa. Es una auténtica estupidez.

—¿Lo hacían? No pretendo juzgarlos —inquirió Jim, en tono serio—. De verdad, solo tratamos de… saber qué le sucedió. Me da pena pensar en que si alguien la raptó en ese camino desde que se despidió de Ethan y… —omitió el desenlace—. Si Gina está muerta…, es muy triste pensar que no ha recibido un entierro como se merece.

—¡Por supuesto que no le pegábamos! —aseveró Meghan, que parecía haber tomado el control de la conversación.

Christopher apoyó su mano sobre el muslo de Meghan y ella respiró profundamente.

—Cariño… —dijo Christopher, afectado—. Ha pasado mucho tiempo…. Dios ya nos ha perdonado… Creo que podríamos contarlo.

—¿Aquello? Fue solo una vez. Y se lo merecía, Christopher. Estabas de acuerdo. Eso no tiene nada que ver.

—Yo no…

—Tú te callas. Ese Tom Rogers… era…

—Meghan, puede que sirva de…

—No, Christopher —lo interrumpió—. No mancharemos la imagen…

—¡Déjame hablar, Meghan! —explotó su marido, en una actitud que yo no había previsto.

Parecía que había estado conteniéndose mientras su mujer hablaba sobre felicidad y un hogar acogedor, pero aquella reacción hizo que Meghan abriese los ojos como platos, como si no reconociese a su marido.

—Verán… —dijo él, que parecía necesitar contar algo que le quemaba por dentro. Meghan se llevó las manos a la cara, pues sabía lo que su marido iba a decir—. Nunca hemos contado esto, pero… en una ocasión…, Meghan descubrió a Gina y a Tom… —hizo una pausa y comprobó que su mujer lo miraba como si estuviese cometiendo un error. Me preparé para casi cualquier cosa—… besándose en el dormitorio de Gina.

Jim asintió, expectante. Yo permanecí inmóvil, palpando el dolor de su voz.

—La castigamos sin salir de su cuarto para que rezase y se arrepintiese. Pero… se escapó de casa. Cuando fuimos por la tarde a su habitación para que viniese a cenar, se había marchado por la ventana.

—¿Se fugó?

—La busqué por todas partes. Por todas. Ethan era pequeño, creo que ni se enteró. Meghan se quedó aquí en casa con él mientras yo recorría los Rockaways, desesperado. Pensé en lo peor. Volví a medianoche a casa, sin éxito. Cuando pienso en ese día…, lo único que me viene a la cabeza es… cómo lloraba mi mujer en la cocina. Estábamos tratando de ser buenos padres, pero… no era fácil. Nadie te prepara para eso, ¿saben?

—¿Y qué pasó? En el expediente no consta ninguna denuncia anterior a cuando desapareció el tres de junio de dos mil dos.

—A las dos y media de la mañana llamó a la puerta. Lloré de felicidad. Pero… no podía ignorar todo el daño que nos había hecho.

—¿Les dijo dónde había estado?

—Eso fue lo peor —interrumpió Meghan, desolada—. Recuerdo sus palabras como si me las estuviese diciendo ahora mismo. ¿Saben lo que dijo?

—¿Qué?

—«Vengo de follar con Tom».

Desvié la vista hacia Jim, que se había metido en el papel de buen cristiano, y negaba con la cabeza. Luego él añadió:

—¿Y qué hicieron?

—¡Lo que teníamos que hacer! —chilló Meghan.

—¿Cómo fue? —siguió preguntando Jim.

—Treinta y nueve golpes de correa —dijo al fin. Luego abrazó a su mujer e intentó justificarse—. Lloré mientras lo hice. Pero ella…, a ella parecía no importarle lo más mínimo. Se echó sobre la cama y… esperó a que terminase de golpearla.

—Son ustedes unos hijos de puta —dije, sin poder contenerme.

—¿Perdone? —inquirió en mi dirección la señora Pebbles.

—Miren… —me reprimió Jim, aunque lo ignoré.

—Lo que oye. Están ustedes enfermos. Que ella estuviese a su cargo no les daba derecho a… decidir por ella y mucho menos a azotarla como si fuese un trozo de piel que curtir.

—Pero tenía quince años. ¡Era una niña! Yo fui virgen hasta que me casé con Christopher.

—Pues muy bien por usted. Pero… su cuerpo no es suyo. Y no puede decidir por ella. Crean traumas con su maldito… virginismo. Crean inseguridades y…, lo peor, estas mierdas se arrastran toda la vida. ¡Quizá por eso es usted una amargada y Ethan quiere marcharse de aquí! —exploté.

Me afectó de verdad ver cómo querían controlarla, como si fuese un saco de carne en propiedad sobre el que los demás decidían cuándo y cómo podía comerse. Yo ya vivía llena de miedos y destrozada porque un grupo de animales quisieron decidir por mí. Esto parecía una nueva versión de aquella noche.

—¿Ethan? ¿Marcharse de aquí? —preguntó, con una mezcla de sorpresa y rabia. Luego añadió—: Salgan de mi casa.

—Señora Pebbles…, creo que… —dijo Jim, a modo de disculpa, como si yo quisiese pedirlas.

—¡Fuera! —aulló con fuerza—. Sabía que esto era un error. Ustedes no han venido a ayudar a encontrarla. ¡Han venido a sacar mierda!

—¿Sabe de dónde no se puede sacar mierda? —aseveré dirigiéndome hacia la puerta, adonde Jim me seguía a trompicones—. De donde no la hay —sentencié.

CAPÍTULO 19

INSTITUTO MALLOW
25 de abril de 2011
Un día antes
Ben Miller

Muchas veces el silencio suena más alto
que la respuesta más sincera.

El inspector Miller había pasado toda la tarde del domingo en casa, esperando a que Lisa volviese. La había llamado varias veces al móvil, pero no le había cogido las llamadas. Intentó matar su nerviosismo recogiendo la casa y preparando la cena para los dos, a modo de disculpa, pero cuando llegaron las once de la noche y no había aparecido decidió llamar a casa de Claire, su cuñada.

—¿Ben? —dijo Claire, al otro lado de la línea.

—¿Está contigo?

—¿Eres un mierda, lo sabes, ¿no?

El inspector suspiró y luego añadió con voz apagada:

—Me he… equivocado, ¿verdad?

—¿Tú qué crees?

—Respondes lo mismo que diría ella.

—Es mi hermana. Nos hemos criado juntas.

—¿Le puedes decir que he preparado lasaña de verduras? Es su comida favorita. A modo de disculpa.

—Ben…, Lisa se va a quedar unos días aquí. Un plato de comida no te va a salvar de esta. La has cagado bien.

—¿Puedo hablar con ella?

—Lo siento, Ben. Me ha pedido que no.

—¿Le puedes decir que la he llamado al menos?

—Sé que eres buen tipo, Ben. Pero… si no os apoyáis el uno en el otro para afrontar lo de Daniel…, creo que va a ser difícil.

—Yo la apoyo. Ella sabe que lo hago.

—¿Cuándo fue la última vez que hablasteis sobre él? ¿Le has preguntado últimamente si piensa en él? ¿Sabes que ha estado escribiendo un diario con todos los recuerdos que tiene de él durante el último año? Me lo ha enseñado. Es precioso, Ben.

El inspector se quedó en silencio. No sabía nada de todo aquello que le estaba contando su cuñada.

—Se te ha olvidado ser marido. Está muy bien que intentes… salvar el mundo. Pero ¿qué hay de tu mujer?

Tú…, bueno, al menos sientes que estás siendo útil. Pero ella…, a ella la has dejado de lado, Ben. Parece que no forma parte de tu vida. Y… mucho menos Daniel. Haces como si nunca hubiese existido, y eso es incluso peor que lo que pasó.

Claire era de ese tipo de personas que estaban tan cerca como para conocer tus errores y tan lejos como para decirte las verdades a la cara sin importar qué heridas tocaba. Aquella frase las había tocado todas con una aguja mojada en sal.

—Dile que lo siento, ¿vale? —dijo el inspector, con una voz que trataba de esconder que aquello le había afectado.

Lloraba, aunque eso Claire no podía verlo.

—Se lo diré, Ben. Pero necesita un tiempo, ¿vale? Conozco a mi hermana. No puedes pretender que esto se le pase de un día para otro.

—¿Cuánto?

—Eso solo lo sabe ella —aseveró, antes de colgar.

Aquella conversación dejó a Ben tan destrozado, que se derrumbó sobre la cama con el traje puesto.

A las cinco de la mañana se despertó por una pesadilla recurrente en la que veía la rueda de una bicicleta girar en el aire dentro de una sala oscura con el suelo cubierto de baldosas rojas. No era uno de esos sueños aterradores sino más bien inquietantes, uno de esos sueños en los que no comprender lo que sucedía generaba más zozobra y palpitaciones que un rostro irreconocible persiguiéndote por un pasillo interminable.

Ya era lunes, aún arrastraba la resaca emocional de la discusión con Lisa, y se sintió tan solo al ver su lado de la cama sin deshacer que decidió intentar reconstruir su vida, que se estaba desmoronando sin que él pudiese hacer nada. Se duchó, se afeitó, se puso un traje limpio y recogió los platos de lasaña fría que había dejado intactos sobre la mesa la noche anterior. Llamó por teléfono a su oficina para decir que ese día no pasaría por allí y se montó en su Pontiac gris de camino al instituto Mallow, el lugar que parecía conectar ambas historias.

Llegó justo en el instante en que varios autobuses aparcaban frente a la puerta y empezaban a bajar alumnos de todas las edades. Había estado allí la semana anterior preguntando a los compañeros de clase de Allison, pero no consiguió ninguna declaración que fuese reveladora.

La fachada del instituto Mallow estaba decorada con una vidriera de colores en forma de una gigantesca cruz católica, bajo la cual estaba la puerta principal por la que entraban los alumnos. Ahora que el inspector conocía el desenlace de Allison, aquel diseño religioso le resultaba perturbador. Se acercó a la entrada donde una mujer le cortó el paso:

—Hola, inspector Miller, ¿otra vez por aquí? Nos hemos enterado de que ha aparecido Allison..., una verdadera tragedia. Hoy hemos preparado unos rezos especiales para que…, para que su alma viaje a salvo hasta el Cielo. Los profesores de Allison están impresionados. Vamos a preparar unas charlas especiales con los chicos de su clase. Necesitan un poco de guía espiritual para asimilar este dolor.

—He venido porque necesito resolver algunas dudas que quedaron en el aire. Necesito hablar con el reverendo y, a ser posible, con los chicos de su clase.

—Oh, Dios santo, no. Estarán destrozados. No es momento de sumergirlos aún más en el dolor. Algunos padres nos han pedido que…, que hablemos con los chicos y los cuidemos en estos días venideros.

—Ya, pero creo que es importante descubrir lo que ha pasado.

—Pensaba que usted buscaba personas desaparecidas. Allison ha aparecido. ¿No es así? El reverendo Graham tiene la agenda muy apretada. Oficiará en una hora una misa en la capilla del instituto para los alumnos que quieran acudir. Tendrán permiso para no estar en la clase que les toque. Después de eso tiene una cita con dos agentes de la policía hoy al mediodía. Debería de haber avisado si quiere hablar con él. Además… ¿que haya aparecido no hace innecesario su trabajo?

—Hace nueve años desapareció también Gina Pebbles, alumna de Mallow. Mi trabajo aquí no ha terminado. En su centro parecen desaparecer adolescentes, y... parece que aquí nadie se preocupa lo suficiente de que dos alumnas hayan desaparecido en los últimos diez años. Lléveme a hablar con el reverendo o tendré que venir con una orden, y seguramente con otra de detención por obstrucción a una investigación abierta.

El inspector esquivó a la mujer y entró en el *hall* del instituto Mallow. Una vez dentro, se dirigió a la derecha, donde una secretaria atendía a un adolescente vestido de uniforme de pantalón gris y camisa blanca. Abrió la puerta y accedió a un pasillo en el que se situaba la zona de oficinas y donde la semana anterior lo habían recibido con discreción. La mujer que estaba en la entrada del instituto lo siguió a trompicones con gesto de preocupación.

—No puede entrar ahí. El reverendo... está preparando la misa.

—Pues la misa tendrá que esperar. Necesito hablar con él.

—Señor Miller, por favor, no me haga...

El inspector alcanzó la puerta del despacho del director e intentó abrirla. Estaba cerrada con llave. La aporreó con prisa mientras la mujer, a su lado, no dejaba de hablar, pero él no escuchaba lo que decía.

—¡Reverendo Graham! Abra la puerta. Necesito hablar con usted. —Golpeó la puerta con más intensidad, y la secretaria de la zona de administración salió de su oficina para ver qué ocurría.

—Señor…, al reverendo no le gusta que lo molesten cuando prepara la misa. Voy a tener que pedirle que se marche y venga en otro momento.

—¡Reverendo Graham!

De pronto sonó el cerrojo de la puerta al desbloquearse y, finalmente, el reverendo la abrió y saludó, confundido, sin soltar la puerta.

—¿Inspector Miller? —dijo—. ¿Qué ocurre que no puede esperar?

El reverendo Graham era un hombre de unos cincuenta años, canoso y con barba, vestido con pantalón de pinzas gris, zapatos oscuros, un jersey con cuello de pico que dejaba ver que debajo vestía una camisa blanca abotonada hasta el cuello que casi le cortaba la respiración.

—Necesito hablar con usted.

—Oh…, ¿es por lo de Allison? Qué desgracia. Esa chica era… una delicia. No se merecía acabar así. Pero los caminos del Señor…, ya sabe. Eso que decimos los creyentes. No comprendemos la vida, mucho menos la muerte cuando es tan trágica y llega a alguien tan joven.

—Es sobre Gina. Gina Pebbles. Estudiaba aquí. Al igual que Allison. Puede que ambas hayan sufrido la misma suerte. Estoy tratando de desvelar qué ignoramos entonces.

—¿Gina Pebbles? —dibujó una expresión confundida, pero luego continuó—: Estoy ocupado, inspector

Miller. No tengo tiempo. Pida cita con la señora Malcolm. Me aseguraré de que le reserven un hueco. Estamos en una época complicada, con los parciales y las evaluaciones del consejo de educación territorial.

—Ya sé que tiene una misa, pero es importante. Diez minutos.

Vaciló, pero miró atrás y dejó ver el interior de su despacho: dentro había sentada, frente a la mesa del director, una adolescente de pelo liso castaño y falda de tablas plisada.

—¿Te importa que continuemos luego? —dijo en dirección a la chica.

Ella negó con la cabeza en silencio, se puso en pie y salió del despacho pasando junto al inspector Miller, que se quedó mirándola, extrañado.

—Pase, por favor. Y acabemos con esto de una vez —aseveró el reverendo Graham.

CAPÍTULO 20

ROXBURY
24 de abril de 2011
Dos días antes
Jim Schmoer y Miren Triggs

*El fuego baila
aunque no lo mires.*

—Pero ¿qué ha sido eso, Miren? —inquirió el profesor Schmoer nada más salir de casa de los Pebbles, molesto por cómo se había puesto Miren—. ¿Se te ha ido la cabeza? Íbamos bien. Estábamos consiguiendo algo. Se estaban abriendo. ¿Dónde está la periodista que eres? Cuando entrevistas a alguien, tienes que dejar toda tu mierda fuera. Tú lo sabes mejor que nadie.

—No me vengas con lecciones, Jim.

—Todos tenemos mierda, Miren. Todos. Pero eso no hace que la saquemos para tirarlo todo por la borda. Tienes que aguantar.

—Son unos hijos de puta y alguien tenía que decírselo. ¿Azotaron a Gina por eso? Por el amor de Dios…, todos cometemos locuras cuando somos jóvenes. Y eso no le da derecho a nadie a que nos… destroce la vida ni a que nos convierta en víctimas por ser mujer.

—Tu trabajo no es convencer a la gente de que sean buenas personas, Miren, sino hacer que el mundo sepa la verdad de Gina y de Allison. Descubrir qué esconde toda esta gente y sacarlo a la luz. El mundo se encargará de hablar por ti. El mundo cambiará si la verdad es una mierda. Tú solo tienes que encontrarla y contarla con tus mejores palabras.

—Esto es una mierda. No tenía que haberte dicho que vinieses, Jim. Siento que estás… tratándome como a una cría. Ahora vienes a darme lecciones. Para tu información, la única periodista que hay aquí soy yo.

—¿En serio? ¿Crees que te habrían dejado pasar siquiera si no hubiese sido por mí? No inspiras confianza, Miren. Te he salvado el culo. Te comportas demasiado…

El profesor estuvo a punto de terminar la frase, pero la dejó en el aire. Se dio cuenta de que Miren no se merecía aquello.

—Dilo. Ahora lo dices —reprochó, alzando la voz, colérica.

—No, Miren…, relajémonos, ¿vale?

—Eres un cobarde de mierda —dijo, enfadada.

—Dejémoslo, Miren. Esto no sirve de nada.

Ella bufó, pero luego continuó, con rabia:

—Por eso tu mujer te dejó, Jim. Porque no tienes huevos de enfrentarte a nadie —aseveró, haciendo daño sin pensar.

Ese tipo de dardos solían estar demasiado afilados y se tiraban a la diana con los ojos cerrados.

—¿Qué sabes tú de mi relación con mi mujer? No sabes nada de por qué lo dejamos. Nada. Y enfadarte no te da derecho a hablar sobre los demás como si fuesen de piedra. No todos somos como tú. Que nos importa todo una mierda. Tu ombligo, tu trauma. Siempre he estado para ti. Siempre. Si estás en el *Manhattan Press* es por mí —sentenció.

—Márchate —ordenó, dolida.

El profesor se dio cuenta de que se había defendido con la misma moneda y trató de recular en vano. Cuando se llegaba a ese punto en una discusión, cualquier palabra se convierte en un cuchillo que suele cortar por ambos lados.

—Miren, yo...

—¡Déjame en paz! —gritó, caminando entre las casas, saliendo de Roxbury y dejando a Jim con la palabra en la boca.

Se fijó en que estaba anocheciendo y caminó en dirección al atardecer, recorriendo Rockaway Boulevard hacia Breezy Point. Jim la observó alejarse sola y, aunque en un primer momento pensó en seguirla y disculparse, sabía que aquello complicaría las cosas.

Una vez sintió que Jim estaba lo suficientemente lejos para verla, Miren dejó que la primera lágrima se le escapase. Luego vino otra, y varias más. No aguantaba que la gente la viese llorar y necesitaba la soledad como quien abraza la almohada en mitad de la noche. Y en el transcurso de ese llanto ahogado que nadie vio, se dio cuenta de que había llegado sin pretenderlo al mismo extremo de la península de los Rockaways. El sol estaba a punto de ponerse en ese mismo momento, y decidió caminar hacia la playa, atravesando la zona de tierra y matorrales que separaba la carretera de la orilla.

Una vez allí contempló la puesta de sol, mientras se debatía una y otra vez con sus demonios interiores. Se cuestionó por qué era así y por qué toda su vida orbitaba en torno a alejar a quien se acercaba a ella. Se sentía rota y miserable, hundida y hecha trizas. Miraba en los recovecos de su corazón con la misma distancia que leía un periódico y solo se topaba con momentos de su vida en los que se había sentido sola, triste y desolada.

Sacó el móvil y buscó en la agenda a la única persona que podía sacarla de aquella espiral. Tras varios tonos, una voz femenina y calmada sonó al otro lado:

—¿Miren? Qué alegría que me llames. Justo estaba preparando la cena, y… no te lo vas a creer, estamos haciendo tomates verdes fritos. Te encantaban de niña.

Esbozó una sonrisa nada más oír la voz de su madre, aunque aún algunas lágrimas se deslizaban por su cara como si estuviesen compitiendo por llegar a la comisura de sus labios.

—Miren, ¿me oyes? Ay, antes de que se me olvide: la señora Peters, la vecina, no para de pedirme que le firmes un libro. Va presumiendo por ahí con que te cambiaba los pañales de niña. ¡Una vez! Lo hizo una vez durante una barbacoa en casa y ya se cree que se merece parte de tus *royalties*. Es de locos. Tú fírmaselo, pero no le pongas nada bonito.

Miren suspiró con fuerza antes de intentar hablar. Pensó en que no quería que su madre se diese cuenta de cómo estaba, pero todas las madres reconocen un sollozo de sus hijos.

—¿Miren? ¿Te encuentras bien, hija?

—Tomates verdes fritos —dijo, finalmente, con un nudo en la garganta—. Me…, me encantaban. Ojalá pudiera estar allí ahora contigo y con papá. —Frente a ella, el océano Atlántico se mecía con suavidad y se dio cuenta, de golpe, que una ola le había tocado la punta de los pies.

—Tu padre no va a cenar. Se ha zampado hoy por la tarde seis Twinkies y le he prohibido acercarse a la cocina hasta mañana. Estos son para mí y la abuela.

Miren volvió a sonreír en cuanto escuchó que su abuela estaba en casa.

—¿Cómo está la abuela?

—Le hemos comprado una escúter eléctrica y se recorre medio Charlotte en diez minutos. Está encantada de la vida. Y me ha pedido que no te lo cuente, pero... se ha echado un novio.

—¿La abuela? —Rio.

Sintió aquella noticia como un faro lejano que brillaba en su dirección.

—Se lo merece, ¿sabes? Es un tipo del hogar del jubilado. Es encantador. Tienen los dos escúters de esas y se van juntos por ahí. La tendrías que ver. Parece una quinceañera, con su moto, sus tonteos y sus risas de niña.

—Me..., me alegro tanto por ella, mamá.

—Ay, hija. Lo sé...

Un silencio se coló en la conversación y, finalmente, su madre insistió, al ver el momento oportuno:

—¿Estás bien de verdad, Miren?

—No, mamá —se derrumbó.

Su voz se desgarró como si fuese una tela vieja y quedó reducida a un puñado de hilos de voz mal entrelazados.

—¿Algún chico?

—No, mamá —respondió con dificultad.

—¿El trabajo?

—Soy yo, mamá. ¿Qué me pasa? Por qué..., ¿por qué nunca voy a poder sentir como los demás? ¿Por qué todos piensan que soy fría, que no sufro, que no..., que no soy una persona? Hago lo que puedo. Juro que lo hago. Es solo que..., que... no quiero que nadie vuelva a hacerme daño. No quiero que nadie vuelva a pensar que soy vulnerable y me lleve a un parque y..., y todo vuelva a repetirse.

—Cariño... —susurró su madre al otro lado—, eso no es verdad, cielo. Tú sientes como todos.

—No es verdad, mamá. Nunca he conseguido querer a nadie. Nunca. Ya no siento las cosas. Vivo mi vida como si..., como si le estuviese sucediendo a otra persona. Yo estoy en ella, sí. Pero... todo está fuera de mí. Nadie me importa. Nada me hace feliz, mamá.

—Escúchame, y aquí voy a ser muy sincera, hija. Sé que fue duro lo que sucedió, y Dios sabe que lo sé. Pienso cada día en que no te protegí como debí hacerlo.

—No fue tu...

—Déjame terminar —alzó la voz, enfadada con el mundo—. Pero... tienes que intentar vivir hacia adelante, hija. Si te anclas en esa noche, si todo gira en torno a ella, te consumirá. ¿No lo ves? Acabará contigo. Han pasado muchos años y aún parece que fue ayer. Y ese es el problema. Necesitas vivir. Necesitas pasar página. Hacer que se convierta en un mal recuerdo, y ya está.

No hubo justicia. Todo fue un despropósito, hija. Pero debes centrarte en ti y en tu felicidad. Eso que haces de buscar gente, de ayudar a los demás, es precioso. Y debes seguir haciéndolo.

—¿Y quién me ayuda a mí, mamá? ¿Quién?

—Solo tú te podrás ayudar a ti misma, cariño. Pero podrás hacerlo cuando consigas arreglar aquella noche.

Aquellas palabras resonaron en la cabeza de Miren como los consejos que recibía cuando vivía en Charlotte. En ese instante su mente viajó a un recuerdo en el que jugaba con sus padres a correr por toda la casa. Luego rememoró cómo su madre le manchaba de nata la nariz cuando cocinaban tortitas los domingos y, de nuevo, aquellas idílicas imágenes se emborronaron con la oscuridad de un parque del centro de Manhattan y las siluetas oscuras sobre ella.

—Gracias…, mamá —dijo al fin, con voz seria.

—No quiero verte mal, cariño. Si hace falta, vamos tu padre y yo a verte unos días.

—No hace falta, mamá. De verdad que no. Estaré bien.

—¿Seguro? —preguntó con el tono que solo podían tener las madres.

—Sí, mamá —respondió Miren antes de colgar.

El sol se había puesto mientras hablaba con su madre y, nada más terminar la conversación, se dio cuenta de que habían comenzado a llegar a aquella zona apartada de Breezy Point algunos ciclomotores y bicicletas, en distintos grupos. Los conductores se saludaban con alegría. Miren se fijó en que todos parecían adolescentes y que no había ninguno que sobrepasase la mayoría de edad.

Observó durante algunos momentos la lejanía del horizonte sobre el océano, hasta que le inquietó comprobar cómo el grupo de chicos era cada vez más multitudinario y ruidoso. Al mirar atrás, reconoció a Ethan Pebbles riendo entre varios chicos. Luego vio cómo el adolescente se acercaba a la que parecía su novia, que vestía una sudadera gris con capucha, y le daba un beso mientras la agarraba el culo. Dos chicos vertieron gasolina sobre un montón de leña y, un instante después, una llamarada prendió en cuanto el cigarro que fumaba una chica cayó sobre la madera. Se comportaban como si Miren no estuviese allí y ella se quedó fascinada al observar cómo aquellas chicas parecían ser mucho más libres de lo que ella nunca fue. Las vio bailando frente al fuego una canción que no sonaba y luego cantando a viva voz una canción que no reconocía. Una chica rubia besó a un chico y poco después hizo lo mismo con una chica. Disfrutaban sin pensar, sin sentir nada más. Pero luego, uno de los jóvenes con capucha señaló hacia Miren, y todos la miraron al instante.

Miren estuvo a punto de darse la vuelta y caminar por la orilla, como si no los hubiese visto, pero estaba en uno de esos momentos en los que se enfrentaría a cualquier cosa y decidió acercarse al grupo y preguntar:

—¿Alguno de vosotros sabe algo de los Cuervos de Dios?

Ethan la miró con gesto de sorpresa, pero se mantuvo en silencio, en segundo plano, mientras todos los demás se miraban unos a otros, con gesto de confusión.

—¿Conocéis ese grupo? ¿Sabéis lo que es?

Ethan meneó la cabeza, decepcionado, como si Miren hubiese cometido un grave error. Una pareja que se había sentado sobre la arena se besó como si ella no estuviese allí.

—¡¿Nadie?! —insistió, más alto.

Todos la miraron en silencio, como si hubiesen hecho un pacto. Miren se dio cuenta de que sacaría poco de aquella conversación.

—Vale. ¿Qué tengo que hacer? Sé que no se habla con los que no son parte de los Cuervos. Decidme, ¿qué tengo que hacer para entrar?

Una chica de pelo castaño de labios carnosos y ojos agudos se rio.

—No sé lo que hay que hacer…, pero, si lo supiese…, ¿no es usted un poco mayor para los Cuervos? —dijo en tono irónico.

Algunos de los chicos rieron al instante. Otros guardaron silencio, expectantes.

—¿Qué hay que hacer? Lo que sea. ¿No se alcanza la felicidad estando en los Cuervos?

—¿Cómo conoce a los Cuervos? —preguntó la joven, curiosa.

Ethan observaba en silencio, con gesto de preocupación.

—Me intereso por lo que ocurre donde han asesinado a una chica. Y también donde desapareció otra hace muchos años.

Un chico de la misma edad de Ethan de pelo castaño y mandíbula cuadrada se puso en pie y se metió en la conversación.

—Según dicen... no se puede pedir entrar en los Cuervos —aseveró el chico—. Los Cuervos te ofrecen la entrada. Si usted supiese cómo entrar... no le serviría de nada si ellos no la aceptan —sentenció.

—¿Eres James Cooper? De Mallow, ¿verdad?

—¿Me conoce? —Rio. Luego se volvió hacia su grupo y se jactó de ello—. Ya hasta las maduritas saben de mí.

—He oído que tú sabes cómo entrar en los Cuervos.

James elevó la comisura de sus labios con una sonrisa burlona y, finalmente, respondió:

—Dicen que hay un juego. No conozco más..., solo rumores. Pero... quién sabe. Si está buscando a los Cuervos quizá ellos la estén buscando también a usted.

—¿Y cómo hago para que me encuentren?

—Es usted valiente. De eso no hay duda. Será mejor que deje estos jueguecitos. En los Cuervos todo es más peliagudo de lo que usted imagina.

—Repito la pregunta: ¿cómo hago para que me encuentren? —insistió, apretando la mandíbula.

—Relájese. ¿Quiere? Estoy seguro de que ya la han encontrado —sentenció el chico, dándose la vuelta.

—¡¿Eso qué significa?!

—¿Le importa? —respondió James, cansado de sus preguntas—. Estamos tratando de divertirnos. Nos está… cortando el buen rollo.

—¿Sabéis que aquí apareció la mochila de Gina Pebbles hace nueve años cuando desapareció, verdad?

—Quizá viniese también aquí a divertirse en su época, ¿no cree? Todos tenemos derecho a… jugar un poco. Incluso usted. ¿Qué hace aquí si no? ¿Llorar? ¿Ha llorado? Tiene ojos de haber llorado —bufó, con una risa tímida que se le escapó entre los labios.

—Déjala, James —dijo la voz de un chico desde el fondo—. ¿No ves que no sabe ni dónde está? —Miren deseó que fuese Ethan quien se dirigió a él, pero no lo parecía.

Aquel desprecio la pilló por sorpresa y no supo cómo reaccionar. Su mente viajó a cuando de adolescente era ignorada en clase, al ser una de las alumnas aplicadas. Hacía tanto tiempo de aquello que había olvidado cómo era sentirse apartada entre las risas cómplices de la mayoría.

—Pero, cálmese, señora... —intervino la chica de pelo castaño que había hablado con ella al inicio—. ¿No se siente bien? ¿No nota el placer de la falta de aliento para... llorar? A mí me encanta llorar... Ojalá pudiese estar llorando todo el día. Me hace sentir más viva que... un buen polvo.

—¿Qué edad tienes? —inquirió Miren, sorprendida por aquel discurso.

La chica soltó una carcajada y luego añadió:

—Márchese, señora, creo que he tenido suficiente charla por hoy. He venido a... divertirme. —La chica se dio la vuelta y dejó a Miren con la palabra en la boca.

Miren se dio cuenta de cómo el grupo había comenzado a ignorarla y había vuelto a sus cosas, entre risas. Luego la chica pegó un aullido cuando otro de los adolescentes encendió un altavoz portátil con una canción que Miren tampoco reconoció. Buscó con la mirada los ojos de Ethan, pero se dio cuenta de que él se había alejado hacia la orilla con la joven que había besado al llegar. Debía de ser Deborah.

Miren no pintaba nada allí. Se lamentó de haber ido andando hasta ese sitio por la discusión que había tenido con Jim y se acordó de que su New Beetle la esperaba en Roxbury, a un par de kilómetros. Pero justo en el instante en que se dio la vuelta, todos se rieron al unísono, con carcajadas estridentes que iban dirigidas a ella. Unas sobre otras, risas de varios timbres se entremezclaban con el sonido leve de las olas del océano. Comenzó a caminar alejándose de ellos, hacia la orilla, en dirección a Roxbury, cuando de pronto notó cómo algo caía a su lado, a plomo.

Luego, sin tener tiempo de comprender qué objeto se había clavado en la arena junto a sus pies, notó un fuerte golpe en la cabeza y, al instante, vio cómo todo se fundía a negro.

CAPÍTULO 21

BREEZY POINT
Madrugada del 25 de abril de 2011
Un día antes
Miren Triggs

No todos los finales
merecen un beso.

Desperté en una habitación que no reconocía, aturdida y con un dolor de cabeza que parecía tener pulso propio. Las cortinas rojas colgaban sobre una ventana diminuta desde la que se colaba una luz intermitente azul. Bajo ella, reconocí mi mochila abierta sobre un sillón orejero gris con los brazos picados de pequeños agujeros que parecían marcas de tabaco.

Sonaba un grifo de agua corriendo a mi lado izquierdo, pero me costaba mover la cabeza para dirigir la mirada hacia allá. Noté que estaba tumbada en una cama sobre una colcha de flores con un estampado tan horrible como la quemazón que sentía en la coronilla. Comprobé con alivio que seguía teniendo la ropa puesta. ¿Qué había pasado? ¿Dónde estaba?

A mis pies, a unos dos metros de la cama, había un televisor encendido y sin sonido sintonizado en el canal de noticias veinticuatro horas de la NBC. Traté de identificar en qué día estaba, en función de las noticias que emitían, pero vi a Obama en la pantalla dando un discurso y sentí que no debía de haber pasado mucho tiempo desde mis últimos recuerdos. De pronto, una voz surgió del lugar en el que sonaba el grifo de agua, y la reconocí al instante:

—Ehhh…, te has despertado… —susurró la voz del profesor Schmoer, como si temiese romperme con su timbre de voz.

—¿Jim? —Me esforcé en mover la cabeza hacia él y lo conseguí con dificultad, a pesar de cómo se irradió el dolor de aquel gesto por mi hombro y mi cuello.

Entró en mi campo de visión, con el pelo revuelto y sin gafas. Vestía la misma ropa que la última vez que lo vi en casa de la familia Pebbles, así que deduje que era el mismo día o un mal sueño.

—¿Dónde estoy? ¿Qué ha… pasado?

—Alguien te…, te golpeó con un pedrusco en la cabeza. Y…, bueno, te encontré en la playa, inconsciente. Tienes que perdonarme, pero fui en tu búsqueda en cuanto pasaron un par de horas y no volvías al coche, en Roxbury. Creí que necesitabas estar sola un rato y te dejé tranquila. Pero... en cuanto se hizo de noche, decidí dar una vuelta por la zona a la que te habías marchado. Pensaba que te encontraría y que podríamos hablar más tranquilos, pero... cuando te vi en el suelo, en la playa, me asusté. Tenías un buen golpe en la cabeza. Te cargué como pude hasta aquí.

—¿No viste a nadie por allí? —pregunté.

Navegaban por mi mente las imágenes borrosas de un grupo de adolescentes en la playa, junto a una hoguera.

—Estabas sola, Miren. No había nadie. Y menos mal que te encontré. La marea podría haber subido, y... mejor no pensarlo.

—¿No viste a unos chicos?

—¿Chicos? Mientras caminaba hacia Breezy Point vi a varios grupos de ellos en bicicleta en dirección contraria. ¿Crees que ellos te lo han hecho?

—No lo sé, Jim. Estoy... confusa. Uf..., cómo duele.

Traté de incorporarme, pero un dolor inesperado hizo que emitiese un gemido que parecía tener vida propia.

—Eh, eh..., relájate, Miren..., tienes que descansar. —Se inclinó hacia mí para tratar de contenerme en la cama—. Te he limpiado la herida como he podido. Aún tienes arena por el pelo y el cuello, pero creo que he hecho un buen trabajo.

—¿Dónde estamos?

—En el motel New Life de Breezy Point. Sé que este lugar tiene mala pinta, pero… era el más cercano a donde te encontré. El recepcionista insistió en que te viera un médico, pero creo que de haberte llevado a un hospital hubieses acabado abriéndome la cabeza tú a mí.

—¿Qué hora es? —pregunté.

Sentí vértigo al tratar de buscar un reloj en alguna parte de la habitación y no encontrar nada que me diera esa pista que necesitaba.

—Es medianoche —dijo con voz cálida tras comprobar su reloj de pulsera—. Descansa.

—¿Medianoche? ¿Cuánto tiempo llevo…?

—Te encontré hace unas horas. A eso de las nueve. Te has echado un buen sueño. Yo… estoy derrotado. Pensaba quedarme toda la noche despierto, comprobando que estuvieses bien, pero ahora que te has despertado…, admito que estoy muerto. Dormiré en esa cama de ahí, si no te importa. Aunque… si lo prefieres, puedo coger otra habitación. El recepcionista me ha dicho que el motel está vacío. Dudo que me quiera cobrar mucho por unas horas.

—No —dije, atropellada—. Quédate. No…, no pasa nada.

Él hizo una mueca con la boca que interpreté como una señal de aprobación. Luego se acercó y me ofreció agua con un vaso que cogió de la mesilla.

—Gracias, Jim —dije—. No sé por qué... yo...
—traté de disculparme, pero me cortó, tranquilo.

—Descansa, Miren.

—No. Escúchame... Quiero que sepas que... aunque muchas veces no consiga exteriorizar lo que... siento —me había costado horrores decir en voz alta esa
palabra—, te aseguro que..., que te agradezco que estés
aquí conmigo y me estés ayudando.

—Miren..., lo sé. No hace falta que digas nada.
Estábamos enfadados y... yo no comprendí que tu pasado no es el mío. Que mis experiencias no son las tuyas
y que mis miedos, especialmente ellos, no se parecen a
los que te atormentan a ti. Nuestra vida es subjetiva y
yo no soy nadie para cuestionar tus causas y guerras. No
todos partimos del mismo punto en la vida y esta nunca
golpea a dos personas distintas de la misma manera, pero
todos tratamos de avanzar por ella intentando no perder
demasiados pedazos de nosotros mismos por este camino lleno de baches y accidentes inesperados.

Hizo una pausa y sentí que por primera vez en
muchos años alguien ponía palabras a una lucha interna
que yo nunca comprendía. Cuando miraba a los demás
y los veía felices, o tristes o emocionarse o llorar, mal-
decía mi desgracia por mi falta de sentimientos. Pero
quizá el profesor tenía razón y todos estábamos condenados a avanzar por una carretera imposible, tratando
de desarmarnos lo menos posible según avanzábamos,

pero solo dependía de nosotros arreglar nuestras propias averías.

Me incorporé con dificultad y apoyé mi espalda en el cabecero, en silencio. Aún me dolía la cabeza, aún todo daba vueltas a mi alrededor, pero sabía qué necesitaba en ese momento. Agarré su mano y él me observó en pie. Me fijé en las sombras en su cara dibujadas por la lamparita de la mesilla. Rememoré todas las veces en los últimos años que él había estado a mi lado, siempre, como un maestro y acompañante, como un mentor y algo más, como un amigo y un confidente.

Tiré de él lo justo y siguió mi orden silenciosa de sentarse en la cama. Me observaba, atento, como si estuviese escudriñando mi cabeza. Sabía lo que pensaba, me aseguré de que lo hiciese, pero era imposible que comprendiese todo el cuadro. Mi mente era inexplicable, incluso para mí misma, y quizá por eso estaba tan atento, tal vez en un intento de desentrañar los inertes entresijos de mi alma herida.

Le acaricié el pelo. Jugué unos segundos a enredar mis dedos en su cabello enredado. Él respiraba serio. Yo lo miraba nerviosa. Le quité las gafas. El último paso. Las dejé en la mesilla con cuidado. Siguió con su vista el vuelo de mi mano hacia la mesilla y luego clavó de nuevo sus ojos en los míos. Se inclinó hacia mí con suavidad y se detuvo a la distancia justa en la que lo sentí respirar. ¿Acaso era tan difícil encontrar esto? ¿Acaso era él la única persona que hacía que me sintiese segura? Y me lancé. Y sentí mis labios arañarse con su piel.

Y de pronto se acabó.

Un estruendo reventó la ventana de la habitación en mil pedazos y nos bañó a los dos en una lluvia afilada de fragmentos de cristal. Jim se puso en pie y miró en todas direcciones, sin entender nada. Una piedra se había estampado al fondo del cuarto, sobre la puerta del armario, y había rebotado hasta caer sobre la cama, junto a mi pierna izquierda. El profesor abrió la puerta y salió al exterior. Yo traté de ponerme en pie, pero me di cuenta de que estaba descalza y el suelo había quedado cubierto por los trozos de la ventana rota.

—¿Jim? —grité, al perderlo de vista.

Unos segundos después apareció al otro lado de la puerta, maldiciendo.

—Hijos de puta. Han sido unos niñatos en moto. He contado tres ciclomotores alejándose entre risas, pero no he podido ver ninguna matrícula.

Me fijé en la piedra que tenía junto a mi pierna y la cogí. Era un pedrusco del tamaño de un mango, en el que habían escrito una palabra y unos números con pintura roja: «JUAN 8-7».

CAPÍTULO 22

INSTITUTO MALLOW
25 de abril de 2011
Un día antes
Ben Miller

¿Qué nos hace caer en la trampa de creer
que la autoridad lo es porque merezca serlo?

El reverendo Graham no se había sentado todavía tras el escritorio de su despacho cuando el inspector Miller le lanzó la primera pregunta:

—¿Suele tener charlas a puerta cerrada con... sus alumnos, reverendo?

—¿Por qué lo dice? Oh. ¿Se refiere a Deborah? Eso... es algo complicado de explicar. Pero sí. Es algo común en Mallow.

—Tengo tiempo, no se preocupe —afirmó.

El reverendo suspiró, le notaba con un aire distinto a la primera vez que había hablado con él. En aquella ocasión el inspector Miller acudió al instituto con la firme convicción de que Allison se había fugado de casa, al igual que había hecho otras veces, y aunque algunas de las declaraciones de los compañeros de clase la pintaban como una chica que había cambiado y que se estaba aplicando en sus estudios, su historial parecía invadir cualquier conversación. El propio reverendo le explicó entonces que Allison había acudido un par de veces a charlar con él porque estaba cansada de los rumores que circulaban por el instituto de que era una chica demasiado «suelta», algo que, no obstante, corroboró. Aquella declaración coincidía con la de sus compañeros y con el historial de fugas, por lo que su desaparición se trató con una preocupación relativa, puesto que seguramente estaría con alguno de sus novios recientes y tarde o temprano volvería a casa, como había hecho las veces anteriores.

—Bueno…, pues a ver. Todos los días, al inicio de la mañana, reservo dos horas para tratar en persona las inquietudes de nuestros alumnos e intentar guiarlos espiritualmente. Estas edades son muy complicadas, llenas de infortunios, inseguridades y caminos equivocados. Trato de ser un director accesible. Cualquier estudiante siempre puede venir a mi despacho y pedirme consejo, confesarse o simplemente charlar. Al final, creo que es importante romper barreras, abrir puertas y estar junto a nuestros alumnos en estas edades en las que… —hizo una pausa— el mal está al acecho.

—¿El mal? Son solo... adolescentes. Hacen cosas de adolescentes.

—Sí. El mal. En la adolescencia es cuando el mal está más presente, inspector Miller. Te presenta tentaciones que te llevan hacia la decisión equivocada, espejismos que te desvían de tu camino. Te prometen felicidad y acabas venerando al mismísimo diablo. Es importante que los chicos reciban una educación y una guía clara, si no quieren acabar... ignorando los designios del Señor.

—¿Tuvo alguna de estas charlas con... Gina Pebbles?

—Gina..., ni se imagina lo que he llegado a rezar por esa chica. Cada cierto tiempo me acuerdo de ella. Fue un auténtico golpe aquí en el instituto. Era un ángel, ¿sabe? Nunca había visto a una chica como ella. Rezaba con más fervor que nadie en clase. Ayudaba siempre que podía. Cuidaba muy bien de su hermano. Todos la querían. Una de nuestras mejores alumnas, sin ninguna duda. Siempre la tengo como ejemplo de lo que debe ser un alumno de Mallow: religioso, servicial e inteligente. Aquello fue... una desgracia.

—Como la de Allison —dijo el inspector, tratando de guiarlo hacia ambos temas en paralelo.

—Sí, sin duda. Nos ha tocado a nosotros. Hace ya tiempo que sucedió lo de Gina..., ahora que empezábamos a olvidar el asunto..., esto. Nos ha costado bastante convencer a los padres de que este es un centro seguro, ¿sabe? En realidad, lo es. Pero estas cosas pesan mucho. Tenemos pensado enviar una carta a los padres de Allison para expresarles nuestras condolencias y…, bueno, ofrecerles el apoyo que necesiten para pasar este trance tan duro.

—Hablé con ellos. Están realmente afectados. ¿Sabe, reverendo? Me sorprende que una familia como la de Allison pueda acceder a un centro como este. Según tengo entendido, la matrícula aquí es… —navegó en su mente buscando una palabra adecuada— prohibitiva.

—Bueno…, no sé si prohibitiva, pero está en línea con lo que ofrecemos. Una enseñanza de calidad y religiosa, con acceso a las mejores universidades del país. El cincuenta por ciento de nuestros alumnos acaba en la Ivy League, así que estamos más que satisfechos de la enseñanza que damos.

—Sí, pero… ¿cómo pudo la familia costear estos estudios?

—Allison estaba becada. Aquí tratamos de ofrecer oportunidades a alumnos con menos recursos, como parte de nuestra labor educativa y de inclusión social.

—¿Y becan a cualquiera que lo solicite?

—Ya quisiéramos, inspector. Pero nuestros recursos son limitados e intentamos ofrecer cuatro o cinco becas al año para los últimos cuatro cursos. Es una buena oportunidad financiada con los fondos de la Iglesia. Una educación de calidad abre puertas y rompe barreras.

—¿Le puedo preguntar una cosa?

—Por supuesto, lo que necesite. Estoy aquí para ayudarlo, inspector. Esta es una tragedia que necesitamos resolver cuanto antes. Cada día que no se sabe lo que ha ocurrido es un día que los padres de nuestros alumnos consideran dar de baja a sus hijos de Mallow.

—¿Gina Pebbles y su hermano estaban becados? —inquirió con rapidez.

—¿Los Pebbles? No sabría. No lo recuerdo. Lo tendría que mirar. Pero lo comprobaré para usted.

—Su hermano sigue estudiando aquí, ¿verdad?

—Así es. Ahora que lo dice, creo que sí. Sí que lo estaban. Creo que eran unos chicos que se lo merecían. Accedieron antes a las becas, con menos edad, pero su caso era especial. Sus padres habían fallecido y… sus tíos, Christopher y Meghan, si no recuerdo mal, querían una buena educación para sus sobrinos. Sí. Creo que sí. De todas formas, lo comprobaré y se lo diré en cuanto lo sepa.

—Interesante cuanto menos.

—¿Por qué lo dice?

—¿No le parece demasiada casualidad que dos alumnas de su centro, ambas becadas además, hayan desaparecido en nueve años? Y las dos de la misma edad.

—¿Qué insinúa, inspector? ¿Está diciendo que el instituto Mallow tiene algo que ver? ¿Está culpándonos de esta desgracia?

—No, solo digo que…

—¿Acaso también culpa a los colegios en los que un alumno poseído ametralla a sus compañeros? Porque es exactamente lo que está haciendo. Es como si en lugar de culpar al gobierno por permitir la compra de armas a cualquiera, culpase a los docentes de que mueran niños en nuestros colegios e institutos.

—Verá, reverendo…, no quería…

—No somos responsables de lo que ocurre de puertas para fuera, inspector. Técnicamente Gina desapareció al salir de clase y Allison vino esa mañana, como le dije, pero faltó a las tres últimas horas. Saldría del instituto para algo y…, bueno, no podemos controlar a más de cuatrocientos alumnos, y mucho menos a aquellos que no quieren que se les controle. Desde el profesorado estaban muy preocupados con su actitud los últimos meses. Era un poco… libertina, como ya sabrá. —Hizo hincapié de nuevo en este asunto—. Y no quiero decir estas cosas, pero… si no consigues que el Señor te mire con buenos ojos, lo hará el mismísimo diablo.

El inspector Miller suspiró. El reverendo sabía cómo esquivar los asuntos y se dio cuenta de que tenía que ser más activo con las preguntas o no sacaría nada en claro.

—Es una pena lo que le ha pasado a Allison —continuó el reverendo—. Dios sabe que hemos rezado por ella, y por eso mismo hemos organizado una misa en su honor para que sus compañeros puedan llorar lo sucedido. Si viene aquí a insinuar que somos… culpables de lo que ha pasado, tengo que decirle que… quizá tenga algo de razón.

—¿Cómo dice?

—Somos culpables en el sentido de que no fuimos capaces de ver que Allison estaba pidiéndonos ayuda. Sus acciones… libertinas no son más que el reflejo de que se sentía desdichada. Lo sabíamos. Aquí en el centro estamos al tanto de todos los alumnos y en lo que andan metidos. Hicimos nuestras preguntas entre ellos. Y todos coincidían en que Allison se había vuelto una…

—¿Una qué?

—Una fulana —sentenció—. Y tendrá que admitir que no es algo de lo que una chica se pueda sentir… orgullosa. Tenía varias parejas. Y…, bueno, como comprenderá, esto es un centro cristiano que desaprueba todas esas… actividades lascivas. Era una pecadora. Como lo era la mujer que vivía en casa del fariseo y que lavó los pies a Jesucristo, pero ¿no nos dio una lección el Señor? ¿No nos enseñó que cuanto más grande es el pecado más grande es el perdón?

—Disculpe mi ignorancia, pero… no es que yo sea una persona muy… creyente.

—Verá, Jesús entró a casa de un fariseo y dejó que una prostituta le lavase los pies. Además, no solo permitió que aquella pecadora le tocase, sino que también perdonó sus pecados. ¿Comprende lo que le digo?

—No le sigo, reverendo.

—Lo que tengo que decirle es que desde el centro hicimos un trabajo con Allison para perdonarla. Y ella comenzó a cambiar y a ser más aplicada en los estudios y a sacar mejores notas. Pero… a veces nuestras mejores ovejas saltan por el acantilado, entonces uno no puede más que lamentarse de lo que pierde y pasar página cuanto antes para pensar en el resto del rebaño y que no se acerquen al desfiladero.

El inspector Miller asintió preocupado y tardó unos momentos en asimilar lo que significaba aquella sentencia. Echó un vistazo con interés a la habitación antes de continuar. Se fijó en la estantería a espaldas del reverendo Graham, estaba repleta de textos religiosos. Sobre la pared a su izquierda colgaba un crucifijo de madera oscura con la figura de Cristo en una plata tan brillante que Miller se sintió vigilado. Hacía tanto tiempo que él se había alejado de la religión, que aquella opresión, de pronto, la percibió como asfixiante.

—¿Y qué me dice de Gina? ¿Tenía charlas también con ella? ¿Se confesaba de algo que le perturbase? He leído en el expediente de su caso que tenía novio. Un tal Tom Rogers.

—Hace muchos años de la desaparición de Gina, y lo que declaré en su momento fue todo lo que sabía. Era una buena alumna, pero no podía quitarse de la cabeza la muerte de sus padres. Por supuesto que tenía conversaciones con ella, en las que intentaba guiarla y ofrecerle consejo. Cuando te sucede una desgracia de ese tipo, o te agarras a Dios o caes al abismo.

—¿Y qué le contaba en esas conversaciones?

—Preocupaciones. Sobre su hermano, sobre que quería lo mejor para él, que no quería que notase la ausencia de sus padres. Fue muy traumático. Pero ella era… un encanto. Si estaba saliendo con algún chico, era normal. No es que lo apruebe, pero era inevitable. Era una chica con una cara angelical. Además, muy risueña. Mucho. La recuerdo siempre sonriendo.

—¿Qué cree que le pasó?

—No lo sé, inspector. Quizá…, no sé, algún desalmado la raptó al salir de clase y…, bueno. Estoy seguro de que Dios le abriría las puertas del cielo.

—Entiendo —respondió Miller.

En ese momento llamaron a la puerta y una mujer, ataviada con una toca blanca en la cabeza y un rosario al cuello, asomó desde el umbral:

—Reverendo. Le llaman de la archidiócesis. Es importante…

—¿Me disculpa un momento? —preguntó de manera retórica al tiempo que se levantaba y se dirigía hacia la puerta.

—Claro. Lo que necesite.

—No tardaré. Le aseguro que intentaré responder todas sus preguntas y ayudarlo en lo que pueda.

—Lo sé, reverendo Graham.

El reverendo salió de su despacho y el inspector se quedó pensativo durante algunos momentos. Había algo que no terminaba de encajarle de él, aunque su predisposición a hablar y a ayudar en la investigación lo tenían descolocado. Miller pensó en cuántas veces habían coincidido dos chicas desaparecidas que estudiasen en el mismo centro o que, incluso, hubiesen desaparecido de la misma zona o el mismo barrio, y no consiguió encontrar nada entre sus recuerdos. Aquella coincidencia debía de esconder algo más.

Se puso en pie, inquieto por cómo parecía observarlo Jesucristo desde el crucifijo, y ojeó los libros de la estantería, entre los que encontró varias versiones de la Biblia. Agarró una de ellas y comenzó a pasar unas páginas sin llegar a leer ninguna frase completa. Todo le resultaba tan ajeno que, aunque lo hubiese hecho, poco hubiese importado. Se dio cuenta de que había numerosos pasajes marcados con un rotulador azul, rodeando versículos o pasajes completos. Pasó varios bloques de páginas, saltando del Nuevo al Antiguo Testamento hasta que, sin quererlo, llegó a la primera hoja, en la que leyó, sin esperarlo, escrito en una letra redondeada de gráfia perfecta que ya había visto antes, el nombre de Allison Hernández.

CAPÍTULO 23

BREEZY POINT
Madrugada del 25 de abril de 2011
Un día antes
Jim Schmoer y Miren Triggs

El miedo es la única emoción que se expande
cuando no ves su motivo.

Miren y Jim observaron el pedrusco con preocupación.
Luego Jim se acercó a ella, preocupado.

—¿Estás bien? —jadeó.

—Sí..., no..., no me ha dado. ¿Qué crees que significa? —preguntó, confusa y con la adrenalina aún acariciando la punta de sus dedos—. «JUAN 8-7».

—¿Conoces la Biblia? —respondió con otra pregunta, acercándose a leer la piedra.

Miren negó con la cabeza y el profesor rebuscó por los cajones de la habitación.

—¿Qué haces? —preguntó Miren.

—Tiene que haber una por alguna parte. —Examinó los cajones del mueble del televisor, donde descubrió un minibar oculto sin nada en su interior—. En este país se coloca una biblia en todas las habitaciones de hotel, pero también un arma bajo las almohadas de todas las casas.

Finalmente, tras abrir el segundo cajón de la mesilla, allí estaba: una biblia Gideon, tal como se llamaba a estas biblias en honor a Gideon International, una asociación cristiana que a principios de siglo se propuso colocar una en cada habitación de todos los hoteles de Estados Unidos. Cuando se inauguraba un nuevo hotel, la asociación se acercaba y regalaba suficientes ejemplares para las mesillas de noche de todas la habitaciones del edificio sin que el dueño tuviese que poner un dólar. Sin duda, era una buena campaña de *marketing*.

—Aquí está —dijo Jim al tiempo que la abría e intentaba encontrar el pasaje al que, sin duda, hacía alusión la inscripción de la piedra.

—¿Lo encuentras?

—Aquí. Juan…, capítulo ocho…, versículo siete…: «Pero como insistían en preguntarle, Jesús se enderezó y les dijo: "El que de vosotros esté sin pecado, sea el primero en tirarle una piedra"».

Miren observó el pedrusco y luego miró a Jim, que estaba visiblemente preocupado.

—Esto no me gusta nada, Jim.

—Quizá deberíamos marcharnos de aquí —dijo—. Está claro que los chicos de Rockaway no nos quieren indagando en lo que le pasó a Allison.

—Es a mí a quien no quieren, Jim. He recordado que vi a Ethan en la playa con un grupo de chicos y chicas. Parecía querer decirme que me marchase. Me miraba preocupado. Y luego… quizá alguno de ellos fue quien me dio el golpe en la playa. Les insistí en que me contasen lo que sabían de los Cuervos… Sí, lo sé, otra imprudencia. Ethan nos advirtió. Puede que… el grupo ese, el de los Cuervos, esté detrás de esto. Quizá fueron ellos los que le hicieron eso a Allison.

—¿Qué crees que nos quieren decir con el versículo de la Biblia?

—Que ellos son puros y están libres de pecado. Y que nosotros…, o mejor dicho yo, no lo estoy. Quizá le pasó lo mismo a Allison. Quizá también… a Gina.

—¿Crees que el instituto tiene algo que ver? ¿Que el reverendo…. Graham está implicado en esto?

—No lo sé, Jim. Pero por la mañana quiero hablar con él.

—No voy a poder acompañarte, Miren. Tengo clase y las cosas están algo tensas en la facultad. Quiero quedarme, no me malinterpretes. Pero no puedo perder ese empleo. Estoy tratando de conseguir… una revisión de los días que pasa conmigo mi hija. Y Carol, mi exmujer, no me lo va a poner fácil si pierdo la plaza en Columbia.

—No te preocupes, Jim. Ya has hecho demasiado. Iré sola.

—Quiero que estés bien, Miren.

—Deja de preocuparte por mí, Jim. Estoy bien. Estaré bien. No…, no necesito que nadie me cuide. ¿Está claro?

Jim sonrió y luego añadió:

—¿Cómo tienes la cabeza?

—Mejor. Al menos el suelo ha dejado de moverse.

—¿Te puedes poner en pie tú sola? Déjame acercarte las zapatillas. El suelo está lleno de cristales.

El profesor cogió una de ellas y la arrimó al pie de Miren que había dejado colgando a un lado de la cama. Luego, antes de agacharse a por la otra, la miró a los ojos, anhelando continuar aquel beso que se había quedado flotando en el aire. El corazón de Miren estaba acelerado y Jim vio cómo ella lo observaba, atenta. Jim se agachó para ponerse a su altura y se volvieron a besar. Continuaron el beso durante algunos momentos, mientras él arañaba la planta de sus zapatos contra los cristales del suelo, que crujían como si fuesen guijarros arrastrados en la orilla del mar. Jim se dejó caer sobre ella, y Miren le agarró la nuca, besándolo con intensidad. Pero de pronto sintió una punzada afilada en el pecho y cerró los ojos con fuerza, incapaz de sanar aquella herida que la perseguía y que no había dejado cicatriz en su piel.

—No puedo, Jim. ¡Para, por favor! —gritó Miren, con brusquedad, molesta, una explosión que a él le pareció un puñal inesperado.

—¿Qué pasa? —preguntó, confuso.

—No puedo, Jim —dijo, antes de inspirar con fuerza, como si le estuviese faltando el aire.

El profesor la miró, contrariado, y le dejó la zapatilla sobre el regazo. Luego se puso en pie y recogió sus cosas en silencio.

—Si estás bien quizá sea mejor que nos vayamos a casa —dijo en un tono seco—. Yo conduzco. ¿Vale?

—Jim...

Miren respiró hondo y trató de volver a encerrar a aquel guardián interior que surgía sin esperarlo con cualquier muestra de cariño y que pretendía protegerla de un enemigo inexistente. Había luchado demasiadas veces contra él en los últimos años y siempre había sido en vano. Siempre ganaba, siempre estaba dispuesto a herir. Sacaba sus colmillos y armaba sus garras, como si fuese un perro apaleado que ladra ante una mano que se acerca para acariciarlo.

—Dejaré el coche en tu puerta y cogeré un taxi. Así no tienes que conducir sola hasta casa —sentenció el profesor, más serio de lo habitual.

Todavía era de noche cuando salieron de la habitación y, antes de marcharse, le pagaron al recepcionista del New Life por los desperfectos. Luego caminaron juntos un rato, desde Breezy Point hasta Roxbury, donde tenían aparcado el coche, y durante el camino guardaron un silencio incómodo en el que Miren se preguntó una y otra vez qué había ocurrido para que Jim estuviese así. Se montaron en el coche y cuando llegaron a las dos de la mañana al West Village, donde vivía Miren, ambos se bajaron del vehículo y Jim se despidió con un simple:

—Cuéntame si descubres algo de Allison o Gina. Tienes mi teléfono.

—Jim, yo…

—No hay nada que decir, Miren. Quizá yo no sepa comportarme contigo de la manera que tú necesitas que lo haga. No sé qué quieres de mí. No sé en qué me equivoco contigo. Quizá seamos tan distintos que sea imposible… nada de esto, ¿no crees?

Ella lo miró en silencio y asintió con un nudo en la garganta. Luego se dio la vuelta y subió las escaleras de casa, pensando que en algún momento del trayecto encontraría las palabras adecuadas. Miró atrás una última vez, pero Jim ya caminaba en dirección a la calle Hudson, donde pasaban taxis y vehículos hacia el norte.

En cuanto Miren metió la llave del portal en la cerradura una lágrima se precipitó desde su mejilla hasta su mano, como si fuese un copo de nieve derritiéndose sobre su piel. Subió las escaleras interiores de su edificio entre jadeos y, en cuanto consiguió cerrar la puerta de entrada tras ella, pegó un grito ahogado que solo escuchó su propia alma. Se derrumbó entre llantos, con la espalda apoyada en la puerta, y se sintió como una niña a la que nunca nadie podría amar. Se preguntó por qué ella era así, se cuestionó si alguna vez estuvo bien de la cabeza, y se sintió tan mal por cómo era que en su mente se instaló la idea de renunciar a todo y refugiarse para siempre en la tentadora e implacable soledad.

Miren se sentía incapaz de comprender aquel vacío que crecía en ella y de controlar aquel demonio que siempre devoraba las muestras de amor que recibía, como si fuese Saturno hambriento de sus hijos. Durante años aquella rabia inesperada había conseguido alejarla de todo lo que le importaba, aislándola cada vez más en una fortaleza interior que nadie podía penetrar. De pronto, un fuego creció dentro de ella en forma de dolor irreparable que se agarraba de nuevo a sus entrañas y no le quedó más remedio que viajar, una vez más y sin querer, al instante en que aquella bestia se introdujo en ella por primera vez. A la noche en el parque. Al dolor en la vagina. A los llantos ausentes mientras corría a casa, herida y sin consuelo, como cada una de las noches en que pensaba en aquel instante que se había clavado en lo más profundo de su alma como una espina invisible. Chilló.

CAPÍTULO 24

NUEVA YORK
25 de abril de 2011
Un día antes
Miren Triggs

No hay hilo invisible más resistente
que el que une a una persona
con otra que le hizo daño.

A la mañana siguiente me desperté en mi cuarto casi al mediodía con el móvil sonando junto a mi oreja. Había tenido una pesadilla horrible en la que me encontraba en una habitación oscura y apuntaba con un arma a la cabeza de un hombre dormido. Sabía quién era y su tranquilidad mientras dormía me perturbaba casi tanto como observar la mía al sujetar el arma.

Miré la pantalla del móvil y vi que era Bob Wexter, del periódico. Lo descolgué sin levantarme de la cama.

—¿Bob?

—Miren, ¿cómo vas? —dijo, entremezclado con el sonido de fondo de la redacción.

—Bien, bien. Empezando. Esto es más complicado de lo que pensaba, y… no estoy consiguiendo mucho de momento —me excusé, aunque había avanzado realmente poco con la historia de Allison—. Ayer estuve en los Rockaways para indagar un poco y tuve un… percance.

Me toqué el cráneo y noté cómo parte de mi pelo se había pegado con los restos de sangre por el golpe de la piedra.

—¿Qué clase de percance?

—Alguien me…, me golpeó en la playa. Fue culpa mía…, no debería de haber ido sola hasta allí.

—¿Cómo dices?

—No sé…, esto tiene mala pinta, Bob. Luego, más tarde, unos chicos rompieron la ventana del hostal en el que nos quedamos en los Rockaways con otra piedra.

—¿Nos quedamos? ¿Te quedaste en un hostal?

—Sí…, un amigo… me encontró inconsciente en la playa y me llevó allí. Luego…, bueno, sucedió lo de la segunda piedra.

—Joder…, ¿sospechas de alguien que no te quiera allí? Si esto va a suponer ponerte en riesgo, no quiero seguir, Miren. Me ha costado horrores convencer a los jefes y lo último que necesito es tener malas noticias.

—Tengo algo de lo que tirar, Bob, aunque aún es un poco… débil. No sé si es algo con lo que avanzar para el asunto de Allison. Pero no tiene buena pinta.

—¿Por qué lo dices?

—Hay un grupo de chicos en el instituto Mallow, en el que estudiaba Allison, llamado los Cuervos de Dios. Es una pandilla que…, que parece que tiene sus propias reglas y es algo hermético.

—Los Cuervos de Dios… Después de cómo encontraron a Allison Hernández…, creo que es una línea en la que te deberías meter. Pero no si te supone algún riesgo.

—Estaré bien, Bob.

—¿Crees que podrás hablar con alguno de los chicos de ese grupo?

—Ya lo he hecho, pero no he sacado mucho. Se muestran reacios a hablar. También, según me ha contado un alumno del instituto Mallow —preferí omitir que se trataba de Ethan Pebbles, para que no relacionase que estaba con ambas historias al mismo tiempo—, vio a Allison con alguno de los miembros, antes de su desaparición.

—Esto no me gusta, Miren. Sé muy cuidadosa, por favor.

—Lo sé, Bob. Lo intentaré.

—Vamos pillados de tiempo.

—Como siempre, ¿no es así?

Noté cómo Bob emitía una ligera risa al otro lado de la línea y, antes de despedirse, añadió:

—El consejo me ha pedido un borrador para saber qué tipo de enfoque tendrá tu nueva sección. ¿Crees que podríamos tener algo mañana a última hora?

—Bob…

—No tengo elección, Miren. Escríbeme el artículo con lo que tengas y salimos del paso. Ya sabes que odio este ritmo y que en investigación dedicábamos meses a cada historia, pero… no estamos en esa época, Miren. Necesitamos ir más rápido, aunque dejemos cosas en el tintero.

Suspiré.

—Está bien. Trataré de conseguir algo más. Iré hoy al instituto Mallow para ver si consigo hablar con alguno de los chicos y me cuenta algo más de los Cuervos de Dios.

—Ten cuidado, Miren. ¿Vale? Si crees que corres algún tipo de peligro, deja este asunto. No lo necesitamos. Ya me pelearé yo con los de arriba. ¿De acuerdo?

—No hará falta, Bob. No te dejaré tirado. Has peleado por mí y tendrás mañana el artículo.

—Gracias, Miren.

Tras colgar me puse en pie de un salto. Me había dormido con la ropa del día anterior y la cama se había manchado de restos de sangre. Me metí en la ducha y me relajé con la caída del agua recorriendo mi cuerpo. Estaba caliente, sentía el vapor elevarse nada más tocar mi piel. Me llené la boca con el agua de la ducha que escupí en cuanto saboreé la cal de la ciudad. Las imágenes de la pesadilla volvieron a mi cabeza, los ojos expectantes de aquel hombre me miraban en la penumbra, el llanto de un niño se coló en mi memoria. Justo en ese instante llamaron a la puerta.

—¿Quién es ahora? —pregunté en voz alta al tiempo que salía de la ducha y me liaba una toalla al cuerpo.

Volvieron a llamar, esa segunda vez al timbre, y casi me resbalo en cuanto pisé las baldosas del pasillo. Miré antes por la mirilla para comprobar quién era, pero al otro lado solo había un hombre de unos cuarenta años vestido con traje y corbata. Me dio la impresión de tener delante a uno de los agentes inmobiliarios de la agencia que me había alquilado el piso y quizá por eso cometí el error de responder.

—¿Quién es? —alcé la voz, para que me oyese.

—¿Es usted Miren Triggs? —preguntó con un tono que sentí como si ya conociese la respuesta.

—¿Quién es? —repetí observándolo por la mirilla.

Se metió la mano en la chaqueta y sentí un escalofrío recorriéndome la nuca en cuanto sacó una placa de la policía de Nueva York.

—Agente Henry Kellet, de la policía de Nueva York. ¿Tiene un minuto para hablar?

—¡Un segundo! —grité—. ¡Me ha pillado en la ducha!

Corrí al armario y me puse un tanga y unos vaqueros, pero en las perchas no vi ninguna de mis camisetas. Debían de estar todas para lavar. Tenía el pelo empapado y sentía mi media melena mojándome los hombros. Luego busqué un sujetador, pero no quedaba ninguno en el cajón. Mientras buscaba algo que ponerme para la parte superior, vi los papeles que había recuperado de mi trastero sobre el escritorio.

El policía llamó de nuevo a la puerta y yo sentí que se me salía el corazón del pecho.

—Joder —maldije, al tiempo que los metía rápido en la papelera.

—¿Señorita Triggs? Solo son unas preguntas —gritó desde el otro lado de la puerta.

Busqué en varios cajones, se notaba que aún no estaba hecha a la disposición de las cosas en la casa, hasta que al fin encontré bajo la almohada una camiseta con el logo de los Knicks que solía usar de pijama y que me puse con prisa.

—¿Qué quiere? —pregunté nada más abrir la puerta con inseguridad.

En realidad, ahora que lo pensaba, en los pocos meses que llevaba viviendo en el West Village, era la primera vez que alguien distinto a un repartidor de comida a domicilio llamaba a la puerta.

—¿Señorita Triggs? Es usted Miren Triggs, ¿verdad?

—La misma.

—Vengo por algo que no…, que no me gusta nada, pero que creo que es importante. Soy el agente Henry Kellet. Es una… buena noticia, supongo. Anoche…, anoche se suicidó un hombre que vivía en Harlem, de un disparo en la cabeza.

—No entiendo qué tiene que ver eso conmigo —afirmé. Casi inerte.

—Verá, señorita Triggs, se trata de Aron Wallace, de cuarenta y cinco años. —Me quedé inmóvil e inexpresiva mientras el agente Kellet continuaba—: Ha dejado una nota manuscrita en su casa antes de reventarse la cabeza con una Glock de nueve milímetros. En ella confiesa su participación en una violación grupal de… —vaciló y tuvo que comprobar una pequeña carpeta que llevaba encima— 1997. Traigo la nota, por si la quiere ver.

—No sé de qué…, de qué me habla —aseveré, nerviosa.

—¿Le importa que pase? —preguntó el agente Kellet haciendo un vaivén con su cuerpo, como si me estuviese indicando el camino hacia mi propia casa. Aquel interés me dejó helada.

—Eh… Tengo prisa —dudé—. Estaba a punto de salir.

—Se la leo si quiere: «Pido perdón por lo que le hice a la chica del parque Morningside en 1997».

Me quedé inmóvil, expectante.

—Escueta, pero esclarecedora. Aron Wallace parece confesar haber participado en su violación, señorita Triggs. Sé que quizá ha intentado olvidar esto, señorita Triggs, pero nosotros… no lo hacemos. Lo hemos comprobado y su carta encaja. Al meter su nombre en el ordenador… nos ha salido todo. Usted denunció una violación en 1997 y nunca se llegó a condenar a nadie. En su declaración, entonces, usted alegó que había tres hombres en el parque Morningside cuando la violaron. Se identificó a uno de ellos, un tal Roy Jamison. Sé que el caso se quedó en vía muerta porque no había pruebas y el único testigo ocular se retractó de su versión. Aunque usted no lo supiese, se montó un dispositivo para seguir a Roy en cuanto quedó libre, para tratar de identificar al resto de su pandilla y ver si cometía algún error. Se le pinchó el teléfono.

—No sabía nada —mentí—. Hace mucho de eso y he… tratado de pasar página. No es algo que una lleve siempre encima.

—Bueno, Aron Wallace estaba identificado como uno de los amigos de Roy Jamison y asiduamente salía con él de fiesta junto a otro tipo. Lo teníamos vinculado a su expediente y…, bueno, a un montón de otros delitos menores, pero esta nota…, lo confirma.

—No diré que no me alegre de que haya muerto si ha confesado que él participó.

—Bueno…, supongo que tiene razón. Es un poco triste, porque… se quitó la vida con su hija de siete años en casa. Ha sido esta mañana, con los llantos de la niña, cuando unos vecinos han echado la puerta abajo y han encontrado el cadáver de Aron en el suelo del salón y a la pequeña junto a él llorando sin parar. La ciudad está llena de suicidios de ese tipo, pero… dejar a una hija atrás…, no sé. Nunca es un plato de buen gusto.

—¿Dónde está la madre? —me interesé.

—Por lo visto murió en el parto. Supongo que la cría pasará a Servicios Sociales y de ahí a una familia de acogida. Por suerte no crecerá cerca de su padre, aunque me da pena esa niña. Algunos llegamos a este mundo para sufrir, ¿no cree?

Asentí con la cabeza.

—Bueno, hay otra cosa que quizá también le interese, señorita Triggs. Ya que estoy aquí se lo cuento. Es también el motivo por el que he decidido finalmente venir a verla.

—¿Qué?

—En el año 2002 asesinaron a Roy Jamison de un disparo en un callejón en pleno Harlem, de madrugada. No hubo testigos. Nadie vio nada. Se alegó ajuste de cuentas o robo. Roy Jamison estaba metido en toda clase de líos.

El pecho me iba a explotar y sentí un cosquilleo en la punta de los dedos, como si estuviese recordando la vibración de la pistola tras el disparo.

—¿Y sabe con qué arma lo mataron? Se va a sorprender. Con una Glock de nueve milímetros. Puede ser una casualidad, esas pistolas se venden como rosquillas, pero no deja de ser llamativo, ¿no cree? Hemos mandado a analizar el casquillo, por si acaso. Protocolos, protocolos y más protocolos. Esto funciona así. Pero, bueno, gracias a ellos pillamos a los malos. Y créame. Los cogemos. Aunque tardemos… solemos llegar al fondo de todo —dijo, en un tono tan serio que me costó identificar en él su tono amable inicial.

—Perdóneme, de verdad, agente Kellet. Pero es que debo terminar de arreglarme y voy cortísima de tiempo.

—¿En qué trabaja, si no es mucho preguntar?

—Periodista. Y ya sabe cómo es este mundo. Las mejores noticias son las de hace quince minutos. ¿Tiene alguna para mí?

Me devolvió una sonrisa tan falsa que me imaginé que estaba a punto de sacar las esposas.

—Buen intento, pero no.

Sonreí imitando la suya. Luego traté de despacharlo antes de que siguiese indagando:

—¿Le importa? De verdad que no llego.

—Claro, sin problema, señorita Triggs. Solo pensé que…, bueno, que le gustaría saber que… dos de las personas de las que se sospechó entonces… están muertas. Quizá… le ayude saberlo. ¿Sabe? Conocí a mi mujer en clases de defensa personal a raíz de una agresión que sufrió en un parque. Sé con lo que vive y el miedo constante que siente cuando camina sola por la calle, así que puedo entenderla a usted. Esa gente hace un daño irreparable. Pensé que…, bueno, que saber que esas dos personas ya no están… le haría vivir un poco más… tranquila.

—Gracias, agente —respondí.

—¿Le puedo preguntar una última cosa? —dijo, con un tono que parecía una bomba de relojería.

—Claro, lo que quiera. Da gusto ser uno quien responde a las preguntas de vez en cuando. —Reí de manera falsa.

—¿Qué hizo anoche, señorita Triggs? —indagó, serio.

Volví a sonreír aunque percibí que esperaba que respondiese de verdad. No sé cuánto tiempo tardé en hacerlo, aunque si me lo planteaba es que fue demasiado.

—Estuve aquí en casa, durmiendo. Volví a eso de las dos de la mañana desde Queens. Me acompañó un amigo. Puede hablar con él.

—¿Y tendría el nombre de su amigo? Ya sabe. Protocolos, protocolos, protocolos. Ni se imagina la de formularios que debemos rellenar. Es un poco… caótico.

—Eh…, sí, claro. Se llama Jim Schmoer. Es profesor de la Universidad de Columbia. Le puedo dar su número si lo necesita.

—No se preocupe. Es solo… rutina. Ya sabe. Aunque, bueno, también hemos comprobado su registro de armas.

—¿Ah, sí?

—Me ha alegrado saber que no tiene ninguna. Facilita mucho el papeleo.

Sonreí una última vez y él se despidió con una frialdad que hizo que, nada más cerrar la puerta, recordase todo lo que hice la noche anterior y sintiese cómo todo mi mundo se desmoronaba bajo mis pies.

CAPÍTULO 25

INSTITUTO MALLOW
25 de abril de 2011
Un día antes
Ben Miller

El diablo se esconde siempre donde
no puedan encontrarlo.

El inspector Miller no supo cómo reaccionar al leer el nombre de Allison en una de las biblias que había en el despacho del reverendo Graham. Tuvo que repasar varias veces el nombre para comprobar que lo había leído bien y que no se trataba de una sucia jugarreta del subconsciente. De pronto, le surgieron varias preguntas y empezó a dudar de cada objeto que había allí. ¿Podía ser aquella biblia el libro que parecían haberse llevado de la habitación de Allison junto con el crucifijo? ¿Por qué la tenía el reverendo? ¿Qué se escondía en todos aquellos pasajes que había subrayados en ella? Cada pregunta que se lanzaba a sí mismo se convertía en un dardo mortal que alimentaba una sombra oscura que se cernía sobre el reverendo.

Pensó en qué hacer. Estaba solo. Aquel descubrimiento no tenía mayor recorrido que una inculpación circunstancial, y eso él lo sabía. Aquella biblia podría haber llegado al despacho del reverendo de un millón de maneras distintas. Todas legítimas, todas sinceras. Un regalo de agradecimiento, que ella hubiese puesto su nombre en una biblia del reverendo o que simplemente se tratase de otra Allison Hernández con con su misma letra, algo descabellado, dado que ella era la única alumna del centro que se llamaba así.

El inspector comenzó a pasar páginas adelante y atrás tratando de identificar o leer alguna de las notas y pasajes subrayados que había salpicados por todo el libro. Buscaba algo que le indicase qué preocupaba a Allison o qué tipo de mensajes había considerado importantes. Se detuvo en el primero de ellos y, nada más leerlo, el inspector sintió que todo aquello era mucho más oscuro de lo que en un principio imaginaba. Se trataba de un fragmento del libro de Reyes, señalado con líneas azules, que comenzaba en el capítulo seis y abarcaba los versículos veintiocho y veintinueve:

Y le dijo el rey: «¿Qué tienes?». La mujer respondió: «Esa mujer me dijo "Dame a tu hijo y comá-

moslo hoy, y mañana comeremos el mío". Cocimos,
pues, a mi hijo, y lo comimos. El día siguiente yo le
dije: "Dame a tu hijo, y comámoslo". Pero ella ha-
bía escondido a su hijo».

El inspector Miller no estaba familiarizado con la Biblia, pensaba que recopilaba textos en los que se adoraba a un Dios en el que él ya no creía. Su mayor acercamiento con aquella historia eran las misas a las que había asistido cuando se oficializó la muerte de su hijo Daniel, a pesar de no haber encontrado nunca el cuerpo. Le dolió entonces ver a un señor rezarle a una tumba vacía, suplicarle a un Dios que se llevase el alma de un cuerpo inexistente y aquellos fragmentos que leyó un cura que Lisa había conseguido nunca pudieron sonarle más falsos.

Pasó de nuevo páginas hasta que encontró otro fragmento subrayado, que leyó con rapidez al oír unos pasos que se acercaban por el pasillo.

No se quede ella ahora como el bebé que nace
muerto, que al salir del vientre de su madre, ya
tiene medio consumida su carne.

Se trataba del fragmento del libro Números. Como no sabía si llevarse la Biblia o no, trató de memorizar los capítulos y versículos de cada parte señalada. Aquella que hablaba sobre un feto muerto y medio comido al nacer fue fácil: 12:12, como si aquellas dos simples líneas le invitasen a bailar. Al final en otro texto, en el libro del Apocalipsis, en el capítulo doce, encontró otra zona marcada y la leyó:

Y el dragón se paró frente a la mujer que estaba para dar a luz, a fin de devorar a su hijo tan pronto como naciese.

De pronto el reverendo apareció bajo el marco de la puerta y, desde allí, alzó la voz en tono serio:

—¿Sabe que está mal fisgonear las pertenencias de los demás, inspector? Especialmente sin una orden de registro.

Miller levantó la vista de las páginas y esperó a que el reverendo continuase antes de decidir qué responder. Necesitaba más información de él. Tenía demasiadas preguntas en la cabeza y todas sin respuesta. Todas esperando a que él encontrase el punto de unión de cada uno de los acertijos que se iban desvelando frente a él como si fuesen un puzle imposible de fe, pérdida y desesperanza.

—Que aquí cuidemos las leyes y mandamientos del Señor no significa que no conozcamos las leyes y los derechos civiles. Pero no se preocupe. Pasaré por alto su atrevimiento. Entiendo que solo quiere descubrir qué sucedió con Allison y…, bueno, también con Gina. Y ojalá lo consiga.

—Tiene usted razón, reverendo. Soy una persona poco religiosa y nunca había… prestado atención a lo que dicen las Escrituras. Solo estaba echando un ojo.

—¿Y de qué cree que hablan nuestras Escrituras, inspector?

—No lo sé. De muerte y de injusticias. De fetos nacidos medio comidos y de madres devorando a sus hijos por hambre. No es un mundo al que uno le gustaría entrar, la verdad.

—Ese es nuestro mundo, inspector. El que todos compartimos. Y en él hay injusticias y dolor, y muerte. Pero Dios vino a salvarnos de todo ese sufrimiento.

—He llegado a un punto de mi vida en que ya solo me recuerdo sufriendo, reverendo. Parece que Dios no lo ha hecho muy bien.

—No aquí, inspector. Aquí ya estamos condenados. Demasiado daño, demasiados pecados. Aquí ya no tenemos perdón. Quizá al otro lado, aunque ninguno de nosotros tiene las puertas del cielo abiertas.

—Ni siquiera usted, ¿verdad?

—Mucho menos yo, que escucho los pecados de los demás y dejo que me devoren por dentro.

El inspector hizo una larga pausa tratando de encontrar un sentido a aquella última frase, pero tenía tan mal cuerpo por los pasajes que había leído que solo hallaba culpabilidad en todo lo que pronunciaba el reverendo.

—¿Por qué tiene usted la biblia de Allison Hernández? —le interrogó de golpe el inspector, alzando con la mano el ejemplar cerrado para que lo pudiese ver.

—¿Cómo dice? —preguntó, en un tono que navegaba en aguas de confusión e indiferencia.

El reverendo Graham se acercó a Ben, confuso, y le echó un vistazo por encima con cara de no comprender de qué estaba hablando el inspector.

—Esta biblia es de Allison —dijo Ben—. ¿Por qué la tiene usted?

—No sé de qué me habla, inspector. Es la primera vez que la veo. No reviso... qué biblia uso, ¿sabe? Todas son igual de válidas. Se la dejaría aquí y yo... me he confundido al ordenar mis cosas. Como ya le he dicho, mis alumnos tienen las puertas de mi despacho siempre abiertas. Ella venía de vez en cuando. Necesitaba hablar. Tiene una familia complicada, ¿sabe?

—¿Venía a verlo también a sus charlas?

—Sí. Sin duda. Todos mis alumnos necesitan consejos. Y siempre estoy disponible para ellos. No hay nada peor que una oveja descarriada que no sabe el camino de vuelta al rebaño.

El inspector Miller estaba inquieto. No llegaba a comprender cómo podría haber acabado la biblia de Allison en el despacho del reverendo. Miraba de un lado a otro, pensando, cuando sus ojos se pararon en el crucifijo del despacho. Podría ser, por el tamaño, el de la chica.

—¿Y ese crucifijo? ¿Es suyo?

—Este crucifijo lleva aquí desde que se inauguró el instituto Mallow en 1987. Y ahí se va a quedar mientras yo siga dirigiendo este centro.

—¿Tiene pruebas de que sea así? Se parece mucho a uno que ha desaparecido del cuarto de Allison, en su casa. Si tiene su biblia…

—No pretenderá que sea yo quien tenga que demostrar que esa cruz lleva con nosotros todos estos años, ¿verdad?

—Le seré muy sincero, reverendo. Hay algo que no me encaja en toda esta historia y le puedo jurar una cosa, si usted o alguien de este centro está detrás de lo que le ha ocurrido a Allison o de la desaparición de Gina Pebbles, sepa que lo descubriré y no descansaré ni un solo instante hasta saber qué diablos le llevó a hacerlo.

—Esto es un centro educativo religioso, inspector. Aquí amamos la vida por encima de todas las cosas. Y lo único que queremos es que encuentren al culpable de lo que le ha pasado, pero puedo poner la mano en el fuego porque nadie de este centro ha puesto un dedo encima a Allison Hernández.

—Tenga cuidado, reverendo. Se puede quemar. Y este tipo de quemaduras son de las que dejan marca para toda la vida.

—El que no se halló inscrito en el libro de la vida fue lanzado al lago de fuego —dijo, solemne, citando una frase de la Biblia—. No le temo al fuego, inspector, sino a no sentirme vivo.

—Ya entiendo por qué Allison subrayó pasajes tan... siniestros en su biblia.

—¿Siniestros? No hay nada oscuro en la Biblia, inspector. No hay ningún versículo que no pueda ser comprendido como un haz de luz que seguir. Solo hay que saber leerla.

El inspector Miller estaba confuso. Cansado de sus idas y venidas, se lanzó a preguntar sin dudar:

—¿Era Allison cercana con usted? —remarcó el inspector, alzando la voz—. ¿De qué hablaban cuando venía a verlo? ¿Le comentó algo..., algo que le preocupase?

El reverendo suspiró y se sentó de nuevo en su silla, algo derrotado. Finalmente admitió:

—Está bien. Se lo contaré. Pero solo porque dejemos este teatro de una vez y deje de insinuar una y otra vez que aquí tenemos algo que ver con lo que le ha pasado.

—Adelante —le incitó el inspector.

—En las últimas semanas vino un par de veces a hablar conmigo —dijo en un suspiro—. La primera de ellas me contó que se encontraba muy sola. Y creo que entendí muy bien lo que pasaba. Era complicado para ella hacer amigos en Mallow. Al final... hay una diferencia clara entre los ingresos de los alumnos becados y los que no lo son y, aunque tratamos de que no noten que provienen de entornos distintos, siempre les cuesta un poco… integrarse con los demás. Ella llevaba un par de años estudiando aquí y…, bueno, quizá sus compañeros no habían sido muy abiertos con ella.

—¿La acosaban?

—No diría eso. Solo… la ignoraban. O, al menos, eso me explicó. Algunos grupos son muy cerrados y no quieren que nadie distinto a ellos entre en su círculo cercano.

—Tenía entendido que la religión fomenta ayudar a los que menos tienen y amar al prójimo y todas esas cosas que dicen para pasar la colecta.

—Una cosa es lo que intentamos enseñar y otra muy distinta lo que los chicos hacen luego. Me preocupaba ese tema. El diablo siempre susurra al oído cuando estás solo. Por eso a algunos alumnos como Allison decidimos integrarlos… obligatoriamente con los grupos de los populares, por así decirlo, para los trabajos de clase.

—¿Cuándo fue eso?

—Hará… ¿unas tres semanas?

—¿Quién hay en ese grupo? ¿Tiene los nombres de esos alumnos?

—Bueno…, no es que sea una lista oficial. Es algo más…, no sabría decirle: chicos y chicas que parecen tener más fama que los demás. Usted me entiende. Pasa en todos los centros. Lo que intentamos es que la gente más vulnerable sea arropada por los más… relevantes en el centro. De esa manera se crean vínculos que van más allá del…, del… sucio dinero.

—¿Quiénes en concreto?

—Bueno, estaba Deborah, James, Ethan, Arthur…

—¿Ethan Pebbles? ¿El hermano de Gina?

Asintió. El inspector Miller vio un nexo de unión entre ambos casos, aunque aún era muy débil.

—¿Y de qué hablaron la segunda vez? Ha dicho que vino a verlo un par de veces.

—Verá…, inspector. No es fácil contarle esto. Pero creo que tiene que conocer toda la historia.

—¿Qué pasa?

—Allison… vino a mi despacho y me confesó… que se había quedado embarazada.

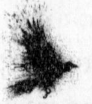

CAPÍTULO 26

NUEVA YORK
25 de abril de 2011
Un día antes
Jim Schmoer

El amor es lo único que te conecta con
lo que más importa.

El profesor Schmoer pasó la noche en duermevela por cómo se habían desarrollado los acontecimientos con Miren. Por más que se esforzaba en descifrarla, por más que trataba de comprender sus inquietudes y los entresijos de su alma, más dudas le surgían sobre cómo debía comportarse con ella. Era extraño, puesto que él siempre había sabido tratar con mujeres de manera natural, sin realizar grandes esfuerzos por empatizar con ellas, y había entendido lo que necesitaban. Solía tener un encanto natural y un entendimiento genuino, fruto de haberse criado con dos hermanas mellizas mayores que él que siempre lo protegieron y mimaron como si fuese el niño de la casa. En realidad lo era. El padre de Jim, William Schmoer, había muerto en la guerra de Vietnam en 1967, cuando él tenía cuatro años, y aquello hizo que se convirtiese en el único hombre de un hogar en el que nunca existió la diferencia de sexos más que para establecer el orden de acceso al cuarto de baño. Ellas fueron sus mejores tutoras para saber cómo tratar a una mujer. Las mellizas le contaron durante años las inquietudes y secretos más primarios que tenían y le enseñaron, cuando tenía doce años, cómo desabrochar un sujetador que habían rellenado con un par de limones.

Pero Miren era distinta. Tan hermética y espontánea a la vez, tan misteriosa… Desde que había llegado esa noche a casa, se había tirado sobre la cama, solo para ser capaz de desentrañar qué diablos se escondía entre los recovecos de su cabeza. Aquel enigma imposible se interrumpió cuando sonó el despertador a las ocho de la mañana, y se dio cuenta de que ya llegaba tarde a la clase en la universidad.

Se duchó, se arregló y pasó toda la mañana en clase explicando a los alumnos los pormenores de la libertad de prensa y lo vital que era para una democracia. Pero mientras enseñaba, una parte de él estaba sumergida en el recuerdo de los ojos de Miren y en cómo lo miraba, tumbada en la cama del motel New Life. También rememoraba el olor de sus labios y de su piel.

Pensó en el inconfundible aroma que invadió su nariz mientras la besaba: una suave mezcla de agua salada, vainilla y aloe. Quizá era su champú, quizá un perfume que emanaba desde un lugar indeterminado de su cuello.

Sentía un cosquilleo en el estómago al pensar en ella y en lo que significaba sentirse vivo de nuevo. Durante los años previos había estado inmerso en las clases en Columbia y en su *podcast*. En él trataba la actualidad, investigaciones caseras y noticias que pasaban por debajo del radar, así podía mantener su mente ocupada para que no se percatase de lo vacía y destartalada que se había ido quedando su vida.

Su mujer se había separado de él en 1996, cuando su hija Olivia tenía dos años. En un principio él pensó que sería provisional, un bache temporal que había estallado por una aventura que él había tenido con una compañera de la redacción del *Herald*, donde trabajaba entonces. Se arrepintió, pidió perdón y prometió que pondría tierra de por medio entre su amante y él. Pero el mismo día que Carol, su exmujer, volvió a casa con Olivia en los brazos, él había aceptado un ascenso en la redacción que lo obligaba a trabajar en el mismo equipo que su amante. A pesar de que la infidelidad nunca se repitió, Carol no pudo vivir con la sensación de que cada vez que Jim se marchaba de casa por la mañana, compartiría proyectos, trabajos, artículos y coqueteos con una persona que se lo había follado. Dos meses después, y tras una discusión en la que floreció la desconfianza que se había plantado en aquella relación, Carol hizo las maletas y se marchó a casa de su madre con una pequeña Olivia que no fue consciente en ese momento de que era una víctima colateral de un hogar marchito por haber sido regado demasiadas veces con las mentiras de un periodista amante de la verdad.

Durante toda la clase Jim se había sentido vacío. Hablaba con pasión a unos alumnos que solo apuntaban lo que decía por temor a que cayese en el examen. Varias veces realizó alguno de sus trucos para llamar la atención: romper un periódico en mil pedazos para criticar una noticia sensacionalista que habían publicado, lanzar preguntas aleatorias sobre la verdad y sus implicaciones, contar alguna anécdota de la época en la que destapó una grave estafa piramidal que giraba en torno a unos sellos o a unos árboles de maderas de nogal. Antes de marcharse, y para sorpresa de los alumnos, terminó la clase con una última pregunta que permaneció flotando en el aire:

—Si a un buen periodista le dan a elegir entre publicar una noticia no contrastada o dejar morir a su madre de hambre, ¿de qué color debería comprarle las flores que le llevaría al cementerio?

La clase rio, al menos una vez, y él salió de allí pensando en Miren y en si debería intentar volver a hablar con ella.

Llegó a casa a mediodía y se sentó a su escritorio para repasar lo que sabía de Gina Pebbles y de Allison Hernández. Se había dado cuenta de que, además de a Miren, no podía sacarse ese asunto de la cabeza. Pensó en la pedrada que habían recibido en el motel y en la conversación con Meghan y Christopher Pebbles. También lo que les había contado Ethan, y cómo todo parecía orbitar alrededor de Dios y la fe. La cruz en la que había sido colgada Allison, la enfermiza devoción de los Pebbles o, incluso, la del instituto Mallow y el reverendo Graham. Hasta el perfil de Twitter que le envió la imagen de Gina tenía un nombre de usuario relacionado con la religión: @Godblessthetruth.

El profesor pensó en que debía intentar ampliar todo lo que sabía de Gina, así que comprobó sus anotaciones del día anterior para recapitular lo que les había contado Ethan. Tenía anotados dos nombres que destacaban sobre sus papeles como si fuesen lo único a lo que podía agarrarse para seguir tirando del hilo: «Tom Rogers» y «James Cooper». El primero de ellos era el novio de Gina Pebbles cuando desapareció; el segundo, un chico del instituto Mallow que parecía saber más sobre los Cuervos que el resto. Según Ethan, era un chico popular, pero quizá lo era, precisamente, porque formaba parte de los Cuervos y todos lo intuían.

Se sentó frente a su ordenador e hizo algunas búsquedas sobre Tom Rogers, tratando de encontrarlo en internet para saber si había cambiado de domicilio o seguía viviendo en su antigua casa, en Neponsit, el lugar al que se dirigía Gina cuando desapareció. Quizá, si conseguía hablar con él, le contaría qué inquietaba a Gina y por qué, según su hermano, había cambiado tras llegar al instituto Mallow. Le buscó en Facebook por su nombre, pero no logró localizarlo. El nombre era tan común que se convertía en una tapadera perfecta para que resultase imposible de identificar. Había miles de Tom Rogers en internet, con domicilios tan dispersos por el planeta que parecía más un virus que una persona. Encontró Tom Rogers repartidos por Australia, Nueva Zelanda, Estados Unidos, Reino Unido, Alemania, Dinamarca, Sudáfrica e, incluso, en China, donde parecía estar de moda ponerse nombres y apellidos occidentales para parecer más integrados en un mundo global.

Se metió en Google Street View e hizo el camino que Gina debía de haber realizado en 2002, cruzando el puente junto a su hermano, hasta despedirse de él al otro lado. Luego, desde ahí el profesor deambuló por el entorno en dirección a Neponsit, haciendo el camino más lógico que Gina debería de haber realizado por un carril bici que conectaba directamente con la calle en la que vivía Tom Rogers. El sendero por el que probablemente circuló bordeaba el parking del parque Jacob Riis, un complejo de ladrillo de Fort Tilden y varias explanadas y parcelas abandonadas en mitad de la nada. Una vez en

Neponsit, cruzó una calle de manera virtual y giró a la derecha, hasta el final de la vía, donde se encontraba el domicilio que la familia Rogers tenía en 2002, situado en la calle 149, en una construcción de madera con tejados verdes y barandillas de forjado, donde nunca llegó. Gina se había perdido en algún lugar de ese recorrido. Alguien podría haber parado una furgoneta junto al carril bici, o incluso en el gigantesco aparcamiento que había que dejar a un lado para llegar hasta allí desde el puente, y habérsela llevado para hacerla desaparecer para siempre. Lo más extraño del caso de Gina era que su mochila había aparecido en Breezy Point, en la playa, en una zona en dirección contraria al recorrido al que su hermano la vio dirigirse aquella fatídica tarde de 2002.

El profesor pensó de nuevo en Miren y consideró durante algunos momentos la sutil idea de llamarla por teléfono. Pero era complicado dar aquel paso. Quizá si lo hacía lo único que conseguiría sería alejarla aún más de él. Luego, sin saber por qué y mientras aún contemplaba la casa de Tom Rogers en la pantalla, recordó uno de los consejos que él siempre repetía una y otra vez: «Busca la fuente».

Se puso en pie y deambuló de un lado a otro de la casa, mientras pensaba en las posibilidades. Finalmente, revolvió los cajones de su escritorio hasta que encontró la grabadora que estaba buscando. Tanteó en su armario hasta toparse con su mochila negra, la que usaba cuando cargaba de arriba abajo documentos contables que habían sido filtrados por administrativos que querían denunciar alguna irregularidad en varias compañías cotizadas, y metió en ella la grabadora, su libreta negra, un par de bolígrafos y varios artículos impresos sobre Gina, con la intención de reconstruir sus últimos movimientos, por si pudiese haber algo en ellos que le ayudase a avanzar. En cuanto se puso la mochila a la espalda, se dio cuenta de cómo le hacía sentir cargar con el peso de una búsqueda imposible.

Estaba nervioso y, a la vez, ilusionado. Pensó en que quizá Miren había llegado a su vida para empujarlo a volver a ser quien era. Hay gente que te encuentras en el camino para ayudarte a que no salgas del tuyo y, a veces, aunque esa gente se marche, solo puedes mirar atrás agradecido. El profesor Schmoer amaba dar clases, pero sin duda nada le hacía sentir ese cosquilleo como llamar a una puerta y lanzar preguntas difíciles a la persona que abría con cara de no esperarte allí.

Bajó a la calle y entró en el Deli, más serio que de costumbre.

—¿Un café *latte* como siempre? —preguntó el dependiente pakistaní, que ya agarraba el vaso de cartón de mayor tamaño.

—Sí, pero no me pongas sirope.

—¿Se ha puesto a dieta?

—No —respondió él, serio—. Estoy cambiando.

CAPÍTULO 27

HARLEM
Madrugada del 25 de abril de 2011
Miren Triggs

*No hay nada más doloroso que sumergirse,
sin saberlo, en la corriente de una espiral
de errores de la que es imposible escapar.*

Había olvidado lo tentador que era sentirse una amenaza. Saber que nadie te puede herir y que eres todo púas. Cuando caminas por las calles de una ciudad como Nueva York sin miedo, quizá seas tú lo que temen los demás. Había salido de casa con el rostro inundado en lágrimas, por ser incapaz de dejarme querer. Una parte de mí golpeaba cualquier gesto de cariño, otra los necesitaba para no perder la cordura.

Tenía la cabeza aún dolorida por el golpe de la piedra, y no quise darme cuenta o, mejor dicho, pretendí ignorar el destino de mis largos pasos decididos en dirección norte. Caminé más de una hora evitando las calles principales y cambiando de acera en cuanto veía un cajero cuya cámara pudiese seguir mi camino. Durante todo el trayecto recordé las palabras de mi madre, la felicidad recobrada de mi abuela y cómo había sido capaz de reconstruir su vida o su felicidad a pesar de haber recibido palizas durante años de la persona que se supone que debería haberla querido.

Mi abuela se había convertido para mí en un faro lejano al otro lado de la bahía, una luz intensa que me indicaba el camino a seguir para salir adelante, pero había una sutil y flagrante diferencia: mi abuelo estaba muerto y mis agresores, al menos dos de ellos, se habían plantado en mi mente, sentados en un sillón hecho con mis llantos de aquella noche, y disfrutaban de una ración de palomitas mientras observaban, atentos, cómo el monstruo que crearon con sus golpes me engullía desde dentro. Solo encontré una solución.

Antes de salir de casa, asfixiada por el dolor y entre jadeos de impotencia, me puse una sudadera negra y rebusqué mi pistola en el cajón en que guardaba las medias. Una Glock de nueve milímetros que había comprado años antes y que nunca registré. Nada más agarrarla por la empuñadura, sentí que aquello era un error. Pero era un error de esos que una iba aplazando, postergando la decisión hasta el momento crucial al que necesitaba enfrentarme. Ese tipo de errores son inevitables, puesto que tan solo pensar en cometerlos ya te cambia para siempre, pero yo no podía seguir así. O cambiaba o continuaba batallando contra la soledad.

Me encontraba hecha un trapo, aunque, al mismo tiempo, estaba nerviosa y enfadada, llena de sentimientos contradictorios, pues sentía que ya no quedaba nada de lo que una vez había sido: alegre, risueña, despreocupada.

Cuando quise darme cuenta, me encontraba frente al número sesenta de la calle 123. Se trataba de un edificio rojizo de tres plantas en cuya planta inferior habían montado una tienda de ultramarinos llamada Best Grocery NYC. Estaba cerrada, con una reja negra que seguro que chirriaba en cuanto la corrían, y no había nadie a la vista. Algunos coches circulaban en dirección sur a una velocidad tan melódica y tranquila que confirmaba que era de noche y que sus conductores preferían estar en la cama. Yo era incapaz de pensar en dormir.

Me fijé en que a uno de los lados del edificio había una escalera de incendios descolgada lo suficiente como para poder alcanzarla y subir sin dificultad a la tercera y última planta. Me detuve junto a la ventana y recé por que estuviese cerrada, como si fuese la última señal de alarma que me dijese: «No sigas, Miren, déjalo aquí». Pero al tirar de ella hacia arriba descubrí que no solo no estaba cerrada, sino que daba acceso directo al dormitorio donde un hombre dormía a pierna suelta sin acordarse de mí o de lo que hizo.

Me deslicé al interior y caminé en la penumbra hasta colocarme a su lado, junto a la cama. Lo observé dormir durante un breve instante. Estaba perfectamente afeitado y tenía una nariz chata que podría ser de cualquiera. Era un don nadie y me había convertido a mí en una igual que él. Una cáscara vacía. Vestía una camiseta interior de tirantes y estaba cubierto por una sábana blanca que parecía difícil de limpiar.

Saqué la pistola y apunté a su cabeza. Podía haber sido rápido. En una fracción de segundo podría haber acabado todo pero, al cargar, el sonido hizo que se despertase y que abriese los ojos con tal intensidad que me parecieron dos huevos a punto de escapársele de las cuencas oculares. Inspiró con fuerza e interpuso su mano entre el cañón de mi arma y su cara, como si eso sirviese para algo.

—¡Ey, ey, ey! —dijo, en una especie de súplica—. No tengo dinero en casa. Por favor. No hay nada.

Dudé. Tardé demasiado y escuché su voz. Era áspera y vulnerable a la vez. Y no sabía que eso complicaría las cosas.

—Levanta —le dije, conteniendo el pulso y sin dejar de apuntarle.

—Coge lo que quieras y vete, pero, por favor…, no hagas nada. Solo soy un currante, hermana. No tengo lujos. Llévate la tele si quieres. O el microondas. Me costó cincuenta pavos. Puedes llevártelo. Pero no dispares.

—No he venido a robar —dije—. Solo quiero que pagues por lo que hiciste. Ya que eres incapaz de contener tu maldita bragueta.

De pronto cambió su expresión del terror a la tristeza, en una especie de alivio que me dejó helada.

—Joder…, ¿te manda El Flaco?

—¿Qué?

—Ya le he dicho que le pagaré en cuanto reúna el dinero. Estoy vendiendo cosas. Dile que me dé una semana. Ese hijo de puta pide demasiado por sus zorritas, y la última no fue para tanto.

Esperé a que continuase. Una extraña sensación me recorrió el cuerpo.

—Si a él no le cuestan nada. ¡Nada! Le caen del cielo y dejan que las grabe…, cómo envidio a ese cabrón. Y todo el mundo piensa que es un buen tío y que se preocupa por esas chicas. Tiene el negocio redondo, el cabrón. Dile que le pagaré la semana que viene, ¿vale? He tenido una semana complicada y no he podido vender ningún vídeo. Mi exmujer está encima. No puedo conseguir compradores así.

—¿Quién es El Flaco? ¿De qué vídeos hablas? —aquella frase me pilló por sorpresa.

—Joder…, ¿no trabajas para él? —respondió, confuso.

Se lamentó y negó con la cabeza, como si hubiese cometido un grave error. No sabía hasta qué punto.

—¿Quién es El Flaco y de qué hablas? ¡Dímelo o te vuelo la cabeza ahora mismo! —grité, mientras le azuzaba con el arma.

Emitió un suspiro largo y luego respondió:

—Nadie. No es nadie.

—¿Quién es el puto Flaco y de qué vídeos hablas? —insistí, en un tono más calmado, casi a punto de explotar.

Permaneció en silencio un largo instante en el que di un paso hacia delante y le pegué el cañón a la boca.

—¿Qué vídeos? Última vez que te lo pregunto.

Finalmente señaló con los ojos un objeto azul que parecía un pequeño archivador en la parte baja de un mueble, adornado por una cachimba y varios ceniceros hasta arriba de colillas. Me acerqué a él sin dejar de apuntar a Aron Wallace y deslicé la cremallera, nerviosa por lo que me iba a encontrar allí. Al abrirlo, descubrí una veintena de CD introducidos en sobres en los que solo se leían nombres femeninos. Había cuatro discos rotulados en azul con el nombre de Molly, dos con Adriana, tres de Jennifer y cinco de Laura, ordenados en varias páginas, como si fuese el maletín de un *disc jockey* de la perversión.

—¿Qué es esto?

—Porno —respondió, serio.

—¿Solo porno?

Asintió, aunque noté un pequeño aire de duda en él que hizo que insistiese en aquella última pregunta que no había respondido y cuya respuesta lo precipitó todo.

—¿Quién es El Flaco?

—Es el director de un centro de… —dudó si continuar la frase, pero no hizo falta que la terminase para que yo comprendiese lo que quería decir.

—¿De menores?

Asintió, en silencio.

—¿Los vídeos son con chicas del centro?

Volvió a asentir e hizo que un escalofrío me recorriese el cuerpo como si fuese el susurro de la venganza.

—¿De qué centro?

—El…, el Happiness Shelter. Pero yo no tengo nada que ver. Yo… vendo lo que me dan. Me gano la vida. Podría vender droga, pero esto no hace daño a nadie.

—¿No hace daño a nadie? Pero ¿qué problema tenéis en la maldita cabeza para… destrozar la vida de unas niñas?

—¿Destrozarles la vida? Son ellas las que necesitan dinero. Él solo… les ofrece las alternativas. Son chicas que no tienen nada. Él… las provee. Les da un porvenir.

—Son niñas, maldito degenerado. La gente como tú no cambia, ¿verdad? Una vez que lo probáis es imposible pararos. —Alcé el arma y la agarré con fuerza—. Estáis enfermos, y lo vuestro no tiene cura. Pudrís todo lo que tocáis y el problema es que resulta imposible hacer que dejéis de poner vuestras manos en todo. Niñas, menores o…, o universitarias que cometen el error de haber confiado en la persona equivocada y acaban en el parque Morningside indefensas, donde un grupo de tres degenerados hacen lo que quieren con ella.

—¿Eh? —dijo, como si hubiese desvelado uno de los secretos oscuros que creía olvidados.

—¿Me recuerdas, maldito hijo de puta?

—¿Tú? Eres… —vaciló, confuso—. Eso fue hace… ¿Cómo me has…?

—Busca un papel. ¡Venga!

—¿Cómo dices?

—¿Sabes escribir? Busca un papel y escribe lo que te dicte —le impelí con el arma.

Lo seguí fuera del dormitorio hasta una habitación más grande en la que se intuían los muebles de la cocina y los de la sala de estar en la misma estancia. Rebuscó en la penumbra en una cesta de la encimera de la cocina y rompió un trozo de uno de los sobres de las facturas de la luz. Encendió, nervioso, una lamparita que iluminaba lo justo para ver las condiciones lamentables de aquel lugar: la funda del sofá tenía los brazos rajados por el uso, la pila estaba llena de platos sucios que parecían llevar varios días así, la mesilla del televisor tenía las esquinas del contrachapado levantadas por la humedad. Encontró un bolígrafo Bic en el frutero y se encorvó asustado para seguir mis indicaciones.

—Escribe: «Pido perdón...».

—¡¿Qué?!

—¡Que escribas! «Pido perdón... por lo que le hice... a la chica del parque Morningside en... 1997».

Se detuvo y comenzó a llorar. Primero emitió un gemido y luego se agachó, derrotado. Lo observé con inquietud mientras se derrumbaba sobre la encimera. Aquello no lo esperaba y me dejó sin saber qué hacer.

—Lo..., lo siento —suspiró finalmente.

—¡No! No tienes ni idea de todo..., de todo lo que rompisteis en mí aquella noche. Tú, Roy... y...

—Tengo..., tengo una hija —sollozó.

—¿Cómo dices?

—Se llama Claudia. Está durmiendo en esa habitación. Por favor, no dispares. Se quedará sola.

—Mientes —aseveré.

Jadeó con intensidad, aunque no conseguí identificar si era por la culpa o por el miedo.

—Lo..., lo siento —dijo una vez más.

—¡No! —grité—. Esto no funciona así, ¿entiendes? —Me predispuse a disparar.

—¡¿Qué vas a hacer?! Por favor, no..., Claudia... Por favor. Estoy cambiando. Prometo que no...

—¿Que no qué? ¿Que no vas a volver a agredir a una chica indefensa? ¿De verdad crees que uno tiene el derecho a hacer ese tipo de promesas, como si no fuese algo que siempre debería ser así? ¿Qué mundo sería este si todo se perdonase con un simple lo siento? —Me di cuenta de que yo también estaba llorando y que las lágrimas descendían por mis mejillas como si mi alma estuviese bajando a lo más profundo de mis miedos—. No aguanto más tiempo llevándote dentro de mí. ¿Entiendes? ¡No puedo! Cada vez que cierro los ojos estáis los tres ahí, sonriendo en la oscuridad. Por muchos años que pasen, por muchos intentos que haga por olvidar. Siempre. Y ya no sé sentir. Ya no sé cómo era sentirse protegida, porque cierro los ojos y os veo. Ni siquiera puedo sonreír sin pensar en que si lo hago, compartiríamos emoción. Y yo no tengo nada que ver con vosotros, ni siquiera la triste e inerte felicidad. Tan solo compartimos aquel momento en que entrasteis en mi vida a la fuerza para no salir ni siquiera cuando duermo.

Me quedé en silencio y él me contempló con verdadero terror. Percibí su miedo. Y admito que me gustó.

Lloraba. Ambos lo hacíamos, pero no era el mismo tipo de llanto. Mis lágrimas eran de impotencia; las suyas, de culpabilidad. Y ese tipo de lágrimas le podían llevar a un camino sin retorno al que yo podía empujarlo.

—¿De verdad tienes una hija? —pregunté en voz baja, casi sin poder hablar.

Asintió mirando al suelo.

—¿Cuántos años tiene?

—Siete... —oí con dificultad.

—¿Y crees que eres un buen ejemplo para ella? ¿Crees que estará orgullosa de ti cuando descubra lo que eres?

Alzó la vista hacia mí, como si temiese más aquel descubrimiento que a mi arma.

—Porque lo va a descubrir. Y quizá ahora no lo entienda, pero tarde o temprano lo hará. Cuando tenga trece, catorce o veinte años. Alguien le recordará lo de los vídeos. Qué más da. En algún momento descubrirá lo que fuiste y entonces deseará olvidarte, como yo. Llorará por las noches deseando no haber nacido. Y con ella compartiré este sentimiento de asco, repugnancia y odio. Y maldeciremos juntas, aunque no nos conozcamos, la mala suerte de haber estado cerca de ti.

—Ella no puede enterarse de… todo esto. Por favor… —dijo—. Ella no se merece esto…

—Tienes dos opciones, Aron. Te disparo y acabamos con esto. Me llevo el archivador, se lo entrego a la policía y tu hija descubre que siempre fuiste un monstruo. O te dejo la pistola, me marcho y lo acabas tú. Cuando cumplas tu parte, yo quemo el archivador y tu hija no tiene por qué saber qué hacías con esas niñas del centro de menores. Si no cumples tu parte, mañana estará el archivador en manos de la policía.

—Pero…

—De una manera u otra, Aron —continué—, tu camino acaba aquí. Pero tú decides cómo se cuenta la historia. ¿Qué versión prefieres que sepa tu hija? ¿La del monstruo o la del padre sumido en una depresión?

Se dirigió a la puerta que había señalado cuando indicó que tenía una hija y, por un momento, pensé que me había tendido una trampa. Lloraba con más intensidad que antes, aunque yo no sentí ninguna pena. De pronto me miró en silencio y se derrumbó junto a la puerta.

—Prométame que cumplirá su parte —susurró con la voz rota.

Yo interpreté aquello como que había decidido elegir el único camino que podría ocultar la verdad a su hija y asentí.

Agarré la nota que había escrito y me la metí en el bolsillo. Limpié la pistola y la dejé sin cargador sobre la encimera. Luego tiré el cargador a sus pies, para que me diese tiempo a marcharme antes de que pudiese montar el arma. A continuación me dirigí hacia el dormitorio, cogí el archivador y antes de salir por la ventana miré atrás, donde lo vi observando el arma mientras acariciaba la empuñadura, inundando de lágrimas todas las decisiones horribles que lo habían llevado hasta allí.

Salí a la escalera de incendios y sentí el frío de la noche de Nueva York golpeándome en la cara. Esperé un largo minuto en silencio allí, pensando en que quizá había cometido un error dándole la oportunidad de hacer las maletas y desaparecer. Pero de pronto, el sonido de un disparo retumbó desde el interior de la casa. El estruendo había sonado más alto que lo que recordaba y, en el silencio de la noche, me pareció como un rugido que iniciaba una cuenta atrás implacable para que huyese de allí.

Pero regresé. No podía ignorar por qué estaba allí. Me asomé al salón y lo vi tumbado en el suelo, con un charco de sangre creciente bajo la cabeza. Lo había hecho. Lo miré indiferente y saqué la nota. La leí con tristeza, sabiendo que no habían sido palabras sinceras y que solo las había escrito porque tenía un arma apuntándole a la cabeza. La dejé sobre la mesa y la volví a leer porque eran exactamente lo que hubiera necesitado oír. También dejé el maletín con los discos. Estaba muerto, no tenía por qué cumplir mi palabra. Aquello serviría a la policía para descubrir lo que pasaba en aquel centro de menores. De pronto oí la voz de la pequeña, al otro lado de la puerta, y me marché de allí antes de que saliese.

Pensé en mi abuela. No sé por qué pensé en ella. Quizá porque acariciaba la idea de liberarme de mi pasado. Lo que no sabía era que con aquellos errores insalvables estaba sentenciando mi futuro.

CAPÍTULO 28

INSTITUTO MALLOW
25 de abril de 2011
Un día antes
Ben Miller

Abandonar lo que se marchita
no es un acto de sensatez,
sino de cobardía.

Ben Miller sintió un escalofrío al escuchar al reverendo Graham decir que Allison estaba embarazada. La imagen de ella en la cruz lo golpeó en la retina en ese momento y permaneció en silencio unos segundos, antes de lanzarse a hablar. Aquella muerte parecía ser más atroz aún, y la manera en la que el reverendo parecía querer pasar página le resultó vomitiva. No había recibido aún la autopsia de Allison, donde debería aparecer aquel dato, y las palabras del reverendo cayeron como una losa sobre el pecho del inspector.

—¿Cómo dice?

—Odio contarle esto, inspector, sabiendo el de-senlace que ha tenido todo —respondió el reverendo Graham—, pero creo que es importante que lo sepa. Quizá le ayude.

—¿Embarazada? ¿Está seguro?

—Está bien. Se lo contaré. Un día, una semana antes de que desapareciese, vino, se sentó ahí y… lo soltó. A mí me sorprendió más que a usted, se lo asegu-ro. Le habíamos dado tantas oportunidades…, nos ha-bíamos esforzado tanto en que fuese una buena… cris-tiana. Y lo peor es que admitió que no sabía quién era el padre.

—¿Y por qué no me lo contó cuando se denunció su desaparición? Le entrevisté y no me dijo nada.

—Inspector…, aunque no se lo crea, solo Dios puede conocer los pecados que uno confiesa. Ella confió en mí y me lo contó. Y yo le impuse su penitencia: una invitación a abandonar Mallow en cuanto su embarazo fuese imposible de ocultar al resto de alumnos. Hice el esfuerzo de no expulsarla al instante para que avanza-se en los estudios. Le aseguro que quería lo mejor para ella, y Allison aceptó entre lágrimas mi decisión. Me prometió que nadie se enteraría y que, cuando no que-dase más remedio, renunciaría a su plaza y a su beca sin hacer mucho ruido. Tanto al centro como a ella nos convenía hacerlo así. Nadie de aquí descubriría que era una pecadora. Le ofrecí volver en cuanto lo tuviese y que se sacase el título por las tardes. Creo que fui muy comprensivo.

—¿Y no hubiese sido más fácil para ella abortar y continuar con sus estudios?

—Ese mundo estamos creando, inspector. En el que se premia el placer, se ignoran las consecuencias y se acaba con la vida sin pensar en qué estamos haciendo. No, señor. Aquí, en Mallow, nos encargamos de mantener firme lo único que nos hace humanos: no devorarnos entre nosotros. ¿Qué sería de la humanidad si nos deshacemos de todo cuanto nos incomoda un poco? ¿Por qué no proponemos también, ya de paso, asesinar vagabundos? ¿O matar ancianos? Si algo que hemos creado nos estorba lo eliminamos, ¿verdad? ¿Esa es su idea? ¿Sabe qué? El único que crea y termina la vida es Dios, y él es el único que debe decidir cuándo sucede.

—Se lo pidió, ¿verdad? —exhaló el inspector Miller.

—¿Cómo dice?

—Le pidió ayuda y permiso para abortar. Por eso vino a verlo. Ella es de una familia sin recursos. No podía pagarse la intervención. Y... confiaba en usted.

—No sé de qué me habla —rebatió al inspector.

—Por eso Allison señalaba esos pasajes de su biblia —repuso Miller—. Para demostrarle que en la Biblia también se habla sobre hijos que nacen muertos o madres que devoran a sus hijos.

—Inspector, no venga a darme lecciones sobre el texto que más veces he leído en mi vida. Se lo voy a decir una única vez y espero que no haga falta repetirlo: aquí estamos a favor de la vida. Y Allison...

—Por eso le contó que estaba embarazada. Confiaba en usted y... usted la abandonó, expulsándola.

—No era un buen ejemplo para los demás alumnos. Tiene que entenderlo. Somos comprensivos, pero... hay cosas intolerables.

—¿Y todo eso que me ha contado del perdón?

—Oh, la perdonamos. No se equivoque. Pero... cuando cruzas ciertas líneas ni siquiera Dios te protege —sentenció—. Verá..., no es fácil decir esto. Pero Allison tenía un problema afectivo y quizá por eso... se quedó embarazada. Estaba buscando llamar la atención, como fuese.

—Y la expulsaron.

—No se equivoque, inspector. Se abandonó ella sola. No es delito proteger la integridad y la imagen de nuestro centro, inspector. Y por favor —añadió, tras ponerse en pie—, si no le importa, tengo una misa que oficiar. Ya he perdido demasiado tiempo con esto. Le pido que se marche por donde ha venido. No venga a nuestra casa a cuestionar nuestra fe. En Mallow nos preocupamos por nuestros alumnos. Y siempre he tenido una actitud de puertas abiertas con lo que ocurre aquí dentro. La tuvimos con Gina y la hemos vuelto a tener con Allison. No nos culpe por tener mala suerte, inspector. Porque todos fuimos, somos y seremos desgraciados de algún modo. Es solo que quizá no todos coincidimos en el momento y la forma en que sucede.

El inspector se dirigió hacia la puerta indignado, pero antes de salir se detuvo bajo el marco y se dirigió a él una última vez.

—Quizá no sea delito expulsar a una alumna embarazada, reverendo, pero no me cabe duda de que su Dios y su religión están detrás de lo que le ha pasado —respondió enfadado, cerrando de un portazo que hizo vibrar el crucifijo de la pared.

CAPÍTULO 29

ROCKAWAY
25 de abril de 2011
Un día antes
Jim Schmoer

*La vida consiste en repetir
los mismos errores hasta que ya
no queda tiempo para una última vez.*

El profesor Schmoer sintió un cosquilleo extraño cuando el taxi en el que viajaba comenzó a cruzar el puente Marine hacia Rockaway. Le había indicado al conductor que le dejase frente a la gran explanada donde se ubicaban las instalaciones de Fort Tilden abandonadas a su suerte para que la vegetación y el vandalismo las engullese del mismo modo que se había tragado a Gina Pebbles. Cuando se bajó, suspiró con fuerza al pensar que en una de las naves abandonadas de aquel antiguo complejo militar se había cometido tal crueldad con

Allison Hernández. Era una zona vallada, donde se ubicaban una veintena de edificaciones de hormigón y hierro oxidado que en algún momento de la historia reciente estuvieron habitadas por un hervidero de militares y soldados en formación. Ahora, en cambio, parecía un erial engullido por arbustos, latas de cerveza aplastadas y grafitis en las paredes de todos sus edificios.

Observó la zona con atención desde Rockaway Boulevard y divisó el extremo del puente en el que Ethan se despidió de su hermana en 2002. Desde ahí, el profesor Schmoer cruzó hasta el carril bici, adonde el muchacho dijo que se dirigió Gina la última vez que la vio, y observó la zona con preocupación. Estaba desierta. Por allí no caminaba nadie en ese momento y no parecía que lo hiciera mucha gente a menudo. Al menos no a esa hora. En el parking, junto al parque Jacob Riis, había una decena de coches y, también, una veintena de caravanas aparcadas. Les hizo una foto con el móvil y caminó en dirección a ellas.

Por el aspecto se dio cuenta de que algunas parecían haberse instalado permanentemente allí, llegando incluso a extender toldos y tendederos donde sus inquilinos secaban la ropa. Junto a una de ellas había un señor mayor, de unos sesenta años, con una melena larga canosa, sentado en una silla mientras tomaba el sol de la tarde con la camisa abierta.

—Hola —dijo Jim, alzando la voz con una media sonrisa en la cara—, ¿vive aquí?

—¿Usted qué cree? —respondió el viejo con acento sureño—. Tal y como están los precios en la ciudad..., ¿acaso piensa que las personas de mi edad podríamos vivir en otro lado?

—Sí..., el precio de los pisos está disparado. Es un sinsentido —admitió Jim.

—Verá..., si viene a venderme algo, creo que ya le he dado pistas de que no tengo mucho. Siga hasta Neponsit. Allí la gente tiene pasta y comprará lo que usted venda. Yo... solo soy un viejo retirado al que le gusta el olor del océano. Me recuerda a mi infancia y... a los tiempos en los que uno era feliz.

—¿Lleva mucho tiempo viviendo en la caravana?

—Uf... —bufó—. ¿Quince años? Desde que se murió mi mujer. No tenía sentido seguir viviendo en aquella casa. En cada rincón la veía y recordaba demasiados buenos momentos.

—Es mucho tiempo en la calle —empatizó Jim, con rostro serio—. Su mujer debió de morir joven.

—Cincuenta años. Un ictus fulminante en la ducha. Desde entonces, que le jodan a esta vida. Vendí la casa en la que vivíamos y me compré la caravana. Estuve un tiempo viviendo frente al Gran Cañón. Luego en Yosemite, un par de meses. Son lugares bonitos, pero para pasar las noches en una caravana son horribles. Esa soledad te engulle. Los sonidos de los osos son espeluznantes. Luego, de viaje por la costa, vi a unos chicos surfeando aquí en los Rockaways y, bueno, me planté en este lugar sin dudarlo. Me compré una tabla para recordar viejos tiempos y… aquí sigo. Ya estoy algo mayor para ponerme de pie en ella, pero aún soy un auténtico lobo de mar. Aprendí a surfear en los setenta, ¿sabe? Aquella época…

Jim intervino para tratar de reconducir la conversación. Si no lo hacía, el viejo viajaría de un recuerdo a otro y le entretendría varias horas.

—Me llamo Jim Schmoer, encantado —dijo cuando tuvo oportunidad de intervenir.

—Marvin —dijo el viejo, sin añadir su apellido.

—¿Vivía ya aquí en junio de 2002? —le interrogó Jim, guiándolo.

—Oh, sí. Claro. Ya le digo…, llevo aquí plantado… quince años. Sí. Somos pocos los que quedamos de esa época. La gente suele venir, pasa el fin de semana y se va. A poca gente de verdad le gusta la vida en una caravana. No es fácil, ¿sabe? Llenar el depósito de agua, vaciar los excrementos, la bombona para calentar el agua, gasolina para el generador. Eso si quieres tener luz dentro por la noche, claro.

—¿Recuerda la desaparición de aquella chica? —le interrumpió de nuevo, antes de que continuase divagando de un lado a otro—. Gina Pebbles. Supongo que aquí en esta zona fue un escándalo.

—Ah… Claro que lo recuerdo. Yo ya llevaba unos años por aquí. Qué pena lo que ocurrió. Participé en las búsquedas, ¿sabe? Me hizo sentir mal verla aquel día así, tan… triste. Era una buena chica. Se le notaba en cómo hablaba.

—¿La vio el día que desapareció? —inquirió Jim, incrédulo.

—Oh, claro. De vez en cuando se acercaba a ver mis cuadros. Fue un verano intenso y su desaparición hizo que cancelasen varios conciertos y exposiciones que estaban programados en la zona de recreación del parque Jacob. Lo sé porque entonces me había dado por pintar. Nada profesional, eso sí. Pero no me salía del todo mal. Conseguí que expusieran algunos de mis cuadros en la sala, en las actividades culturales que había programadas para ese verano. Me dio por ahí, ¿sabe? Surfear y pintar cuadros. Ya no tengo energía para ninguna de las dos cosas. Como le digo, los tenía expuestos junto a la caravana y ella venía a veces a verlos. En una ocasión me dijo que le gustaba cómo pintaba las olas del mar.

—¿Hablaba con ella?

—Soy una persona sociable. Me gusta conectar con la gente. Me hace sentir… vivo.

—Sí, no hay duda.

—Luego… dejé de hacerlo. De pintar, digo. Me cansé de que esos niñatos que deambulaban por la zona se riesen de mí. Ella…, ella era distinta. De vez en cuando se pasaba a saludar. Es raro encontrar gente educada hoy en día, ¿sabe? Todos desconfiamos de todos como si nuestros vecinos fuesen asesinos. En mi época jugábamos en la calle y nuestros padres solo se preocupaban de que nos lavásemos las manos antes de cenar. Ahora… nadie saluda a nadie. Nos tenemos miedo. El mundo se ha ido a la mierda. Y, bueno…, los jóvenes no tienen respeto a sus mayores. Es más, juraría que preferirían que estuviésemos muertos. Así se ahorrarían unos dólares en impuestos. Eso somos. Una carga. Mi generación siempre pensó en mejorar las cosas para la siguiente, pero parece que ahora no harían el mínimo esfuerzo por protegernos a nosotros. Vamos de mal en peor, no tengo duda.

—¿Y qué le dijo Gina ese día?

—No pude hablar con ella. Yo me había alejado de la caravana para vaciar el depósito allí —dijo al tiempo que señalaba hacia una boca de alcantarillado a unos cien metros, junto a la carretera—. Pero estoy seguro de que era ella. Cuando volví, vi cómo se dirigía hacia Neponsit.

—¿Y cómo sabe que estaba triste?

—Me pareció verla llorar. Se secaba las lágrimas. Es un gesto que se ve a lo lejos.

—¿Y dice que todo esto se lo contó a la policía?

—Sí, claro. Aunque creo que no me hicieron mucho caso. Admito que en aquella época yo… bebía y fumaba bastante hierba.

—¿Hierba?

—No siempre he sido un vejestorio. También me he divertido, ¿sabe? Quizá por eso la policía no me hizo mucho caso. Después encontraron la mochila en Breezy Point Tip, justo en la otra punta de los Rockaways, en la playa, en la dirección contraria hacia donde yo la vi marcharse, y nunca más volvieron a preguntarme.

—Entiendo. Las cosas no suelen ser… fáciles. Estos casos los llevan varios agentes y cada uno considera importante una cosa distinta y todos los detalles acaban perdiéndose entre tanta burocracia.

—¿La está buscando usted?

El profesor asintió en silencio. Luego continuó:

—¿Le puedo pedir un favor?

—Claro. Estamos aquí para ayudarnos, ¿no?

—¿Le importa que vea el interior de su caravana? —inquirió el profesor, tras recordar la polaroid de Gina en la que parecía estar amordazada en el interior de una furgoneta.

—¿Para qué?

—Me ha gustado eso que ha contado de sus viajes. Parece bonita. Quizá me compre una —dijo, en un tono que no terminó de creerse ni él mismo.

—Vaya. ¡Me alegro! Es una vida complicada, no se lo voy a negar. Pero la libertad que da… es inigualable. Los mejores años de mi vida fueron con mi mujer. Pero esta amiga me ha cuidado bien. Pase. No se corte.

Es algo vieja, pero tiene su encanto. Ahora hay otros modelos más modernos, con camas ocultas que aparecen cuando aprietas un botón, pero esta joya tiene un encanto que los modelos nuevos ya quisieran.

—¿Tiene las paredes interiores blancas? —inquirió Jim, con interés.

—Pase y véala usted mismo. No se corte. Está todo un poco desordenado. Tendrá que disculparme.

El viejo le hizo un par de aspavientos con la mano para que subiese al interior y el profesor le hizo caso.

Pero justo en el instante en que puso un pie dentro, escuchó el sonido de un arma cargarse a su espalda, al tiempo que la voz envejecida del anciano le decía:

—¿A quién pretende engañar, amigo? Márchese ahora mismo si no quiere que le vuele la cabeza.

CAPÍTULO 30

NUEVA YORK
25 de abril de 2011
Un día antes
Miren Triggs

La única regla del juego del alma
es que no juegues si no puedes afrontar perderla.

Tras la visita del agente Henry Kellet, pensé que quizá había sido un error dejar allí la nota de suicidio. Lo decidí en un impulso frío, en un intento de que al menos el cuerpo de policía recibiese el recado de que nunca mentí ni me inventé nada. Recordé aquella mirada de los dos agentes que atendían mi denuncia en comisaría a la mañana siguiente. Recordé sus preguntas hirientes, sus ojos de incredulidad:

—¿Y dónde dice que ha sido? —dijo entonces un policía calvo de mediana edad, serio, sentado frente a una máquina de escribir.

—En el parque Morningside. Fui allí con un chico que había conocido y…, con Christopher. Se llama Christopher. Yo no estaba segura de lo que… Y… vinieron tres tipos. No…, no lo recuerdo bien.

Su compañero, de pie a su lado, bebía una taza de café en un vaso desechable, inmóvil y con una mueca caída, como si estuviese viendo a un artista callejero y considerase echar un par de dólares. Me sentí un mono de feria denunciando la violación.

—¿Había bebido, señorita? —dijo el que estaba sentado, negando con la cabeza.

—Eh…, había bebido una copa, pero… creo que… no me sentó bien.

Dejé de hablar en cuanto ambos agentes se miraron con ojos cómplices, y casi pude oír sus carcajadas en sus cabezas. Uno de ellos, incluso, bufó en voz alta y luego continuó:

—¿Suele… ir con hombres a los parques en mitad de la noche?

—Bueno, yo…

—¿Recuerda algo que nos ayude a empezar? Alguna cara, algún nombre. ¿Sabe dónde vive ese tal… Christopher? Necesitaremos su declaración. Denos algo con lo que poder… buscar a quien la agredió.

Se volvieron a mirar de aquella manera. Sentí sus risas en mi cabeza. Y comencé a llorar. Me dolían la entrepierna, las rodillas, las plantas de los pies de correr descalza, huyendo sin mirar atrás. La fortaleza y seguridad que había sentido al entrar en la comisaría se había disipado en las aguas de aquella incredulidad asfixiante.

—Eh, eh…, no se preocupe —dijo el que estaba sentado frente a mí—. Abriremos un expediente y… mandaremos una unidad a revisar la zona, cámaras y todo eso. Si sucedió lo que usted dice que pasó, los encontraremos. ¿Tiene el informe médico?

Negué, entre lágrimas.

—¿Se ha duchado antes de venir a denunciar?

Asentí. Y se volvieron a mirar. Como si tratar de limpiarme de aquella suciedad, de la sangre y de… los restos de su podredumbre fuese peor delito que violar.

Con el tiempo descubrí el motivo de aquella pregunta: conseguir material genético de los agresores, pero recuerdo lo miserable que me hicieron sentir, como si fuese mi culpa que aquellos tipos se escapasen sin condena. La nota de suicidio era mi manera de decirle a la policía: «Fuisteis patéticos».

Me cambié de ropa y le di dos bocados a una rebanada enrollada de canela de Sun-Maid, esas que venden en paquetes de pan de molde como si fuesen saludables. Me monté en el coche y, nada más hacerlo, me armé de valor para llamar al inspector Miller. Había pospuesto hacerlo, pero había llegado el momento de contarle la existencia de la polaroid de Gina. Unos segundos después, desde el altavoz del vehículo sonó la voz del inspector Miller, que respondió la llamada con un tono de relativa felicidad.

—¿Miren? ¿Eres tú?

—Ben, tengo algo. ¿Podemos vernos? —dije, a modo de saludo.

—Me alegro de saber de ti. He visto tu éxito con la novela. Te lo mereces, sin duda.

—Gracias —despaché rápido sus halagos—. ¿Podemos vernos o no?

—Eh…, estoy a las afueras. Ahora no puedo.

—¿Cuándo puedes?

—Estoy en Queens. Estoy revisando un caso antiguo. No sé si te has enterado, pero el sábado se encontró el cadáver de… Allison Hernández. Horrible. No querrás saber cómo se encontró. Gracias a Dios la prensa no ha sacado la noticia con demasiado detalle, si no esto sería un imposible.

—Crucificada. ¿Verdad? El *Press* estaba considerando publicarlo, pero creo que han decidido no dar muchos detalles hasta que estuviese confirmado. Yo estoy con un artículo sobre ella, aunque no sé qué pensar.

—No te puedo contar nada, Miren. Es una investigación en curso y cualquier detalle…

—No, no te llamo para pedirte información.

—¿Entonces?

—Tengo algo que creo que es mejor que veas. ¿Dónde estás?

—Saliendo del instituto Mallow. No me da buena espina este centro. Allison estudiaba aquí.

Al escuchar aquel nombre percibí que ambos avanzábamos sin saberlo hacia el mismo camino. No sabía si lanzarme y contárselo o esperar a verlo en persona.

—También otra chica que desapareció en 2002... —continuó él, despejando mis dudas sobre si habría llegado a aquella misma conclusión.

—Gina Pebbles —sentencié.

—La recuerdas, ¿verdad? Supongo que has llegado al mismo nexo de unión que yo: el Instituto Mallow.

—Por eso te llamaba, Ben. Es importante, y... parece una nueva prueba. Alguien me entregó una fotografía de Gina.

—¿A qué te refieres? ¿Una fotografía de qué?

—Espérame ahí, ¿quieres? Mejor que la veas por ti mismo.

CAPÍTULO 31

NEPONSIT

25 de abril de 2011

Un día antes
Jim Schmoer

No todas las personas solitarias están locas,
pero sí todos los que vagan en la locura
se sienten solos.

El profesor Schmoer se dio la vuelta y vio el cañón de una Colt apuntándole a la cabeza.

—Márchese ahora mismo o disparo.

—Eh. Eh. Solo quería ver el interior de la caravana —gritó el profesor, nervioso de dar un paso en falso.

—¿Para qué? ¿Qué busca?

—A Gina Pebbles.

—¿Acaso no le he contado ya que yo mismo la busqué? ¿Qué pasa? ¿Que porque viva aquí en una caravana ya soy un perturbado que le haría eso a una pobre chica?

—Está solo. La soledad es muy desquiciante… Solo quería… comprobarlo. Usted estaba aquí cuando desapareció. Necesitaba comprobar cómo era el interior para descartarlo.

—No todas las personas solitarias están locas, ¿sabe? Yo prefiero mi soledad, mi surf, morir cerca del océano. No tiene derecho a venir aquí e… insinuar que yo le hice algo a esa pobre chica.

—Baje el arma, ¿quiere? Ha sido un error. Discúlpeme, por favor. Pero no dispare.

El anciano dudó durante algunos segundos hasta que al fin bajó el arma. Luego no tardó en disparar una frase que destrozó a Jim por dentro.

—Prefiero seguir solo toda la vida a volver a perder a alguien. Ya perdí a mi mujer. Elegí esta vida en soledad porque no quería sufrir otra vez. Llámeme cobarde si quiere. Pero nunca le pondría la mano encima a una adolescente. Menos a alguien como ella.

—Lo entiendo. Le ruego que me disculpe… —suplicó Jim una última vez, aún con el corazón lanzándole latidos que reverberaban por todo su cuerpo.

—Y ahora lárguese de mi vista.

Jim se alejó del aparcamiento con paso acelerado, con un nudo en la garganta que apenas le dejaba respirar, y siguió hasta Neponsit recorriendo el carril bici que bordeaba el centro recreativo de Jacob Riis. Era la primera vez que alguien le apuntaba con un arma y no era algo que quisiese volver a repetir. Cuando llegó a la zona de casas de Neponsit, giró a la derecha en la calle 149, justo por el camino más corto por el que debía de haber pasado Gina el día que desapareció tras despedirse de su hermano. Mientras caminaba hasta la casa de los Rogers, al fondo de la calle, se fijó en que todas eran elegantes villas de madera recién pintadas. Se notaba que era una zona pudiente por el aspecto cuidado de los jardines, los amplios espacios entre las casas y los coches de alta gama aparcados en la puerta de los garajes. Aquella zona distaba mucho de Roxbury, a escasos dos kilómetros de allí. Si la casa en la que vivían los Pebbles estaba perdida en un laberinto de pasillos y recovecos, la de la familia Rogers destacaba reluciente al final de la calle, con un precioso porche sostenido por columnas victorianas, barandillas de forja, tejado verde y un garaje techado al fondo de un carril asfaltado con un precioso portón de madera.

Desde allí, mientras subía las escaleras para llamar a la puerta de los Rogers, el profesor sintió tan cerca el océano que le pareció que una ola iba a romper sobre él. La casa se encontraba a escasos veinte metros del acceso a Rockaway Beach, y el viento estaba impregnado de un aroma salino que lo catapultó al momento en que recogió a Miren en la playa, inconsciente. Se preguntó cómo estaría y si debería llamarla. Deseó que se hubiese recuperado bien del golpe en la cabeza. Sin duda, para el profesor Miren se había convertido en una persona tan compleja e incompatible que a la vista estaba que no podían mantener una conversación sin que terminara en una discusión agotadora. Pero a la vez era tan enigmática que no podía quitársela de la cabeza, como un puzle imposible, lleno de acertijos, escondites y secretos, que él sentía que quizá algún día lograría descifrar.

Llamó a la aldaba de la puerta de los Rogers y esperó. Unos segundos después, un chico moreno y afeitado de unos veintitantos años abrió la puerta, confuso. Vestía unos vaqueros y un polo blanco y, tras el gesto de sorpresa inicial, al no saber quién era, sonrió.

—Hola, ¿en qué le puedo ayudar? —saludó, interesado y expectante.

—Podría… hablar con Tom Rogers, ¿por favor? —dijo Jim.

En su mente, hizo cálculos sobre la edad que debía tener Tom Rogers entonces y pensó en la posibilidad de que lo tuviese delante

—Soy yo. ¿Ha ocurrido algo? ¿Qué quiere?

—Hola, Tom. Verás, me llamo Jim Schmoer, periodista de investigación independiente. Estoy retomando un caso de una chica que desapareció en esta zona en 2002. Supongo que sabes de quién te hablo.

La cara de Tom cambió al instante de la sonrisa a la preocupación, e intentó cerrar la puerta con cara de tristeza, pero el profesor se lanzó y la aguantó con el pie.

—Por favor, Tom. Es importante. Sé que tuvo que ser difícil para ti y por eso te pido ayuda para encontrarla. De verdad, no serán más de cinco minutos.

—No quiero volver a aquello, ¿sabe? He tratado de pasar página. Tardé un tiempo en reconstruir mi vida. Ahora estoy acabando un máster de cine y deseo dejar todo aquello atrás. En cuanto termine los estudios me mudaré a Los Ángeles.

—Han encontrado el cadáver de una chica de la edad de Gina en Fort Tilden, aquí al lado.

Tom soltó la puerta y dejó ver su expresión de sorpresa. Parecía afectado.

—¿Gina? ¿Es Gina? —le preguntó, a punto de derrumbarse.

—No, no. Es otra chica que desapareció la semana pasada y han encontrado su cuerpo en una de las naves abandonadas de las antiguas instalaciones militares. Allison Hernández. Estudiaba en Mallow, como Gina.

—Joder… ¿Por eso había tantos coches patrulla deambulando por Rockaway estos días?

—¿Te importa que hablemos? Estoy intentando reconstruir todo lo que sucedió entonces para tratar de descubrir si Gina pudo… correr la misma suerte.

—No creo que…

—Allison Hernández estudiaba en Mallow, como Gina. —El profesor hizo una pausa y luego continuó—:

Tom…, sé que esto es de lo último que te apetecería hablar, pero quizá podamos descubrir quién se llevó a Gina y qué le hizo.

Tom tragó saliva y aceptó.

—Está bien, pase.

—¿Estás solo? —preguntó Jim una vez sentados en el salón.

—Mi padre está en el garaje entretenido con los muebles. Es un manitas, está haciendo un escritorio para mi cuarto.

—Vaya. El único mueble que yo he montado es una estantería Billy de Ikea.

Tom sonrió, aunque tampoco dejó que durase demasiado.

—Sí, bueno, le gusta trabajar con la madera. Ha montado un taller casero en el garaje y se pasa el día allí. ¿Ve esa estantería de ahí? La hizo él. Los marcos exteriores de la casa también. Mi abuela está en su cuarto viendo la tele. No hay quien la separe de ella.

—Supongo que cuando nos hacemos mayores todos desarrollamos nuestras manías y encontramos la manera en que estamos más cómodos. Si te sirve, a mi padre le da miedo salir a la calle por la tarde.

—Quizá algún día a todos nos dé miedo salir a la calle. No parece un lugar seguro, a raíz de lo que le pasó a Gina. —Hizo una pausa, para luego añadir—: Disculpe, ¿quiere algo de beber?

—No te molestes, Tom. Gracias. Intentaré ser rápido para no quitarte mucho tiempo. ¿Te importa que grabe la conversación? Así iremos más deprisa.

—Está bien. ¿Qué quiere saber?

—Quiero que me cuentes un poco cómo era tu relación con Gina. Qué pasó el día que desapareció.

—Ya se lo conté todo a la policía. Esto...

—Lo sé, Tom. Solo estoy tratando de reconstruir los pasos que se dieron entonces. Quizá ahora, con el tiempo, la memoria consiga darte algún dato más que pueda ayudar a entender lo que sucedió.

—Está bien —dijo—. Hace ya mucho tiempo desde que... se esfumó. Me dejó... destrozado, ¿sabe?

—Salíais juntos, ¿verdad?

—Sí. Gina y yo... encajamos muy bien. Entró con el curso empezado y, creo que desde el primer día que llegó, nos gustamos. Recuerdo cómo me miró aquella primera vez, cuando la estaba presentando la profesora. Entonces yo me ofrecí a que se sentase conmigo y a hacerle de guía en Mallow. No sé si la ha visto, pero era realmente guapa. Tenía la nariz respingona y los pómulos redondeados. La piel blanca, y... no sabría decirle. Me gustaba de verdad. Ahora que lo pienso, hace tiempo que no... Quizá me gustó su nariz porque me recordaba a la de mi madre. Sus padres habían muerto un poco antes de entrar en Mallow y sus tíos la habían acogido tanto a ella como a su hermano Ethan. Él tenía unos...

ocho años, si no recuerdo mal. Me caía bien. Fui un par de veces a su casa y jugamos a la consola. Y creo que yo también le caía bien.

—Me ha contado que te llevabas bien con él.

—Sí, bueno. Tampoco lo vi demasiadas veces antes de que Gina… Cuando empezamos a salir, Gina y yo intentábamos que nadie supiese que estábamos juntos. En clase nos sentábamos al lado, pero como compañeros, y solo procurábamos vernos en su casa o en la mía. A veces íbamos a Breezy Point Tip, en el extremo de la playa, para estar solos y charlar. Al principio, como ella decía que sus tíos eran muy religiosos y que desaprobarían cualquier romance de los dos, quedábamos para hacer los trabajos de clase en su casa o aquí. O si íbamos a algún parque, procurábamos que no hubiese nadie. Compartíamos algo traumático en nuestro pasado y aquello creo que nos unió más.

—¿El qué?

—Mi madre también había muerto cuando yo era pequeño. No hay nada que una más que el dolor, ¿verdad? El problema llegó cuando nos besamos una tarde en su casa y su tía nos descubrió. Se puso como una fiera y me echó de allí a patadas, colérica. Me llamó violador. Me insultó y me dijo que nunca más vería a Gina.

—¿Cuándo sucedió eso?

—Un par de meses antes de que… se marchara.

—¿Crees que se fue?

—Siempre he pensado que sí. Gina no aguantaba a sus tíos. Si seguía con ellos era por cuidar de su hermano y porque no tenían ningún otro lugar adonde ir. Pero quizá sucedió algo con ellos que no llegó a contarme y, por eso, decidió marcharse.

—En la denuncia de su desaparición se puede leer que Gina se dirigía a tu casa la última vez que fue vista. Ethan se bajó del autobús al otro lado del puente y lo cruzaron juntos. Una vez a este lado, se despidió de ella y la vio que iba hacia el carril bici para dirigirse a esta zona. Ya en Rockaway, y tras despedirse de su hermano, fue como si se la hubiese tragado el mundo. He encontrado a un hombre que dice haberla visto más adelante en ese camino, y ha confirmado que se dirigía hacia Neponsit. Tuvo que pasarle algo en ese tramo, desde el aparcamiento hasta aquí.

—Habíamos quedado después de clase. Ella llevaba varias semanas extraña, demasiado ausente. Cuando le hablaba, me esquivaba y en clase dejó de sentarse a mi lado. Finalmente, ese día, me dijo que tenía que hablar conmigo, pero que no podía ser en Mallow. Me tenía que contar algo importante. Ella se bajó del autobús al otro lado del puente con su hermano y me dijo que caminaría hasta mi casa. Yo le pedí que se quedara en el autobús y que se bajase en la de Neponsit. Le dije que su hermano podría hacer el recorrido completo en autobús y bajarse directamente en Roxbury, cerca de su casa. Pero Ethan ese día se mareó y ella se bajó con él antes de cruzar el puente para evitar dar todo el rodeo por Rockaway. Me ofrecí para caminar con ellos, pero me dijo que necesitaba pasear un rato para pensar bien lo que tenía que decirme. Tenía la ligera sensación de que iba a romper conmigo, y por eso tampoco quise forzar la situación y darle su espacio, pero nunca lo llegué a saber.

—Entiendo… ¿Y por qué crees que empezó a comportarse de forma distinta contigo? ¿Cuándo te diste cuenta de eso?

—A ver… —dudó—. Esto no es fácil de contar.

—Por favor, Tom…, puede ser importante —insistió Jim.

—Fue a partir de que su tía nos descubriese besándonos —dijo tras un suspiro—. Ese día ella se escapó de casa y se plantó en mi puerta. Había llovido, estaba empapada. Subió a mi cuarto y le dije que tenía que volver a su casa. Entonces se quitó la ropa y… me besó. Hicimos el amor, casi en silencio, porque mi padre estaba abajo, en el salón. Fue muy intenso. Lo recuerdo como… la mejor noche de mi vida.

—¿Qué pasó después? —se interesó el profesor.

—Le dije que tenía que volver a casa con su familia, pues estarían preocupados.

—¿Y qué hizo?

—Se enfadó conmigo. Nunca la había visto así.

—Se sintió traicionada. —El profesor pensó en Miren al recordar su enfado y cómo ambos fueron incapaces de reconciliarse.

—Yo…, yo quería lo mejor para ella. Sus tíos debían de estar preocupados. Era casi medianoche. Seguía lloviendo, así que mi padre se ofreció a llevarla a casa. Es un camino corto, pero de noche y con ese tiempo, no podía dejar que fuese sola. Antes de salir por la puerta aquel día, me miró a los ojos, desolada. Al día siguiente fue cuando ya estaba distinta. Me evitaba y no quería saber nada de mí. No se imagina cuánto la quería y qué supusieron para mí los siguientes dos meses tras aquella noche. Por eso su desaparición me destrozó por dentro. Ojalá no…, no hubiese sucedido así. Quería pedirle perdón, pero no encontraba la forma. Ella se había cerrado en banda y se había alejado de mí sin explicación. Cuando me dijo que quería hablar conmigo, pensé que era una buena oportunidad. Cuando llegué del instituto ni siquiera comí. Arreglé mi cuarto, podé unas flores del jardín que dejé sobre mi cama y le escribí una carta. Me pasé toda la tarde esperando a que llamase a la puerta. Recuerdo que mi abuela estaba en su habitación viendo la tele y mi padre en el garaje, como hoy. Algunas personas no cambian, supongo. Ahora que lo dice, es como si el mundo se hubiese congelado aquel día. Es triste, cuanto menos, pensar que la vida sigue, que todos continuamos con nuestras cosas, a pesar de que una tragedia te llegue tan de golpe.

—¿Y qué pasó después?

—Llamé por teléfono a su casa para preguntar por ella y su tía me gritó. Me dijo que qué le había hecho yo a su sobrina. Entonces fui allí a buscarla y su hermano me explicó que había venido hacia mi casa. A partir de ahí, la nada más absoluta.

—¿Participaste en las búsquedas? —indagó el profesor.

—Los primeros días, sí. Luego… conforme los ánimos fueron desapareciendo, sus tíos no querían verme allí. Me culpaban de todo. Yo estaba seguro de que ellos me estaban castigando por haberme acostado con ella. Cuando apareció su mochila en Breezy Point, todo saltó por los aires. Aquello confirmaba que no había venido a casa, sino que había ido en dirección contraria, es decir, hacia la punta de Rockaway. Esa es una zona solitaria, no sé si ha estado. Sé que le gustaba mirar el océano. Supongo que ya sabe el resto de la historia.

—¿Alguna vez en Mallow sucedió algo… extraño?

—Mallow era particular, con sus reglas estrictas, pero ninguna locura. Religioso, sí, pero nadie sale de allí con el coco lavado. No sé si me entiende. Yo soy ateo y estudié allí. Y creo que la mayoría de los alumnos acaban rechazando la religión por la insistencia que le ponen.

—¿Y los castigos?

—Bueno, supongo que depende de lo que hagas. Eran creativos con ellos, pero tampoco es que fuese algo que siempre estuviese sucediendo. La mayoría de las veces consistía en rezar alguna oración y pedir perdón. Cuando yo estudiaba allí, lo máximo que se hacía era que sostuvieses varios libros sobre las manos hasta que ya no podías más, y era más como una especie de broma delante de la clase.

El profesor suspiró. Aquella historia no solo no esclarecía nada sino que enturbiaba más todo lo que sabía.

—Creo que con esto será suficiente —dijo Jim—. Me has ayudado mucho, Tom. Gracias.

—De nada, señor Schmoer. La verdad es que... hablando con usted he recordado cuánto la quería. No he olvidado su cara. A veces pienso en ella, ¿sabe? Y me da la sensación de que la veo delante de mí, sonriendo. Se ha convertido en un... recuerdo recurrente. Y me duele que sea así. Ojalá algún día sepa lo que le pasó y por qué se fue.

Jim detuvo la grabadora y se levantó. Tom lo acompañó hasta la puerta y antes de despedirse del joven, el profesor se detuvo en el porche, con la intención de contarle por qué realmente estaba allí. Quizá así lo ayudaría a no sentirse culpable.

—La muerte de esa otra chica de Mallow no es el único motivo por el que estoy investigando el caso de Gina, Tom. Hay algo más —confesó.

Tom Rogers arqueó las cejas, confuso, y esperó a que continuase:

—Una periodista del *Manhattan Press* ha recibido una fotografía de Gina, de la época en la que desapareció. En ella aparece retenida a la fuerza en el interior de una furgoneta. Te lo digo porque así sabrás que no se fue voluntariamente, sino que alguien le hizo algo. No tuviste la culpa de aquello, Tom. Alguien le hizo daño y por eso no llegó a casa.

Tom tragó saliva, pues no esperaba aquel golpe. Luego preguntó:

—¿Es eso verdad?

El profesor asintió, en silencio.

—¿Puedo verla? ¿La tiene ahí?

Jim recordó que le había hecho una fotografía con el móvil a la polaroid.

—Sí, pero no creo que sea buena idea...

—Por favor —suplicó, nervioso—. He pasado los últimos nueve años pensando en que se marchó por algo que le hice. No me haga esto.

Jim dudó unos instantes, pero finalmente aceptó. Sacó su móvil y le mostró la fotografía. Tom la miró con interés durante algunos momentos, casi se le saltaron las lágrimas, cuando de repente sentenció con un suspiro:

—Esta chica no es Gina.

CAPÍTULO 32

INSTITUTO MALLOW
25 de abril de 2011
Un día antes
Miren Triggs

Una chispa y todo cambia en un misterio,
pero también en el amor.

Un rato después aparqué el coche frente al instituto Mallow, en la acera opuesta, y busqué la cafetería en la que
el inspector Miller había aceptado esperarme. Me fijé en
que había cuatro autobuses amarillos plantados en la
puerta y me imaginé a Gina y a Ethan saliendo de clase
y subiéndose en uno de ellos en dirección a Rockaway.

En el mismo instante en que me bajé del vehículo
sonó una sirena que provenía del interior del instituto y,
pocos segundos después, las puertas de Mallow se abrieron para dejar salir a un torrente incesante de alumnos que
andaban en todas direcciones. Algunos se montaban en

los autobuses, otros se sentaban en los bancos de la zona y formaban grupos para hablar entre ellos. Unos recogían su bicicleta y se marchaban, otros se acercaban a un grupo de ciclomotores que había aparcados en los laterales de la carretera y se montaban en parejas. Se notaba que el centro estaba vivo, los alumnos parecían felices, y aquella imagen contrastaba con la que yo me había formado de Mallow tanto por lo que nos había contado Ethan como, especialmente, por el destino de Gina y Allison.

Vi al inspector ondear su brazo al otro lado del cristal de la cafetería y me dirigí hacia allí, seria. Tenía un café y un plato con migajas de pan sobre la mesa, y llevaba puesto un traje gris con una corbata negra.

—Miren, no sé cómo lo haces, pero siempre estás en todo. Pensaba que… con lo de tu libro te habrías… apartado un poco de este mundo. Por cierto, enhorabuena, que antes no me has dado oportunidad a que te dijese nada. He visto que estás en los escaparates de todas las librerías. Me alegro de verdad. Lo que hiciste por Kiera… creo que demuestra lo necesaria que eres en este mundo. ¿Sabes qué tal le va?

—No. Sus padres me han llamado varias veces, pero… creo que no pinto mucho más en sus vidas. He tratado de alejarme de ellos. Pienso que nadie tiene por qué meterse en sus vidas mucho más, ¿no crees?

—Bueno, ayudaste a esa familia de un modo que nadie es capaz de agradecer lo suficiente. Estoy seguro de que solo quieren verte para darte las gracias por lo que hiciste —dijo, en un tono reconfortante que pretendí ignorar.

—¿Has hablado con alguien del instituto? —inquirí—. ¿Qué te han dicho?

—Miren…, no puedo contarte nada.

—Está bien—. Y entonces le tiré la polaroid de Gina sobre la mesa.

Tardó unos segundos en entender de qué se trataba, pero su nombre escrito en el margen inferior inducía a poco error.

—¿Qué es esto?

—Me la entregaron en un sobre anónimo en el que estaba escrito «¿Quieres jugar?».

—¿Tienes ese sobre?

—Si lo preguntas por si tiene alguna prueba, me temo que servirá de poco. Me lo dieron durante una firma de libros hace un par de días y recuerdo que estuvieron moviendo los regalos y las cartas que me daban de un lugar a otro hasta que terminé. Estará demasiado manoseado para encontrar algo.

—Bueno, podemos intentar descubrir huellas o ADN.

—Lo tengo en el coche. Ahora te lo doy.

—Y… ¿cuál es tu teoría? ¿Qué crees que significa esta foto? ¿Por qué te la han dado a ti?

—Cuéntame lo que sabes del instituto Mallow y te cuento lo que yo sé —le reté.

A pesar de que confiase en mí, yo era un altavoz potencialmente peligroso, si se considera la información como algo capaz de abrir heridas.

—Oh, vamos, Miren. Sabes que no puedo hacer eso. Eres periodista.

—No publicaré nada que no tenga tu aprobación, Ben. Además, sabes que con este tema estamos en el mismo barco.

—No sé, Miren. No creo que estemos en el mismo barco. Estamos en la misma tormenta, pero no en el mismo barco. Tú quieres ir en una lancha rápida y yo no puedo avanzar así. No creo que deba…

—Te cuento lo que yo sé y luego tú a mí. No publicaré nada que no apruebes. Repasaremos todo juntos. Sabes que lo único que me importa es la verdad, igual que a ti.

—Está bien —aceptó finalmente a regañadientes. Esperaba que lo hiciese—. ¿Qué sabes? —me dijo.

—La semana pasada estuviste aquí, en Mallow, preguntando a algunos alumnos. Me lo contó Ethan, el hermano de Gina, que aún estudia en el centro. Sé que el reverendo tiene fama de ser un maldito hijo de puta y que tanto Allison como Gina estudiaban aquí. También sé la forma en la que Allison fue asesinada, crucificada en una de las naves abandonadas de Fort Tilden. Hay un grupo de chicos en Mallow que se hacen llamar los Cuervos de Dios, una especie de fraternidad clandestina de la que es difícil formar parte. Parece una cosa de adolescentes, pero… por lo visto lleva en marcha desde hace muchos años. Se reúnen, rezan, hablan de Dios. Eso dice Ethan.

—¿Cómo sabes todo eso? —me lanzó Ben.

—Preguntando y buscando. ¿Acaso hay otra manera?

—Está bien —protestó—. ¿Qué es eso de los Cuervos de Dios?

—No lo sé. Parece una pandilla de chicos de clase, pero no tengo nada. Ethan vio a Allison con algunos de ellos antes de que desapareciese. Por lo visto, ese grupo de los Cuervos existía en la época en la que Gina iba a Mallow.

—¿Conoces los nombres de los chicos que lo forman?

Negué. Luego continué:

—Pero hay un grupo de chicos de Rockaway que parece que no quieren que investigue. Me golpearon con una piedra en la playa y luego rompieron con otra la ventana en el motel en el que me quedaba, con una cita de la Biblia escrita en ella. Supongo que ya la conoces: «El que esté libre de pecado…».

—«… que tire la primera piedra» —completó él.

—Y ahora bien, inspector, ¿crees que no sé ya que el instituto Mallow tiene algo que ver con lo de Allison? Tu turno. ¿Qué sabes tú?

—Nada de esto se puede publicar. ¿Está bien?

—De acuerdo. Tú decides qué se publica y qué no.

Pensó durante algunos momentos hasta que al fin se lanzó:

—Allison estaba embarazada —sentenció.

—¡¿Cómo dices?!

—Me lo ha contado el reverendo Graham. Parece que intenta ayudar, aunque no me fio de él. Mientras esperaba a que llegases, he llamado al departamento forense encargado de la autopsia y me lo han confirmado. Allison estaba embarazada de dos meses.

—Dios santo…

—Ni se te ocurra publicarlo, Miren. Por favor. Es confidencial.

—Cuenta con ello. ¿Qué más sabes?

Sacó una biblia de su maletín y la dejó sobre la mesa, frente a mí.

—¿Qué es?

—La biblia de Allison Hernández. Estaba en el despacho del reverendo Graham. Había desaparecido de la habitación de su casa, junto a un crucifijo que había sobre la cama. Tiene partes subrayadas en las que se puede ver que le preocupaba lo que se decía en la Biblia sobre el aborto. Mi teoría es que ella quería abortar y el reverendo se negó en rotundo. Así que ella le buscó pasajes en los que se hablaba de la muerte de bebés o de madres que se comían a sus hijos. Lee este, por ejemplo.

—Señaló un pasaje con el dedo—: «No se quede ella ahora como el bebé que nace muerto, que al salir del vientre de su madre, ya tiene medio consumida su carne». O también este otro: «Y le dijo el rey: "¿Qué tienes?". La mujer respondió: "Esa mujer me dijo 'Dame a tu hijo y comámoslo hoy, y mañana comeremos el mío'. Cocimos, pues, a mi hijo, y lo comimos. El día siguiente yo le dije: 'Dame a tu hijo, y comámoslo'. Pero ella había escondido a su hijo"».

—¿En serio en la Biblia se dice esto? —pregunté confusa.

—Supongo que ya somos dos los que nos hemos llevado una sorpresa. Al parecer, se habla de todo. Al ser una mezcla de muchos libros distintos, en alguno que otro hay pasajes de este tipo. Bueno, e incluso peores.

—¿Y qué sabes sobre el reverendo? ¿Es como lo pinta Ethan Pebbles? Según me ha contado, parece que maltrata a los alumnos.

—No sé qué pensar de él. Es siniestro, sin ninguna duda, pero no sé más. No lo he tenido fácil para hablar con nadie de Mallow. Me ha resultado muy extraña una cosa sobre él.

—¿El qué?

—El reverendo tiene charlas privadas con los alumnos a puerta cerrada. Él dice que son normales, pero esta mañana, al llegar, estaba con una chica de…, de la edad de Allison. Tenía la puerta cerrada con llave.

—¿Crees que…, que les hace algo?

—No lo sé. Como te digo, dice que lleva toda la vida… siendo muy accesible a los alumnos y que confían en él para contarle sus problemas. No sé qué creer.

—¿Has comprobado sus antecedentes? —le pregunté.

—No. No lo tenía en el foco… hasta ahora.

—¿Podrías comprobarlo? Si es un enfermo, esas cosas son recurrentes. Una pequeña denuncia de adolescente, un tocamiento inapropiado, una novia que lo denuncia por fetichismos extraños… Hay cientos de casos en los que la Iglesia o los colegios religiosos están implicados en abusos sexuales a sus alumnos. Demasiados para ser una casualidad.

—¿Crees que el reverendo…?

—¿Crees tú que una persona como él no sería capaz de crucificar a una chica a la que… seguramente considera… una pecadora? Ethan me ha contado que las penitencias en Mallow son horribles. Quizá esta se le fue de las manos.

Pensó en silencio. Yo me fijé en que el dueño del bar nos miraba con la intención de que pidiésemos algo más o nos marchásemos de allí.

—¿Y qué sabemos de Gina? —reflexionó Miller—. Según tengo entendido, era una chica bondadosa y muy religiosa. No encaja con que haya corrido la misma suerte que Allison.

—¿Conoces a los tíos de Gina y Ethan? —respondí con otra pregunta.

Todo parecía desenmarañarse sobre la marcha.

—Christopher y Meghan. Hablé con ellos hace años. Estuvieron volcados en su búsqueda. Eran algo extraños, pero parecían buenas personas. Fue una pena no tener más recursos para buscarla.

—He hablado con ellos —sentencié.

—¿Y?

—Son muy religiosos. Supongo que eso no te sorprende. Por eso apuntaron a Gina y a Ethan en Mallow. Y... aquí viene lo mejor —me propuse lanzar aquella asociación adicional entre ambos casos—: Me contaron que un día Gina se enfadó con ellos y se fugó. Apareció por la noche, después de que sus tíos la buscasen por todo Rockaway. ¿Y sabes dónde les dijo que había estado?

Negó, esperando que continuase:

—En casa de Tom Rogers, su novio entonces, acostándose con él. Si el reverendo se enteró, y seguramente los Pebbles se lo contaron, para él Gina también se había convertido en una... pecadora, como ahora es Allison. Quizá, incluso, puede que se quedase embarazada. Si es un centro religioso, dudo que tengan muchas clases sobre educación sexual y cómo usar anticonceptivos.

—Joder, cada vez me gusta menos el reverendo. Pediré sus antecedentes. ¿Dónde entran los Cuervos de Dios en todo esto?

—No lo sé. Quizá el reverendo también esté dentro. Si fuese algún tipo de secta o culto privado, suelen tener un guía espiritual.

—¿Hasta el punto de crucificar a alguien?

—Lo que está claro es que... quienquiera que lo haya hecho, conocía que tanto Allison como Gina mantenían relaciones sexuales y... merecían un castigo —aseveré.

Las coincidencias entre ambas eran cada vez más creíbles.

—¿Y la polaroid? ¿Se la has enseñado a Ethan? ¿O a sus tíos? Creo que no deberías...

—Solo la habéis visto tú, Jim Schmoer y... yo.

—¿Jim? ¿Está también en esto?

—Alguien le escribió por internet y le envió una fotografía del momento en que estaban crucificando a Allison, como si estuviese tomada justo poco antes de subirla a la cruz. En la foto parece que había varias personas presentes. Jim me encontró en la playa, inconsciente, tras el golpe en la cabeza con la piedra. Si no hubiese sido por él, quizá me hubiese ahogado con la subida de la marea.

—Joder, no me gusta nada esto. ¿Tenéis esa imagen? ¿El *e-mail* desde donde se envió? ¿Por qué no nos lo habéis entregado antes? Quizá sirva para encontrar al culpable. Somos amigos, Miren, pero esto es ocultación de pruebas.

—Necesitábamos comprobar si era verdad, Ben. No... se puede renunciar a una historia así.

—Joder, Miren. Tener información sobre un crimen y no contarla es un delito.

—Ben... lo siento...

Bufó, enfadado. En realidad, le comprendía pero tras conocerlo durante años supe que iba a ceder.

—A ver qué digo para salvaros el culo —aceptó al fin. Luego pasó a lanzarme más preguntas.

—¿Cómo la conseguisteis?

—Fue por Twitter. Tengo una copia impresa de la fotografía en el coche. ¿Salimos y te la doy? —propuse.

—Quizá deba de hablar con Jim. Los de tecnológica tal vez puedan rastrear desde dónde se tomó o, incluso, la dirección IP desde la que se envió. ¿Le puedes decir que me llame?

—Aquí tienes su teléfono —dije.

Le enseñé la pantalla de mi móvil con su número, para no tener que hablar yo con él. Después de nuestra discusión no me atrevía a llamarlo si podía evitarlo.

—Está bien. Lo llamaré. ¿Tienes algo más? ¿Alguna teoría de cómo encajar todo esto que me has contado? Cuanto más conozco, más turbio me parece.

—A ver. Tengo una teoría que puede que se sujete con pinzas, pero necesito avanzar sobre suposiciones para saber cuál es el siguiente paso que debo dar.

—Cuéntame.

—Puede que el reverendo forme parte de los Cuervos. Puede que sea él el que alienta a los alumnos a entrar y…, bueno, explicarles las partes más oscuras de la Biblia a los alumnos más… curiosos. Aunque no creo que sea algo inocente. Ethan nos contó que no es fácil saber quiénes forman parte de los Cuervos. Que incluso hay gente de distintas edades y que ya ni estudian en Mallow. Quizá el reverendo descubrió que Gina se había acostado con Tom, seguramente confesado por sus tíos, y la castigó del mismo modo que lo hizo con Allison. La única diferencia es que a Allison la encontraron dos chicos que curioseaban en la zona y a Gina… no sabemos dónde la enterraron. Puede que pensasen ocultar el cadáver de Allison, una vez muerta, como podrían haber hecho con Gina, pero que la hallasen antes de que pudieran hacerlo.

—No lo creo —me corrigió—. Si fuese así, no te habrían dado la polaroid ni enviado la imagen de Allison al profesor Schmoer. Quieren que se sepa y que se investigue, pero… ¿por qué?

Aquella pregunta se quedó flotando en el aire el tiempo exacto hasta que, de pronto, retumbó un fuerte estruendo desde la calle, y la alarma de un coche comenzó a sonar con intensidad.

—¡¿Qué diablos…?! —grité.

CAPÍTULO 33

INSTITUTO MALLOW
25 de abril de 2011
Un día antes
Ben Miller y Miren Triggs

Es imposible controlar un incendio
tras encender una hoguera
en un corazón inflamable.

El inspector Miller siguió a Miren fuera de la cafetería para comprobar qué había sido aquel estruendo que aún reverberaba en sus tímpanos. Ambos habían identificado el sonido de la alarma de un coche y, nada más pisar la calle, el inspector se dio cuenta de que aún quedaban decenas de alumnos de Mallow arremolinados en corrillos y que los autobuses todavía estaban esperando a que se montasen los estudiantes de mayor edad. Todo el mundo los miraba atentamente a los dos y, en un principio, ninguno entendió por qué. Era como si esperasen su reacción, en silencio y expectantes. El sonido provenía del coche de Miren, cuya alarma zumbaba con fuerza y cuanto más se acercaban a él más insoportable se volvía.

—¿Qué ha...? —El inspector Miller detrás de Miren no terminó la pregunta.

De pronto comprendió de qué se trataba: la luna trasera del coche de Miren había sido reventada y había pequeños fragmentos de cristal esparcidos por el suelo y el asiento de atrás como si fuesen diamantes que brillaban con la luz de la tarde.

Miren buscó a su alrededor tratando de encontrar al culpable, pero todos los rostros que encontraba la miraban con la misma indiferencia. El inspector experimentó un extraño vértigo al sentir que alguno de aquellos alumnos podría haber destrozado la luna del coche y, sin embargo, era capaz de estar tan tranquilo, sin delatarse.

—¡¿Quién ha sido?! —gritó Miren enfadada, en un aullido que sorprendió al inspector—. ¿¡Quién!?

Miren se fijó en que una de las chicas pertenecía al grupo que había visto en la playa y le chilló.

—¡¿Qué queréis?! ¿¡Qué!? Os sentís intocables con vuestro silencio, pero que sepáis que también sois víctimas de él —chilló Miren.

De pronto se fijó en que varios alumnos que estaban al otro lado de la acera, chicos y chicas de entre quince y dieciséis años, sonreían en silencio. No se trataba de una sonrisa de felicidad, sino de satisfacción. Como si aquella explosión de Miren fuese el baile de las llamas de una hoguera que habían prendido con interés. La bocina del autobús se coló entre el zumbido de la alarma de Miren y los alumnos que quedaban por allí se fueron montando en él sin dejar de mirarla.

El inspector Miller trató de tranquilizarla, pero fue en vano. En una de las puertas del coche habían arañado con algo afilado la palabra: «JUEGA».

—Hijos de puta... —susurró Miren, al verlo—. ¿¡Que juegue a qué!? —gritó en su dirección.

Desde el autobús, todos los alumnos se habían pegado al cristal y la miraban, expectantes. El inspector Miller se acercó para calmarla.

—Está claro que no nos quieren aquí —dijo, serio.

—Pues no me marcharé hasta que no sepa lo que les ha sucedido a las chicas. ¿Qué pasa en este maldito instituto? ¿Es que todos han perdido la cabeza?

De pronto, Miren se fijó que un pequeño papel amarillento sobresalía enganchado en el borde de la ventanilla del conductor, encajado entre el cristal y la puerta.

—¿Qué es esto? —exclamó Miren.

El inspector se acercó, confuso, pisando algunos trozos de cristal que sonaron bajo sus pies como si caminase sobre gravilla. Se trataba de una nota manuscrita en tinta negra y cuando Miren la leyó sintió cómo su corazón le pedía a gritos que no siguiese adelante. En el texto de la nota rezaba:

SI QUIERES ENTRAR EN LOS CUERVOS
DE DIOS TIENES QUE SUPERAR
EL JUEGO DEL ALMA.

REGLAS:

I- CAMINA POR EL EXTERIOR DE
LA BARANDILLA DEL PUENTE.

II- QUEMA ALGO QUE TE IMPORTE.

III- SÚBETE A LA CRUZ CON
LOS OJOS VENDADOS.

Miren apretó la mandíbula y respiró con fuerza, tratando de comprender las implicaciones de aquel mensaje. No sabía qué era aquello, pero recordó que James Cooper le contó en la playa, antes del incidente, que para entrar en los Cuervos de Dios había que pasar unas pruebas. Buscó entre los ojos de los alumnos del autobús alguna señal y, de pronto, se fijó en que James estaba dentro, en las filas traseras, mirándola con la misma cara de indiferencia satisfecha que el resto de los que la observaban con atención. Una jauría de animales viendo cómo la presa entraba en la cueva sin salida. El paladar haciéndose agua, los ojos brillando de hambre. El autobús en el que estaba James arrancó y avanzó en dirección este, y Miren pensó que no tenía mucho tiempo.

—¡Está bien! —gritó en dirección al autobús—. ¡Si queréis que juegue, jugaré! —aseveró con rabia, al tiempo que abría la puerta de su coche y se montaba.

—¿Adónde vas, Miren? —dijo el inspector Miller, alzándole la voz—. Es lo que quieren. Desesperarte. No hagas ninguna tontería. Es peligroso, Miren.

—Ben —dijo Miren desde dentro del coche antes de cerrar—, si no vuelvo hoy por la noche, búscame.

—¿De qué estás hablando? —inquirió el inspector, en un aullido.

—Estaré bien. Averigua qué esconde el reverendo Graham. Yo descubriré quién está detrás de este maldito juego. Quizá Allison jugó y por eso... —Miren no terminó la frase y cerró la puerta.

—¡Miren, espera! —vociferó una última vez, justo en el instante en que ella arrancaba el motor y aceleraba con intensidad para dar alcance al autobús que se marchaba.

Miren zigzagueaba por la carretera entre acelerones y frenadas para evitar al límite un accidente mientras cambiaba continuamente de carril. Cuando por fin consiguió ponerse al lado del autobús, ambos vehículos se incorporaron al puente Marine hacia los Rockaways, con las dos torres de acero liderando la estructura celeste. Al ver el autobús lleno de alumnos de Mallow, la mente de Miren se imaginó a Gina y Ethan bajándose en la entrada por la que acababa de pasar, para cruzarlo a pie por el carril exterior. De pronto, Miren pegó un último acelerón, oyendo cómo el rugido del coche se colaba por la luna rota. Cuando por fin consiguió adelantar al autobús, pegó un volantazo hacia él y le cortó el paso obligándolo a frenar de golpe. Las ruedas se deslizaron durante varios metros hasta que al fin comenzaron a parar con un chillido que hizo que los alumnos de Mallow aguantasen las respiración. Miren cerró los ojos al darse cuenta de que se había equivocado con aquella maniobra y agarró el volante con fuerza sabiendo que el autobús estaba a punto de arrollarla.

—¡No! —aulló.

CAPÍTULO 34

NEPONSIT

25 de abril de 2011

**Un día antes
Jim Schmoer**

*A veces la verdad se muestra ante ti
tan tarde que no puedes hacer nada.*

—¡¿Cómo que no es Gina!?

—Esta chica no es Gina, señor Schmoer. No es ella —respondió, con un tono tan serio que era imposible encontrar una fisura en su afirmación.

—¿Estás seguro?

—Se parece, sí, pero no es ella —confirmó Tom—. Le han gastado una broma demasiado pesada, señor. Esta chica no es Gina.

—Mira bien la foto, Tom, por favor. Tiene la misma ropa que cuando Gina desapareció. La camiseta gris de Salt Lake, las zapatillas rojas…

—Recuerdo bien a Gina, señor. De verdad que no es ella. La forma de la cara…, incluso… el brazo derecho, mire.

—¿Qué le pasa al brazo derecho? —preguntó Jim, incrédulo.

—Tenía una quemadura del incendio en el brazo y esta chica no tiene nada. O… las quemaduras desaparecen o no es ella. Esta chica no es Gina. Lo siento mucho —dijo, en un tono que navegaba entre el alivio y la tristeza.

—Joder… —maldijo el profesor, con el corazón en la mano. Un nudo se le formó en la garganta y trató de reconstruir y comprender lo que pasaba—. Si esta chica no es Gina…, ¿quién diablos es?

—No lo sé, señor. Pero quienquiera que le haya dado esa imagen está jugando con usted.

—Conmigo no —dijo él—. Pero sí con… —Hizo una pausa al recordar a Miren—. Tengo que decírselo.

Buscó su móvil y navegó entre sus contactos hasta encontrar el teléfono de Miren. La llamó, nervioso, mientras Tom lo observaba sin comprender nada. Tras varios tonos, escuchó la voz de Miren al otro lado, tan distante y lejana que parecía mostrarle en realidad lo distanciados que estaban.

—¿Sí?

—¿Miren?

De pronto sonó un crujido metálico al otro lado del auricular, seguido de un ligero grito de Miren que

Jim no supo cómo interpretar. Sin él esperarlo, apareció al otro lado el sonido intermitente de llamada finalizada.

—¡¿Miren?! —dijo al teléfono. Confundido—. ¡¿Miren?!

Trató de llamarla un par de veces más, pero su móvil había dejado de dar señal. En un principio, el profesor Schmoer pensó que había sucedido algo y observó el suyo, extrañado. Conociendo a Miren, la creyó capaz de haberle colgado.

Tom suspiró con fuerza en el instante en que la voz de una persona anciana le habló desde la parte superior de la escalera.

—¿Tom? ¿Con quién hablas? —dijo.

Suspiró con fuerza y gritó hacia el interior de la casa:

—¡Ya voy, abuela! —Volvió la vista hacia Jim sin saber cómo despedirse—. Lo…, lo siento. Tengo cosas que hacer. Mi abuela…

—Muchas gracias, Tom. Me has ayudado. No te preocupes.

—Si necesita cualquier otra cosa…

—No te preocupes. Ayuda a tu abuela —dijo Jim. Luego continuó—: ¿Crees que podré hablar con los vecinos por si vieron algo? He comprobado el expediente de Gina y no he visto que a ninguno de ellos les tomasen declaración entonces. Nadie dijo ver a Gina aquel día, salvo…, el hombre que habló conmigo, un tipo que tiene una caravana en el parking.

—Ah, sí. El viejo Marvin. Es un buen tipo. Algo huraño, pero creo que es la única persona decente por allí. Todos los demás en Rockaway… parecen tener secretos. Creo que no se salva nadie. El viejo Marvin siempre ha ayudado a todo el mundo cuando ha podido. Creo que no hay nadie en los Rockaways que no lo conozca. A veces la gente más extraña suele ser la más bondadosa.

Jim asintió, aunque estuvo a punto de contarle que el viejo Marvin lo había encañonado con una Colt. Luego Tom continuó:

—Con respecto a mis vecinos… puede preguntar a quien quiera. Yo ya hablé con todos en su momento y nadie la vio. Era una hora complicada. O todos estaban comiendo en casa o fuera, en el trabajo. No había nadie en la calle en ese momento. Pero puede intentarlo. No son mala gente. Algo distantes, pero supongo que como todos ahora.

—Gracias, Tom —dijo Jim a modo de despedida—. Siento que Gina desapareciese.

—Y yo también, señor Schmoer —respondió.

Jim salió de casa de los Rogers nervioso, sin saber cómo asimilar que la chica de la polaroid no fuese Gina Pebbles. En su mente se agolparon preguntas cada vez más complejas, y ninguna parecía tener una respuesta aparente. Si aquella chica no era Gina, ¿de quién se trataba? ¿Quién había preparado aquella fotografía, calcando al milímetro la ropa que llevaba Gina para que la confundieran con ella? Y la pregunta que lo consumía por dentro: ¿quién y por qué le había dado a Miren aquella imagen? ¿Qué clase de juego macabro pretendía jugar con ella?

Pensó que detrás de la imagen podría estar el mismo usuario de Twitter que le había enviado la fotografía de Allison, y aquello lo inquietó aún más. Llamó de nuevo a Miren, sin éxito. Su teléfono parecía haber muerto en el mismo instante en que ella respondió y una parte de él prefirió pensar que solo se había quedado sin batería. Y no que ella estuviese enfadada con él.

El profesor deambuló por la calle 149 de Neponsit analizando las casas y, cuando por fin tuvo las ideas claras, llamó a la primera de ellas, sin respuesta. A pesar de lo cuidada que estaba, no parecía haber nadie. Llamó a varias puertas más, con el mismo resultado. Se dio cuenta de que salvo en tres casas en toda la calle, ninguna tenía coches aparcados, y supuso que eran segundas residencias que estaban vacías durante gran parte del año. Finalmente se acercó a una de ellas, que tenía un Vauxhall azul con matrícula de Nueva York frente al garaje. Le abrió una mujer rubia con el pelo rizado a quien parecía haberle interrumpido el primer sorbo a su té favorito, y que lo saludó invadida por la confusión al ver a un hombre desconocido tocar en su aldaba. Vestía un elegante traje rojo y tenía las cejas marcadas con lápiz de ojos.

—¿Qué quiere? —dijo, arqueando sus cejas oscurecidas.

—Hola. Me llamo Jim Schmoer y soy periodista de investigación independiente. Estoy revisando un caso de una chica que desapareció aquí en 2002. ¿Lo recuerda?

—Oh…, estaba a punto de… —dijo, intentando acabar con la conversación.

—Será solo un momento. De verdad —suplicó Jim, con ojos de preocupación.

—No me gusta… hablar de los demás, ¿sabe? Aquello fue una desgracia y es una pena lo que le pasó a aquella chica, pero no me gustaría… remover mierda, ¿entiende? Las casas de esta zona bajaron de precio los años posteriores a su desaparición. ¿Quién se iba a querer mudar a un vecindario en el que había desaparecido una chica? Un lugar así no es adecuado para criar una familia.

—Pero…

—Uy, recuerdo que a los Rogers los destrozaron con aquello. El precio de su casa se desplomó y mira que justo la estaban vendiendo. No, por favor. No saquen esto de nuevo. Me va a hundir el negocio. ¿Quiere?

—¿El negocio?

—Soy agente inmobiliario. Si quiere le doy una tarjeta. ¿No ha visto los carteles? ¿Hola? —dijo como si tuviese que conocerla—. Sale mi foto.

Jim miró a su alrededor y se fijó en que en varias casas había carteles de una inmobiliaria llamada Mrs. Evans Properties, con la fotografía de la señora Evans sonriente, enfundada en su traje y con la misma sonrisa perfecta con la que lo miraba.

—Llevo todas las casas en Neponsit. Es mi… coto de caza. Si quiere una casa aquí, me llevo comisión. Un cinco por ciento. Diez si quiere que le consiga hipoteca. No buscará casa, ¿verdad?

—Vaya. Supongo que le irá bien, entonces.

—¿Bien? ¿En qué mundo ha vivido usted en los últimos cuatro años? Acabamos de pasar la mayor crisis del siglo. Llevo años sin vender una maldita casa. Y ahora que parece que la cosa remonta viene usted a remover esto. No. Me niego.

—¿Los Rogers estaban vendiendo su casa?

—Bueno, sí. Se querían mudar y, ya sabe, buscar algo más económico, pero cuando la novia de su hijo desapareció, el valor de su casa se desplomó un cincuenta por ciento. La del resto de vecinos, un treinta por ciento. No parecerá mucho, pero es lo suficiente para que no consigas cancelar la hipoteca por la venta y arrastres una deuda horrible.

—¿Cómo sabe todo eso? ¿Quién le contó que querían mudarse?

—El mismo señor Rogers. Yo le vendía la casa. Se la había enseñado a varias familias y era perfecta. Muy cuidada. Ese hombre es un manitas y le dio el toque perfecto con ese techo verde. Esa casa es un dulce. Muy golosa, parece de cuento, la verdad. Pero claro, a un cincuenta por ciento…, ¿cómo la iba a vender?

—Por lo que he visto no lo consiguieron. Siguen viviendo ahí.

—Bueno, fue todo muy triste y creo que el señor Rogers trató de solventar el asunto lo mejor que pudo. Se lo puedo asegurar. Tenía un taller en el garaje y, para remontar un poco el precio de la casa, él mismo se puso a reemplazar la madera exterior, cambió el tejado y colocó uno nuevo, y también mejoró el garaje, para ver si así conseguía aumentarle el precio. Ese hombre siempre ha sido muy trabajador. Se tiró un buen tiempo de obras allí. Pero claro, quería ahorrar para la universidad de su hijo y…, bueno, a veces las cosas no vienen bien dadas. No todos los que viven aquí están forrados, ¿sabe? Los hay con dinero, sí. Pero algunos solo pillaron una buena racha y luego… tienen que plegar velas y volver a lo que uno es.

—¿Quiere decir que los Rogers no tienen tanto dinero como para estar aquí? —inquirió el profesor.

—A ver…, todo esto que yo le cuento lo hago porque me parece usted muy guapo —sonrió, dejando a Jim descolocado—. Pero… me tiene que prometer que no lo publicará.

—Solo estoy tratando de saber qué le pasó a Gina Pebbles. Esto no irá a ningún artículo. No trabajo en ningún periódico, si le preocupa eso.

—Verá, cuando la cosa empezó a ponerse bien y subieron de nuevo los precios, una vez que había pasado el revuelo de la chica que desapareció, fui a visitarlo de nuevo. Tenía varios compradores interesados. Un matrimonio le quería ofrecer un auténtico dineral.

—¿Y qué pasó?

—Lo rechazó. Dijo que de allí no se movía. Un año de obras en casa, que parecía que estaba construyendo un centro comercial, y cuando le consigo un comprador que ofrecía más de lo que pedía en un principio, rechazó la oferta. ¿Se lo puede creer? Luego vino la crisis y, bueno, casi malvendo la mía por culpa de los bancos y sus malditas segundas hipotecas. ¿Quiere un consejo? Si puede, nunca pida una hipoteca. Te cobran comisiones por todos lados y te sacan los ojos a la mínima.

—Incluida su comisión, claro —saltó Jim, incapaz de callarse aquel exabrupto.

—Es el negocio, amigo. Facturas que pagar. Ya sabe. Qué le voy a contar que no sepa. Usted es de mi quinta.

—¿Y dice que no quiso vender la casa?

—Y le ofrecían medio millón más de lo que él pedía. Hubiese podido pagarle la universidad a su hijo.

—¿Por qué crees que lo hizo? —preguntó Jim, con interés.

—Se encariñaría con la casa. Ya le he dicho que es una preciosidad, y muy cómoda. Al lado de la playa, dos plantas... garaje/taller. Conseguiría dinero por otro lado o yo qué sé.

—Entiendo. Muchas gracias, señora... Evans.

—¿Quiere pasar a tomar un... té?

—No, de verdad. Gracias.

—¿Y a follar? —dijo de repente, apoyándose en el marco de la puerta.

—¿Perdone? Creo que... tengo... que irme. Tengo que...

—¿Es usted gay?

—No, pero es que... tengo..., verá..., le agradezco el interés —titubeó, al no saber cómo escapar de aquella situación—. Pero... estoy ocupado.

—Si deja de estarlo, llámeme —dijo, cambiando el tono a uno dos octavas más grave—. Puede coger mi número de los carteles de las casas en venta.

—Gracias, señora Evans —respondió Jim, que no esperaba aquel asalto de repente.

La señora Evans se despidió de él imitando un teléfono con la mano antes de cerrar la puerta, y el profesor se alejó de la casa con una inquietud que en un principio no llegó a comprender. Se fijó de nuevo en la casa de los Rogers y, sin duda, el domicilio tenía un aspecto vistoso comparado con las de los alrededores. Estaba pintada de un amarillo plátano que contrastaba con belleza con el verde eucalipto del tejado. Observó el coche de los Rogers; un Dodge Ram de color gris que descansaba junto a la acera, algo lógico al estar ocupado el garaje con el taller de carpintería. Este estaba al final de un camino asfaltado junto a la casa, y Jim recordó que Tom le había contado que su padre estaba trabajando en el taller.

Jim se acercó al garaje y escuchó, proveniente del interior, el sonido de una sierra de disco en marcha cortando algunos tableros tras el portón verde que hacía juego con el tejado.

—¿Hola? —gritó—. ¿Señor Rogers?

Golpeó un par de veces en el portón y, unos segundos después, este se levantó, dejando ver a un hombre de pelo castaño, barba descuidada como si llevase semanas trabajando en aquel garaje y dedos gruesos, observándolo tras unas gafas de protección transparentes.

—¿Quién es usted? —preguntó, confuso.

—¿Señor Rogers?

El tipo asintió. Se quitó las gafas de protección y dejó ver la marca que le habían dejado en la piel, como dos surcos que parecían dibujar un antifaz invisible.

—¿Podría hablar con usted? Es importante. Es sobre la novia de su hijo.

—¿Novia? Mi hijo no tiene ninguna novia —replicó, realmente molesto.

—Me refiero a… Gina Pebbles. Seguro que la recuerda.

CAPÍTULO 35

PUENTE MARINE
25 de abril de 2011
Un día antes
Miren Triggs

La vida va de jugar a un juego
del que no conocemos las reglas.

Era fascinante sentir cómo cambiaban las emociones al conducir sobre el puente Marine, sabiendo que quizá estaba a punto de dar un paso en falso y caer al vacío por saltar sin red. Me había dejado llevar por un impulso, de esos que suelen estallar entre los dedos sin pensar las consecuencias, y, cuando abrí los ojos tras el chillido de las ruedas del autobús de Mallow, sentí que había sido un milagro que lograse parar a escaso medio metro de mi coche. Me bajé del vehículo entre los pitidos del autobús y los gritos enfadados del conductor, notando cómo la adrenalina me recorría la punta de los dedos.

Sentí el olor a agua salada que brotaba de la bahía de Jamaica, que flotaba sobre el viento hasta llegar a donde estaba, y el inconfundible rugido de las olas del océano. Me quedé inmóvil mirando al autobús y vi cómo todos los alumnos se ponían de pie dentro y me observaban con expectación. Tras el autobús se comenzaron a agolpar otros coches que no entendían lo que pasaba y también tocaban sus cláxones como si tuviesen el poder de influir en lo que estaba a punto hacer.

Recordé las palabras de la nota que habían dejado sobre el coche y que habían propiciado aquel impulso sin retorno.

SI QUIERES ENTRAR EN LOS CUERVOS DE DIOS TIENES QUE SUPERAR EL JUEGO DEL ALMA.

REGLAS:

I- Camina por el exterior de la barandilla del puente.

II- Quema algo que te importe.

III- Súbete a la cruz con los ojos vendados.

En cuanto leí aquel papel supe al instante a qué se refería, aunque todo parecía más siniestro y oscuro de lo que recordaba. Yo misma me había enfrentado en su momento a las pruebas de mi pandilla de adolescentes, *Fallen Stars*, ideadas por mi compañera de clase Vicky, y lo viví todo como algo mucho más inocente que esta nueva versión que habían creado los Cuervos de Dios en Mallow. Todo lo que orbitaba en torno a ellos parecía estar invadido de un aura de secretismo y peligrosidad que me hizo plantearme si de verdad se trataba de un grupo de estudiantes de Mallow o era algo mucho peor.

La primera de las tres reglas del juego del alma parecía una prueba de valor. Saltar al otro lado de la barandilla del puente tenía como intención comprobar la valentía del jugador. Si eras capaz de cometer tal locura, sin duda eras una persona valiente o inconsciente, cualquiera de las dos seguro que le valía al grupo. El puente Marine colgaba sobre la superficie de la bahía a unos veinte metros sobre el nivel del agua, y una mala caída desde ahí podría partirte los huesos.

La segunda prueba, quemar algún objeto importante, parecía querer cuestionar tu capacidad de renuncia. Quemar un objeto importante requería un esfuerzo emocional de los que dejan cicatrices en el alma. La tercera, la de subirte a la cruz, me pareció la más macabra de todas y no tardé en conectar aquel último examen con la manera en que murió Allison Hernández. ¿Moriría así, tratando de superar las pruebas de los Cuervos?

Cada una de las reglas del juego del alma parecía diseñada con la única intención de minar los tres principales atributos de la entereza de una persona, como si fuesen los tres cerrojos del alma, y pasar cada uno de ellos requería abrir las puertas para que quien quisiera metiese sus podridas ideas allí dentro.

Deduje todo aquello porque recordaba que, cuando era una adolescente, hacíamos pruebas —mucho más inocentes— con las mismas ideas para acceder a *Fallen Stars*. Recordé que las nuestras consistían en pequeños juegos inofensivos: la de valentía, en decirle a un chico que te gustaba; la de confianza, en desvelar un secreto al grupo, escrito en papel, que quedaba guardado en un pequeño cofre y al que todos teníamos acceso. Después, con el tiempo, abrimos aquella caja y fue el motivo por el que *Fallen Stars* dejó de existir. La tercera era la más extraña de las tres y solo la hicimos Vicky y yo, el primer día que montamos el grupo. Un juego absurdo que consistía en pincharte con una aguja y dejar caer una gota de sangre sobre una cartulina que habíamos recortado con forma de carnet. Cuando Bob, Sam, Carla o Jimmy quisieron entrar al grupo, aquella prueba nos pareció tan ridícula y repugnante que ninguno la realizó.

Levanté la vista y vi que todos los alumnos del autobús tenían sus ojos clavados en mí. El conductor gesticulaba colérico que apartase el coche y yo, simplemente, apreté la mandíbula y, en silencio, me agarré a la barandilla con firmeza antes de pasar la pierna por encima y quedarme colgando a ambos lados sin poder apoyar los pies en el suelo.

Miré de nuevo al autobús y comprobé, con sorpresa, que algunos alumnos habían bajado las ventanillas por el lado en el que yo estaba y golpeaban rítmicamente la chapa exterior con una cadencia que me recordó al latido de un corazón.

Reconocí a Ethan entre el grupo, mirándome con cara de preocupación. Los golpes sobre el autobús crecieron en volumen y en ritmo, y se me erizó el vello de la nuca al sentir que estaba cometiendo el error que ellos anhelaban. Sonó una campana desde algún lugar del puente y pensé que quizá habían alertado a la policía de que había una mujer encaramada a la barandilla.

Me agarré con fuerza y traté de descolgarme con cuidado al otro lado. Me temblaban las manos. El viento soplaba con fuerza y cuando quise apoyar el segundo pie en el otro lado, miré abajo. Me fijé en que dos pequeños barcos pesqueros deambulaban por la bahía y su tripulación parecía estar enrollando unas redes sobre la cubierta sin ser conscientes de que, veinte metros por encima, yo estaba a punto de pisar en falso. Un velero con la vela recogida se acercaba al puente con paso lento y, de pronto, identifiqué un grito entre los golpes de los alumnos.

—¡No lo haga! ¡No! —Era la voz de Ethan—. ¡No lo haga!

El ritmo de los golpes crecía con cada segundo que pasaba y a pesar de que llegó un momento en que confundí aquella percusión con la que salía de mi propio pecho, otros gritos de varios alumnos se lanzaron a corregir a Ethan.

—¡Tiene que caminar por fuera! —chilló una voz masculina.

—¡No sea cobarde! —gritó una chica.

—¡Salte! —sentenció una última voz que no llegué a reconocer.

Otras se unieron a aquella última petición y, pronto, los golpes al autobús fueron acompañados por un cántico que repetía una y otra vez: «Salta, salta, salta» *in crescendo*, unido al sonido de la campana, como si fuese un coro esperándome a las puertas del infierno.

En el mismo instante en que apoyé el pie sobre el vuelo exterior del puente, como si aquel gesto hubiese sido siempre parte de mi destino, como si todo estuviese pensado desde un inicio, noté que mi móvil estaba sonando y vibrando en mi bolsillo. Me sentía segura, a pesar de la altura. Me enganché del brazo en la barandilla y contemplé desde allí las dos orillas que unía aquel puente: Rockaway y Queens, tan cercanas y, al mismo tiempo, tan distintas. Ahora que miro hacia atrás y contemplo lo que pasó con los ojos de la muerte, sé que todo hubiera sido muy distinto si no hubiese tratado de coger aquella llamada.

Me solté de una mano y saqué el móvil del bolsillo. No sé por qué pensé que lo tenía todo controlado. Tal vez algo de mí quiso propiciar lo que pasó, tal vez una pequeña parte de mi subconsciente estaba harta de seguir peleando contra mi propia desaparición. Vi el nombre de Jim en la pantalla y no pude evitar sentir la chispa, el fuego, recordar el beso en el hostal y también el miedo a sentirme protegida. Cogí la llamada con un leve:

—¿Sí?

Pero justo en ese momento sonó un potente crujido metálico seguido de una sacudida proveniente de las entrañas del puente Marine. Me agarré al instante a la barandilla y vi cómo mi teléfono se me escapaba entre los dedos y se perdía en las profundidades del agua de la bahía. Toda la estructura vibraba con intensidad y, cuando miré atrás, me di cuenta de que el autobús permanecía inmóvil mientras mi vehículo y yo nos elevábamos junto con la estructura central del puente de manera vertical. Había olvidado que el puente Marine era elevable y que esporádicamente se levantaba para dejar paso a barcazas de mayor altura. Traté de volver al interior mientras la estructura subía treinta metros, pero cualquier movimiento me parecía peligroso. Los alumnos de Mallow aporrearon con más fuerza el autobús y el conductor les hizo gestos para que se detuviesen. Algunos se bajaron del vehículo y se asomaron al borde para observar la gigantesca mole de acero levantarse conmigo encima, encaramada a más de cuarenta y cinco metros sobre el agua. El puente se detuvo de golpe cuando llegó arriba y estando allí, lo admito, pensé en saltar.

No fue algo meditado, sino un relámpago que rechacé al instante, pero aquella idea ya se había colado en mi mente por algún resquicio de mi alma y, poco a poco, aquel pensamiento estaba destinado a engullir todo lo demás.

Respiré hondo y, desde allí arriba, caminé unos doce o trece metros por el borde exterior, mientras el vértigo y el miedo invadían mis entrañas. Los alumnos parecían haberse callado y, en aquel silencio, solo interrumpido por la campana que daba la señal de que el puente se iba a mover, pensé que quizá aquella prueba de valor me estaba afectando más de lo que había imaginado en un principio. ¿Acaso consistía en eso el juego del alma?

Poco después el puente descendió, conmigo agarrada a la barandilla, y se encajó con un fuerte golpe en la estructura fija. La alarma dejó de sonar y los alumnos de Mallow miraron en silencio cómo saltaba al interior. Yo les devolví aquella mirada, aquella rabia que tenía en mi alma, y reconocí el rostro de Ethan que asentía con satisfacción mientras los demás parecían ajenos a lo que acababa de pasar. Vi a James Cooper subirse al autobús con rostro serio y, de pronto, la voz del conductor volvió a sonar en mi cabeza:

—¡¿Está loca?! ¿Por qué ha hecho eso? Casi nos mata y casi se mata usted.

Lo dejé con la palabra en la boca y volví a mi coche mientras él gritaba. Varios vehículos que se habían apelotonado tras el autobús y que también tenían el camino cortado comenzaron a tocar el claxon, desesperados; y a mí, en ese momento, lo único que me pedía el corazón era pasar a la segunda prueba:

II- Quema algo que te importe.

INSTITUTO MALLOW
25 de abril de 2011
Un día antes
Ben Miller

A veces puedes tener la verdad delante,
pero estar escondida con forma de mentira.

El inspector Miller se quedó observando el vehículo de
Miren que se alejaba a toda velocidad tratando de seguir
al autobús y no supo cómo reaccionar. No entendía
nada. Miren siempre había sido indescifrable para él y,
a pesar de que se llevaban bien, no sabía de lo que era
capaz. Esa parte de Miren estaba oculta, muy oculta entre las sombras de su alma, y aquel lado oscuro siempre
había sido un misterio que nadie conocía. El inspector había olvidado el sabor de la adrenalina y aquel golpe de
energía de Miren lo dejó descolocado. Le recordó a
cuando él, muchos años atrás, antes de que desaparecie-

se Daniel y se incorporase a la Unidad de Desaparecidos, persiguió a un vehículo que dos atracadores de bancos habían secuestrado a punta de pistola, y en el que había una niña de tres años en el asiento de atrás. En aquel entonces era joven, enérgico, Daniel no había nacido y, por tanto, sentía que no tenía nada que perder. Era principios de los ochenta, acababa de conocer a Lisa y utilizó aquella historia, que además adornó con algunos detalles inventados, para conquistarla definitivamente.

La verdad es que sabía que Miren era una chica tranquila, y tímida, aunque algo seca, pero con una determinación inquebrantable. Todo lo que había llegado a hacer para salvar a Kiera Templeton fue un ejemplo de ello, aunque el inspector Miller siempre pensaba que parte de lo que sucedió fue fortuito. Pero no tenía duda de que Miren era una caja de sorpresas y no sabía qué esperar de ella en cuanto la vio arrancar y perderse por el final de la calle. Se fijó en que no quedaban alumnos en Mallow, los autobuses habían desaparecido y el trasiego de personas caminando en todas direcciones se había esfumado, como había hecho Gina Pebbles en su momento.

Ben Miller volvió al interior de la cafetería, para pagar el sándwich y el café que se había pedido mientras esperaba a Miren, y comprobó que ella se había dejado la polaroid de Gina sobre la mesa.

Cuanto más la observaba, menos sentido le encontraba a la imagen y, por un momento, pensó incluso en hacer una copia para llevársela a su familia. Luego rechazó aquella idea, al pensar que solo contribuiría a generar más dolor a su hermano Ethan, que había visto cómo sus padres habían muerto en un incendio y cómo su hermana había desaparecido.

—¿Quién diablos hizo esta foto? —susurró en voz baja.

Se sentó allí de nuevo, destrozado, y el dueño del bar se acercó para preguntarle si quería algo más.

—Ponme otro café, por favor. Necesito pensar —dijo, sin levantar la vista hacia él.

Estuvo un rato allí sentado, observando la polaroid y tratando de encontrar algo en la imagen que le indicase dónde fue tomada. No obtuvo resultados. La fotografía estaba encuadrada de modo que solo aparecía Gina en el centro, algo borrosa, mirando a la cámara con rostro de preocupación y con una mordaza en la boca. Al ser incapaz de hallar nada en ella, sacó la biblia de Allison y navegó entre sus páginas. Buscaba algún otro pasaje subrayado que no hubiese leído. Nada tenía sentido y, sin embargo, todo parecía conectado de un modo que era incapaz de comprender.

Se fijó en que el dueño del bar no paraba de observarlo y se dio cuenta de que cuando él levantaba la vista el hombre apartaba la suya.

—¿Quiere algo? —exclamó Ben, molesto.

Entonces este se acercó nervioso y le dijo:

—¿Es usted policía, verdad? —dijo en un susurro, para luego otear a su alrededor y comprobar si había alguien.

—Más o menos, sí. Del FBI.

—Verá…, no me gusta meterme en líos, pero… estando frente a ese centro…, creo que no debería callarme.

—¿Qué ocurre? —inquirió Ben, con interés.

—El director de ese sitio a veces viene aquí, ¿sabe?

—¿Cómo dice?

—El reverendo Graham, de Mallow. Viene a veces aquí. Les he oído a usted y a su amiga hablar de él. Sé que quizá no es de mi incumbencia, pero… ese tipo a veces viene por las mañanas y…

—Supongo que es normal. Es la única cafetería por la zona —justificó Ben, tratando de que el dueño del bar fuese más explícito con lo que quería contar.

—A ver, déjeme explicarme. Quiero decir que no viene solo.

—¿Con alguna profesora? ¿A eso se refiere?

Negó con la cabeza, como si tratara de darle forma al nudo que tenía en la garganta.

—Con una alumna. No sé. No me parece normal.

—¿A qué se refiere? ¿Invita a desayunar a los alumnos?

—Alumna. Suele venir solo con una. Y… no sé. Me da la sensación de que es demasiado cariñoso con ella. Tenía que decírselo.

—¿En qué sentido? —espetó Ben, buscando lógica en las palabras del dueño.

—Está bien. Se lo contaré. Pero, por favor, no diga que he sido yo quien se lo ha dicho. Ese tipo me da mal rollo.

Ben asintió. Si se trataba de algo importante o incriminatorio, ya tendría tiempo de convencerlo para que declarase de manera oficial.

—Hace unas semanas… vino aquí con la chica que le menciono, de unos quince o dieciséis años, alumna de Mallow. Sé que lo era porque vestía el uniforme. Sería media mañana. La cafetería estaba vacía. Me está costando conseguir clientes y a esa hora no suele venir nadie.

—¿Y qué pasó?

—Me resultó extraño que se sentase a su lado. Un tipo de su edad…, tan cerca de una chica del instituto…, no sé. Ya ha visto cómo son estas mesas. Era extraño cuanto menos. Y más sabiendo que…, que ese hombre es reverendo. La pureza, el pecado y todas esas cosas, ¿no?

—¿Qué me quiere decir? No le sigo.

—Vi cómo el reverendo ponía sus manos sobre el muslo de ella de una manera…, no sé cómo explicarlo. Demasiado cariñosa. Me acerqué a preguntarles si deseaban tomar algo más. Quería interrumpir lo que fuera que estuviese haciendo bajo la mesa.

—¿Y pasó algo? —preguntó Ben, a quien no le gustaba lo más mínimo el cariz que empezaba a tomar el asunto.

—Ella estaba llorando. Cuando me acerqué, permaneció en silencio, con su comida intacta, pero tenía la cara cubierta de lágrimas. El tipo ese sacó sus manos de debajo de la mesa y le pegó un bocado a su bocadillo, indiferente. Me resultó repugnante verlo masticar.

—¿Cómo era la chica? ¿Sabría reconocerla? —preguntó Ben, con la sospecha de que todo parecía encajar.

—Era una chica de pelo castaño, largo. No se me olvida su cara y… pensé en avisar a la policía, ¿sabe? Pero ¿a quién iban a creer? Esos tipos tienen fama de no mentir y yo he invertido demasiado dinero en este local como para ganarme el odio de Mallow. La mayoría de los que vienen trabajan en el centro, ¿sabe? Recuerdo que cuando monté esta cafetería vi con buenos ojos tener un instituto religioso delante. Pensé que quizá Dios bendeciría mi inversión, pero… este sitio es una ruina. Creo que lo maldijo el diablo.

El inspector buscó con rapidez entre los papeles de su maletín y sacó el expediente de Allison. Le mostró la fotografía de la primera página y el hombre la examinó.

—¿La ha visto aquí alguna vez con él?

—No me suena. Solo lo he visto últimamente con la chica de pelo castaño que le menciono. Siempre la misma. Ella no parecía muy feliz, ¿sabe? No sé. Era la sensación que me daba al verla. Como si estuviese pidiendo ayuda con la mirada.

—Entiendo —dijo Ben al tiempo que asentía, pensando en cómo procesar aquello. Luego continuó—: ¿Le puedo preguntar una última cosa?

—Sí, yo solo… quiero ayudar. No soy religioso, ¿sabe? Pero soy buena persona. Mi padre me enseñó que el único Dios que existe es uno mismo. Y que lo que hacemos es lo único que importa.

—¿Lleva muchos años aquí? ¿Cuándo montó esta cafetería?

—En el dos mil. Con el cambio de siglo. El fin del mundo. ¿Lo recuerda? Decían que se iban a caer los aviones y todo eso. Cuando llegó el uno de enero y vi que no había pasado nada, me dije: «A la porra, Kevin, vas a montar un bar, como siempre has querido hacer». Y aquí estoy, atrapado. Todos mis ahorros agarrados a estas paredes. O sigo trabajando aquí, malviviendo, o pierdo todo lo que invertí.

—¿Recuerda haber visto algo más durante estos años? ¿Algún otro comportamiento extraño del reverendo o de alguien de Mallow? Profesores, alumnos…

Negó con la cabeza.

—Está bien —se conformó, finalmente—. Me ha ayudado mucho. ¿Declararía todo eso que me ha contado en comisaría?

—¿Sabrían que he hablado yo? —inquirió con gesto de preocupación.

Ben asintió.

—Preferiría que no…

—Esto puede ser más serio de lo que usted imagina. Encontraron el cuerpo de esta chica el sábado en una nave abandonada, en Fort Tilden. Estudiaba ahí enfrente. En Mallow.

El hombre se llevó las manos a la boca.

—¿La chica que había desaparecido? He visto los carteles por aquí. ¿Creen que lo hizo él? —preguntó con dificultad.

—No le puedo contar nada —aseveró Ben—, pero cualquier información que me dé puede ser importante. Esto…, no sé. No me da buena espina.

Al dueño del bar se le llenaron los ojos de lágrimas. Luego, tras una larga pausa en que pareció tragarse sus miedos junto a su saliva, exclamó:

—¡Está allí! —Señaló hacia la calle, en dirección a la puerta del instituto.

—¡¿Cómo dice?!

—¡Es ella! ¡Está ahí! ¡En la puerta de Mallow!

El inspector Miller desvió la mirada hacia fuera, a través de la ventana de la cafetería, y vio a una chica de melena castaña larga, cabizbaja, vestida con el uniforme escolar, saliendo del instituto con prisa y fuera del horario escolar.

—¡Esa es la chica que vi con el reverendo! —gritó alarmado Miller.

El inspector salió deprisa tras la joven que trotaba en dirección al único ciclomotor que quedaba aparcado frente al instituto Mallow. Ben cruzó la calle de una carrera, y un coche tuvo que pegar un frenazo súbito para no llevárselo por delante. El claxon golpeó con fuerza sus tímpanos y él trató de ignorarlo para llegar a ella antes de que se subiese en la moto y se marchase.

—¡Hola! —le dijo, casi sin aliento.

La chica ya se había puesto el casco y había arrancado la moto. Ella lo miró, en silencio, y Miller se dio cuenta, a través de la visera, de que la joven tenía el borde de los ojos circundados por un fino hilo rojo que delataba que había estado llorando.

—¿Podemos hablar? Soy inspector del FBI.

BREEZY POINT
25 de abril de 2011
**Un día antes
Miren Triggs**

CAPÍTULO 37

*Nos caemos cientos de veces en la vida
y, aunque no lo sepamos desde un inicio,
algunas veces solo son impulsos para volar.*

Conduje por Rockaway, dejando a mi espalda el parque Jacob Riis, y paré en la única estación de servicio, frente a las antiguas instalaciones de Fort Tilden, para comprar una garrafa de gasolina. Me encantaba el olor de la gasolina, aunque no fuese algo que una admitiese en público. Me recordaba a cuando, de niña, acompañaba a mi padre a inflar las ruedas de nuestra ranchera y me tiraba al suelo para ayudarlo a sujetar la válvula mientras él comprobaba la presión. La vida era eso: recuerdos puntuales que se te clavaban en la mente y que surgían cuando los evocabas con olores, discusiones o emociones, y que nunca pasaban de nuevo, como si no los hubieses vivido, a menos que una chispa los rescatase de las profundidades de tu memoria. Me resultaba triste pensar que aquel momento solo existía en mi mente el tiempo justo que inhalaba el aroma de los noventa y ocho octanos y, en cambio, la noche que más veces había rememorado en los últimos años pudiese casi tocarla y sentir su dolor cerrando los ojos.

Llegué hasta el final de la carretera en Breezy Point Tip, el lugar remoto en el que había aparecido la mochila de Gina, y detuve mi coche lo más cerca que pude de la playa. Comprobé si había alguien en los alrededores, pero aquella zona era un auténtico erial inhóspito frente al Atlántico y, salvo el viento frío que siempre soplaba allí, no era un lugar en el que una se sintiese acompañada.

Esperé dentro del coche durante una larga hora, acompañada del viento salino que se colaba por la luna rota, pensando en cómo afrontar la segunda prueba, cuando al fin llegaron varias escúters con algunos de los alumnos de Mallow. No parecían haberme visto y se dirigieron a la playa corriendo, entre risas, agitando los brazos y gritando como si fuesen libres. En realidad los percibí así. Algunas chicas llevaban bolsas de plástico con botellas de cerveza, algunos chicos se habían quitado la camiseta para disfrutar de los últimos rayos antes de que se pusiese el sol. Dos de ellos se apresuraron a recoger algunos trozos de madera seca para colocarlos sobre los restos de la hoguera del día anterior. Reconocí a James Cooper, también a Ethan.

Analicé todas las posibilidades, todas las alternativas, pero ninguna parecía ser lo suficiente convincente para cambiar de planes.

Me bajé del coche, abrí el maletero y saqué el bidón de gasolina temiendo que el fuego que sentía en mi interior lo incendiase de repente. Lo vertí sobre el coche empapando el capó, el techo, las ventanas y el interior, y el hedor era tan fuerte que volví a verme de niña agachada junto a los neumáticos de mi padre, en la gasolinera de Charlotte. Cuando quise darme cuenta, todo el grupo de adolescentes me observaba, atento, expectante, en silencio. Caminé hacia ellos y vi cómo Ethan tragaba saliva cuando me agaché y agarré uno de los palos de madera de la hoguera que habían encendido. Se miraron unos a otros y leí en sus caras que no creían que fuese capaz de dar aquel paso. Los pies se me hundían en la arena al mismo tiempo que sentía que mi alma crecía con la llama que portaba. Era difícil no sentirse una atleta acercándose al pebetero olímpico que estaba a punto de propiciar una serie de acontecimientos en los que era mejor no pensar.

—Quiero entrar —dije, justo antes de tirar el listón ardiente a través de la luna rota de mi New Beetle.

El fuego se extendió con rapidez y pronto tuve que alejarme de él al ser incapaz de aguantar el calor que desprendía. Las llamas crecieron con fuerza y observé su baile virulento mientras notaba cómo los chicos se unían a mí para ver arder el coche. Ethan se acercó también y se detuvo a mi lado. Las llamas se asomaron por las ventanillas, que pronto se derritieron y dejaron paso a un fuego abrasador e incontrolable. Era hipnótico ver cómo aquella vorágine consumía poco a poco el techo, plegaba el metal y creaba pompas en la pintura que estallaban como si fuesen de jabón. Un humo negro brotaba desde el coche y era empujado por el viento de la playa hacia el interior, como si estuviese mandando una señal de advertencia a alguien para que no cometiera ningún otro error. Aquel no iba a ser el peor. Pronto el fuego se extendió a los neumáticos y, de repente, cuando todo parecía que se iba a calmar, una de las chicas del grupo pegó un chillido y abrió los brazos como si estuviese abrazando una libertad que sentí sincera. Otra chica de pelo castaño se sumó a aquel chillido y luego lo hizo James Cooper, que me miró con una sonrisa de oreja a oreja con tal satisfacción que casi pude oír lo que pensaba: «Eres increíble». El resto de chicos aullaron y sonrieron.

Una de las chicas se puso a mi lado con expresión de admiración.

—Estás como una cabra y eso me gusta —me dijo con una risa cómplice.

Luego se aproximó al vehículo y se puso a bailar en torno a él.

—No debería haberlo hecho —me susurró Ethan, sin apartar la vista del fuego—. No sabe dónde se está metiendo.

Noté un cosquilleo incesante en el vientre, como si por fin estuviese arrimándome a lo que buscaba. Vi las llamas de mi coche en los ojos de Ethan y sentí, por la manera en que me había hablado, que estaba cometiendo el mayor error de mi vida. Yo lo sabía, pero aun así decidí seguir adelante. Ahora que lo pienso, todo podría haber sido tan distinto de no haber seguido…, todo podría haber acabado de otra manera con tan solo haber hecho caso a aquella sensación que llegó a transmitirme con los ojos… pero ¿cómo ver el fuego de otra persona una vez que tú estás en llamas?

La humareda no tardó en alertar a los bomberos, cuyas luces y sirenas vi a lo lejos cruzando el puente Marine, dirigiéndose con velocidad hacia donde estábamos. De pronto, los chicos corrieron hacia sus motos y se subieron con prisa para marcharse antes de que llegase el camión de bomberos. Ethan fue el último en subirse en la suya y a Miren le extrañó que no estuviese con su chica. James Cooper, que estaba solo en la suya, gritó:

—Hoy a medianoche. Espere en el motel. Tendrá noticias de… ellos.

CAPÍTULO 38

NEPONSIT
25 de abril de 2011
Un día antes
Jim Schmoer

La soledad es el único demonio
que crece cada minuto que pasas con él.

La expresión del señor Rogers cambió al instante en cuanto escuchó al profesor Schmoer pronunciar el nombre de Gina Pebbles, pareció como si esta se hubiese presentado delante de él como un fantasma.

—¿Gina? —murmuró.

—Supongo que todos los de esta zona habrán recibido una alerta AMBER en el móvil sobre Allison Hernández. Una chica que desapareció la semana pasada en Queens. Era estudiante del instituto Mallow.

—Eh…, sí, me llegó. ¿Qué ocurre? ¿Qué tiene que ver esto con nosotros o con… Gina? Verá…, ya hicimos todo lo que teníamos que hacer por encontrarla. A Tom le afectó mucho y he tratado de protegerlo de todo aquel dolor, ¿sabe? Preferiría no tener que volver a esto cada cierto tiempo. Es una pesadilla que no se acaba.

—Como sabrá Gina también estudiaba en Mallow. Quizá sea solo una coincidencia, pero estoy repasando ambos casos para tratar de descubrir qué ha pasado.

—¿Es usted policía? —le interrogó, confuso.

—Soy… periodista independiente. Estoy retomando el caso de Gina y tratando de ayudar con el de Allison.

—Verá…, no quiero que Tom tenga que volver a pasar por esto. ¿Entiende?

—Ya he hablado con su hijo, señor Rogers —espetó el profesor, antes de que se cerrase en banda.

El señor Rogers terminó, finalmente, por bajar la guardia ante aquello.

—También he hablado con su vecina, la señora Evans. Y… con un tipo de una caravana, en el parking de Jacob Riis a quien le recomiendo no acercarse.

—El viejo Marvin, supongo. Lleva muchos años por aquí. Es extraño, pero no es mal tipo.

—Creo que como todos los de esta zona, ¿me equivoco?

El señor Rogers sonrió y volvió al interior del garaje que finalmente Jim pudo ver. Allí tenía una especie de taller con cortadoras de sierra, lijadoras, mesas de trabajo y herramientas por todas partes. El señor Rogers se acercó a la sierra y la puso en marcha. La cuchilla comenzó a girar con rapidez mientras colocaba varios tableros de madera de pino sobre la mesa para medir y marcar la línea de corte. El zumbido constante de la sierra invadía el taller y reverberaba en las paredes. El suelo estaba cubierto de serrín y el profesor se fijó en los serruchos, martillos, reglas y taladros que destacaban en un panel al fondo del garaje. Aquel lugar era el sueño de cualquier manitas amante de la madera y Jim trató de utilizar aquello para ganarse su confianza:

—Vaya…, tiene usted aquí de todo. Le gusta la carpintería, por lo que veo.

—La madera no te miente, ¿sabe? —respondió, marcando uno de los tableros con un lápiz—. Creo que es la única cosa viva que te cuenta la verdad. Si está seca, se agrieta; si no es de buena calidad, se abomba con la humedad. Puedes saber su resistencia, su dureza, de dónde viene y qué va a ser. No te suele hacer daño.

—Yo siempre le he tenido miedo a las astillas. —Sonrió Jim.

—Las astillas son su única manera de luchar contra los cortes, los martillazos y, en definitiva, contra la forma que queremos imponerle. Todos lucharíamos si nos quisiesen cambiar a la fuerza, ¿no cree?

—¿Le puedo hacer una pregunta personal?

—¿Acaso hay respuestas que no lo sean? —respondió al tiempo que movía uno de los tableros y lo colocaba alineado contra la sierra.

—¿Ese dedo que le falta fue también de una pelea contra la madera? —Le había llamado la atención que al señor Rogers le faltaba el índice de la mano izquierda.

El padre de Tom se miró la mano, como si hubiese descubierto en ese instante que tenía un dedo menos.

—Esto fue en una pelea contra la sierra. No se le ocurra acercar sus manos a ella. No tiene piedad. Esta amiga que tiene aquí delante es cariñosa, trata la madera con cuidado, pero… como vea un trozo de carne delante lo secciona como si fuese mantequilla.

—Por eso mismo creo que no sería capaz de montar un taller como este. Todo aquí me parece amenazador. —Sonrió.

—¿Incluido yo? —dijo, en un tono ambiguo en el que Jim no logró identificar la broma.

Luego sonrió y Jim le devolvió el gesto, con una cierta inquietud que no supo ocultar.

—Los tipos como usted tienen las manos blandas. Son como esponjas para las astillas vivas —continuó él.

—Verá, señor Rogers, quizá no atine a dar golpes con el martillo, pero se me da bien hacerlo con las preguntas. Así que… ¿por qué no me cuenta lo que recuerda de la novia de su hijo y le dejo tranquilo?

El señor Rogers se detuvo por un instante, serio, como si estuviese a punto de lanzarle un puñetazo con sus manos recias, y luego sonrió falsamente.

—Está bien. ¿Qué quiere saber?

—¿Le importa apagarla? El ruido…

El señor Rogers agarró el tablero que había marcado y lo deslizó bajo la hoja, que avanzó sobre la madera como si fuese un trozo de papel.

—Estoy trabajando. Quiero arreglar una de las paredes de la parte de atrás. Si tiene que hacerme alguna pregunta, tendrá que ser así.

El profesor respiró hondo, resignado.

—Está bien. ¿Conocía a Gina? ¿Sabía que salía con su hijo?

—Tardó un tiempo en contarme que estaba saliendo con esa chica, pero sí. Tom es un buen chico y no es de estar de flor en flor. Me presentó a Gina un día aquí, en casa. Me pareció maja. Tampoco tenía por qué caerme bien.

—¿Sabía algo de su familia?

—¿Los Pebbles? No los conocía hasta que Gina y Tom empezaron a salir. Si es por lo que pregunta.

—¿Sabe que su hijo mantenía entonces relaciones con ella?

—¿En serio me está preguntando esto? —protestó—. Sí, supongo. Como todos los chicos de su edad, ¿no? Verá, yo no me meto en lo que hace y él no se mete en lo que hago yo. Desde que no está mi mujer, he tratado de que no sienta que estoy siempre encima de él, ¿entiende? Tenemos una regla: si estamos con alguien, cerramos la puerta y no hacemos preguntas.

—Ah…, siento lo de su mujer.

—No se preocupe. Se marchó en 1995. Desde entonces estamos los dos y…, bueno, mi madre. Que es mayor.

—Murió, ¿verdad? —preguntó Jim al extrañarle la manera en que se había referido a la ausencia de su mujer.

Suspiró y miró al suelo. Parecía querer esquivar mi mirada y dirigió la suya al suelo, a la rejilla del depósito de serrín de la sierra. Daba la sensación de que le costaba hablar de aquello y tragó saliva antes de continuar:

—Verá…, no me gusta hablar de esto…, pero en resumidas cuentas…, unos zumbados le comieron la cabeza para que se metiese en una secta. Un día se despertó a mi lado y tenía los ojos abiertos de par en par y me preguntó con interés que qué había soñado. Le respondí que no lo recordaba y se puso como una fiera. Lo achaqué a que habíamos sufrido un aborto unos meses antes, pero aquello solo fue a peor. Se despertaba en mitad de la noche llorando. Te la encontrabas en el jardín de madrugada cavando agujeros con las manos. Pedí ayuda profesional, pero… un día se fue. Mencionó alguna que otra vez que se marcharía a una comunidad, pero yo no la entendía en absoluto y, un día, totalmente lúcida, no como esos meses atrás, me la encontré en la puerta, arreglada, con la maleta hecha. Se despidió de mí con un beso en la frente y le dijo adiós a Tom sin ni siquiera tocarlo. Entonces, él tenía nueve años. He intentado que no echase de menos a su madre y que no faltase de nada aquí, y pienso que lo he logrado. No diré que ha sido fácil, pero creo que he conseguido criar un hijo fuerte y con un futuro por delante. Será director de cine, ¿sabe?

—¿Una secta?

—No me di cuenta de que… mi mujer estaba perdiendo la cabeza. Yo trabajaba demasiado. Tenía entonces un concesionario de coches de segunda mano y trabajaba todo lo que podía. Pero…, ya sabe. Ningún negocio es fácil. Lo tuve que cerrar y…, bueno, sobrevivimos con mis trabajillos de carpintería. Aquí en Rockaway la humedad del océano nos da de comer. Le pega bocados a las casas y me contratan para arreglarlas.

—¿Y desde cuándo no ve a su mujer?

—Para nosotros, Ava está muerta desde el mismo momento en que decidió marcharse. A Tom le dije que había muerto, aunque tengo la sensación de que ya no me cree demasiado, nunca me pregunta por dónde está enterrada.

—Entiendo —asintió el profesor, tratando de volver a Gina—. Su hijo me ha contado un episodio que tuvo con Gina… un día que se fugó de casa. ¿Recuerda algo de ese día? Ocurrió un par de meses antes de que desapareciese.

—Hace mucho de aquello…, pero no he olvidado cómo se pusieron sus tíos aquel día. Tom y ella habían estado estudiando en su casa y, a media tarde, mi hijo vino hecho una furia. Lo habían echado de casa de los Pebbles. No me quiso contar mucho más, pero un rato después, Gina llamó a la puerta y ambos se fueron a su habitación.

—Se acostaron —dijo Jim, a modo de inciso—. Me lo ha contado su hijo.

El señor Rogers agachó la mirada, como si le diese vergüenza saber que su hijo ya tenía vida sexual por aquel entonces.

—¿Sabía que se había fugado de casa y que sus tíos la estaban buscando? —indagó Jim.

—No sabía nada. Luego, cuando llegó la noche, Tom me pidió que llevase en coche a Gina de vuelta a casa de sus tíos.

—¿Notó algo en ella? Su hijo dice que a partir de ese día cambió. Ella le dijo a sus tíos que se había acostado con Tom.

—¿A qué se refiere? —Se mostró molesto.

—Si la notó extraña. ¿Hablaron de algo en el camino?

—Estuvo en silencio todo el tiempo. Era… una chica tímida. La dejé en la entrada a Roxbury. Me dio las gracias por llevarla y se marchó. Eso fue unas semanas antes de desaparecer. No sé qué tiene que ver esto con lo que pasó. Debería centrarse en cuando desapareció. Su hermano se despidió de ella en el puente. Búsquela allí. Aquí no llegó.

—Puede ayudarme a entender cómo era Gina. Una… cosa, ¿a qué hora la llevó a su casa? ¿Pasada la medianoche?

Jim había sentido un relámpago en forma de pregunta y necesitó una respuesta.

—Serían… las dos de la mañana.

—Entiendo —aseveró, distante.

Algo no había encajado del todo en aquella respuesta y el señor Rogers pareció darse cuenta de que Jim lo estaba analizando.

—Luego comenzó aquella locura. Tom estaba en los exámenes finales del instituto y aquello lo descentró por completo. Se unió a las búsquedas y echó a perder todo aquel año.

—Había desaparecido su novia, supongo que es normal.

—Ya, pero… no sé. Tirar un año entero de esa manera, por una chica… Con mi mujer yo aprendí que no se debe uno entregar tanto, ¿sabe? Porque un día se marchan y te destrozan. Si te enamoras, estás perdido. Pueden hacer contigo lo que quieran. Te manipulan, te engañan, te chantajean. Y si pierden la cabeza te hacen daño con todas las cosas que nunca llegaste a hacer.

El profesor notó la rabia con la que pronunciaba aquellas palabras.

—Creo que usted tuvo solo mala suerte. No debería…

—No venga a mi casa para decirme cómo vivir mi vida, ¿quiere?

—Solo digo que todos tenemos demonios dentro, y es difícil encontrar a alguien que conozca los nuestros, los entienda y los sepa apagar —dijo Jim, pensando en Miren de nuevo.

Se dio cuenta de que no había sido capaz de apagar los de ella ni ponerse en su lugar con algo más de paciencia.

—¿Ha terminado? —espetó el señor Rogers, queriendo zanjar la conversación.

—Una… última cosa que no he acabado de entender.

—Dígame

—Su vecina, la señora Evans, me ha contado que tras lo de Gina usted rechazó varios compradores. Tenía pensado vender la casa y cambió de idea. ¿Por qué? ¿No hubiese sido mejor alejar a Tom de… lo que pasó?

—¿La señora Evans? —dijo, como si le hubiese mencionado a un enemigo—. ¿La agente inmobiliaria? Seguro que no le ha hablado muy bien de mí.

—Tiene razón. No mucho.

—Esa arpía está empeñada en que venda la casa —replicó—, pero claro, ella se gana la vida así. Si por ella fuese, todo Neponsit estaría en venta. Cuanto mejor es una casa, menos veces se vende, y menos veces genera comisión. Ha elegido el barrio equivocado para dedicarse a ser agente inmobiliaria. Muchas familias encontramos aquí el lugar perfecto para vivir. Creo que le iría mejor vendiendo casas de otra zona y si cerrase el pico de una vez.

—La verdad es que tiene usted la casa preciosa. Yo no sabría ni colocar un panel del tejado. ¿Cuánto podría pedir por ella? ¿Dos millones?

—No está en venta. No tiene precio.

—Pero lo tenía, ¿no es así? ¿Por qué decidieron no vender la casa?

—¿Qué tiene que ver esto con la chica? ¿A usted qué le importa?

—Nada, es solo que… uno no cambia de opinión de la noche a la mañana.

El señor Rogers lo contempló en silencio unos segundos y a Jim le pareció que lo estaba descuartizando con la mirada.

—No ofrecían lo suficiente —sentenció—. Se escudaron en que la chica había desaparecido para ofrecer menos dinero de lo que la casa vale. Me enfadé. Y no quise venderla.

—Entiendo —respondió Jim, con un nudo en la garganta.

—¿Ha terminado?

El señor Rogers agarró una lija entre las herramientas del panel de la pared del fondo y luego continuó. Jim no pudo evitar fijarse en una casita de madera de juguete que descansaba sobre una de las mesas, en un rincón, a medio construir. Decidió despedirse con buen sabor de boca. Quizá tuviese que hablar con él en alguna otra ocasión.

—¿Ha hecho usted esa casita de juguete? Me ha recordado… a una persona que… busqué durante un tiempo.

El señor Rogers se acercó a ella y la acarició.

—Sí. A veces hago… juguetes de madera. No siempre tiene uno ganas de cortar pilares para porches, ¿sabe?

—Es… preciosa.

El profesor Schmoer se fijó en los detalles: la casita medía unos cincuenta centímetros y se identificaban perfectamente el salón, los dormitorios, la cocina y el baño, que se diferenciaban entre sí porque tenían papel pintado, simulando el contenido de cada una, y todas estaban conectadas por puertecitas y escaleras diminutas. En los dormitorios había muebles en miniatura: una cama, el escritorio, la cuna, y el baño contaba con una bañera tallada en madera de pino. Tenía, incluso, un pequeño sótano bajo el salón, donde había un sofá realizado con varios pedazos de tela acolchada e incluso un par de camitas. No le faltaba un detalle. El señor Rogers le explicó el proceso de construir esa casita.

—No es nada. Es mucho más divertido fabricar juguetes, ¿sabe? Puedes ser creativo y ponerle ilusión a las cosas. En una reforma tienes que sustituir tablones húmedos por los nuevos. Tienes que seguir las órdenes de otro. Y a mí nunca me ha gustado que me manden qué hacer. Lo hago, porque necesitamos dinero para poder continuar aquí, pero no tiene ningún misterio.

Jim asintió contento por haber bajado la coraza del señor Rogers y, de pronto, lanzó la última pregunta inocente que lo cambiaría todo:

—¿Su casa tiene sótano?

CAPÍTULO 39

OFICINA DEL FBI
25 de abril de 2011
Un día antes
Ben Miller

Todo comienza siempre
con una simple pregunta:
¿Quién eres?

Las manos de la joven Deborah temblaban agarradas la una a la otra, con sus finos dedos pálidos siendo incapaces de controlar el temblor. La muchacha estaba vestida todavía con el uniforme del instituto Mallow y el inspector Miller esperaba fuera de la sala a que llegasen sus padres para poder tomarle declaración. Se notaba que la situación la sobrepasaba, y miraba a cada rincón de la habitación buscando alguna amenaza. El inspector Miller se había asegurado de que una psicóloga estuviese presente en la entrevista y, por eso, llamó a la especialista Sarah Atkins, miembro del cuerpo desde hacía años, para conseguir que Deborah se sintiese en un ambiente cómodo y relajado para hablar de lo que sucedía. Cuando finalmente llegaron sus padres, una pareja de mediana edad, ambos muy altos y con el pelo rubio, procedentes de Finlandia y afincados en Queens, el inspector trató de tranquilizarlos antes de que la viesen:

—¿Señor y señora... Korhonen? Los padres de Deborah, supongo. Soy el inspector Benjamin Miller, del FBI. Lamento que los hayamos tenido que avisar para algo así, pero es... —navegó por su mente para encontrar un adjetivo que no fuese demasiado demoledor— serio.

El padre de Deborah desvió la vista a su mujer, que asentía con expresión de preocupación mientras Ben hablaba.

—¿De qué se le acusa a mi hija? ¿Por qué la han detenido? —dijo ella, confusa.

—Verán, no..., no está detenida. Su hija no ha cometido ningún delito.

—¿Entonces? —protestó él, alzando la voz.

La altura y la expresión de enfado hizo que Ben sintiese que tenía que haber explicado todo desde un principio.

—Hemos traído a Deborah a tomarle declaración porque creemos que está siendo objeto de abusos sexuales continuados por parte de un miembro de..., del instituto Mallow.

—¿Abuso sexual? —exclamaron ambos padres, al tiempo que se miraron sorprendidos—. No…, no puede ser. Nuestra hija… no nos ha contado…, no… —Estaban contrariados.

No esperaban algo como aquello. En realidad, ningún padre se lo espera. Un día notan que su hijo se salta un almuerzo, al día siguiente no quiere salir de su habitación, otro piensan que es la edad del pavo… Los silencios se vuelven largos, las conversaciones se responden con monosílabos. Dejan de saber qué le interesa a su hijo, ya no lo conocen. Vagan durante un tiempo pensando que es esa época de la que el resto de padres hablan, en la que sus hijos no quieren verlos y todo cuanto dicen es un insulto a su madurez. Rezan porque pase pronto y salga del túnel de la adolescencia con los mismos valores que trataron de introducir en él y, de repente, todas aquellas señales que confundieron con la pubertad se convierten en una bomba que les explota en la cara con el nombre de *bullying*, acoso o, Dios no lo quiera, un trauma imborrable.

—La doctora Atkins estará presente mientras le hacemos unas preguntas y a la menor confirmación de que nuestras sospechas son reales, lanzaremos una orden de detención sobre el principal sospechoso. Como menor de edad, necesitamos que uno de ustedes esté presente. Lo que oigan no será fácil.

La madre de Deborah se asomó por el ventanuco de la puerta y vio a su hija asustada, mirando a ambos lados, como un cachorro malherido, buscando quién era el siguiente que le iba a hacer daño. La señora Korhonen se tapó la boca y murmuró en finlandés: «*Tyttäreni...*», que significaba: «Mi niña...», para luego abrir la puerta y correr a darle un abrazo. El padre también entró, y el inspector Miller los dejó solos para que pudiesen hablar durante un rato mientras llegaba la doctora Atkins. Deborah se derrumbó en cuanto vio a sus padres y, cuando algo más tarde entraron Ben y la doctora Atkins, habían conseguido que estuviese en un mar de lágrimas.

—Hola, Deborah..., ¿cómo te encuentras? —dijo la doctora, con un tono cálido y una leve sonrisa de complicidad.

Deborah se limpió las lágrimas una última vez y agarró con fuerza la mano de su madre. Asintió como si aquello sirviese de respuesta.

—¿Se van a quedar los dos? —preguntó Ben en dirección a los padres, que abrazaban a su hija como si nunca antes lo hubiesen hecho.

—Sí. Lo que tenga que contar, estaremos aquí con ella —respondió el padre, en tono serio.

—Está bien —dijo Ben, al tiempo que se sentaba a la mesa y la doctora Atkins hacía lo mismo.

—Deborah... —dijo ella, tratando de sentar las reglas de la conversación—, sé que es difícil hablar sobre esto y por eso te pido que si en algún momento te sientes incómoda y crees que necesitas parar, lo digas y esperamos el tiempo que haga falta. No tenemos ninguna prisa. Lo único que queremos es descubrir la verdad.

—De…, de acuerdo —dijo ella, con la voz rota.

El inspector respiró hondo antes de empezar; sabía que aquello no sería fácil. Sentía el corazón en el pecho latiendo con intensidad y sabía que lo que estaba a punto de oír no le iba a gustar.

—Voy a intentar que no… tengas que dar muchos detalles. No los necesitamos de momento, ¿vale? Solo… quiero saber… —hizo una pausa— si el reverendo Graham alguna vez te ha… puesto la mano encima. De manera… sexual.

Deborah negó en un primer momento, pero el inspector Miller se dio cuenta de que lo hacía porque se notaba desamparada.

—El dueño de la cafetería frente a Mallow os ha visto juntos —dijo—. No estás sola, Deborah. Solo necesito que confirmes que eso es verdad y todo habrá acabado.

Deborah asintió, en silencio. Tragó saliva y trató de hacer que el nudo en su garganta desapareciese, pero estaba agarrado a sus cuerdas vocales como solo se agarran los mayores miedos. El padre de Deborah se puso a caminar a un lado y a otro de la habitación, y la madre no pudo evitar contener las lágrimas.

—¿Ha sido más de una vez? —preguntó, lo más aséptico que pudo.

Ella volvió a asentir al tiempo que dejaba escapar una lágrima que recorrió en un instante su mejilla.

—¿Me puedes contar un poco? ¿Te ha obligado a hacer... algo que no querías?

Movió la cabeza, afirmando.

El inspector estaba a punto de estallar. Aquella conversación le resultaba más dura de lo que en un principio imaginaba. Pensó que Allison debía de haber corrido la misma suerte.

—¿Cuándo empezó a hacerlo?

Finalmente Deborah consiguió hablar, tras volver a tragar saliva.

—Hace... tres meses —dijo.

Su madre desvió la mirada a un punto indeterminado de la pared y el inspector Miller se dio cuenta de que el labio le comenzó a temblar en ese mismo instante.

—¿Puedes contarme cómo y qué te ha hecho, exactamente?

La adolescente suspiró y cerró los ojos.

—Deborah, si quieres seguimos luego —dijo la doctora, que vio cómo luchaba contra aquello—. Quiero que sepas que todo eso ya ha acabado, y el culpable estará entre rejas antes de que te des cuenta. Te lo aseguro.

Dudó durante algunos segundos, y luego se lanzó a hablar.

—Está bien —dijo con una fortaleza recobrada—. Todo comenzó al poco de salir con Ethan.

—¿Ethan…, Ethan Pebbles? —indagó el inspector, confuso al oír aquel nombre.

—Sí. Es mi… novio. Llevamos unos cinco o seis meses saliendo. Estábamos bien y…, bueno, en Mallow hay pocos secretos entre los alumnos. Todos pronto se enteraron de que habíamos empezado a salir. No es que esté prohibido tener pareja en Mallow, pero… es algo que miran con lupa.

—¿A qué te refieres?

—A que quieren saberlo todo. Si te besas o si haces algo más.

El inspector desvió la mirada a la doctora, buscando su aprobación, y luego volvió a Deborah, expectante.

—Un día…, el reverendo Graham me llamó a su despacho. Había llegado a él el rumor de que yo tenía novio y…, bueno, quería hablar conmigo.

—¿Para qué?

—Para… hablarme sobre Dios… y sobre el amor… y sobre lo que significa amar y… la virginidad y lo importante que es… y… —La voz se le descompuso mientras decía aquello y tuvo que interrumpir lo que fuese a decir.

—Lo estás haciendo muy bien —dijo la doctora, al tiempo que la cogía de la mano para que sintiese algo de calor en aquel viaje gélido que estaba realizando con su mente.

Su madre le acarició la espalda y su padre se quedó inmóvil, lleno de rabia, esperando que continuase.

—Entonces se levantó de su silla… y…

—¿Y qué?

—Puso su entrepierna delante de mi cara. Se bajó la cremallera.

—Vale —interrumpió Ben, con rabia—. No hace falta que sigas. Es todo lo que necesitamos.

—Luego…, después de eso…, me llamaba al despacho una y otra vez… —lloró con impotencia— y… me amenazaba con quitarme la beca…, y… yo no podía hacerle eso a mis padres…, y luego quería más… y más…, me pedía que fuese por la mañana con él a su casa y…

—Es suficiente, Deborah. Está bien —dijo Ben, que no quería oír ningún otro detalle.

Se levantó y salió como una furia de aquella habitación, dejando a la doctora allí con la familia para que gestionase la situación. Fue corriendo al despacho de su superior, el agente especial Spencer, que levantó la vista de unos papeles de su mesa y lo miró confundido.

—¿Qué pasa, Ben? ¿Hay algo? —preguntó el agente Spencer en su dirección. Ben lo detestaba, pero no le quedaba otra que tragarlo y trabajar en su equipo. A Ben le quedaba poco para jubilarse y solo tenía que aguantar un poco más a un capullo sin escrúpulos como jefe—. Si no hay nada, necesito que pases al siguiente caso. Un niño de ocho años ha desaparecido en Staten Island. Estaba jugando en la calle frente a su casa y nadie lo encuentra ni ha visto nada.

—¡¿Cómo dices?! —exclamó Ben, confuso.

Aquello le catapultó sin contemplaciones al instante en que desapareció Daniel, su propio hijo, y sacó de inmediato de su cabeza lo que iba a decirle.

—¿Has descubierto algo con lo de esa chica o no? Le puedo encargar esto a Malcolm. Por lo visto han encontrado el jersey rojo que llevaba, pero no hay rastro del niño.

—¿Cuándo ha sido? Dámelo a mí —dijo al instante—. Creo que... tenemos al culpable de lo de Allison Hernández.

—Hace tres días. La policía local nos ha pedido ayuda. La cosa no avanza y los padres... están desesperados. ¿Quién es? —se notaba que Spencer había aumentado la confianza y el respeto que sentía por Ben Miller después de cómo acabó el caso de Kiera Templeton.

—El reverendo Graham, el director de Mallow —respondió Ben—. Deborah Korhonen, una estudiante de Mallow acaba de confesar que el reverendo abusa de ella. Se trata de una alumna becada, como Allison Hernández..., y ambas tenían la misma edad. Necesito una orden de detención inmediata. También una de registro del instituto Mallow y de su casa. Lo detendremos por abuso sexual de menores y si hacía lo mismo con Allison que con Deborah, estoy seguro de que encontraremos pruebas que lo incriminen por el asesinato de Allison. El reverendo tenía en su posesión la biblia de Allison Hernández. Tiene que haber ADN de Allison en su despacho o en su ropa. Si encontramos algo más que lo relacione con ella, le caerá la perpetua. Ese tipo se la merece.

Spencer asintió, serio. Un instante después dibujó lo que pareció una leve sonrisa que a Ben le supo como la mayor de las victorias.

—Enhorabuena, Ben. Déjame encargarme de esas órdenes de detención. Te daré acceso al expediente del niño, pero ve primero a terminar esto. No quiero líos ni jaleos. Un arresto limpio. Intenta que no se entere la prensa o, peor, que se escape el reverendo. Vivimos en América. Un reverendo condenado por abusos sexuales sin suficientes pruebas nos destrozaría de cara a la opinión pública.

—Gracias, Spencer. Iré con toda la caballería.

CAPÍTULO 40

BREEZY POINT
25 de abril de 2011
**Unas horas antes
Miren Triggs**

*¿Y qué es la vida si no un juego
en el que estamos destinados a perder?*

Caminé hasta el New Life, en Breezy Point, y el recepcionista me saludó como si nunca me hubiese marchado.

—Aún no hemos arreglado la ventana de la 3A. Tendrá que quedarse en otra —me dijo nada más verme.

—No..., no me importa.

Me alargó la llave de la 3E y, nada más cogerla sentí un ligero nerviosismo en el estómago, como si recibir aquella llave fuese aceptar que todo estaba a punto de acabar.

—¿Le puedo decir una cosa? —me pidió, encorvándose sobre el mostrador, como si estuviese admitiendo un secreto.

—Sí, claro —dije.

—¿Me firmaría el libro? —preguntó, señalando hacia un ejemplar de *La chica de nieve* que tenía sobre la estantería del fondo—. Soy un gran admirador suyo. Se lo quería contar ayer, pero con el lío de la ventana y el estado en que usted llegó, me pareció poco... oportuno.

Admito que no esperaba aquello. Desde la firma del sábado en la librería, cuando me dejaron la polaroid de Gina, había conseguido olvidar aquella vorágine de presentaciones y charlas de las semanas anteriores, abstraída por el caso. Recordé a Martha Wiley e imaginé que estaría preparando alguna idea para intentar seducirme para que volviese. Seguro que quería más presencia, más eventos, más entrevistas, más trozos y pedazos de mi carne. Tenía la sensación de que deseaba devorar y mordisquear mis huesos, y lo que ella no comprendía era que no me quedaba nada. Me sentía tan vacía sin seguir dentro del periodismo que no podía continuar atrapada en aquella espiral en la que había dejado de controlar mi vida y donde los focos y las luces de los platós de televisión solo querían saber más y más de Kiera Templeton.

—Cla..., claro —le respondí al recepcionista con la sensación de que estaba siendo demasiado amable.

—Eso que hizo..., no deje de hacerlo.

Sentí aquella frase como un latigazo en la espalda. Es curioso cómo un extraño suele tener más poder de convicción que nuestros seres queridos. Mi madre podría decirme cien veces que estaba orgullosa de mí, que yo era incapaz de verlo. Me lo decía un tipo en una garita que olía a amoniaco y tenía la sensación de que era una persona importante. Quizá era el síndrome del impostor, que solo quería torpedearme y convertirme en la sombra de lo que podría llegar a ser.

Le firmé su ejemplar y él dejó sobre el mostrador un puñado de caramelos de menta de cortesía como si me estuviese devolviendo el gesto, y los cogí porque en realidad no me había llevado nada a la boca y aún quedaban un par de horas hasta la medianoche, la hora que me había dicho James Cooper antes de marcharse en su moto.

No sabía lo que me esperaba. Me tiré sobre la cama de la habitación con la certeza de que no debía estar en aquel lugar. Estaba agotada y me dolía todo el cuerpo. Cerré los ojos para evadirme de lo que bombardeaba mi cabeza una y otra vez, pero los volví a abrir y pegué un salto en cuanto me vi en el parque Morningside. Recordé el charco de sangre que se expandía bajo el cuerpo de Aron Wallace tirado en el suelo y el de Roy en el callejón. También el dolor en la entrepierna aquella noche, y cómo desde entonces sólo me sentía acompañada por los gritos de mi alma muerta.

Era imposible sentir que aquel vacío podría algún día rellenarse, puesto que mi interior estaba repleto de agujeros por los que se escapaba cualquier emoción que me invadiese.

Deambulé por la habitación un rato sin saber qué esperar, rememorando la imagen de mi coche ardiendo. Aún tenía el fuego clavado en la retina, sentía el olor a plástico quemado que emanaba de los neumáticos. La colcha tenía un estampado de flores rojas, cuyo diseño recordaba a una escena de un doble asesinato, y las paredes acumulaban polvo y mugre. Estaba claro que aquel lugar no invitaba a crear en sus habitaciones alguna nueva vida, como su nombre pretendía indicar.

James Cooper había sido claro con que tendría noticias a medianoche, pero no había mencionado qué tipo de noticias serían y aquello me desconcertaba. Ethan había tratado de avisarme varias veces de que no indagase entre los Cuervos de Dios, y ese secretismo era precisamente el que me empujaba a abrir aquella puerta cerrada con llave. Recordé que Bob esperaba el artículo sobre Allison para el día siguiente, y quizá aquella cita a medianoche con lo desconocido me daría la última clave que necesitaba para poder entender qué les sucedió a Allison y a Gina.

La cabeza no paraba de lanzarme de una idea a otra, de una preocupación a otra y de divagar de un miedo al siguiente. ¿Estaba cometiendo un error? Sin duda. ¿Podría haber actuado de otra forma? Ni por un momento.

Lamenté haberle dado mi Glock sin registrar a Aron Wallace, por si las cosas se ponían feas, pero en aquel momento era imposible prever lo que iba a pasar. Saqué del bolsillo la nota con las reglas del juego del alma y releí la última de ellas:

III- Súbete a la cruz con
los ojos vendados.

Se trataba de la última prueba y era imposible no pensar en Allison y en cómo había muerto. Una parte de mí me decía que en algún momento comprendería qué tenía que ver el reverendo Graham en todo aquello, y si la crucifixión de Allison había sido un castigo de este o si más bien se trataba de una prueba fallida de los Cuervos. Todo era posible y cuanto más lo pensaba, menos sentido tenía el puzle cuyas piezas parecían estar todas sobre la mesa.

Necesitaba hablar con alguien. La espera me estaba consumiendo y cuanto más tiempo pasaba, más dudas me surgían sobre si seguir allí o huir. Me acerqué al teléfono fijo de la mesilla y marqué el único número que me sabía de memoria. Tras una espera de varios tonos, la voz cálida de mi madre surgió desde el otro lado:

—¿Quién es?

—Mamá, soy yo, Miren.

—¿Desde dónde me llamas? No tengo este número guardado.

—No lo quieras saber.

—¿La cárcel? Te dije que te meterían en la cárcel por publicar cosas sobre el gobierno. Esos tipos no entienden lo que es la libertad de prensa.

—No, no. Estoy en un motel, mamá, que todo lo quieres saber —le corregí.

—¿Un motel? ¿Estás bien? ¿Y tu piso? ¿Por qué no te quedas en él?

—Estoy… investigando algo. Necesitaba quedarme aquí. Necesitaba hacer tiempo y oíros antes de que… vengan unos amigos —titubeé, al darme cuenta de que iba a contar demasiado y preocuparla—. ¿Cómo está papá?

—Tu padre ha salido al jardín a mirar por el telescopio. No te lo había dicho. Se ha comprado uno y los días que está despejado los pasa fuera. El otro día me enseñó Saturno. ¡Saturno! ¿Lo has visto alguna vez? Es como una mancha blanca, pero con unas líneas a los lados. Se ha comprado un telescopio barato y ya se está quejando de que las cosas no se ven como en internet.

—¿Papá con un telescopio?

—Las cosas de jubilados, hija. Dejas el trabajo y ¿qué haces? ¿Disfrutar un poco con tu mujer? ¿Planear un viaje en carretera para disfrutar de la vida, del paisaje y del sexo en moteles? ¡No! Se compra un maldito telescopio y se pone a mirar los planetas una y otra vez. Además, se ve borroso. Es como tener cataratas. No le veo la gracia.

—¡Mamá! No quiero saber esas cosas, de verdad que no.

—¿Lo del sexo en moteles de carretera? ¿Cómo crees que te concebimos a ti? ¿En un hotel de cinco estrellas?

—Mamá, por favor, para. —Reí, con una especie de vergüenza risueña—. Con papá al menos no te aburres. Siempre tiene sus cosas.

—¿Que no me aburro? Lo tendrías que escuchar ahora. Todo el día hablando de distancias entre las focas, mamuts y grados. Se ha vuelto loco.

No pude evitar sonreír al escucharla resumir, con perplejidad y mucha confusión, las magnitudes que usaba mi padre para encontrar objetos en el cielo. Me los imaginé a los dos, en el jardín trasero, discutiendo sobre la utilidad de mirar al espacio para acabar sintiéndote diminuto. En realidad no hacía falta un telescopio para darse cuenta de que uno no es importante, tan solo se necesita vivir con los ojos abiertos.

—¿Cuándo se ha comprado el telescopio?

—Vio un documental en el canal de los ovnis y está empeñado en que va a encontrar uno. Con lo cabezota que es, seguro que lo encuentra.

—¿Os he dicho que os quiero?

—No hace falta que lo digas para que lo sepamos, hija —aseveró en un tono que sentí como un abrazo.

—Lo sé, mamá —respondí con un nudo en la garganta.

Me di cuenta de que tenía ganas de llorar y que me había costado pronunciar aquellas últimas palabras. Me resultaba difícil entender cómo podía sentirme tan viva bajo el calor de su voz y tan muerta en cuanto colgaba el teléfono. Mi madre tenía la capacidad de hablar de cosas sin importancia y hacer que amase la vida, pero todo ese amor se terminaba siempre escapando por los agujeros de mi alma.

—¿Sabes? —continué—: Te echo de menos. Ya me había acostumbrado a tenerte cerca en el hospital y en casa.

—Podríamos organizar algo las dos solas, ahora que tu padre está buscando marcianitos, literalmente.

Reí. Amaba su humor, que yo no había conseguido heredar. O quizá había olvidado.

—Me parece bien, mamá.

De pronto, llamaron a la puerta con tres golpes secos.

—Mamá, te tengo que dejar, ¿vale?

—¿Han llegado tus amigos?

—Sí. Te quiero.

—Y yo, hija. Si necesitas algo, llámame. Ya sabes que siempre estoy para ti, cielo.

—Lo sé.

Colgué y contemplé la puerta de la habitación con temor. Volvieron a llamar de la misma manera y esperé unos segundos, pensando en qué hacer. Me fijé en que varias sombras se movían en el hilo de luz que se colaba bajo la puerta, y supe que había llegado la hora de enfrentarme a la última prueba de su maldito juego y descubrir la verdad. Sin dudarlo un segundo más, convencida de que todo estaba a punto de acabar, abrí.

CAPÍTULO 41

NUEVA YORK
25 de abril de 2011
Unas horas antes
Jim Schmoer

*Una pequeña mentira es el primer peldaño
para descender a un lugar
en el que no hay luz.*

El señor Rogers dudó durante algunos segundos con la pregunta del profesor, hasta que por fin se decantó por esbozar una sonrisa. No fue mucho lo que tardó en responder, pero a Jim no le gustó aquella reacción; indiferente y, al mismo tiempo, cargada de significado.

—Sí. Tengo sótano —respondió el señor Rogers, en un tono más amable que el que había usado hasta entonces—. ¿Por qué lo pregunta?

—La casita de madera. Me ha hecho pensar en cuánto espacio tiene usted aquí. Es una casa muy grande para usted, su hijo y... ¿su madre? Tom me ha contado que su abuela vive con ustedes.

—Mi vieja. Lleva unos años con nosotros. Tiene..., bueno, demencia senil. Antes estaba en una residencia, pero la tuvimos que sacar. Esos sitios son demasiado caros. No me gano mal la vida con las reparaciones en el vecindario, pero no cobro tanto como para mantener la casa y pagarle una residencia.

—Y su hijo la cuida.

—¿Qué tiene de malo? Lo dice como si estuviese mal que la familia esté unida.

—No..., no me malinterprete. Es solo que... creía que estaba centrado en sus estudios. Sé lo que cuesta una matrícula. Me imagino que debe de estar haciendo un esfuerzo considerable por...

—Nos organizamos bien entre los dos. La casa está hipotecada y tiene un préstamo universitario. ¡¿A qué viene todo esto?! —protestó, visiblemente enfadado—. Verá, creo que he tratado de ser... amable, pero está usted tensando todo con cada pregunta. ¿Qué cree? ¿Que nosotros le hicimos algo a la pobre chica? No vino ese día. Tom la estuvo esperando toda la tarde, y... aquello lo destrozó. Él la quería. Usted no es quien estuvo aquí, abrazando a mi hijo, mientras lloraba porque la chica que él quería se había marchado. Lamento lo que le pasó a esa cría, pero... no crea que puede venir aquí a cuestionarlo todo y a hacerse el héroe simplemente porque… ¿qué? Verá, sé que esta casa es más de lo que nos podemos permitir, y no es usted el primero en venir a preguntar por ella con ese interés. ¿Qué pasa? ¿Le manda la señora Evans a ver si consigue convencerme de que la venda? ¿Se lleva usted también comisión? ¿Quién le envía?

Aquello dejó descolocado a Jim. Quizá tenía razón y estaba siendo demasiado incisivo.

—Lo…, lo siento, señor Rogers. No vengo de parte de nadie. Hago esto solo y… —El profesor se lamentó y no terminó la frase—. De verdad, no quería… importunarle así. Es… la profesión, que es imposible quitársela uno de encima. Le…, le pido disculpas.

El señor Rogers lo observó con interés durante algunos momentos y luego chasqueó la lengua para continuar:

—No se preocupe. Está bien. Lo entiendo. Estoy cansado de toda esa historia de Gina Pebbles. Ya sufrimos todo aquello, ¿entiende? Hemos tratado de pasar página.

—Lo entiendo, discúlpeme. He sido un grosero, y… me he dejado llevar por la profesión sin pensar en… que ustedes también lo pasaron mal.

—No pasa nada —se acercó a Jim y le dio un par de palmadas en la espalda que él sintió como dos golpes portentosos. El señor Rogers tenía los dedos gruesos y ásperos, y las manos recias, fruto de años de trabajo con la madera. Jim sonrió, algo dolorido, y echó un último vistazo a todo el taller antes de girarse para salir—. Todos cargamos mochilas que nunca nos podemos quitar. Está olvidado. —Sonrió—. Le veo interesado en las máquinas que uso. Todas son unas… joyas, que me han dado muy buenos momentos. Pero… ¿quiere conocer cuál es la parte más importante de un taller? —dijo, con una sonrisa.

—¿La mesa de trabajo? —replicó Jim, con lo primero que se le ocurrió.

El señor Rogers negó con la cabeza. Luego se giró y se acercó a la gigantesca sierra cortadora y le dio dos palmaditas.

—¿La sierra?

—La sierra es importante, pero… ¿sabe cuánto serrín sueltan estos cacharros? —Señaló a Jim con el dedo, sonriendo, como si le estuviese dando una lección, y finalmente añadió—: El depósito de serrín. —Desvió el mismo dedo con el que señalaba a Jim hacia una trampilla en el suelo que había junto a la lijadora.

—Sin un buen depósito de serrín sería imposible trabajar en un taller. Me lo enseñó mi padre y fue lo primero que construí en cuanto monté el taller aquí. Cada corte, cada lijado y perforado, todo suelta virutas de madera. Esta máquina de aquí —dijo señalando a la sierra—, recoge internamente todo el serrín de los cortes y los deja caer en el depósito que está bajo el taller.

Jim asintió, pensando que el señor Rogers parecía haberlo perdonado.

—¿Quiere verlo?

—¿Cómo dice? —inquirió el profesor, confuso.

—El depósito. Que si quiere verlo. Es bastante grande. Ocupa los bajos de todo el taller y…, atención, aproveché y lo conecté con el sótano de la casa.

—Vaya.

El señor Rogers se agachó y tiró del asa de la trampilla, dejando ver una pequeña escalera de madera que se perdía en la oscuridad.

—No… hace falta…

—No se corte, por favor. Es un buen trabajo. Si monta un taller de carpintería, no puede olvidarse de poner un depósito como este.

Jim se encorvó hacia la trampilla para ver el interior, y el señor Rogers se aproximó y se metió en el hueco con una agilidad que demostraba que estaba mucho más en forma de lo que podría aparentar por su edad. Debía de tener solo unos pocos años más que Jim, pero la diferencia en el físico era evidente. El profesor era delgado, con un porte atlético con la ropa puesta, pero esto cambiaba en cuanto se quedaba desnudo. No es que tuviese los músculos flácidos y sin definir, aunque sí se notaba que no hacía ejercicio y que solo seguía una dieta adecuada. Sus músculos no servían para mucho más que para no verse mal en el espejo. Sin embargo, el señor Rogers tenía unos antebrazos poderosos y unas manos con las que podría machacar nueces como si estuviese chasqueando los dedos.

Una vez abajo, el señor Rogers encendió una lamparita y animó a Jim desde allí.

—Venga, hombre. Tiene que ver esto —dijo, al tiempo que hacía aspavientos con la mano.

Jim suspiró y pensó que aún quería visitar otras casas en la calle.

—Voy con prisa. Mejor…

—Será un minuto. Tiene que ver todo lo que abarca. Ya le digo. Se nota incluso un poco el olor del agua del océano. Ni se imagina la de conchas y fósiles marinos que salieron de aquí cuando excavé el sótano. Tengo algunos… —El señor Rogers se perdió en el interior y Jim dejó de oírlo.

—Joder… —protestó Jim.

Miró la hora, estaba a punto de anochecer y, por no perder más tiempo, apoyó un pie en la escalerilla y descendió con prisa.

Una vez abajo, le sorprendió el tamaño que tenía la estancia al no llegar la luz a iluminar las paredes del fondo. Desde un lado, junto a la escalera, se colaba por un tubo de metal el zumbido de la cortadora, que seguía encendida en el taller, y en cuyo final había una montaña de serrín del tamaño del profesor. En la pared del fondo, Jim identificó algunas estanterías, llenas de latas de comida precocinada, botellas de agua y un sinfín de víveres que bien podrían alimentar a los Rogers en caso de desastre nuclear. Le hizo gracia pensar que el señor Rogers también pudiese formar parte del grupo de ciudadanos americanos que creía que pronto habría un desastre nuclear y que los únicos supervivientes serían aquellos que tuviesen provisiones para aguantar un lustro bajo tierra.

—Vaya, tiene usted aquí… un buen… cargamento.

—Y aún no ha visto lo mejor —dijo el señor Rogers, desde el fondo—. Venga.

Jim siguió la voz del señor Rogers y caminó en la penumbra hacia la zona más oscura del sótano. Escuchó un ruido a un lado, aunque estaba demasiado oscuro para entrever de qué se trataba.

—¿Señor Rogers?

Jim se dio la vuelta, miró hacia la zona por la que había bajado y descubrió en ella al señor Rogers, subiendo por la escalera.

—No debió venir —se lamentó el padre de Tom, deteniéndose durante un instante en el último peldaño.

—¡¿Adónde va?! —exclamó Jim, confundido.

Corrió hacia él, pero el hombre aceleró el paso y salió. Jim lo miró desde abajo sin comprender bien qué estaba haciendo. Una parte de él quería seguir siendo amable, otra le mandaba señales de alarma en forma de adrenalina que sintió en la punta de los dedos. De repente, un escalofrío le recorrió el cuerpo en el instante en que escuchó un ruido en el interior del sótano.

—¿Quién más hay aquí? —dijo.

—Todos cargamos mochilas que nunca nos podemos quitar —respondió el señor Rogers serio, desde arriba.

—¡Eh, eh! ¡¿Qué hace?! —chilló Jim, al ver que este agarraba la trampilla.

—Y ahora la mía pesa más —dijo, justo antes de cerrar.

—¡No! —gritó Jim con todas sus fuerzas.

CAPÍTULO 42

FORT TILDEN
25 de abril de 2011
Unas horas antes
Miren Triggs

El miedo a la oscuridad
siempre nace en quienes saben
lo que se esconde en ella.

Al abrir la puerta no supe cómo reaccionar. Al otro lado estaba Ethan Pebbles, con el rostro desencajado y la mirada triste, vestido con pantalones y jersey negro. No esperaba verlo a él, pero la verdad es que no sabía qué me encontraría cuando seguí las instrucciones de James Cooper.

—¿Ethan? —exclamé, confusa.

—Me han pedido que venga a por usted —dijo, con la voz rota. Luego, tras mirar a ambos lados, susurró—: Está cometiendo un grave error, señorita Triggs.

—¿Quién te ha pedido que vengas a por mí? —inquirí.

La tercera prueba del juego era la que más temía en realidad, y no sabía si seguir adelante sin más información.

—No se lo puedo decir —respondió tras tragar saliva. Se le notaba afectado y me daba pena saber que lo habían arrastrado también a él—. Pronto los conocerá.

—Ethan, es importante que me lo digas.

—No tenemos tiempo —dijo nervioso, entrando en la habitación—. Nos están esperando.

—Por favor, Ethan. Tienes que decírmelo.

—Señorita Triggs… —susurró—, lo saben todo sobre usted. Todo. Saben que vino hace años a buscar a mi hermana, el artículo que publicó, las preguntas que fue haciendo. No debería haber venido. Ha caído en su trampa. Ha empezado el juego.

—¿Crees que corro peligro?

—¿Usted qué cree? ¿Todavía no lo tiene claro? Los Cuervos no son lo que usted piensa. No es un grupo de chicos aburridos. Esto no se parece en nada a su pandilla del instituto, ¿entiende?

— No iré si me dices que no vaya —dije.

—Ahora… no hay vuelta atrás. Una vez que empieza el juego, tiene que acabarlo. No hay otra.

—¿Por qué?

425

—Me han amenazado. Saben que habló conmigo. O hace la última prueba o quemarán mi casa con mis tíos en ella.

—¿Quemar tu casa?

—Creo que así es como… murieron mis padres. Odio a mis tíos, pero…, por favor, siga adelante. Si supera la última prueba, nadie tiene por qué morir.

—¿Los Cuervos quemaron tu casa cuando eras niño? —Me estaba preocupando más de lo que ya estaba, pues francamente no entendía bien todo lo que estaba diciéndome.

—Creo que Gina… quería entrar. Sé que lo estaba pasando mal por la muerte de nuestros padres y… quizá pensó que con los Cuervos sería más feliz. Tal vez por eso estaba más callada conmigo en las últimas semanas. Quizá le mandaron su foto para… tenderle una trampa. Usted es una periodista famosa que presume de encontrar gente perdida. Se la han jugado, señorita Triggs. Ha cometido un error viniendo aquí y… comenzando el juego. Quemarán mi casa…, y otra vez todo volverá a empezar. —Lloró.

Se sentó sobre la cama y se derrumbó, impotente. Aquello no lo esperaba. Sin duda los Cuervos de Dios habían conseguido atemorizar a Ethan y ahora yo estaba atrapada en aquel callejón sin salida.

—Nadie va a quemar la casa de tus tíos, ¿entiendes? No lo permitiré.

—¿Y quién lo va a impedir?

—Avisaré a la policía. Pondrán vigilancia.

—¿Durante cuánto tiempo? Esperarán… y…, en algún momento, cuando pasen uno o dos años y parezca que todo se ha olvidado…

—Joder…, ¿en qué consiste la última prueba? ¿Lo sabes?

Ethan estaba realmente afectado y yo no sabía cómo calmarlo. Nunca se me había dado bien levantar el ánimo. Yo solo sabía acompañar el llanto, porque sé muy bien lo que es llorar por dentro. A veces es todo lo que necesita una persona. Alguien que espere en silencio a tu lado mientras te vacías, sin pretender que dejes de hacerlo.

—Ethan, escúchame. ¿Lo sabes? La última prueba. Tienes que decirme qué tengo que hacer y cómo superarla.

Levantó la vista hacia mí, con los ojos llenos de lágrimas, y dijo:

—Solo sé rumores —dijo.

—Cuéntamelos.

—Montan una cruz. Y usted tiene que subirse y esperar. Pase lo que pase. No puede pedir ayuda. No puede gritar. Tiene que confiar. Solo eso.

—¿Y ellos qué harán?

—No lo sé —susurró.

—Fue así como murió Allison Hernández, ¿verdad?

Asintió, en silencio. Luego tragó saliva y confirmó lo que pensaba:

—Ella no…, no pasó la prueba. No… podía decírselo. Ahora que usted está a punto de entrar es mejor que lo sepa.

Deambulé por la habitación, dando vueltas de un lugar a otro, considerando todas las posibilidades. No podía avisar a la policía, puesto que hacerlo no garantizaba que Ethan y sus tíos estuviesen a salvo. Tampoco podía no presentarme ni desaparecer. Al haber incluido a Ethan en la ecuación, habían dilapidado todas mis opciones. Tragué saliva y, finalmente, le dije:

—Vamos, ¿dónde está esa maldita cruz?

Salimos del motel y me subí de paquete en la escúter con Ethan. Circulamos desde Breezy Point por Rockaway Boulevard en dirección a Fort Tilden y, a medio camino, giró a la derecha por una calle que se adentraba hacia la playa. Notaba el viento de la noche, la permanente y pegajosa humedad del océano. Finalmente, Ethan detuvo la moto junto a una valla oxidada, tras la cual se extendía la vastedad de las instalaciones abandonadas del complejo militar. Ethan sabía bien qué tenía que hacer. Sacó una linterna del compartimento bajo el asiento de su escúter e iluminó un tramo de la valla, junto a uno de los postes de unión. Se acercó a él y levantó la malla suelta hasta abrir un hueco por el que cabía una persona.

—Pase —dijo—, está al final del camino.

Me colé por el agujero y él hizo lo mismo. Ethan iluminaba con su linterna varios metros por delante de él y yo lo seguía, en silencio, acompañada del sonido de las olas a lo lejos y de nuestros pasos sobre la tierra y la vegetación. Aquella zona de Fort Tilden estaba invadida por arbustos, matorrales y árboles salvajes que crecían por todas partes, salvo en los caminos de pisadas que se extendían frente a nosotros como si fuesen un laberinto. Ethan giró varias veces a izquierda y derecha entre la vegetación, y yo traté de recordar el itinerario por si necesitaba volver. De pronto, se detuvo en seco en una construcción de hormigón abandonada, frente a la que había aparcadas cuatro o cinco escúters, y desde cuyo interior emanaba una luz tenue que se proyectaba sobre los pocos cristales que quedaban enteros en la parte superior.

—Hemos llegado —susurró Ethan.

—¿Es aquí donde murió Allison?

Movió la cabeza de lado a lado, negando, antes de responder.

—Creo que fue en otra de las naves abandonadas. Fort Tilden está lleno de lugares como este.

Suspiré. Podía oír algunas voces que procedían del interior.

—Tiene que entrar usted sola.

—¿No vienes conmigo?

Quería al menos un rostro conocido para enfrentarme a la incertidumbre. Volvió a negar con la cabeza. Agachó la vista y me tocó el hombro, en un gesto que yo entendí como un lo siento.

—Está bien. Acabemos con esto de una vez —afirmé, y me dirigí hacia el hueco en la estructura que identifiqué como la entrada.

Me sumergí en la oscuridad de la puerta y caminé unos metros pisando trozos de escombros y metal que delataban cada uno de mis pasos. Aplasté una botella de plástico que hizo que casi me cayese al suelo y, al instante, las voces del interior de la nave se callaron como si supiesen que llegaba. De una puerta al final del pasillo flotaba una luz amarillenta y me dirigí hacia ella con la certeza de que estaba cometiendo el mayor error de mi vida. Pensé en Bob Wexter, del periódico, y en el artículo que escribiría si conseguía salir de esta. Una parte de mí me animaba a pensar que todo estaba bajo control, aunque en realidad no controlaba lo más mínimo aquella situación. Cuando al fin me asomé por la puerta, los vi.

Cinco personas vestidas de negro esperaban, todas mirando en mi dirección, con antifaces negros cubriendo sus caras, iluminados por cientos de velas que estaban repartidas por toda la estancia. Todos vestían el mismo antifaz, que parecía hecho con plumas negras que sobresalían hacia la frente, y pude identificar al instante tres mujeres y dos hombres.

—Nos alegra que haya venido —dijo una voz masculina que reverberó por toda la estancia.

No pude identificar de cuál de las personas provenía. Me adentré en silencio en la sala y me acerqué, incapaz de controlar el vértigo que sentía en el estómago, como si estuviese cayendo del mismísimo puente Marine. Me fijé en cómo la luz de las velas bailaba en las paredes y otorgaba a la estancia el ambiente perfecto para cumplir los peores presagios.

—Ha sido valiente viniendo hasta aquí —señaló uno de ellos—. Ahora solo le queda un último escalón.

—¿Quiénes sois? —pregunté en voz alta.

Mi voz sonó impregnada de soledad. Me sería imposible pedir ayuda desde aquel lugar tan apartado si las cosas se complicaban.

—Los Cuervos de Dios. Usted quería entrar y nosotros le mostramos la puerta.

Una de las figuras que identifiqué como masculina agarró una lata de pintura que había en el suelo, se acerco y se detuvo frente a mí, así pude ver su mirada.

—Cierre los ojos, por favor —susurró una voz femenina.

Suspiré. No me quedaba más alternativa que ceder. Los cerré y, unos segundos después, noté cómo una brocha húmeda se deslizaba sobre ellos, como si me hubiese dibujado un burdo antifaz húmedo, con algunas gotas descendiendo por mi cara.

—Puede abrir los ojos —dijo.

Se apartó a un lado y descubrí cómo todos se habían puesto a ambos lados, formando un pasillo que se dirigía al fondo de la sala, donde había apoyada una cruz de madera de un par de metros de alto, pintada de color rojo. Creía que en algún momento dirían algo más, pero permanecieron en silencio, expectantes, y entonces comprendí lo que esperaban de mí.

Caminé en pasos lentos hacia la cruz, mientras recordaba la última prueba: «Súbete a la cruz con los ojos vendados». Cuando estuve a los pies del crucifijo, me di la vuelta y afirmé, creyendo que así cambiaba algo:

—No tengo los ojos vendados. Tenía que subir a la cruz con los ojos vendados.

—Esa es nuestra venda —dijo la misma voz masculina del principio—. Una que le permita ver. Una venda que le permita saber que está sola, pero que aun así estaremos ahí con usted —dijo la misma voz del principio.

Traté de reconocerla, pero juraría que no la había escuchado antes. Bajo la cruz había una pequeña escalera de tres peldaños y vi que tenía un lugar para apoyar los pies en la viga vertical. Tragué saliva y, finalmente, subí. Me monté sobre la pequeña plataforma y vi cómo dos figuras se acercaron a mí con prisa. Me agarraron los brazos y me los extendieron y los ataron sobre la travie-

sa horizontal con trozos de tela blanca que parecían re-
tales de una sábana. Daba vértigo sentirse vulnerable. Era
un miedo opresor que te enfrentaba a la incertidumbre.
Apartaron la escalera y los taburetes que habían colocado para atarme los brazos. Una figura femenina se arrimó
con un cubo lleno de líquido y me quitó las zapatillas y
los calcetines. Noté la madera bajo mis pies. Sentí miedo
a perder aquel apoyo. Me había quedado paralizada y
estuve a punto de pedir que me bajasen, pero recordé las
palabras de Ethan. «Pase lo que pase. No puede pedir
ayuda. No puede gritar. Tiene que confiar. Solo eso». Me
costaba mantenerme sobre la plataforma de madera con
ambos pies y me dio la sensación de que si perdía el
equilibrio estaría acabada. Luego, sin esperarlo, la persona que me había quitado las zapatillas sacó una espon-
ja y me humedeció con ella los pies. Respiré hondo y
grité por dentro. Pedí auxilio a mi mente para que me
llevase a otro lugar. Y, de pronto, una nueva voz gritó:

—¿Qué sintió cuando estaba sobre la barandilla
del puente?

—Miedo —respondí, entre jadeos.

Estaba incómoda y me afectaba la postura que trataba de mantener casi de puntillas.

—¿Y cómo le hizo sentir el miedo?

—Viva —exclamé.

—¿Y qué sintió cuando quemó su coche? —dijo
esta vez una voz femenina.

—Libertad —respondí.

—¿Y cómo le hizo sentir la libertad?

—Viva —confirmé.

Aquellas preguntas se me clavaron como si fuesen un puñal. En realidad, había sido así, por más que intentase sentir que hacer aquello no me había cambiado.

Todos permanecieron en silencio durante algunos momentos en los que esperé que lanzasen otra pregunta, pero, de repente, uno de ellos me dio la espalda y los demás hicieron lo mismo. Luego, sin decir una sola palabra más, salieron uno a uno por la puerta, y vi cómo me abandonaban, inmóvil y sin ninguna posibilidad de huir.

—¡¿Adónde vais?! —exclamé, al tiempo que forcejeé con los brazos para tratar de soltarme.

Nadie pareció escucharme, pero justo antes de salir, la última persona se detuvo bajo el marco de la puerta, me miró en silencio y se llevó el dedo índice a la zona de los labios. Sin emitir sonido alguno, gesticuló para que guardase silencio, y luego desapareció en la oscuridad.

CAPÍTULO 43

QUEENS
25 de abril de 2011
Unas horas antes
Ben Miller

Hay personas que, como los sueños,
también pueden convertirse en pesadillas.

Cuando el inspector Miller llegó junto con cuatro coches patrulla al domicilio del reverendo Graham, en un piso de dos habitaciones en pleno centro de Queens y a escasos tres kilómetros del instituto, sentía que todo estaba a punto de acabar. La declaración de Deborah había sido demoledora y no pudo evitar ver al reverendo como a un monstruo sin escrúpulos, capaz de aprovecharse de su posición y confianza en el centro para abusar de las estudiantes de Mallow. Allison podía haber corrido la misma suerte antes de acabar en la cruz y la idea de que su embarazo fuese resultado de aquellos abusos lo puso enfermo.

Antes de salir de las oficinas del FBI solicitó los antecedentes del reverendo y se sorprendió de que estuviese limpio. Aquel monstruo había conseguido sortear denuncias previas de cualquier tipo, sin tener siquiera una simple multa de aparcamiento. La Unidad de Homicidios de la Policía Local de Nueva York fue informada de la última declaración de Deborah y consiguieron un registro exhaustivo del domicilio del reverendo, pues todas las pruebas apuntaban hacia él: la muerte en la cruz, las declaraciones de Deborah y del dueño del bar frente al instituto y que la biblia de Allison estuviese entre sus pertenencias.

Uno de los agentes del operativo de ocho hombres llamó a la puerta del piso del reverendo, pero no respondió. El inspector Miller contempló la escena desde la escalera y cómo, acto seguido, dos de los agentes reventaron la puerta con un ariete en un único golpe, que la abrió como si la cerradura fuese de mantequilla. Cinco agentes entraron y buscaron con prisa en cada habitación. Cantaban un «libre» en cada una de las estancias vacías. Todo estaba demasiado silencioso, y tanto el inspector Miller como dos inspectores de Homicidios que entraron tras los agentes analizaron de un vistazo el contenido de cada sala. Todo estaba ordenado, pero también hallaron símbolos religiosos en cada rincón. Cuadros, cruces, imágenes de Cristo y de la Virgen. El piso estaba decorado con muebles de madera color caoba. En un cuartucho, junto a la entrada, vieron estantes llenos de cintas de vídeo VHS, y el inspector Miller se acercó para observarlas de cerca. Se dio cuenta de que todas tenían carcasas de Blockbuster, aunque, cuando abrió una de ellas, comprobó que no se trataba de ninguna película oficial y que no tenía ninguna pegatina que pudiese identificar qué contenía. Lo único que destacaban eran dos iniciales escritas con permanente blanco en uno de los bordes: J. F.

De repente, dos agentes perdidos en alguna parte de la casa, gritaron:

—¡Quieto! ¡Manos arriba!

Todos los policías llegaron corriendo a la habitación donde se encontraba el reverendo, que estaba tras un escritorio, al lado de una biblioteca, con unos auriculares puestos, con las manos en alto y con expresión de incredulidad. Parecía calmado, y cuando reconoció al inspector Miller, que se había quedado detrás del grupo de agentes, se puso en pie, tranquilo, y le sonrió. Se llevó las manos con lentitud a los auriculares y se los quitó.

—Inspector Miller…, creía que… estaba colaborando en todo lo que… necesitaban. Supongo que tienen permiso para entrar así en casa con…, ¿con las armas en alto? Pero ¿quién creen que soy? Soy reverendo, por el amor de Dios. Ayudo a la comunidad.

—Deborah nos lo ha contado todo —replicó el inspector.

—¿Deborah?

Por un segundo su rostro pareció sorprenderse, pero luego sonrió.

—Esa chica… está… obsesionada conmigo. ¿Saben? Me gustaría saber qué locura les ha contado. Ella es una chica con mucha… imaginación.

—No disimule, reverendo.

—¿Y qué tienen contra mí? ¿Su declaración? ¿Con eso piensan acusarme de…, de qué?

—Tenemos un testigo que corrobora la historia de Deborah.

De pronto… la expresión del reverendo cambió por completo.

—¿Cómo pueden…? Son solo palabras. No tienen nada contra mí. ¡Nada! ¿Acaso sus palabras son más creíbles que… las de Dios?

—Usted no habla en nombre de Dios, señor Graham —dijo Miller.

—Soy reverendo. Esto es un insulto intolerable. No pueden detenerme. Yo soy quien cuida de sus hijos. Yo soy quien se encarga de que no… descarrilen vuestras ovejas —afirmó, poniéndose en pie, con rostro serio.

Mientras hablaban, los dos inspectores de Homicidios habían comenzado a registrar cajones y armarios para buscar indicios adicionales de delito. Según la declaración de Deborah, los abusos también habían sucedido en aquella casa y, de ser así, debía de haber algo que corroborase la historia. Llegaron al que parecía el dormitorio del reverendo, en el que había una cama hecha con las sábanas y la colcha tan estiradas que parecía que la tela iba a rajarse por la tensión. Sobre el camastro, colgado en la pared, había un crucifijo de madera roja. Las estanterías y la cómoda parecían haberse limpiado con esmero, y de la estancia emanaba un ligero olor a lejía que preocupó a los agentes. En la calle, el furgón de la policía científica esperaba a que el reverendo fuese detenido para entrar en la casa y tomar muestras buscando huellas o restos de ADN.

En el mismo momento en que el reverendo se puso en pie, el teléfono de Miller comenzó a sonar. No lo pensaba coger, pero era el agente especial Spencer.

—Lo tenemos —dijo Ben, tras descolgar el teléfono.

—Cancélalo todo, Ben.

—¡¿Qué?!

—Los padres de la chica retiran la denuncia.

—¡¿Cómo?! ¡¿Por qué?!

—Cuando hemos empezado el procedimiento…, los padres se han echado atrás. No quieren que su hija pase por todo esto.

—Pero…

—No quieren a su hija atada a esto durante el tiempo que dure el juicio.

El inspector Miller salió del estudio del reverendo y lo dejó allí con los agentes. Bajó la voz.

—Tenéis que convencerlos. Esto es…

—Lo estamos intentando, Ben. La doctora Atkins está con ellos, pero… insisten en marcharse a casa. Sé que es una mierda, Ben, pero… si no tienes nada claro contra él por lo de Allison Hernández, el juez nos va a empapelar por proseguir con la detención sabiendo que no teníamos nada. Debéis dejarlo.

—Spencer…, este tipo es…

—No hay nada que hablar, Ben. Dejadlo todo. Se ha acabado —dijo antes de colgar.

El inspector Miller se apartó el teléfono de la oreja, sintiendo que el caso se venía abajo. No podía creerlo. Estaba tan cerca, que ver cómo se desmoronaba todo en una sola llamada lo dejó desolado. Volvió al despacho, con los ojos inundados y sin saber qué decir, y vio cómo el reverendo lo esperaba tras el escritorio, junto a dos agentes que le habían puesto las esposas y le leían los derechos.

—Soltadlo —murmuró Ben, en un hilo de voz apenas audible.

—¿Cómo dice? —trató de asegurarse uno de los policías, sin dar crédito a lo que estaba oyendo.

El reverendo le dedicó al inspector una sonrisa y él vio en ella la prepotencia que solo nacía de las injusticias.

—Han retirado los cargos —dijo el inspector Miller en alto, para que lo oyesen todos.

Los agentes se miraron confundidos y uno de ellos se acercó para hablarle en voz baja.

—¿Está seguro de eso?

Ben asintió en silencio. Agachó la cabeza para no mirar al reverendo, que pareció crecerse al escucharlo:

—¿Ven? ¡No tienen nada! ¡Nada! Quítenme las esposas y dejen de hacer el ridículo —vociferó—. Y usted, inspector Miller, está acabado. No crea que puede venir a mi centro o a mi casa y… acusarme de lo que a usted le parezca sin pruebas. ¿Me oye? Me aseguraré de que mi congregación presente una queja formal contra esta… persecución personal. Está usted lleno de prejuicios y con ellos… no puede ocupar un cargo como el suyo.

—Quítenselas —aceptó Ben, derrotado, tratando de no oírlo.

Los agentes que lo agarraban por la espalda le hicieron caso, en silencio, y cuando le habían quitado las esposas, el reverendo se acarició las muñecas en señal de victoria. De pronto la voz de uno de los inspectores de Homicidios sonó a lo lejos.

—¡Inspector Miller! —gritó—. Venga aquí, hemos encontrado algo.

Ben corrió hasta el dormitorio del reverendo y encontró a ambos agentes agachados junto al armario. Uno de ellos se levantó. Sostenía entre las manos una pequeña caja de zapatos abierta llena de ropa con restos de sangre.

Uno de los agentes levantó la primera prenda blanca, haciendo pinza con los dedos enguantados, y dejó ver el logo de Pepsi.

—Es la ropa que llevaba Allison cuando desapareció —susurró Ben.

El agente del FBI volvió en silencio al estudio donde dos policías aún acompañaban al reverendo, y él le devolvió una mirada confusa. Sus ojos se posaron con rapidez sobre la caja, para luego pasar a mirar a todos los agentes con gesto de sorpresa.

—Eso…, eso no es mío —gritó—. No lo he visto en mi vida. Ustedes lo han…

—¿Por qué le hizo eso a Allison, señor Graham?

—¡Yo…, yo no le he puesto un dedo encima! Ustedes han traído eso a mi casa…

—Señor Graham, queda detenido por el asesinato de Allison Hernández —aseveró Ben, calmado.

—¡No he tocado a Allison! ¡Se lo aseguro!

—Todo lo que diga podrá ser…

Uno de los agentes se acercó a él con las esposas en la mano, las mismas que le había quitado unos segundos antes y que ahora viajaban de nuevo a sus muñecas.

—¡No! —gritó el reverendo.

De repente se tiró sobre la mesa y agarró un abrecartas de plata que descansaba sobre un montón de folios en blanco y se lo colocó en el cuello.

—No haga ninguna tontería —gritó Ben, sorprendido—. Si usted cree que es inocente, no tiene por qué preocuparse.

—Ustedes no creen en nada. Ustedes me han puesto eso en casa. ¡Quieren acabar conmigo y con Mallow! ¡Quieren acabar con... Dios!

Los policías que estaban hasta ese momento en el estudio sacaron sus armas y apuntaron hacia él. Ben se agachó para dejar la caja en el suelo y levantó las manos para tratar de tranquilizarlo.

—¿No es capaz de enfrentarse usted mismo a sus pecados? —le preguntó.

Pensó que retando su fe encontraría a la persona tras la máscara de reverendo, pero lo que no se esperaba es lo que haría tras esa simple y poderosa pregunta: el reverendo comenzó a llorar.

—Tengo un problema. Y Dios lo sabe —susurró entre sollozos—. Y es algo contra lo que soy incapaz de luchar.

—En la cárcel contará con ayuda psicológica. Pero su camino aquí ha terminado.

—Yo no he tocado a Allison, ¿saben? Nunca le puse un dedo encima. Pero... a su pregunta..., no. No soy capaz de enfrentarme a mis pecados. ¿Cómo hacerlo? ¿Cuando vives con ellos dentro todo el tiempo? ¿Cuando eres incapaz de dejar de pensar en hacerlo?

Entonces el inspector comprendió el significado del cuarto lleno de cintas VHS.

—¿Qué hay en esas cintas? —inquirió Ben, de golpe, mientras sentía cómo una sombra cada vez más oscura se expandía sobre el reverendo.

En ese instante el reverendo se santiguó y miró al techo, respirando hondo. Luego, con una voz que parecía surgir de sus entrañas, vociferó:

—Perdóname, Padre, porque he pecado.

Y entonces Ben entendió qué encontraría en ellas. No era la primera vez que un depredador sexual tenía una colección de aquel tipo. En varias investigaciones se había encontrado material parecido en las casas de los culpables: discos duros, CDs, cintas de vídeo o, incluso, grabaciones Beta.

Durante un segundo el reverendo bajó el abrecartas de su cuello y miró al inspector con ojos salvajes, expectantes, como si estuviese sediento y hubiese comprendido que no iba a encontrar agua en el desierto.

—Dios está en todos nosotros, inspector. Pero también el diablo —dijo justo antes de clavarse el abrecartas en el cuello, seccionándose la arteria carótida.

Ben gritó y se abalanzó sobre él para impedirlo, pero no llegó a tiempo. El reverendo cayó al suelo y el inspector Miller se agachó a su lado rápidamente para presionar la herida con las manos. La sangre de Graham brotaba con fuerza entre sus dedos, como si fuese un pozo de petróleo cuya superficie se desmoronase y cuyo líquido negruzco saliese de todas partes al mismo tiempo. Las manos de Ben se llenaron de sangre en un segundo, y un charco se expandió bajo el cuerpo del reverendo como si fuese una botella de vino rota sobre el parqué. Un instante después, los ojos del reverendo se clavaron en un punto fijo en la pared, justo donde estaba un crucifijo de madera, y exhaló, con las manos de Miller sobre su cuello, su último y anhelado aliento.

CAPÍTULO 44

Madrugada del 26 de abril de 2011
Miren Triggs

Hay un momento en que la vida te abraza,
y todo cambia,
porque se tiene más que perder
que ganar.

Me dejaron sola en la cruz y poco después oí el sonido de sus ciclomotores al alejarse. Por las ventanas superiores de la construcción se colaba el ruido del océano, y la luz de las velas, dispuestas en grupos aleatorios de dos, cinco y siete, danzaban en la penumbra como si la nave estuviera en llamas. Notaba cómo la pintura de mis ojos chorreaba y descendía por mi cara, y me sentí tan sola y desamparada que estuve a punto de gritar para pedir ayuda.

Pero recordé lo que me había dicho Ethan. Si gritaba, fallaría la prueba, y si eso sucedía, podría correr la misma suerte que Allison. Pensé que quizá no se habían marchado, sino que habían arrancado sus motos, circulado un poco por la zona y se habían escondido en algún lugar de las inmediaciones para comprobar si pedía ayuda.

Decidí guardar silencio, como si fuese algo que pudiese atesorar. La postura me resultaba incómoda de mantener, casi de puntillas, apoyada sobre un taco de madera clavado bajo mis pies, con los brazos extendidos y anudados con trozos de tela sobre la cruz. Me aterraba perder el equilibrio en aquella soledad y ser incapaz de volver a apoyar los pies sobre ella. Si eso sucedía, sabía que moriría asfixiada. En una cruz, uno muere por falta de aire. Los brazos tiran de las costillas hacia arriba y el peso del cuerpo aprisiona los pulmones dentro de la caja torácica, lo justo para que cada vez estés más cansado y respires peor, lo que provoca un lento e inexorable círculo vicioso de asfixia, hasta que tus pulmones no pueden más. Era, sin duda, mi mayor preocupación: perder el apoyo sobre el taco y sentir que se me escapaba la vida allí, mientras trataba de encontrar una respuesta a una pregunta que no había podido hacerles… ¿Qué le había sucedido a Gina?

No sabía cuánto tiempo debía estar allí para pasar la prueba, pero conforme fueron transcurriendo los minutos, y luego la primera hora, no pude evitar pensar que nunca más volverían a por mí.

Estaba agotada, cada vez más, y luché contra el cansancio que no dejaba de amontonarse en mis tobillos y muñecas, que soportaban mi peso sin remedio. Al cabo de un rato más, cerré los ojos y no pude evitar ver el rostro de mis padres, sonriéndome al mismo tiempo que clavaban su mirada triste sobre mí. Un segundo después mi mente se imaginó a mi madre recibiendo la noticia de mi muerte en aquella cruz, y al instante se me pasó por la cabeza gritar. ¿Y si no volvían? ¿Y si Allison estuvo las dos semanas desde que desapareció subida en la cruz? ¿Y si Ethan estaba en lo cierto y me habían enviado la fotografía de Gina para conseguir que acabase en ese preciso lugar?

Todo empezaba a encajar. En el sobre en el que me enviaron la polaroid estaba rotulado «¿Quieres jugar?». Y yo, por encontrar a Gina, había aceptado sus reglas, sin hacer preguntas.

Cuanto más lo pensaba más claro tenía que no saldría de allí con vida. Pensé en Jim, y me pregunté dónde estaría y si me encontraría, si es que en algún momento me buscaba. Aún no sabía si podría mirarlo de nuevo a los ojos y no sentirme responsable de todas nuestras idas y venidas. Quizá, morir en la cruz era lo mejor que me podía pasar. Tal vez no era una trampa sino un camino. Tal vez aquella sensación de abandono era precisamente lo que buscaban los Cuervos.

De pronto oí el sonido de unos pasos acercándose por el pasillo por el que yo había entrado. Oí los escombros, la gravilla y una ola rompiendo de nuevo. Y, de repente, una persona vestida de negro apareció bajo la puerta, a cara descubierta, y nada más verme se empezó a reír a carcajadas:

—¡¿Ethan?!

Un escalofrío me recorrió el cuerpo al verlo con aquella actitud, jovial, como si verme así fuese motivo de alegría.

—Señorita Triggs…. —gritó—, es usted increíble. ¡Increíble!

—Ethan, por favor, bájame de aquí. Estoy cansada. No puedo más.

Se aproximó con ilusión a la base de la cruz y, de pronto, cruzó los brazos para observarme con desdén.

—¿Cómo ha podido ser tan fácil?

Se llevó las manos a la cabeza, incrédulo, y volvió a reírse a carcajadas. Luego negó con la cabeza y bufó.

—Por favor, Ethan…, suéltame.

No quería creerlo. No podía creerlo.

—Leí su libro, ¿sabe? —dijo—, y me quedé fascinado por cómo usted era capaz de contar todo eso de su violación, lo perdida que se encontraba, y creer que nunca nadie lo podría usar para hacerle daño. Ha sido muy previsible. Ha sido… demasiado fácil, ¿no cree? Todo esto. Se ha tragado cada una de mis mentiras. Por favor, no… —rio—, por favor, tenga cuidado. Los Cuervos de Dios son peligrosos. Los Cuervos…

Entonces lo comprendí.

—Tú estás dentro —suspiré.

—No, señorita Triggs —gritó—. ¡Yo los creé! Dele a un niño las herramientas adecuadas y lo convertirá en un hombre de provecho. Dele las herramientas erróneas y creará un monstruo. Hace mucho. Sin saberlo. Todo comenzó.

—Pero… ¿por qué?

—Necesitaba esto. ¿Sabe? Ahora miro atrás y creo que esto es todo lo que siempre he sido. ¿Recuerda el incendio de mi casa? Era de noche…

—Ethan, bájame, me cuesta…

—¡Escúcheme! —vociferó, con un grito que reverberó por toda la nave—. ¡¿O solo habla usted?! ¡¿O solo le importa lo que usted tenga que decir?!

—Ethan…

Me miró con rabia, como si hubiese despertado una bestia que se ocultaba entre las sombras de su interior.

—Era de noche, y mi padre había estado bebiendo, como cada día después del trabajo. Cuando estaba borracho, era una persona imposible de reconocer. Impredecible y lejano, capaz de levantar la mano con cualquier excusa: si tardaba demasiado en llevarle otra cerveza de la nevera, si lo miraba en silencio, si perdían los Knicks. Cualquier motivo era bueno para empujarte al suelo y patearte como si fueses un balón. Ese día pasó lo que siempre sucedía cuando se emborrachaba. Golpeó a mi madre una y otra vez, una y otra vez. ¡UNA Y OTRA VEZ! —chilló.

Me quedé helada. Aquella actitud no se parecía en nada a la que me había mostrado hasta entonces. Hasta ese momento creía que Ethan era un chico atormentado y hundido por la desaparición de su hermana, pero todo se remontaba a mucho antes.

—Gina me pidió que me escondiese en el dormitorio —continuó—, como siempre, para protegerme. Aquel día parecía que todo sería peor. Una semana antes mi madre había sugerido que nos marcháramos los tres de casa, pero nunca llegamos a dar aquel paso. Gina salió fuera y oí sus gritos, que se mezclaron con los de mi madre. Escuché golpes, chillidos y, de pronto, solo los llantos de mi hermana. Ese tipo de recuerdos no se olvidan, ¿sabe? El silencio, el llanto desgarrado, la oscuridad de mi cuarto. Permanecí unos minutos bajo la cama, junto a un peluche con forma de pájaro que creía que había perdido. Y entonces oí a Gina gritar: «¡Mamá, por favor, despierta!». Me armé de valor, salí fuera, bajé a la cocina y vi a mi hermana arrodillada junto al cuerpo inerte de mi madre, que yacía tumbada en el suelo con el cuello morado y los ojos abiertos de par en par.

—Tu padre mató a tu madre... —murmuré con dificultad, al tiempo que peleaba contra la gravedad y el dolor de muñecas.

—Gina estaba destrozada y lloraba como nunca la había visto. Le pregunté que dónde estaba y me señaló su dormitorio, escaleras arriba. Entré y me lo encontré tirado, a los pies de la cama, dormido o inconsciente por el alcohol. En ese momento me dio igual. Vi en la mesilla un encendedor, junto al paquete de tabaco, y pensé en quemarlo todo. Mi madre era buena persona, ¿entiende? Pero se había cruzado con la persona equivocada. Un malnacido que no solo nos había golpeado una y otra vez, y nos había causado heridas imposibles de sanar, sino que también se había llevado a mi madre. Lo odiaba con toda mi alma. Quería hacerle daño. Lo golpeé con todas mis fuerzas, pero no pareció inmutarse. Gina apareció en la habitación y me dijo que aprovecháramos para llamar a la policía, pero… me pareció insuficiente. Agarré el mechero y lo encendí junto a la cortina. Mi hermana me observó en silencio y… me susurró: «Hazlo», con el rostro lleno de lágrimas. —Hizo una pausa y gesticuló como si hubiese encendido un mechero—. No pensé que el fuego se extendería tan deprisa. De las cortinas pasó rápido al armario y luego a la cama y a la puerta. Gina saltó para agarrarme, pero en un instante los dos nos vimos atrapados en la habitación, con el cuerpo de nuestro padre allí, que empezó a toser por el humo. Entonces… abrió la ventana y salimos a la cornisa mientras el interior de la casa ardía en llamas. Caminamos sobre ella unos metros hasta llegar a una tubería a la que pudimos agarrarnos y, en un momento que nunca se me ha olvidado, mi hermana me cogió de las manos y me descolgó por ella. ¿Le suena su primera prueba?

—Camina por el exterior de la barandilla del puente —susurré.

—Cuando me agarraba de las dos manos, conmigo colgando a varios metros de altura en la fachada, me dijo: «No tengas miedo, estaré contigo», y me dejó caer. Durante el tiempo en que permanecí allí colgado, mirándola a los ojos, pensé que con ella no me pasaría nada. Me sentí... protegido. Me sentí vivo de nuevo. Las llamas devoraron la casa, a nuestros padres y todo lo que teníamos. Algo en mí me decía que sería un nuevo comienzo, que el sufrimiento se vería recompensado. Nos quedamos abrazados viendo cómo todo se venía abajo y cómo, un rato después, se acercaba el camión de bomberos con la sirena encendida.

—Quema algo que te importe —dije en voz alta.

—Parece que ya lo va entendiendo, señorita Triggs.

Tragué saliva al ver que Ethan estaba satisfecho.

—¿Y qué pasó después? —pregunté, tratando de ganarme su confianza otra vez.

No quería que se volviese inestable de nuevo.

—Nos llevaron a casa de mis tíos y, durante los primeros días, yo pensé que seríamos felices. Pero pronto todo se convirtió en esa fe asfixiante, esos rezos obsesivos, la opresión de Mallow, y la gota que colmó el vaso: Gina desapareció.

—¿Tú no hiciste nada?

Negó con la cabeza y luego respondió:

—¿Yo? Yo solo era un crío cuando desapareció. Uno no sabe cómo va a reaccionar a algo así. Después de una vida de sufrimiento, ¿por qué me merecía todo eso? Me resguardé en su búsqueda. Tenía la esperanza de encontrarla. Participé en todas las batidas, a pesar de ser un niño y de que todos me consideraran un estorbo. «No, Ethan. Eres muy pequeño. Deja a los mayores». «No, Ethan, ya has hecho suficiente», decía otra persona —entonó aquella frase imitando una cantinela—. Y un día, cuando lloraba en la cafetería mientras se organizaban para salir a buscar a Gina…, usted se sentó frente a mí.

—¿Yo?

—Me prometió que encontraría a Gina. Me dijo que la traería de vuelta a casa.

—Lo… recuerdo —le dije.

—Confié en usted, ¿sabe? —Hizo una pausa larga que me inquietó y, entonces, cogió aire y chilló colérico—. ¡La creí! ¡Me dijo que la encontraría y la creí!

—Ethan, yo…

—Ethan, yo… —repitió lo que dije con un tono que me perturbó—. Ethan, Ethan, Ethan. Ethan tienes que rezar. Ethan tráeme una cerveza. Ethan eres una mierda —alzó la voz tras cada frase—. Ethan eres culpable de que muriesen tus padres. Ethan eres el responsable de que tu hermana se vaya. Ethan eres...

—Por favor, Ethan..., cálmate.

—Y luego... lo peor. El reverendo Graham y sus vicios asquerosos.

—Te... ¿tocó?

—¿Te... tocó? —repitió, burlándose de mi pregunta—. ¡No! Pero ¿acaso importa? Deborah... —negó con la cabeza—, se encaprichó con ella, ¿sabe? De mi novia. De la única persona a la que he querido después de Gina. ¿Es que a todo el que me acerco tiene que sufrir?

—Ethan, bájame y hablamos de esto tranquilos, ¿quieres?

—No. Esto de los Cuervos era... como su pandilla del instituto, ¿sabe? Inocente y... casi alegre. Pero cuando Deborah me contó lo que le estaba haciendo el reverendo..., supe que tenía que hacer algo, ¿sabe? Teníamos que hacer algo. Ese maldito pervertido... tenía que pagar de alguna manera. Debía... enfrentarse a las consecuencias de sus pecados.

—Podría haber denunciado... —traté de explicarle.

—¿Sabe que lo hizo?

—¿Denunció?

—Hace unas semanas. En la comisaría de policía de los Rockaways. ¿Y sabe qué sucedió? La indefensión más absoluta. Estuve con Deborah todo el tiempo, animándola. Un rato después vino un señor de la Iglesia. ¿Y sabe qué pasó? La policía nos dijo que ya se encargarían. Que no nos preocupásemos, que ya estaba todo solucionado. Eso fue un viernes. Pensamos que el lunes el reverendo Graham no estaría en el instituto. Nos prometieron justicia y nos dieron venganza. Ese mismo día el reverendo llamó a Deborah y la llevó a la capilla de Mallow. Ella volvió llorando, con moratones en la espalda. No quise preguntarle qué había sucedido, porque no hacía falta.

—Joder…

—No teníamos ninguna prueba contra él, a ojos del mundo el reverendo Graham era un buen samaritano. Y entonces Allison quiso entrar en los Cuervos.

—Y la matasteis…

—Era perfecta, señorita Triggs. ¿No lo ve? Me cayó del cielo. Cuando nos contó que se había quedado embarazada…, que estaba sola, que no tenía ayuda y que perdería la beca… Su primera prueba del juego fue contarle al reverendo que esperaba un hijo. La segunda, dejar su biblia en su despacho. La tercera, subirse a la cruz, como usted.

—Hijo de puta.

—Aguantó muchísimo, ¿sabe? Los chicos se fueron y… cuando volví al día siguiente, todavía estaba viva, pidiendo ayuda.

—La mataste.

—La ayudé a morir. Ella… ya llevaba un tiempo muerta, al igual que todos los que formamos parte de los Cuervos. Usted lo está. No se crea especial. James se autolesiona, Mandy es adicta al sexo, a usted… la violaron. A mí… me robaron todo lo que me importaba; primero a golpes, luego con la incertidumbre de perder a la única persona que me quedaba. Leí lo de su violación, señorita Triggs. Lo detalló demasiado bien en su libro. Sé cómo se siente. Usted no es distinta a mí. Ambos hemos sufrido. A ambos nos han hecho daño. Por favor, no me mire como si fuese mejor que yo.

—Por favor, Ethan, bájame.

—¡Le he dicho que no!

—Ethan…, ¿qué te he hecho? Yo solo he tratado de…

—Me prometió encontrar a mi hermana. Me prometió traérmela de vuelta. Aquel día en la cafetería. Me lo prometió. Y no cumplió su promesa. Y no solo eso, publicó su desaparición en su periódico para reírse de mí.

—¿De qué estás hablando?

—«El hermano de la joven, Ethan Pebbles de ocho años —canturreó de nuevo—, llora desconsolado por la desaparición». ¡Llora… desconsolado… por la desaparición! Eso escribió en su artículo y lo acompañó de mi fotografía. Ni se imagina cuántas veces he revivido el dolor por aquella imagen. Usted no solo no tiene escrúpulos, sino que además me dio falsas esperanzas.

¿Alguna vez se ha hecho una foto llorando? La mía la vio todo Estados Unidos.

—Ethan…, no era fácil. El caso de tu hermana…

—¡Cállese!

—Un segundo…, ¿me mandaste tú la fotografía de Gina? —le pregunté, de pronto.

Me dolía el pecho y mis manos se estaban amoratando.

—¿De Gina? —Rio—. ¿Es buena, verdad? La de la foto es Deborah, señorita Triggs. Se me ocurrió un día, navegando por internet. ¿Sabe que un asesino en serie retó una vez a los usuarios de 4chan para que lo encontrasen con una fotografía de uno de sus asesinatos? Me pareció divertido hacer eso con usted para que viniese. Y me alegro de que haya funcionado. No estaría sobre esa cruz sin…, bueno, si no hubiese querido jugar. ¿Sabe?, no se merece todo lo que tiene. Usted ha vendido el drama de una niña, el de mi hermana, y ahora el suyo acaba aquí.

—Tú enviaste la foto de Allison a Jim… —susurré.

—Leí su libro y lo importante que era ese profesor suyo para usted. ¿No siente miedo de que la gente pueda descubrir lo podrida que está? ¿No teme que alguien sepa bien cómo hacerle daño? Si usted no venía, quizá la hiciese caer en la trampa a través de él.

—Ethan…, por favor…, sé que lo pasaste mal de niño, pero has cometido un grave error. No es así como tu hermana… querría verte. Y lo peor es que has metido a un grupo de chicos del instituto en tu espiral de… esto que estés haciendo. —No me atreví a pronunciar la palabra locura.

Ethan era inestable, demasiado. Su pasado me había abierto los ojos. Podría ver cualquier respuesta como un insulto.

—Todos necesitamos a alguien a quien adorar, señorita Triggs. Unos siguen a Dios, otros al diablo, nosotros… solo queremos volver a sentirnos… vivos. ¿Entiende? El reverendo Graham ya ha pagado con un precio justo el daño que ha hecho a Deborah. Hace un rato se ha… quitado la vida. Deborah estaba en la comisaría cuando ha sucedido y ella me ha escrito para contármelo. No ha sido difícil llenarle los cajones de casa con la ropa de Allison. Un cargo por abuso sexual…, puede que hubiese conseguido esquivarlo una vez más, pero uno de asesinato…, de ese es más difícil librarse. De una chica de su centro. Embarazada. ¡Qué horror!

Se estaba acercando a mí con pasos decididos y, de pronto, sacó un cuchillo de su espalda.

—Ethan…, por favor…, no sabes lo que estás haciendo.

Agarró la escalerita de madera la colocó bajo mis pies y se subió en ella.

—¿No le parece curioso? Está usted en la cruz, y lo único que tiene que decir es algo que ya dijo un tipo hace más de dos mil años en su lugar.

—Por favor… —suspiré, desolada.

—Me da pena, ¿sabe? —dijo—. No crea que no. Pero… llevo muchos años pensando en usted. Demasiados. Es hora de que salga de mi vida —afirmó, enfadado.

—¡Ayuda! —grité, pero sabía que en aquel lugar apartado no habría nadie.

Forcejeé con los nudos, luché una vez más.

—Shhh…, no grite, señorita Triggs —me susurró—. O perderá el juego.

Y en ese instante sentí el frío de la hoja entrando en mi abdomen. Aullé con todas mis fuerzas, como el cachorro malherido que siempre fui, y noté cómo esa vez el grito salía desde mi propia alma.

CAPÍTULO 45

NEPONSIT

25 de abril de 2011

Unas horas antes
Jim Schmoer

Una caricia, a veces,
puede ser un grito de socorro.

Jim trepó con rapidez por la escalerilla con un nudo en el pecho sin comprender lo que sucedía. La oscuridad del sótano lo había invadido todo en un instante y su corazón viajó de forma inconsciente a un recuerdo de su niñez, cuando cayó a un pozo con cinco años mientras jugaba con sus primos en el campo. Su familia lo estuvo buscando y tras dos horas dramáticas que parecieron eternas lo encontraron al oír sus gritos de dolor. Durante aquel tiempo de silencio, sus padres temieron haberlo perdido para siempre y se imaginaron todo tipo de teorías dramáticas que incluían algún depredador, animal o humano. Cuando por fin lo encontraron, sus padres lograron entre lágrimas sacarlo de aquel agujero con una pierna rota y una historia de la que Jim alardeó en el colegio. Pero aquel accidente con final feliz había dejado una muesca en el cajón de los miedos. Empujó la trampilla con todas sus fuerzas, pero no pudo moverla un solo centímetro.

—¡Abra! ¡Abra la trampilla! —gritó—. ¡Señor Rogers! ¡Abra!

Entonces comprendió la insistencia del padre de Tom en dejar la sierra encendida. El zumbido de la máquina se colaba en el sótano como un vendaval, y se dio cuenta de que fuera el rugido del motor engulliría cualquier grito de socorro.

Aporreó la trampilla con fuerza, pidió ayuda una y otra vez. Cada golpe que propinaba contra la plancha de hierro disminuía su esperanza de salir vivo de aquel agujero. Sintió de nuevo cómo caía a aquel pozo al que solo había vuelto en pesadillas y revivió aquellas horas de creciente desesperación.

—¡Socorro! —chilló—. ¡Ayuda!

No tardó en comprender que todo aquello era inútil. La trampilla parecía estar apuntalada con algo que impedía que la levantase y sus gritos no podían ser oídos. Aun así volvió a sacudir la trampilla de forma agitada mientras su corazón le avisaba del grave error que había cometido. Se palpó los bolsillos y sacó su móvil con rapidez. La pantalla se iluminó con el mismo brillo de la esperanza y marcó el 911 con prisa para pedir ayuda. No tenía cobertura. Aquel lugar no parecía haber sido concebido para almacenar serrín, sino para sobrevivir a un holocausto.

—¡Joder! —gritó.

Estuvo a punto de tirar el móvil al suelo, pero se dio cuenta de que su iPhone se había convertido en el único punto de conexión con el mundo exterior. Entre jadeos y desesperación, elevó el teléfono todo lo que pudo, subido en la escalera, pero la señal no llegaba hasta allí abajo. Deambuló en la oscuridad con el dispositivo en alto tratando de encontrar cobertura, pero fracasó en el intento. Todo estaba tan oscuro que el brillo de la pantalla le molestaba en la retina, pero la imagen de su hija Olivia sonriendo en el fondo de pantalla del teléfono se convirtió durante un segundo en la verdadera luz en la oscuridad.

Necesitaba encontrar una salida o algo con lo que forzar la trampilla. Dirigió la linterna del dispositivo hacia el resto de la estancia y se dio cuenta de que estaba casi vacía, a excepción de los pilares que sostenían el techo y la montaña de serrín que caía por el conducto junto a la escalerilla. Las paredes estaban desnudas, enlucidas en yeso blanco. Se acercó a una estantería para ver si encontraba algo que le sirviese como herramienta y observó un pequeño caballito de madera, que parecía tallado a mano, de unos diez centímetros de alto, que descansaba sobre una pila de latas de atún. Debía de haberlo hecho el señor Rogers, al igual que la casita de madera que había visto arriba. Rebuscó en la oscuridad con prisa, pero solo halló pequeños objetos que de poco le servirían para hacer palanca o para conseguir reventar la trampilla.

—¡Ayuda! —gritó de nuevo, casi dejándose la voz y, para su sorpresa, el zumbido de la sierra desapareció de golpe y su lugar lo ocupó un silencio que casi reverberaba en sus oídos.

Respiró hondo, trató de calmarse, y, de pronto, volvió a escuchar aquel ruido que lo había desconcertado nada más bajar. Se quedó inmóvil y aguantó la respiración para escuchar con atención lo que parecía provenir de alguna de las paredes.

Y volvió a sonar. Fue un golpe, como si hubiesen cerrado un cajón de madera. Jim se dio la vuelta con rapidez e iluminó, sin esperarlo, una diminuta puerta blanca de metal que le llegaba por la cintura.

Se acercó con lentitud hacia ella y descubrió un cerrojo pasador de acero que impedía abrirla. Su cabeza le decía que quizá aquella puerta escondiese una vía de escape, pero tenía la corazonada de que si abría esa puerta podría ser peor. Se agachó junto a ella y deslizó el pasador con cuidado, tratando de que no hiciese ruido.

Pensó que tal vez conectaba con la casa y, si era así, no quería que el señor Rogers lo oyese escapar. Abrió con cuidado y sintió miedo al ver cómo una luz cálida y tenue le iluminaba la piel desde el fondo de un pasillo alargado con las mismas dimensiones de la puerta. Escudriñaba el espacio para intentar comprender adónde llevaba aquel pasadizo que parecía terminar en una claridad mayor.

De pronto, al final del pasillo, empezó a escuchar la melodía de una canción infantil que reconoció al instante. Se trataba de *London Bridge is falling down* y la tarareaba una voz delicada que le recordó a su madre. También rescató de su memoria la imagen de Olivia cantándola una y otra vez, mientras construía y derribaba un puente hecho de piezas de Lego. Le pareció, por un instante, ese túnel del que hablan los que han estado cerca de la muerte, y aquella la luz donde se reencontraría con los mejores recuerdos de su vida. Quizá la muerte era eso. Recordar aquello que le había hecho feliz para estar toda la eternidad rememorando lo que de verdad le había hecho sentir vivo. Conforme se arrastraba por el pasadizo logró oír la letra de la canción, muy distinta a como la recordaba, y se dio cuenta de que se estaba acercando a algo mucho peor de lo que en un principio había imaginado. La voz cantaba:

Life and hope is falling down,
falling down, falling down.
Life and hope is falling down,
My fair Lady.

Build it up with wounds and tears,
wounds and tears, wounds and tears.
Build it up with wounds and tears,
My fair Lady.

Alcanzó el extremo del pasadizo mientras pensaba en Gina y en la última vez que Ethan la vio con vida, marchándose en dirección a casa de los Rogers, y entonces lo comprendió todo. Durante años la búsqueda de la joven se había centrado en una premisa que siempre dieron por cierta, y es que Gina nunca llegó a la casa de los Rogers en Neponsit. Todo se basaba en buscarla por las inmediaciones, en pensar quién la pudo haber cogido en aquel camino desde el puente Marine hasta la casa de su novio, o en creer que incluso ella se había marchado de manera voluntaria, pero nunca se contempló, más allá de las preguntas protocolarias a Tom, que Gina hubiese tocado la puerta de la casa de los Rogers.

El profesor Schmoer se asomó en silencio a la estancia bajo tierra de la que provenía la luz y vio a una mujer joven de cabello rubio, en la veintena, abriendo puertas y cajones de una rudimentaria cocina mientras guardaba un puñado de latas de conserva que estaban apiladas sobre una tabla que hacía las veces de encimera. Llevaba puesto un vestido celeste largo con los bajos negros por su contacto continuo con el suelo. Jim se detuvo incrédulo como si estuviese viendo un fantasma. La mujer seguía de espaldas a él, no lo había oído. Era esbelta, pero parecía moverse con gestos cansados. De repente una voz infantil gritó asustada:

—¡Mamá, un hombre!

CAPÍTULO 46

Madrugada del 26 de abril de 2011
Miren Triggs

Un animal salvaje a punto de morir
no ha olvidado cómo morder.

Grité tan fuerte que sentí un incendio en mis cuerdas vocales. Eran demasiadas cosas agolpándose frente a mí, como si no fuesen capaces de esperar su turno para destrozarme: la muerte, el dolor en el abdomen, el frío de la hoja dentro de mi cuerpo, el de Ethan a escasos centímetros de mí.

Y guiada por mi instinto lancé la última dentellada antes de perderlo todo. Siempre hay una última esperanza a la que aferrarse.

Me estiré como pude, alargué el cuello, giré el torso hacia él y mordí con fuerza su deltoides. Había cometido un error acercándose a mí y clavé mis dientes con tal fuerza, con toda la que me quedaba, que explotó con un chillido que sentí reverberar en los tímpanos.

—¡Ah! —gritó.

No lo solté. No abrí la mandíbula, no podía hacerlo. Atada a la cruz, aquella dentellada era todo cuanto tenía y no podía perderla. No podía dejar que me abandonara allí. Aunque muriese desangrada, él estaría conmigo hasta que no me quedasen fuerzas para apretar la boca.

Y entonces... se impulsó hacia atrás con fuerza para intentar zafarse, y me arrastró con él. La cruz se tambaleó, se precipitó hacia delante y sentí un cosquilleo en el costado que nacía desde el mismo punto en el que me había clavado el cuchillo.

Estábamos cayendo.

Fue entonces cuando me percaté de que el suelo estaba sembrado de velas y me di cuenta de que aquel era el final. Pensé en Jim y en nuestro beso, en mis padres, en el artículo que le había prometido a Bob, en el inspector Miller, que quizá había caído en la misma trampa que yo. También en Gina y en que nunca la encontraría. En la desesperación que tuvo que sentir Allison sobre la cruz. Saboreé la sangre de Ethan en mis labios y pude sentir su miedo al ver que caía sobre él. La cruz se torció hacia la izquierda mientras nos derrumbábamos y finalmente chocó contra el suelo, primero con el brazo izquierdo, lo que partió la estructura. Recuperé mi mano izquierda y la sentí como si fuese un arma cargada. Ethan había quedado atrapado debajo de mí y, al apartar mis dientes de él, me di cuenta de que no tenía demasiado tiempo para tratar de soltarme y escapar de allí.

De pronto el muchacho soltó un alarido con tal fuerza que me pareció el grito de un niño que acababa de quedar huérfano.

Mientras Ethan sollozaba, peleé contra el nudo de tela de mi brazo derecho para intentar liberarme. Podía sentir la sangre de Ethan descendiendo por las comisuras de mi boca. Lo conseguí. Tenía que escapar. No había tiempo.

Rodé hacia un lado y me puse en pie con dificultad. Jadeaba. Me temblaban las manos. Busqué la salida con la mirada. Ethan se arrastró por el suelo y agarró de nuevo el cuchillo, que había caído junto a él. Podría haber intentado pelear, enfrentarme a él, pero me toqué la herida del abdomen y me di cuenta de que lo importante era no perder tiempo. Necesitaba pedir ayuda y que alguien detuviese la hemorragia. Necesitaba mantenerme... con vida.

Y, como pude, empecé a correr.

Ethan profirió un grito que sonó como un huracán que se había magnificado con el silencio de aquella nave.

—¡Miren! —aulló—. ¡Miren!

Salí fuera y todo estaba iluminado por el suave brillo de la luna. No sabía hacia dónde correr ni cómo podía conseguir ayuda. Atravesé entre jadeos los matorrales salvajes de Fort Tilden en paralelo al océano. Jadeaba con intensidad, acompañada del sonido del oleaje, entre plantas y arbustos que arañaron mis brazos, pero apenas sentía aquellas simples muescas en la piel. Estaba a punto de morir. No sabía cuánto tiempo podría aguantar así. Necesitaba contarlo todo y encontrar a alguien a quien pedir ayuda.

Taponé la herida con la mano y reanudé la marcha, atacada por punzadas de dolor, hasta que al fin vi un tramo de Fort Tilden que no estaba vallado. Pero entonces escuché sus gritos, más cerca de lo que esperaba.

—¡Miren!

Miré hacia atrás y lo vi a cincuenta metros de mí. Llegué a una especie de camino que bordeaba Fort Tilden junto al parque Jacob Riis, repleto de farolas negras que iluminaban de manera intermitente mis pasos ahogados y cada vez más cansados. Me volví a dar la vuelta y me fijé en el rastro que mi propia sangre estaba dejando como el de un animal malherido a punto de morir.

—¡Ayuda! —chillé tocándome el vientre, con un hilo de sangre que emanaba de entre las costillas—. ¡Aguanta, Miren! —me susurré entre dientes, desesperada—. Aguanta, joder.

«Piensa rápido. Piensa. Llama a alguien. Pide ayuda, Miren, antes de que sea tarde».

Noté mis pulsaciones regurgitando mi propia sangre, como si fuese el vómito de mi alma mareada por las curvas de aquel último viaje. Fue un error. Era el fin.

No

debí

seguir.

No había nadie en la calle salvo los pasos que me seguían. Su sombra alargada por la luz de las farolas crecía y desaparecía, una y otra vez: grande, diminuta, enorme, inexistente, gigantesca, etérea. La perdí de vista. ¡¿Dónde estaba?!

—¡Socorro! —grité de nuevo a una calle desierta y oscura, que sentí que miraba entre las sombras, cómplice de mi muerte.

No tenía mi teléfono, aunque, si lo hubiera tenido, cualquier auxilio habría llegado demasiado tarde. Nadie podría salvarme antes de que él me matase. A quienquiera que llamase pidiéndole ayuda tan solo encontraría el cadáver de una periodista de treinta y cinco años, con el alma congelada en la noche fría en la que me violaron cuando tenía veintiuno.

La luz de las farolas siempre revivía en mí aquel dolor de 1997, aquellos sollozos desesperados en el parque mientras aullaba sometida por los hombres que me humillaban con ferocidad mientras sonreían. Quizá debería terminar todo así, bajo la intermitente luz de otras farolas negras, en la otra punta de Nueva York.

Seguí avanzando. Cada paso era una aguja afilada que me atravesaba el costado. El camino largo y oscuro por el que me arrastraba solo conducía a la playa de Rockaway, que se veía desierta a aquella hora. Aún quedaba para el amanecer, los contornos de la luna empezaban a desdibujarse y las primeras luces del alba iluminaban con tristeza las huellas de pisadas en la arena.

Al menos el inspector Miller podría, si seguía mi sangre, reconstruir mi último recorrido. Ese era el pensamiento de alguien que iba a morir asesinada: considerar las pistas que podrían identificar al asesino. Restos de ADN en las uñas, sangre de la víctima en el coche. Una vez muerta, Ethan me llevaría a algún otro lugar y habría desaparecido del mundo para siempre. Tan solo quedarían mis artículos, mi historia, mis miedos.

Llegué al final del camino, giré a la izquierda y, con una agilidad que me destrozó las fibras musculares rotas por la herida, me zambullí en el hueco de una de las estructuras de hormigón de Fort Tilden.

Nadie me pidió ayuda. Nadie me rogó que ahondase en la historia de Gina, pero una parte de mí chillaba para que la buscase. No sé cómo no me di cuenta. Supongo que necesitaba volver… a sentir que mi alma estaba en juego. Pensé en la polaroid de Gina y en lo estúpida que había sido.

Busqué una salida e intenté guardar silencio entre los jadeos que me brotaban del pecho. Escuché el sonido de sus pisadas entremezcladas con el vendaval. Sentía los granos de arena estampándose contra mi piel, como balas perdidas de una batalla.

—¡Miren! —gritó él, colérico—. ¡Miren! ¡Sal de donde estés!

Si me encontraba, era el fin. Si me quedaba allí, moriría desangrada. Noté el sueño. La caricia de la noche. El juego del alma en mi corazón. Volví a presionar la herida y sentí el calor latir en las yemas de los dedos. Cerré los ojos y apreté los dientes, tratando de contener las punzadas en mi costado, y una idea que creía sin esperanza me hizo abrir los ojos de nuevo.

«Huye».

Levanté la vista desde mi escondite en busca de otras posibilidades y observé la valla hacia el parque Riis. Si hubiese podido saltarla, habría corrido en dirección a las casas de Rockawood para pedir ayuda, pero la concertina superior que bordeaba muchas zonas de Fort Tilden tenía aspecto de poder abrirme en canal y desgarrarme las tripas si intentaba treparla.

Lo noté cerca. No era su calor lo que sentía, sino su frialdad. Su cuerpo gélido, inmóvil, a unos pasos de mí, seguramente observando con desdén el triste escondite en el que me resguardaba. Un hijo de Dios relamiéndose por el cordero que iba a sacrificar.

—¡Miren! —volvió a gritar Ethan más cerca incluso de lo que podía esperar.

Y cometí otro error. Justo en el preciso momento en el que aulló mi nombre con su voz rota, me levanté y corrí por última vez tratando de agarrarme a la vida.

Volvieron las imágenes de Gina, su doloroso pasado. La sentía tan cerca que casi podía acariciarle el rostro adolescente que sonreía en la foto que publicaron para encontrarla.

De pronto algo cambió. Durante unos segundos percibí que me había dejado de seguir. Volví a la vida. Pero su sombra apareció otra vez. Me fallaron las fuerzas. Ya apenas podía andar.

El rugido lejano del océano me acompañaba en la oscuridad.

—¡Miren, no corras! —gritó.

Avancé por la playa con dificultad, la arena me engullía los pies. Salté una pequeña valla de madera destartalada que servía para contener la arena y, por suerte, alcancé una calle asfaltada repleta de casas apagadas que conectaban el centro de Neponsit con la playa.

Aporreé la puerta de la primera de ellas, al tiempo que pedía auxilio, pero estaba tan cansada que apenas se me escapó un suspiro. La golpeé de nuevo, casi sin fuerza, pero no parecía que hubiese nadie en el interior. Miré hacia atrás, desesperada, temiendo que él volviese a aparecer, pero no estaba en ninguna parte. Regresó el rugido del mar. Una ola reconstruyó los pedazos de mi alma. ¿Estaba a salvo? Avancé hasta la siguiente casa, y la reconocí de inmediato. Allí seguro que encontraría ayuda. Corrí todo lo rápido que pude, pasé entre los pilares redondeados de su porche y me estampé contra la puerta al tiempo que la aporreaba con los nudillos. Por suerte una luz se encendió en su interior.

Mi salvación.

—¡Ayuda! —grité con fuerzas recobradas—. ¡Llame a la policía! Me persigue un...

Una mano apartó la cortina tras el cristal de la puerta y dejó ver el rostro envejecido de una mujer de pelo blanco con cara de preocupación, que me resultaba conocida.

—¡Ayúdeme, señora! ¡Por favor!

Me miró arqueando las cejas y me dedicó una leve sonrisa que no me reconfortó.

—Dios santo, ¿qué te ha pasado, hija? —dijo, al tiempo que abría la puerta y dejaba ver el camisón blanco que llevaba—. Esa herida no tiene buena pinta, querida —añadió con voz cálida—. Debería llamar a una ambulancia.

Me miré el abdomen. Una mancha roja se extendía sobre mi camiseta desde el costado hasta la cadera. Tenía las manos manchadas de sangre. Pensé de nuevo en que Jim descubriría que había llegado hasta allí, aunque quizá sería mejor que no lo hiciese. Así estaría a salvo. Así, al menos, uno de los dos seguiría con vida.

—No me..., no me encuentro bien —dije entre jadeos cada vez más débiles.

Tragué saliva que me supo a sangre antes de intentar hablar de nuevo, pero escuché unos pasos a mi espalda y todo se precipitó sin que me diese tiempo a girarme.

En el mismo instante en que la anciana elevó su mirada por encima de mi cabeza, percibí una sombra junto al marco de la puerta, noté el frío de una mano áspera que me tapaba la boca y, de golpe, también la fuerza de un brazo que rodeaba mi cuerpo.

Y entonces me di cuenta de que todo estaba a punto de acabar.

CAPÍTULO 47

NEPONSIT
Madrugada del 26 de abril de 2011
Jim Schmoer

*¿Acaso existe un lugar más
oscuro que la soledad?*

La joven se dio la vuelta y clavó los ojos en Jim con tal expresión de incredulidad y sorpresa que ambos permanecieron unos segundos inmóviles, sin saber cómo actuar.

—¡¿Quién es usted?! —dijo al fin la joven—. Cora, ¡quédate ahí!

Una parte de ella parecía pedirle ayuda con la mirada, otra lo sentía como si fuera una amenaza.

—¿Gina? —susurró Jim, con la voz entrecortada—. ¿Gina Pebbles?

Ella comenzó a jadear y su labio inferior tembló antes de que pudiese responder a aquella pregunta.

Hacía años que nadie distinto del señor Rogers pronunciaba su nombre completo. Tragó saliva antes de asentir.

—Estás…, estás viva… —murmuró Jim, con dificultad.

No podía creerlo. Jim desvió la atención hacia la niña que había aparecido en la escena y comprendió que la pequeña había nacido allí. El profesor oteó la estancia completa e identificó un camastro en una de las esquinas, un retrete e incluso una ducha. Había una televisión de veintiséis pulgadas de tubo catódico apoyada sobre un reproductor de VHS con una pila de cintas de Disney. En el centro, una mesa con platos y cubiertos de plástico manchados de comida. En uno de los rincones estaban desperdigados una decena de juguetes de madera, y al verlos Jim recordó la casita de muñecas que el señor Rogers tenía en el garaje.

—Te atrapó el señor Rogers… —dijo tratando de recomponer el puzle en su cabeza—. Pero… ¿por qué?

—Por favor…, no nos haga daño —respondió Gina, asustada—. Por favor…

—¿Yo? No, no te voy a hacer nada. Por el amor de Dios…, no. Te estaba buscando y… —interrumpió lo que fuese a decir—. Me llamo… Jim Schmoer…, trabajo en la universidad. Soy… periodista. Seguía tu caso y…

El profesor estaba tan sorprendido de verla que le costaba comprender que ella se sintiera tan atemorizada por su presencia y no se dio cuenta de que Gina estaba dando pasos hacia atrás en dirección a la niña.

—Llegaste hasta aquí y... él te encerró en este lugar..., Dios santo... —dijo Jim, antes de llevarse las manos a la boca en cuanto comprendió cuántos años llevaba allí y lo que significaba—. Hay que salir de aquí como sea.

—¿Salir? —exclamó a punto de llorar.

Se agachó junto a la niña y la abrazó. Por un segundo el rostro de Gina se iluminó. Soñaba con aquello desde el mismo instante en que el señor Rogers la arrastró dentro de aquel lugar.

—Mamá, ¿quién es este hombre? —preguntó la niña, asustada.

—¿Es... tu hija? —preguntó Jim con un nudo en la garganta, tratando de comprender toda la historia.

Hablaba con miedo, como si estuviese delante de una burbuja que en cualquier momento pudiese estallar al acariciarla con las manos secas. Gina volvió a asentir, en silencio, mientras abrazaba a la niña.

—Pero... ¿cómo?... —En la mente de Jim no paraban de agolparse preguntas, y todas parecían tener una respuesta imposible.

—¿Cómo ha entrado? —inquirió Gina de pronto en un susurro que parecía un disparo, mientras acariciaba el cabello castaño de Cora—. ¡¡Dónde está Larry?!

—¿Larry? —Jim no lo conocía por aquel nombre.

—Larry… Rogers. ¡¿Dónde está?!

—Me…, me ha encerrado en el sótano del taller —admitió Jim—. Bajé y… cerró la trampilla al otro lado del pasadizo.

Gina suspiró, desolada. Parecía comprender lo que aquello significaba. En realidad, en todos los años que llevaba allí, había conseguido salir en tres ocasiones al otro lado de la puerta de metal en el extremo del pasadizo, pero nunca le había servido de nada. El señor Rogers la sobrepasaba en fuerza y nunca había tenido opciones claras de escapar de allí.

La primera vez que Gina consiguió salir al otro lado de la puerta, lo atacó por la espalda, pero fue inútil. La oportunidad había surgido por un descuido del señor Rogers, que no deslizó el pasador de la puerta blanca al salir, tras llevarle comida y pañales para el siguiente mes. Gina se preparó con paciencia cada día esperando su regreso y, cuando por fin volvió, vio cómo su esperanza de escapar de allí se esfumaba en el instante en que Larry se palpó el golpe como si hubiese sido un rasguño. Ocurrió en 2003, cuando Cora tan solo contaba unos meses de vida y Gina deseaba con todas sus fuerzas escapar y darle un porvenir a su hija. Tras recibir el golpe, en lugar de pelear con ella o buscarla en la oscuridad, Larry corrió en dirección a Cora, que en aquel momento rompió a llorar. Estaba enrollada en una manta en un rincón, en espera de que su madre consiguiese deshacerse de él para escapar juntas de aquella pesadilla.

—Tu hermano creía que te habías marchado… —dijo Jim, intentando que Gina se diese cuenta de que él conocía toda su historia—. Tenemos que salir de aquí. Mucha gente te sigue buscando.

—¡¿Conoce a Ethan?! —susurró, sorprendida.

Dejó escapar al fin una lágrima. Ethan y ella habían crecido unidos por el dolor y se habían separado también inundados por él.

—Hablé con él. No te imaginas cuánto te echa de menos…

—Ethan… —dijo, dejando que su vista se perdiese en los recovecos de su memoria.

—¿Qué pasó, Gina? ¿Cómo acabaste aquí? —le preguntó Jim, que necesitaba comprender al fin lo que había sucedido.

—Larry es… el padre de Tom, mi…, mi antiguo novio.

—Lo sé —dijo Jim.

Gina dudó antes de hablar. Abrazó con fuerza a Cora, que parecía sentirse protegida entre los brazos de su madre. La niña tenía unos ojos verdes intensos que no apartaba de Jim, como si estuviese contemplando un fantasma.

—Todo se empezó a venir abajo pocos meses antes de acabar aquí, ¿sabe? Lo he pensado y ahora todo parece indicar que este… pozo siempre fue el destino en el que acabaría. A la gente buena no siempre le pasan cosas buenas, ¿sabe? A veces los demonios se ceban con ellas. A veces eligen a alguien y deciden destrozarlo por puro placer. Empezó cuando mi madre murió a manos de mi padre.

—Creía que… habían fallecido en un incendio.

—Ethan lo provocó después de que mi padre la asfixiara con las manos. Yo lo vi todo. Peleé con él, pero… no pude hacer nada. Mi padre estaba borracho y Ethan lo…, lo quemó todo. Juramos guardar ese secreto para que no nos separasen.

El profesor Schmoer contuvo el aliento al escucharla.

—… Acabamos en casa de mis tíos y todo parecía que iba a remontar, pero… estaban ciegos de fe. No sé si sabe lo que es. Nos matricularon en Mallow, y a diario nos sometían a castigos… agresivos. Nuestra tía nos pegaba por equivocarnos en las oraciones, nos hacía rezar hasta caer agotados por el sueño. Pero aguantábamos. Quería cuidar de mi hermano, ¿sabe? No quería que nos separasen.

Jim suspiró y comprendió que la actitud esquiva de sus tíos era en realidad un escudo frente a la verdad. Aunque habían admitido aquella paliza que le habían dado a su sobrina cuando se fugó con Tom, a Jim no le sorprendió la historia bien distinta que contaba Gina.

—Tus tíos te buscaron, Gina. Los he visto afectados por tu desaparición. Sé que lo pasaron mal, aunque… quizá también era culpabilidad. Me contaron la paliza que te dieron cuando te fuiste con tu novio, Tom.

Gina bajó la mirada durante un segunndo, como si escuchar aquel nombre estuviese lleno de contradicciones para ella.

—Conocí a Tom en el instituto. Era bueno. Tenía un buen corazón… o al menos así lo percibí entonces. Después de todo lo que había pasado con los malos tratos de mi padre, la muerte de mi madre y el incendio de la casa, Tom hizo que recuperara la ilusión. Me… enamoré de él. Bueno, nos enamoramos, creo. Pasábamos el tiempo juntos. Nos volvimos… inseparables. Y… un día mis tíos nos pillaron besándonos en mi cuarto. —Gina bufó, como si hubiese recordado un grave error que ahora parecía una simple anécdota—. A mis tíos aquello les pareció imperdonable y me obligaron a romper con él. No querían que nos viésemos más. Esa misma tarde me escapé de casa y vine a ver a Tom. —Gina se detuvo para taparle los oídos a Cora—. Nos acostamos —siseó— y…, luego, como si nada hubiese importado, me dijo que debía volver a casa.

—Te quedaste embarazada —exhaló Jim.

—Déjeme seguir. Esa noche Tom le pidió a su padre que me llevase en coche de vuelta a mi casa —volvió a bufar, y le acarició a Cora el dorso de la mano con el pulgar, como si aquel simple gesto le diese fuerzas para continuar—. Y durante el camino me habló de lo solo que se sentía. Que su mujer lo había abandonado y que… me había visto… con su hijo.

Jim negó con la cabeza.

—No hace falta que sigas —dijo.

—No saldremos nunca de aquí. Mejor que sepa el tipo de diablo que le dará de comer.

El profesor asintió, aunque percibía por qué derroteros se perdía aquello.

—Me… forzó en el coche. En realidad creo que no luché lo suficiente. Siempre me ha atormentado eso. ¿Y si hubiese… gritado? ¿Y si hubiese intentado escapar? ¿O mordido con fuerza? Son preguntas que te persiguen toda la vida. Él había parado el coche en mitad de la nada, en un camino apartado junto a Fort Tilden, y… poco podría haber hecho. Es un hombre fuerte. Viví aquello como si no fuese mi propio cuerpo, ¿sabe? Dentro de él, pero a la vez fuera. Luego me dejó en casa de mis tíos, entre lágrimas, y ellos me recibieron con una paliza en nombre del mismísimo Dios. Estaba enfadada con ellos, pero también con el mundo por cómo se cebaba conmigo. ¿Cómo podían estar tan… ciegos? Si Dios estaba presente cuando Larry me puso las manos encima, pareció regodearse en mi sufrimiento.

—Eso fue antes de acabar aquí… —susurró Jim.

—Durante las siguientes semanas no supe cómo comportarme con Tom. Quería contárselo, pero me sentí incapaz, así que me alejé de él. Era su padre. Incluso pensé que todo había sido por mi culpa, ¿sabe? Hasta ese punto llega la locura. Hasta convertirte en culpable de ser mujer. Tampoco es que sintiese que alguien me fuese a creer. Lo pienso ahora. En aquel momento yo solo estaba llena de miedos.

—Tenemos que salir de aquí —la interrumpió Jim—. Como sea.

—Y entonces tuve una falta y a las pocas semanas vomité en clase. El mundo se me vino encima cuando me hice una prueba y dio positivo. Tenía que contárselo a Tom. Tarde o temprano lo sabría. Le dije que necesitaba hablar con él y quedamos por la tarde después del instituto. Me ofreció que hablásemos en su casa. Yo... no quería volver a ver a Larry, pero... él me dijo que su padre estaría trabajando y que podríamos hablar sin que nadie nos interrumpiese. En el instituto me hubiesen fustigado si lo hubiesen descubierto. Yo... necesitaba contarle lo que su padre me había hecho y pedirle ayuda para decidir... Necesitaba que..., que alguien me dijese que no era mi culpa.

Se detuvo unos instantes y miró fijamente a Jim.

—Recuerdo aquel día como si fuese ayer —continuó Gina—. Me bajé con mi hermano al otro lado del puente, porque se había mareado y me vino bien para pensar cómo decírselo a Tom. Aquel día el cielo estaba lleno de pequeñas nubes por todas partes y me detuve con Ethan en el puente un par de minutos para verlas. Él era pequeño. No sabía nada, aunque me preguntó varias veces si estaba bien. Luego... me despedí de él y le pedí que siguiese hasta casa, que yo tenía que ir a ver a Tom. Fue la última vez que lo vi. Recuerdo que incluso me detuve a ver un..., un cuadro pintado por un viejo que vivía en el aparcamiento. Era... un cuadro de un amanecer sobre el océano y estaba repleto de colores intensos: naranjas, rojos, azules, violetas..., pero a mí me pareció la imagen más triste que había visto en mi vida. Me recordó al nuevo comienzo que debería de haber tenido tras la muerte de mi padre, donde tras salir el sol todo se llenaría de luz y empezaría el día, pero en realidad se trataba de un atardecer tras el cual asomaban todas las pesadillas. Llegué a casa de Tom entre lágrimas y me detuve en el porche para intentar calmarme. Pero antes de que tuviese tiempo de hacerlo, Larry, que venía corriendo desde el garaje, se abalanzó sobre mí. Yo me quedé inmóvil, incrédula por verlo. Cuando Tom me dijo que su padre estaría trabajando, no pensé en que fuese a ser en casa. Sucedió todo tan... rápido. Me preguntó que qué hacía allí, si se lo había contado a alguien, si pensaba hacerlo. Y... dudé. Estaba temblando y... dudé. Y creo que él lo vio en mis ojos. No sé si fue el pánico que sentí, pero un simple gesto lo cambió todo. Me toqué el vientre, temiendo por… ella —sentenció, abrazando con calidez a Cora.

—Y te arrastró aquí —susurró Jim.

Gina afirmó con la cabeza.

—Me dijo que no podía permitir que Tom supiese lo que me había hecho. Me cogió con sus brazos como si fuese un saco y me tiró por esa trampilla por la que has entrado. Caí inconsciente. Cuando me desperté, pasé un día completo sola, gritando. Pero nadie me oía.

—Te estaban buscando por todas partes, Gina.

—Él solo volvía para tirarme comida desde arriba. Dormía en el suelo, hacía mis necesidades en un cubo. Conforme me crecía la barriga, él se sentía más y más culpable, y empezó a trabajar en ampliar el sótano mientras yo lo observaba, tratando de analizar cómo escapar de allí. Bajaba con algunas herramientas y una lámpara y… construyó este sitio. Cora nació en esa cama de ahí. —Bajó la vista y señaló hacia el camastro de la esquina—. El muy… malnacido nunca me ha preguntado ni cómo se llama. Mejor. Prefiero que no sepa nada de ella. No tendrá ese poder.

—Dios santo —dijo Jim, que trataba de recomponer los nueve años de Gina allí dentro, pero era incapaz de imaginar tal dolor. De pronto recordó lo que le comentó la señora Evans sobre las obras que había realizado el señor Rogers en su casa y comprendió, también, su negativa a vender la casa de repente—. ¿Quién es el padre de... Cora?

—¿Acaso importa? —replicó Gina—. Ella es todo lo que tengo. No quiero saberlo.

Y era verdad. Cora se había convertido en la única razón por la que Gina seguía con vida. Poco importaba lo que sucediese mientras la niña estuviese bien.

De pronto, Cora se puso en pie y se acercó a Jim.

—¿Quieres ver mis juguetes? —dijo, en un tono casi jovial, como si hubiese comprendido que él no le iba a hacer daño.

Le dio la mano y él sintió un escalofrío en la nuca que viajó hasta el corazón para convertirse en una punzada. Gina observó a su hija emocionada e hizo una mueca al profesor Schmoer al tiempo que se secaba las lágrimas.

—¿Te puedo preguntar algo, Gina? —dijo Jim, mientras dejaba que la niña le trajese un pequeño tren de madera.

—Guárdese alguna pregunta para los próximos años. No crea que vamos a salir pronto de aquí.

—¿Ha seguido bajando a...? —no pudo continuar la frase.

—No. Creo que al menos respeta que tengo a Cora.

Jim respiró aliviado. La pesadilla era monstruosa, pero aquello pareció limar el drama adicional que hubiese supuesto que la convirtiese en una... esclava. No es que fuese más alentador ser una prisionera, pero la renuncia que requería aquel siguiente nivel horrible podría haber convertido una pesadilla en un terror nocturno permanente, con su alma chillando y llorando sin consuelo a cada minuto.

—¿Cada cuánto baja? ¿Cuánto tiempo tenemos?

—Depende. A veces una vez cada dos semanas. Cada mes. Trae comida, vitaminas y medicamentos. Tenemos agua corriente.

—¿Qué? ¿Dos semanas? ¡No! Tenemos que salir de aquí ya —aseveró Jim.

—¿Acaso tiene un plan? —contestó Gina con gesto de preocupación—. Ya lo he intentado todo. Esa trampilla es imposible de mover. No crea que podrá levantarla y salir. Si está cerrada, no hay nada que hacer. Aquí no hay ventanas ni ningún otro camino de salida. Tiene un… aparato que da descargas. ¿Acaso cree que no lo he intentado ya? ¿Ha visto que le falta un dedo? Fui yo. Se lo arranqué de un mordisco. Fue la vez que estuve más cerca de salir, pero… no pude. Me dio una descarga y caí al suelo. Cora tenía tres años. Ahora… he perdido la esperanza, ¿sabe?

—Escúchame, Gina. Vamos a salir. Cora no puede vivir aquí y tú no puedes ser la prisionera de nadie. ¿Entiendes? Nadie merece esto. Tenemos que encontrar la manera.

De pronto la pequeña Cora se alejó de él en silencio hacia el pasadizo y recogió del suelo un objeto que se había quedado junto al pequeño túnel. Era el móvil de Jim, que debía de habérsele caído al suelo mientras caminaba en cuclillas.

—¿Quién es Olivia? —dijo la pequeña, que había leído la pantalla y analizaba el teléfono con interés.

—¿Olivia? Mi…, mi hija —respondió Jim, confundido.

—¿Y por qué Olivia está temblando? —inquirió Cora, curiosa.

—¿Temblando? ¿A qué…? —preguntó Jim, desviando la mirada hacia la niña.

La pequeña volteó el teléfono hacia él y dejó ver la pantalla, donde se podía leer «Llamada entrante». Olivia lo estaba llamando.

—A este lado sí hay cobertura —exclamó Jim con sorpresa.

CAPÍTULO 48

Madrugada del 26 de abril de 2011
Miren Triggs

Toda la vida buscando la verdad
y siempre estuvo dentro de una misma.

El brazo que me rodea no es de Ethan. ¿Qué ocurre? ¿Quién me coge?

Adivino la muerte en los ojos de la anciana, en el vacío de mi pecho, en mi último aliento contenido por la mano que me tapa la boca.

—Pero, Larry, ¿qué haces? Tenemos que ayudar a esta joven —dice la anciana.

Y de pronto, sin quererlo, me doy cuenta del gran error que he cometido viniendo hasta aquí.

La señora Adele Rogers me mira con una mezcla de sorpresa e incredulidad. Recuerdo haberla visto en las batidas que se organizaron para encontrar a Gina. Es la abuela de Tom, el novio de Gina en el momento de su desaparición. La adrenalina hace que reconstruya todo a cámara lenta y me dé tiempo a ver un *flash* en mis recuerdos de ella sentada a una de las mesas del Good Awakening dando su opinión sobre dónde buscar a la chica. Verla ahora me hace sentir reconfortada a pesar de saber que todo va a acabar. Al fin y al cabo, percibo en su mirada la sensación de que es buena persona y que se ha preocupado por mí.

—¡Larry! ¿No ves que está herida? —dice, confusa.

—¡Cállate, mamá! —vocifera enfadado, al tiempo que me arrastra hacia atrás y me lleva hacia un lado de la casa en volandas, con mis pies colgando a treinta centímetros del suelo, con la boca cubierta por sus dedos ásperos y gruesos con olor a serrín.

—¡Larry! Pero es que… ¿has perdido la cabeza? ¡Esta chica necesita ayuda! ¡¿Qué haces?!

Me noto débil y apenas puedo luchar contra los robustos brazos de Larry. ¿Qué pasa? ¿Por qué me coge así? Apenas puedo pensar. Cargando conmigo, abre el garaje y me tira al suelo como si fuese un montón de leña que cortar. Me golpeo las rodillas contra las patas de una mesa de trabajo y el impacto contra el suelo de cemento pulido se entremezcla con el de la herida y me destroza la cadera.

—¡Ah! —chillo—. ¿Por qué… hace esto? —le pregunto, asustada.

Lo veo sobre mí y parece triplicar mi tamaño. Ahora mismo yo no soy más que un cachorro malherido e indefenso. Larry tiene una vena marcada en la sien y el rostro rojo de la rabia. Camina colérico, de un lado al otro de aquel garaje que parece haber convertido en un taller de carpintería, con una energía tan descontrolada que golpea un portalámparas que cuelga del techo con la cabeza y cuya luz comienza a bailar con él, como si esa oscuridad intermitente marcase el ritmo de mi corazón.

Larry se dirige hacia una mesa llena de herramientas, coge algo de ella y un instante después veo que se trata de un destornillador plano que no tarda en apoyar contra mi cuello. Siento su extremo insinuándose para darme el golpe de gracia.

—Vienes con él, ¿verdad? —grita inundado por la furia.

—¿Qué…? —digo, dolorida—. Por favor…, ayúdeme.

—¡¡Por qué has venido a mi casa!? También eres periodista, ¿verdad? Como ese tipo de las gafas de pasta. ¡Joder!

Se acerca para verme la cara semioculta por el antifaz de pintura que se me ha corrido hasta los labios.

—Estás… sangrando… —dice de golpe, al fijarse en mi vientre, empapado en sangre.

—Pida ayuda, por favor. Llame… a una ambulancia —susurro. No sé si podré aguantar mucho más.

Estoy empezando a marearme. Necesito ser atendida con urgencia.

Se incorpora de nuevo y respira hondo. Se da cuenta de que tiene las manos manchadas de mi sangre y siento cómo su nerviosismo se transforma en pánico.

No comprendo por qué me agarra Larry Rogers, aunque tampoco me quedan demasiadas energías para pensar en ello. Las paredes tiemblan, el suelo se mueve. Toso y mancho el suelo de sangre. Esto no pinta bien. Creo que voy a morir. Lo noto en mi corazón, que cada vez late con más intensidad, como si estuviese galopando salvaje hacia el precipicio en el que se apaga la luz. Quizá encuentre algo en esa oscuridad, aunque, ahora que intuyo el final descubro lo equivocada que he estado. No me encontraba muerta en vida, porque en el fondo ahora temo perder todas esas emociones que creía haber sentido siempre con distancia y tristeza, cuando en realidad solo las había experimentado dentro de mi propia alma, como si esta fuese un marco de una pintura que delimitaba cómo era, dónde estaban mis sombras, en qué zona se encontraban mis luces y los colores con los que me mostraba al mundo. Los míos son oscuros, sombríos, al haber navegado durante tanto tiempo en la tristeza, pero al fin comprendo que, incluso con mi manera de ser, disfruto y sufro las cosas con los matices que me otorga mi propia pintura. Alejo a los hombres porque me siento como un juguete roto; me obsesiono con las búsquedas porque necesito encontrarme a mí misma; me gusta estar sola porque en realidad disfruto con pasar tiempo conociendo los recovecos de mi corazón...

—Por favor... —digo con las últimas fuerzas que consigo sacar—, ayúdeme... —susurro con dificultad.

—¡Dime! ¡¿Qué sabes?! ¿Venís juntos? ¿Quién te ha hecho esto?

—¿Jun... tos? —Me cuesta respirar. No entiendo la pregunta.

—¡Joder, joder! —chilla.

Se lleva las manos a la cabeza y luego da un fuerte golpe sobre la mesa.

—Tengo que bajarte —dice—. No puedo llevarte a ningún sitio. ¿Lo entiendes? No puedo arriesgarme a que... investiguen esto. Verán la sangre y... querrán ver si te hice algo. Y... los encontrarán.

—¿Qué...? —murmuro, entrecerrando los ojos.

Se aleja unos metros y se agacha junto a una trampilla que abre con dificultad, tras desbloquear un candado. Parece tener prisa, como si no quisiese que algo se escapase de allí abajo.

—Qué... vas a hacer... Por favor..., necesito...

Y de pronto lo suelta de golpe, y entonces lo comprendo todo:

—No puedo permitir que encuentren a Gina —masculla entre dientes como si estuviese pensando en voz alta.

Escuchar de Larry Rogers el nombre de Gina le da sentido a cada uno de los movimientos que me han traído hasta aquí. La respuesta siempre había estado en la misma casa que se descartó en la primera investigación. Reúno con dificultad la energía suficiente para mirarlo a la cara y comprender que él siempre había sido la pieza que faltaba del puzle.

Ethan había dicho la verdad, él no le había hecho daño a su hermana, y ni siquiera Mallow o los Cuervos de Dios parecen tener nada que ver con su trágico final.

—Gina llegó hasta aquí, ¿verdad? —digo con lo último que tengo.

Se detiene y me mira con ojos de tristeza.

—Sabía que has venido a buscarla como él... —susurra, como si desde un primer momento hubiese querido oír esa frase.

—¿Como... él...?

Se encorva sobre mí, me levanta como si no pesase nada y me acerca hacia la trampilla, pero justo cuando va a dejarme caer dentro de ella suena una voz a nuestra espalda.

—¿¡Papá!? ¡¿Qué haces, por el amor de Dios!? —grita Tom detrás de nosotros.

—¡Cállate, Tom! ¡Luego te lo explico! ¡Ayúdame a bajarla! ¡Rápido! La trampilla está abierta y él puede... —protesta agresivo.

497

Pienso en Adele Rogers y deseo que, asustada, esté llamando a la policía. Quizá es ella quien ha avisado a su nieto.

—¿Bajarla? ¿Ahí? —interrumpe confundido—. Papá…, esta mujer necesita ayuda. Tenemos que llamar a una ambulancia—. Después, tras mirarme a los ojos, exclama—: Es… la periodista. La que hace años estuvo ayudando a buscar a Gina…

—¡Que me ayudes a bajarla, joder! ¿Acaso quieres perderlo todo? Porque eso es lo que va a ocurrir si alguien viene y hace averiguaciones aquí.

—¿Perderlo todo? ¿De qué estás hablando, papá? ¿Qué diablos te pasa? La abuela está asustada. Y ahora me estás asustando a mí.

—¡Tom! —grita—. No decepciones a tu padre. Lo he dado todo por ti, ¿sabes? ¡Todo!

—Pero, papá… —le tiembla la voz.

Yo no tengo fuerzas para moverme.

—Venga. Agárrala de las piernas y la dejamos caer ahí. La entrada es pequeña.

—Si no la ayudamos morirá, papá. Mira cómo sangra.

Tiene razón. Estoy a punto de cerrar los ojos, quizá para siempre, y la verdad es que odio que los brazos que me sostienen no sean los de Jim. Me parece incluso verlo entre las sombras, como si fuese un recuerdo que se proyecta en la oscuridad donde Larry Rogers me quiere sepultar.

Y de pronto la proyección de Jim entre las sombras se mueve y grita con fuerza, abalanzándose sobre Rogers de un salto. Es real. Es él. Como si fuese un ángel que surge desde las profundidades de mis miedos para devolverme una simple y firme esperanza, o un último recuerdo antes de marcharme. Entonces comprendo a quién se refería Larry cuando preguntaba si veníamos juntos.

—Jim… —susurro, ilusionada por primera y última vez.

Jim golpea en el rostro al señor Rogers con algo de metal que brilla en su mano, en un gesto que sentí con rabia y desesperación. El impacto hace que se tambalee y me deje caer. Mientras caigo pienso en lo que tuve, viajo a mis recuerdos y a la vida que perdí. Y un instante después, y tras golpearme la cabeza con el suelo, todo se funde a negro.

CAPÍTULO 49

Madrugada del 26 de abril de 2011
Jim Schmoer

El final de las historias
nunca es el que uno quiere,
pero sí el que siempre fue inevitable.

El profesor Schmoer cogió la llamada de su hija con desesperación, arrancándole el móvil de las manos a la pequeña Cora, que se asustó cuando se abalanzó sobre ella.

—¡Olivia!

—¡Papá! ¿Cómo estás? Mamá me dijo que... habías preguntado por mí.

—¡Cielo! Necesito que pidas ayuda. Por favor. Un hombre me tiene secuestrado.

—¿¡Qué?!

—Por favor. Apunta esta dirección. Llama a la policía. ¿Tienes un bolígrafo y un papel a mano? ¡Rápido!

—¿De qué estás hablando, papá? Me estás asustando.

—¡Cariño! Haz lo que te pido. Llama a la policía y pide ayuda. Estoy encerrado en el sótano del garaje, en el número 16 de la calle 149 de Neponsit.

La voz de Olivia, al otro lado del auricular, se quebró, como si fuese un plato agrietado incapaz de soportar la presión de aquellas palabras.

—¿Papá?

—16 de la 149 de Neponsit —repitió Jim, desesperado.

De pronto, desde el pasadizo sonó el candado de la trampilla.

—¡Viene! —exclamó Gina asustada, que reconocía aquel sonido como si fuese un cachorro que hubiese aprendido cómo suena el plástico de su bolsa de pienso.

La pequeña Cora corrió a un rincón y se escondió debajo de una manta. Jim desvió la mirada hacia el hueco por el que había entrado.

—Te quiero, Olivia —susurró antes de dejar el móvil sobre la encimera, dejándola con la palabra en la boca.

El profesor se coló por el pasadizo agazapado y llegó al otro extremo. Oyó las voces de Tom y del señor Rogers fuera y agarró lo primero que pudo de una de las estanterías donde se apilaban las latas de conserva que alimentaban a Gina y Cora. En un principio pensó en ocultarse en la oscuridad y atacarlo por sorpresa en cuanto bajase, pero entonces al mirar hacia fuera y observar la trampilla abierta, vio a Miren herida, desmayada, en brazos del señor Rogers.

Trepó por la escalerilla y se detuvo un segundo a medio camino, aún en la penumbra, para encontrar el instante perfecto. No sabía qué conseguiría, pero no tuvo duda alguna de que era mejor pelear hasta el último momento y no resignarse. Además, vio los ojos de Miren clavados en él antes de perderse en el limbo de la muerte. Vio su sangre en la boca. Sus ojos pintados de negro.

Y no lo dudó, saltó hacia Larry y lo golpeó con la lata en la cara, haciendo que Miren cayese al suelo. El señor Rogers se tambaleó y se derrumbó hacia atrás, chocando contra la chapa de una de sus máquinas. Jim gritó de rabia.

—¡Papá! —chilló Tom, confundido.

El joven no tuvo tiempo de terminar la pregunta cuando Jim se abalanzó de nuevo sobre su padre y lo agarró por el cuello.

—Tom… —dijo Larry, con dificultad—. Ayuda…

El ataque de Jim le había pillado por sorpresa y lo había aturdido lo suficiente para que durante unos instantes estuviese a su merced.

Tom lo miraba todo con los ojos abiertos, como si hubiese visto un fantasma. No entendía por qué su padre quería esconder a aquella mujer malherida y menos aún por qué el periodista con el que había hablado horas antes había surgido de la trampilla y había atacado a su padre. Él siempre pensó que ese hueco era tan solo un depósito de serrín, además de un trastero para los utensilios de trabajo.

Y entonces Jim dijo algo que le reveló la verdad como si fuese un torbellino que venía a arrasar toda una vida de engaños. El mismo puzle para distintas personas tiene el mismo final, pero la pieza que hace que todo cobre sentido nunca es la misma para cada uno de los que tratan de resolverlo.

—¿Por qué le hace esto a Gina? —gritó Jim en un exabrupto.

—¿Gina? —murmuró Tom.

Oír que acusaba a su padre fue su pieza. De pronto comprendió todas aquellas veces que se encerraba a trabajar en el taller bajo candado y su negativa a cambiar de casa. Incluso, lo insistente que estuvo con que se centrase en los estudios y olvidase el asunto de Gina cuando desapareció.

—¡¿Por qué?! —insistió Jim.

—¿Papá…? Pero ¿qué… hiciste? —susurró, incrédulo.

En su mente, todo era tan confuso que se quedó inmóvil buscando en su cerebro los momentos en los que su padre se había comportado de manera extraña. Ahora, allí, parecían explotar todos a la vez por los aires, saliendo a presión de su memoria.

De pronto el señor Rogers se giró sobre sí mismo y consiguió zafarse de Jim, lo empujó y lo dejó tirado sobre la mesa. Rápidamente, Larry marcó algo de distancia entre ambos y se dirigió, nervioso, a su hijo.

—¡Tom! Te lo puedo explicar —exclamó, con un tono que pareció viajar entre la desesperación y el socorro.

Y sucedió.

Una mano blanquecina y de dedos finos se asomó por la trampilla. Luego la siguió un brazo delgado y, finalmente, surgió la cabeza de Gina, cuyos ojos temblorosos y brillantes se encontraron con los de Tom. Él la reconoció al instante. En realidad, muchas veces, en sus recuerdos, rememoraba lo que había sentido con ella el tiempo que estuvieron juntos y, por las noches, a veces en forma de sueños demasiado vívidos, había revivido sus caricias y su amor adolescente que nunca nada había igualado.

—Gina… —dijo con un fino hilo de voz.

—Gina… —repitió otra voz masculina desde la puerta.

Jim dirigió la mirada hacia allí y vio a Ethan que empuñaba un cuchillo con la mano derecha, con la mirada clavada en su hermana, incrédulo. Había seguido a Miren y, cuando vio que el señor Rogers la cogía y se la llevaba en volandas hasta el garaje, se debatió sobre qué hacer. Permaneció unos momentos agazapado en una esquina, pero cuando vio a Tom correr desde la casa, conectó aquel lugar con el destino que tenía entonces su hermana. Caminó asustado hacia el taller, nervioso por saber qué encontraría y comprender por qué el padre de Tom se había comportado así, cuando, tras asomarse a la puerta, vio la pelea, el forcejeo y, finalmente, el rostro de Gina reaparecer con miedo.

—Ethan… —le susurró ella.

Gina trepó el último tramo de la escalera y salió con cuidado. Levantó ambas manos en dirección a Larry para que no la atacase.

—Larry…, deje que nos marchemos. Por favor —le pidió Jim, nervioso. La policía viene de camino.

—Mientes —respondió él, colérico.

No podía entender cómo, después de años sin cometer ningún error, de pronto todo se había desmoronado por las simples preguntas de un periodista que seguía buscando a Gina. Larry se sentía acorralado, y Jim pensó que le atacaría en cualquier momento, como si fuese un jabalí dispuesto a destrozar todo a su paso para escapar con vida de una escopeta a punto de dispararle.

—Gina… —repitió Ethan. Su mente viajó a aquella noche en que escaparon de las llamas cuando él era un crío y recordó el fuego, la ira, la venganza…

A pesar del evidente cambio que su hermano había experimentado desde que se despidieron por última vez en el puente, Gina lo reconoció al instante.

La forma de sus cejas, el color de los ojos o la manera en que su nariz terminaba en una especie de aceituna, como ella siempre la llamó de manera cariñosa. Gina sintió un relámpago en su pecho, como si verlo de nuevo le hiciese regresar a ese momento, tan lejano en el tiempo que parecía un sueño, donde le dijo: «Te veo luego en casa». Durante una época reflexionó mucho sobre aquella última frase inocente y en que, si hubiese sabido lo que iba a pasar, lo hubiese abrazado con fuerza para prometerle que nunca dejaría de pensar en él. Aunque Ethan ya no era el mismo.

El ruido del viento proveniente del océano se coló entre las rendijas de la madera provocando un silbido cuya melodía parecía acompañar los finales dramáticos. De pronto, Ethan comprendió que los culpables de la desaparición de su hermana habían sido el señor Rogers y su hijo, y sintió una furia imposible de controlar.

—¡Fuisteis vosotros! —gritó—. ¡Vosotros os la llevasteis! ¡Os llevasteis lo único que tenía! ¡Lo único!

Se adentró en el taller colérico y se abalanzó sobre Tom, que agarró con fuerza la mano de Ethan cuando ya era demasiado tarde y la hoja de su cuchillo había atravesado su estómago y su páncreas.

—¡Ethan, no! —gritó Gina.

—¡Tom! —chilló su padre, que se lanzó sobre Ethan y le agarró la mano con la que sostenía el cuchillo que había clavado en él.

Tom levantó las cejas con gesto de sorpresa y, cuando fue a mirarse las manos, vio cómo la sangre empapaba sus dedos. Poco a poco, como si sus piernas ya no pudiesen soportar el peso de su cuerpo, se dejó caer en el suelo y apoyó la espalda contra la pata de la mesa de trabajo de su padre.

Colérico, el señor Rogers arrastró a Ethan como si fuese un trapo por todo el taller y, de repente, su cuerpo se detuvo al estamparse contra el expositor de herramientas. El rostro de Ethan se transformó en un instante y de la incredulidad y el miedo pasó a la sorpresa. Larry observó confuso su rostro y se dio cuenta de cómo Ethan intentaba mirar atrás con expresión de pánico. Uno de los ganchos en los que colgaban las herramientas había perforado la espalda del adolescente hasta detenerse en pleno centro de su corazón. Un instante después, Ethan se quedó inmóvil con los ojos abiertos y Larry se apartó, asustado por lo que acababa de hacer. Llevaba años arrastrando y ocultando el mayor error de su vida, y aunque a veces había considerado acabar con todo, nunca tuvo el valor de hacerlo ni imaginó que cruzaría aquella línea que para él siempre fue insalvable. Sin embargo, cuando uno desciende el primer peldaño hacia la oscuridad, es cuestión de tiempo que siga bajando poco a poco, día a día, hasta que mira arriba y descubre lo lejos que queda la claridad.

De improviso y sin que nadie lo esperase, alguien gritó: «¡Policía! ¡Manos arriba!». Seis agentes irrumpieron de golpe en el taller apuntando con sus armas a Larry. Gina se tiró al suelo asustada y gateó hasta la trampilla para abrazar a Cora, que aguardó todo el tiempo sin asomarse como le había pedido su madre. Había pasado nueve años soñando con el momento en que alguien la rescataría, y cientos de veces deseó oír los gritos de la policía, pues significaría que su pesadilla había acabado para siempre.

Jim se tiró al suelo en dirección a Miren, y la protegió con su cuerpo. La abrazó como nunca lo había hecho y se apartó con miedo para mirar sus ojos cerrados, sus labios morados, su piel blanca y cada vez más fría. Y lloró sobre ella. Gritó como si nada importase mientras la policía apuntaba a la cabeza de Larry, que en el fondo también había deseado que ese día llegase. El final de las historias nunca es el que uno desea, pero siempre te arrastra el que es inevitable. Las manos de Jim se acercaron temblando al rostro de Miren y la acarició sabiendo que aquella vez sería la última. Su mente recordó la noche que pasaron juntos y, también, sus preguntas incisivas cuando era su estudiante. El beso que se dieron, las luchas que perdieron. El mundo que intentaron cambiar, la verdad que siempre buscaron.

Abrazó su cuerpo. Gritó y aulló por dentro. La besó en la frente y acercó su rostro al de ella mientras lloraba desconsolado. De su boca salió un te quiero y de pronto, en el último instante, Miren emitió un leve suspiro:

—Y yo.

EPÍLOGO

—¿Qué le pasó a Miren Triggs? —preguntó una mujer de la primera fila nada más abrir el turno de preguntas.

La espectadora llevaba toda la presentación con aquella cuestión preparada y Jim tardó unos momentos antes de responder. El profesor Schmoer se sentía nervioso delante de una audiencia abrumadora y bien distinta a la que él estaba acostumbrado, nada que ver con sus alumnos. Ese día su público era un grupo demasiado heterogéneo de mujeres de diferentes edades, que tenían en común que amaban el misterio. Sentadas en sillas individuales, lo miraban como si fuese un viejo conocido, pero ávidas de saber mucho más sobre su persona. A Jim le sorprendía aquella sonrisa dibujada en todos los rostros que lo observaban minuciosamente, pero él sabía gestionar muy bien sus nervios y parecer un hombre tranquilo.

Sobre la mesa descansaba una fotografía de Miren Triggs junto a una pila de libros de *El juego del alma* y la gente se apelotonaba por todas partes en la librería, sin soltar su ejemplar de las manos, estrechándolo como si fuese uno de esos abrazos que en un futuro el planeta entero echaría de menos por culpa de un enemigo invisible.

En la primera fila, una mujer rubia de mediana edad le hacía ojitos que él no sabía cómo interpretar, mientras Martha Wiley se lanzaba a responder aquella pregunta antes de que Jim cometiese un error:

—Sin comentarios —dijo con una sonrisa, para luego señalar con el capuchón de un bolígrafo a un hombre del fondo.

La editorial Stillman Publishing, uno de los principales grupos de los Estados Unidos, siempre buscaba historias jugosas que publicar y cada libro que salía bajo su sello se convertía automáticamente en *bestseller*. La gente había asociado su logo en el lomo de un libro con la garantía absoluta de su potencial para impactar y para viajar de boca a oreja desde el mismo instante de su publicación. Cualquier amante de los libros leía las obras publicadas de este sello para no quedarse fuera de la conversación y los lectores esporádicos lo hacían porque no querían perderse los detalles de aquella historia de la que todo el mundo hablaba. Tras conocerse todo sobre *El juego del alma* y el relato periodístico de cautiverio, lucha, coraje y venganza, el libro se convirtió al instante en la novela más vendida del país. Por la calle, los escaparates de las librerías destacaban aquella historia como la obra más rompedora del año y en el metro no era difícil encontrar gente que la estuviese leyendo sin levantar la vista del papel.

Tras la llegada de la policía aquella fatídica noche, Larry Rogers fue detenido por el secuestro y violación de Gina, así como por secuestro de menores por tener también cautiva a Cora, la hija de su prisionera. Mientras los servicios de emergencia acudían al lugar de los hechos, Jim no paró ni un solo momento de susurrar y acariciar a Miren. No se separó de su lado, y a pesar de que ella no abrió los ojos ni una sola vez, el profesor sabía que le podía sentir. Taponó su herida como pudo y, en cuanto llegaron los paramédicos, gritó desesperado que la salvasen de aquella muerte que parecía inevitable. Amaneció justo en el instante en que se montó en la ambulancia junto a Miren, aferrándose a su mano, que solo soltó cuando se la llevaron para operarla de urgencia. Cinco horas más tarde, un médico salió del quirófano con el rostro serio para anunciarle que había demasiadas heridas internas que suturar y que habían hecho todo lo posible para salvarla, pero que a partir de ese momento salir del coma dependía de ella. Los padres de Miren llegaron a media tarde tras coger un vuelo desde Carolina del Norte, y su madre abrazó a Jim en cuanto lo vio, y estuvieron tanto tiempo unidos que ambos entendieron lo que significaba Miren para ellos.

En la segunda fila, Jim se fijó en una chica de pelo corto que hojeaba el ejemplar de la novela que acababa de adquirir y le recordó a Miren en su etapa de estudiante. No pudo evitar emocionarse y sentir que aquello le iba a costar más de lo que en un principio pensaba.

—¿Cómo cree que afrontará Gina su vida a partir de ahora? ¿Su hija podrá integrarse bien en la sociedad? ¿Y Tom Rogers? —se lanzó a preguntar otra joven que parecía una estudiante de Periodismo.

—Tanto Gina como su hija —dijo Jim— se enfrentan ahora a una vida en la que ellas son las que deciden su futuro. Estoy seguro de que les irá bien. Se adaptarán bien al mundo exterior. Tom pasó un tiempo en el hospital, pero se ha recuperado y ahora está volcado en ayudar a Gina y en cuidar a la pequeña.

—¿Vivirán en Nueva York? —dijo una mujer del fondo que abrazaba su ejemplar con la ilusión de quien espera una vida nueva.

—Me fallaría a mí mismo si lo dijese, ¿sabe? Lo que importa de ellas dos, ahora, es que están bien y que tendrán toda la ayuda que necesiten para salir adelante —respondió Jim.

Luego señaló a la chica de la segunda fila que le había recordado a Miren, que parecía querer preguntar algo que no podía esperar más tiempo:

—¿Está saliendo con Miren Triggs? —inquirió, de golpe.

Jim estuvo a punto de hablar, pero Martha Wiley despachó aquella pregunta antes de que el profesor abriese la boca.

—No nos queda tiempo para más preguntas si queremos que haya tiempo para que todos tengáis vuestro ejemplar firmado. Tenemos una entrevista a las dos de la tarde y sois muchos. Podréis comentar cualquier inquietud con él mientras os firma.

Jim se puso en pie, algo nervioso, y se disculpó con las manos. Durante la siguiente hora estuvo garabateando ejemplares con mensajes cariñosos. Se hacía fotos, sonreía y respondía con ilusión entre susurros las inquietudes de todo el mundo que venía a verlo. Era curioso porque, a pesar de sentirse afortunado por estar allí, no podía evitar pensar que fuera merecedor de tanto éxito.

Dos días después de la operación, Miren Triggs abrió los ojos y, sin saber aún dónde estaba, vio a su madre cabizbaja sentada en una silla y a su padre en otra junto a ella, ambos con las manos entrelazadas. Jim estaba sentado en el suelo frente a la cama con los ojos cerrados y con la misma ropa que llevaba cuando lo vio en casa de los Rogers.

Miren se mantuvo en silencio y observó las facciones del profesor en la penumbra. Todas las personas que de verdad le importaban estaban en esa habitación, donde solo se escuchaban los pitidos del monitor como si fuesen un metrónomo que marcaba el ritmo de la esperanza. De pronto ella carraspeó y Jim abrió los ojos. Se miraron.

Hay pocos instantes en la vida como aquel, existen pocas emociones que igualen lo que significó aquella mirada. Jim se incorporó de un salto y se acercó a ella, con delicadeza y miedo de tocarla y perderla. Durante un segundo, incluso, pensó que estaba soñando, pero pronto comprendió que Miren respiraba y dejaba un poco de vaho en la mascarilla que llevaba puesta. Ese tipo de detalles nunca aparecen en los sueños.

—Eh..., te has despertado... —susurró entonces Jim.

Miren suspiró.

—Te..., te debo mucho, Jim. Me... has salvado la vida.

—Miren..., por favor, descansa. No digas tonterías. Tú habrías hecho lo mismo por mí.

—En eso tienes razón —dijo ella, en un suspiro.

Se apartó la mascarilla de oxígeno y liberó su sonrisa. Jim la miró de cerca y ella entendió con ilusión lo que significaba aquel brillo en los ojos que, por primera vez, no la hizo sentir incómoda, sino todo lo contrario.

La señora Triggs abrió los ojos y pegó un grito al ver a Miren despierta. No pudo evitar golpear a su marido en el brazo para que se espabilara. Cuando se acercó a ella, se le saltaron las lágrimas al ver que su hija se despertaba.

—Hija…, gracias a Dios… —dijo entre sollozos.

—Habéis venido… —susurró ella.

La madre le acarició la mano y Miren hizo lo mismo, pero más suavemente, dejando ver su debilidad.

—Descansa, cielo…, tienes que recuperar fuerzas…, aunque sé que no me vas a hacer caso. ¿Cuándo me has hecho caso? ¿Quién te va a controlar a ti?

—Mamá…

El padre de Miren también se levantó, se acercó a su hija y, sin ella esperarlo, le dio un beso en la frente sin articular palabra. Ella sintió aquel simple beso como si fuese el más importante de su vida. Durante muchos años su padre había sido algo tosco y no era muy dado a dar muestras de cariño. Era divertido, una persona risueña y despreocupada, pero no solía demostrar aquel amor que tenía dentro. Miren no pudo evitar llorar en cuanto su padre se separó de su frente y ella se fijó en que dos lágrimas resbalaban por su rostro. Era la primera vez que había visto a su padre llorar y Miren tragó saliva y se sintió tan querida que no pudo contener su felicidad.

Unos días después, Miren recibió la visita de Bob Wexter en el hospital y durante el rato que estuvo allí le mostró las cicatrices de bala que tenía de la Guerra del Golfo, ya que durante ese conflicto había sido víctima de un fuego cruzado mientras ejercía de reportero de guerra. Antes de que Bob se marchase, Miren lo sorprendió con una propuesta que lo dejó descolocado, algo que también sorprendió al profesor:

—Me gustaría que fuese Jim quien escribiese la historia sobre esto.

—Pero... —dijo Jim.

—¿Estás hablando en serio? —quiso saber Bob.

—Sí, Jim es el mejor periodista que conozco, y yo... estoy algo cansada para escribir aquí en el hospital. Aún tengo que recuperarme, y... cada día de más que tardes en publicarla menos interés va a tener. Ya sabes lo que dicen: la mejor noticia es la de hace quince minutos.

—Pero, Miren..., te mereces esto. Te mereces escribir este artículo tú. Es tu historia... —El profesor estaba confundido.

—Nada me haría más ilusión que que lo escribieses tú, Jim —sentenció—. Fuiste quien encontró a Gina. También quien me salvó…

—Miren…

—Por mi parte, si es lo que quieres, feliz —sentenció Bob.

—Ahora bien, el puesto en el periódico es mío. —Rio Miren, con dificultad.

Dos días más tarde, un artículo, titulado *El juego del alma* y firmado por Jim Schmoer, se convirtió en *Trending Topic* en Twitter nada más subirse su versión *online*. La historia corrió como la pólvora de un lugar a otro. Dondequiera que fuese, alguien hablaba sobre aquella adolescente que había sido secuestrada durante nueve años en un zulo en los Rockaways y en cómo su hermano había perdido la cabeza con el paso de los años tras su desaparición y tras ser aplastado por un mundo de fe enfermiza, llegando incluso a crucificar a una compañera de clase movido por la venganza. Poco después de la publicación del artículo, Jim Schmoer recibió en su móvil una llamada de un número desconocido. Se trataba de Martha Wiley con una oferta para publicar un libro sobre la historia de aquel artículo. Jim impuso las condiciones:

—Solo lo escribiré si es junto a Miren. La historia no es solo mía —dijo en cuanto recibió la propuesta.

Martha aceptó, a pesar de que su relación con Miren había quedado bastante deteriorada tras el plantón y el desencuentro que habían tenido ambas hacía unas semanas. Pero aprovechó aquella situación como una oportunidad, pues podría aprovecharlo en beneficio de la historia sobre Gina Pebbles. Cuando Jim le puso esa condición, Martha elaboró en su cabeza una buena estrategia de *marketing* que solo aumentaría el interés por la publicación: Jim acudiría a las presentaciones solo, a pesar de que el libro estaría firmado por los dos, y además el libro terminaría en un momento en que fuese imposible saber si Miren había sobrevivido a aquella búsqueda. El destino de Miren sería un misterio en la ficción y en la vida real…, y los rumores sobre su posible muerte quizá conseguirían poner un cero más a la cifra de ejemplares vendidos. Según Martha, esa ambigüedad gustaría a los futuros lectores, pues ofrecía un final abierto y una posibilidad de que ellos construyeran su propia versión de la historia. Lo que sí era cierto es que los mejor informados pronto comprobarían la verdad, en cuanto leyeran la columna que Miren había comenzado a escribir en el *Press* todos los miércoles. A decir verdad, Martha Wiley podía ser todo lo exigente que uno quisiera, pero para el mundo editorial era la mejor.

En su casa en Grymes Hill, Ben Miller había esparcido sobre la mesa de la cocina el contenido de una caja de cartón en la que se podía leer «Daniel» escrito con un rotulador azul. A un lado de la mesa descansaba una pila de folios de declaraciones de los vecinos de la zona, la mayoría alegando que no habían visto nada aquella tarde fatídica de 1981. A otro, varias fotos de una bicicleta, ropa, juguetes y matrículas de coches que habían sido vistas por la zona el día que su hijo desapareció.

Tras el suicidio del reverendo Graham, Ben Miller decidió abandonar la Unidad de Desaparecidos y jubilarse. Había estado tantos años abstraído por el día a día que había olvidado el motivo principal por el que se había incorporado a la unidad. La tristeza que invadía cada caso le había afectado tanto, que siempre arrastraba un sentimiento de pérdida muy doloroso. Cuando llegaba a casa, no podía quitarse el disfraz de agente desolado. Tras presentar su dimisión, Ben recogió sus cosas y se marchó sin grandes vítores de una oficina en la que siempre se sintió un extraño. La única persona que se despidió de él con un fuerte abrazo fue Jen, la encargada del archivo que, antes de que se marchase, le preparó una caja llena de copias de expedientes de niños como Daniel que habían desaparecido en los últimos treinta años en Staten Island, Queens, Manhattan y Nueva Jersey. Ben se había propuesto volcar su vejez en perseguir aquel último enigma que lo había martirizado en vida y que había desmantelado su familia. Estaba tan concentrado leyendo la declaración de uno de los mejores amigos de Daniel que no oyó cómo la puerta de la entrada se abría ni los pasos que se aproximaron por su espalda.

De pronto, una mano se apoyó sobre su hombro y, cuando levantó la vista, no pudo evitar sentir un nudo en la garganta en el mismo instante en que le acarició como una brisa la calidez de Lisa. Ben lloró como solo se puede llorar cuando sabes que te has equivocado, y Lisa hizo lo mismo, porque nunca le había dejado de doler el corazón.

Ben se levantó y abrazó a su mujer. Y ella sintió en aquel abrazo todos aquellos que siempre echó en falta por las noches cuando sollozaba en la oscuridad.

Cuando Jim terminó de firmar todos los ejemplares, se despidió con una sonrisa y con varias cartas románticas que leería por la tarde al llegar a casa. Salió junto a Martha de la librería, seguidos de un grupo de lectoras que querían sacarse una última foto. Martha se marchó en un taxi y él anduvo algunos metros en dirección norte por Broadway, callejeando por la treinta y seis hasta el cruce con la octava. En cuanto pudo llamó al teléfono de Miren, que descolgó al instante:

—¿Dónde estás?

—Detrás de ti —respondió ella.

De pronto, antes de darse la vuelta, sintió cómo dos brazos lo rodeaban y lo abrazaban por la espalda.

El profesor notó las manos de Miren y se giró despacio. Tenía puesta una sudadera, unos leggins y una gorra de los Knicks le cubría parte del rostro.

—¿Me has seguido?

—He estado en la presentación. Me ha gustado cómo te has deshecho de los halagos. Qué... humilde —rio.

—¿Has estado? No te he visto.

—De eso se trataba —dijo, tras esbozar una sonrisa. En cuanto he visto que empezabas a firmar y la gente que había me he ido a correr unos kilómetros.

Luego, como si se lo hubiese pedido su propio corazón, Jim le dio un beso y ella se dejó querer.

Sin esperarlo, una voz masculina se coló en la conversación, desde la espalda de Miren.

—¿Señorita Triggs?

Miren se giró, sorprendida, y Jim alzó la vista por encima de ella para identificar de quién se trataba. Era el agente Kellet, vestido con camisa azul y corbata gris.

—¿Tiene un minuto? Me gustaría hablar con... usted.

Miren lo observó expectante, y Jim percibió su tensión por el modo en que ella aguantaba la respiración.

—¿Me dejas un segundo sola, Jim? —dijo en voz baja.

—Cla..., claro.

Jim se alejó unos metros, extrañado, y ella dijo con seriedad:

—¿Me está siguiendo? ¿Qué quiere?

—¿Recuerda lo que le conté de Aron Wallace? —inquirió el agente Kellet.

Miren asintió.

—En su casa hemos encontrado un archivador lleno de CDs con vídeos… de abusos a menores.

—Me alegro entonces de que esté muerto —dijo Miren, con frialdad—. ¿Para eso ha venido? ¿Para decirme que el tipo que me había violado era más degenerado de lo que ya sabía?

—Bueno, hay algo más, señorita Triggs. —Sacó una fotografía del bolsillo de su chaqueta y se la mostró—. Esta es la imagen de una de las cámaras de seguridad de un portal en Harlem, en las inmediaciones de la casa de Aron Wallace. Está tomada a las cuatro de la mañana. ¿Reconoce esta silueta de aquí?

Miren tragó saliva y se fijó con atención. Era ella. No había duda.

—¿Piensa detenerme? ¿Para eso ha venido? —inquirió, con el corazón reverberando en su pecho.

—Me mintió. Sí salió de casa esa noche, señorita Triggs.

Miren respiró hondo y permaneció inmóvil, esperando que continuase.

—¿Pero sabe qué? He visto algunos de los vídeos incautados. El mundo se ha convertido en un lugar demasiado hostil.

Miren volvió la vista hacia Jim, que los observaba con incredulidad.

—¿Recuerda lo que le conté sobre mi mujer? —preguntó Kellet.

—Que también había sufrido una agresión —respondió Miren, tensa.

—¿Y qué clase de persona cree que sería si la detuviese a usted? Al fin y al cabo... usted no tiene armas registradas y... esta persona de la foto... podría ser cualquiera, ¿no es así?

Miren inspiró con fuerza y, luego, asintió.

—Podría ser cualquiera —repitió ella.

—Que... que tenga un buen día, señorita Triggs. No la molesto más. Tan solo quería que supiese que hoy el mundo es un lugar algo más justo.

—Gracias, agente —dijo, a modo de despedida.

Luego se volvió hacia Jim y se acercó a él como si nada de lo anterior hubiese sucedido.

—¿Comemos? He hecho ocho kilómetros y me ha entrado un hambre horrible —le pidió Miren, abrazándolo.

—¿Quién era ese tipo? —preguntó Jim, confuso.

—Un compañero de Ben. Me pasa noticias.

—¿Algo de lo que preocuparme?

Miren sonrió y tan solo añadió:

—De buscar un buen sitio en el que comer. Estoy... hambrienta.

—Ese era el plan, ¿no?

Miren asintió, esbozando una sonrisa.

—Por cierto, viene Olivia. La he avisado. Me gustaría que… os conocieseis algo más —dijo Jim, tras lo que se detuvo para analizar la reacción de Miren y para comprobar si había cometido un error.

Miren lo miró seria y luego preguntó:

—Pero ¿sabe lo nuestro?

—Me lo ha propuesto ella.

—¿En serio?

—Ha leído el libro. Creo que incluso presume de ti con sus amigas.

Miren sonrió y volvió a besar a Jim.

—Me encantará conocer a Olivia —sentenció, dejando escapar una sonrisa. Ella vio en los ojos de Jim el brillo de la ilusión y se dio cuenta de que había apostado su alma en el juego más importante de su vida, y había ganado.

Agradecimientos

Siempre guardo un pedacito especial de mis libros para agradecer el viaje a todas las personas que me han inspirado y ayudado en cada paso para que mis historias lleguen hasta tus manos. Esta parte de un libro es fundamental, porque está llena de frases con segundas y terceras intenciones, y sobre todo esconde mucho cariño.

El juego del alma lo escribí durante todo 2020 y creo que, sin duda, ha sido la novela que más me ha costado escribir, especialmente por esa incertidumbre que nos sobrevolaba a todos la cabeza. El 2020 ha sido un año que llevaremos en la memoria, y creo que esta vez, más que nunca, mis palabras en estas hojas están escritas con la mano en el corazón. Pensando y soñando solo con poder entregaros una nueva ventana a mi mundo, junto con las llaves del cerrojo que guarda Miren en su interior.

Como siempre, necesito dar las gracias a Verónica, porque ha sido mi primera lectora, siempre con un ojo crítico perfecto, y cuyas reacciones, mientras realizaba esa primera lectura, me sirvieron no solo para mejorar la historia, sino para darme cuenta de lo importante que es impregnar de alma una novela. Algo de la suya está entre las líneas de estas hojas y algunos de los momentos especiales de la trama han surgido tras interpretar sus gestos y expresiones de sorpresa mientras la leía.

También agradezco a mis peques, Gala y Bruno, y a su paciencia infinita, por los cafés que me ayudaban a preparar a media tarde con la excusa de pasar un rato juntos y por todos esos besos y abrazos que me daban por las noches tras terminar de escribir. Esta novela os ha robado algunas horas, y cuando leáis esto de mayores, espero que me perdonéis y no me lo tengáis mucho en cuenta.

Gracias a todo el equipo de Suma de Letras, como siempre, mi casa y mi fortaleza donde me siento a salvo, con quienes no solo he crecido como autor, sino que también he aprendido de verdad lo que es sentirse dentro de un equipo. En especial, gracias a Gonzalo, aunque ya lo sabe, por cada audio y llamada, y por confiar en mi criterio y apostar por esta historia que toca muchas heridas y prende muchos fuegos.

Gracias también a Ana Lozano, que este año ha sufrido mis dudas e inseguridades con una paciencia que solo una buena editora es capaz de tener. Ha trabajado incansable para sacarle brillo a contrarreloj a una historia que llevaba años en mi cabeza, pero que siempre parecía esconderse, como un buen enigma, dentro de ella.

También a Nùria Tey, cuya eterna alegría y buen ojo me ha calmado en los momentos en los que uno es incapaz de ver el final. A Mar, que este año se me ha escapado por un precioso motivo, y a Leticia, que ha conseguido que esté virtualmente en medio mundo sin salir de casa.

También a gracias a Rita, Ana y Pablo, que no sé cómo lo hacen, pero siempre encuentran la manera de hacer que mis novelas lleguen a la persona adecuada en el momento adecuado.

También gracias a Michelle G. y David G. Escamilla, por abrirme las puertas del otro lado del mundo y apostar con uñas y dientes por mis libros. He perdido la cuenta de cuántos mezcales de celebración tenemos pendientes.

Gracias a Conxita por encontrar, entre risas y felicidad, las manos perfectas para las adaptaciones de mis historias. A María Reina por pelear cada día para que todo lo que escribo llegue a más idiomas y por hacer que mis palabras se traduzcan con el mismo mimo con el que fueron escritas.

También gracias a Iñaki, que es eterno, o a Patxi Beascoa, a quien siempre me encuentro en cualquier país menos en España. A Yolanda, por el buen ojo que tiene para darle el toque perfecto a mis portadas. También a Marta, Carmen, Nùria, y a todos los que participaron en el vídeo de celebración del millón de ejemplares vendidos de mis novelas para robarme las mejores lágrimas de 2020. Aprovecho este hueco para enviaros el abrazo que no os pude dar y agradeceros, con toda mi alma, el viaje. Y también a Nacho, de la Unidad de Homicidios de la Guardia Civil, por abrirme las puertas del mundo trágico y real de las desapariciones infantiles.

La parte más importante de los agradecimientos, sin duda, es para vosotros, lectores. En 2020 dejamos en el aire la gira de firmas, la presentación y vimos cómo todos nuestros planes para vernos se cancelaban. Y admito que durante meses soñé con el momento de volver a veros en persona. La novela se publicó dos días antes de decretarse el estado de alarma y, con ello, me disteis el mayor regalo que se le puede dar a un escritor: permanecer en la memoria y servir de ventana al mundo en un momento en el que las puertas se nos cerraban. Gracias, de corazón, por convertir *La chica de nieve* en la novela más vendida durante el confinamiento en España y por abrazar mi novela como lo hicisteis durante esos meses que nunca olvidaremos. GRACIAS, con toda mi alma. Gracias, con todas las letras. Gracias, por cada mensaje, apoyo y recomendación de mis historias. Gracias, por llegar hasta aquí, por seguir a mi lado, por viajar conmigo y convertir mis sueños en vuestros.

Como siempre digo, podría extender las gracias mucho más, en varios capítulos narrados por distintos personajes o voces o incluso épocas, con giros, sorpresas y *cliffhangers* justo en la última frase, pero creo que es mejor que mantengamos nuestra promesa de cada año: yo no dejo de escribir y vosotros, cada vez que os pregunten por un libro, y si os ha gustado, recomendáis *El juego del alma*, sin contar de qué trata (¡por favor!), más allá de la sinopsis. Este es nuestro juego, y que yo siga escribiendo depende mucho de que mis historias rompan barreras y lleguen cada vez a más estanterías. Por mi parte, mantenemos este pacto, y yo, a cambio, el año que viene, lo prometo, estoy otra vez en librerías, con otra historia que llevo mucho tiempo gestando y que seguro que va a hacer que todas las piezas de este puzle vuelen por los aires. ¿Qué me decís?

¿Queréis jugar?

Con locura,
Javier Castillo

NEW YORK | ROCKAWAY PENÍNSULA

Instituto Mallow

BROOKLYN

MOTEL

Motel New Life

BREEZY POINT

BREEZY POINT TIP

ROCKAW

CAMPO FLOYD BENNETT

BAHÍA DE JAMAICA

ISLA DE LOS CONEJOS

Casa de Tom Rogers

PUENTE MARINE

Parking

NEPONSIT

Casa de Gina

xbury

Fort Tilden

ROCKAWAY BEACH

PENÍNSULA

OCÉANO ATLÁNTICO

Y